토머스 모어 초상화
(한스 홀바인, 1527년작)

# 유토피아

옮긴이 **박문재**

서울대학교 법과대학 법학과와 장로회신학대학교 신학대학원 및 동 대학원을 졸업했으며, 독일 보쿰 Bochum 대학교에서 수학했다. 또한 고전어 연구 기관인 Biblica Academia에서 오랫동안 고대 그리스어와 라틴어를 익히고, 고대 그리스어와 라틴어로 쓰인 저서들을 공부했다. 대학 시절에는 역사와 철학을 두루 공부하였으며, 전문 번역가로 30년 이상 신학과 인문학 도서를 번역해왔다. 역서로는 『자유론』(존 스튜어트 밀), 『프로테스탄트 윤리와 자본주의 정신』(막스 베버), 『실낙원』(존 밀턴) 등이 있고, 라틴어 원전 번역한 책으로 『고백록』(아우구스티누스), 『철학의 위안』(보에티우스) 등이 있다. 그리스어 원전에서 옮긴 아우렐리우스의 『명상록』과 『소크라테스의 변명·크리톤·파이돈·향연』, 『아리스토텔레스 수사학』은 매끄러운 번역으로 독자들의 호평을 받고 있다.

현대지성 클래식 33

# 유토피아

**1판 1쇄 발행** 2020년 11월 2일
**1판 6쇄 발행** 2024년 3월 20일

**지은이** 토머스 모어
**옮긴이** 박문재
**발행인** 박명곤 **CEO** 박지성 **CFO** 김영은
**기획편집1팀** 채대광, 김준원, 이승미, 이상지
**기획편집2팀** 박일귀, 이은빈, 강민형, 이지은
**디자인팀** 구경표, 구혜민, 임지선
**마케팅팀** 임우열, 김은지, 이호, 최고은

**펴낸곳** (주)현대지성
**출판등록** 제406-2014-000124호
**전화** 070-7791-2136 **팩스** 0303-3444-2136
**주소** 서울시 강서구 마곡중앙6로 40, 장흥빌딩 10층
**홈페이지** www.hdjisung.com **이메일** support@hdjisung.com
**제작처** 영신사

ⓒ 현대지성 2020

"Curious and Creative people make Inspiring Contents"
현대지성은 여러분의 의견 하나하나를 소중히 받고 있습니다.
원고 투고, 오탈자 제보, 제휴 제안은 support@hdjisung.com으로 보내 주세요.

현대지성 홈페이지

**이 책을 만든 사람들**
**편집** 채대광 **디자인** 구경표

현대지성 클래식 33

# 유토피아

DE OPTIMO REIPUBLICAE STATU,

DEQUE NOVA INSULA UTOPIA

토머스 모어 | 박문재 옮김

현대
지성

# 차례

**서문 |** 토머스 모어가 페터 힐레스에게 보낸 서신 ...9

## 제1권 ...21

## 제2권

1. 유토피아 섬 ...99
2. 유토피아의 도시들, 특히 아마우로스 ...105
3. 관리들 ...110
4. 직업 ...112
5. 사회 조직 ...121
6. 여행 ...130
7. 생산물의 공평한 분배 ...131
8. 양육과 학문 ...141
9. 노예 ...166
10. 전쟁 ...182
11. 종교 ...197
12. 유토피아 공화국을 칭송함 ...218

## 서신과 시

토머스 모어가 페터 힐레스에게 ...231

에라스무스가 요한 프로벤에게 ...236

기욤 뷔데가 토머스 럽셋에게 ...238

아네몰리오스의 단시 ...248

페터 힐레스가 히에로니무스 부스리디우스에게 ...249

히에로니무스 부스리디우스가 토머스 모어에게 ...254

헤라르트 홀덴하우버의 시 ...259

베아투스 레나누스가 피르크하이머에게 ...260

데마레가 페터 힐레스에게 ...262

데마레의 시 ...265

유토피아어 알파벳 ...266

코르넬리우스 데 슈레이버가 독자에게 ...268

용어 해설 ...269

해제 | 박문재 ...275

연보 ...294

## | 일러두기 |

- 본서는 라틴어 원문을 텍스트로 삼아 여러 영역본을 참고해 번역했다. 라틴어로 쓰인 『유토피아』 초판은 1516년에 벨기에 중부 브라반트주 루뱅에서 출간되었다. 이후 1517년에 파리에서 제2판이 발행되었고, 1518년에 바젤에서 제3판과 제4판이 발간되었다.
- 『유토피아』의 초판과 이후 판본은 본문에는 차이가 없지만 수록된 서신과 시도 다르고, 위치도 다르다. 본서에서는 초판에서 서문으로 사용된 "토머스 모어가 페터 힐레스에게 보낸 서신"을 동일하게 서문으로 배치한 후, 나머지 서신과 시는 뒷부분에 두었고, 마지막으로 간단한 용어 해설을 덧붙였다.
- 라틴어 본문 옆에는 페터 힐레스 또는 에라스무스가 붙인 난외주가 추가되어 있는데, 그 내용은 주로 단락에서 말하는 내용을 한두 단어로 요약하거나, "독자여, 이것을 주목하라"고 말하거나, "이것은 아주 좋다" 등과 같이 내용을 칭찬하는 말이다.
- 외국의 인명과 지명 등 고유명사들은 외래어 표기법을 따랐다.
- 본문 하단의 각주는 모두 역자가 붙인 것이다.

# 서문 |
# 토머스 모어가 페터 힐레스에게 보낸 서신[1]

친애하는 페터 힐레스 씨, 늦어도 한 달 반 후에는 받아볼 것이라고 기대했을 것이 분명한데, 거의 1년이 지난 지금에야 유토피아 공화국에 관한 이 작은 책을 당신에게 보내게 되어 부끄럽습니다.

당신도 잘 알고 계시듯, 이 책을 쓰면서 나는 자료를 찾을 필요도 없었고, 그렇게 찾아낸 자료를 어떻게 배열할 것인지 고민할 필요도 없었습니다. 그저 당신과 내가 함께 라파엘에게서 들었던 것들을 기억하여 그대로 옮겨 적는 일만 하면 그만이었습니다.

또한, 그는 즉석에서 소박한 언어로 말했고, 그런 내용을 수사학적으로 세련된 문체로 표현하는 것은 어울리지 않았으므로, 문체에 특별히 신경 쓸 일도 없었습니다.[2] 게다가 당신

진실은 단순
소박함과
명료함을 사랑함

---

1 이 서신은 1516년 초판에서는 "서문"이었고, 1518년 판본들에도 나온다. "페터 힐레스"는 안트베르펜의 젊은 정치인으로, 당시 시장의 비서실장으로 재직 중이었다. 토머스 모어는 자신과 아주 친했던 네덜란드 출신의 유명한 인문주의자 에라스무스(1466-1536년)의 소개로 그를 알게 되고, 그의 소개로 라파엘 히틀로다이오를 만나 유토피아에 관한 얘기를 듣는다.

2 수사학에서는 문체를 세 가지 수준으로 분류한다. 화려하고 장엄한 문체, 중간 수준의 문체, 소박하고 명료한 문체. 여기에서는 『유토피아』가 철학적 담론에 적절한 소박하고 명료한 문체로 쓰였음을 보여준다.

도 아시다시피, 그는 그리스어에는 아주 능숙했지만, 라틴어는 썩 잘하지 못했습니다.[3]

그래서 나의 문체와 표현이 일상적이고 소박한 그의 어투를 닮을수록 진실에 더 가까워질 것입니다. 사실 나는 이 책을 쓰면서 진실을 있는 그대로 전하는 것이야말로 유일하게 중요한 일이라고 생각했습니다.

친애하는 페터 씨, 이렇게 모든 것이 다 준비되어 있었으므로 이 책을 쓰면서 사실은 내가 할 일이 별로 없었음을 고백하지 않을 수 없습니다. 그렇지 않고, 이런 주제를 담은 책을 어떻게 쓸 것인지를 처음부터 생각해서 자료를 모으고 체계적으로 정리해서 써내야 했다면, 비록 재능과 학식이 상당히 갖춰졌더라도 많은 시간과 노력이 필요했을 것입니다. 게다가 단지 사실을 있는 그대로 서술하는 것이 아니라 문체까지도 신경 써서 우아하고 품격 있는 글을 써야 했다면, 아무리 오랜 시간 심혈을 기울여 노력한다고 해도 불가능했을 것입니다.

하지만 내가 아무리 애써도 해낼 수 없었을 그런 모든 부담에서 자유로웠기에 그저 들은 것을 있는 그대로 기록하는 것 외에는 할 일이 없었습니다. 그것은 사실 아주 쉽게 할 수 있는 일이었고 별것도 아니었습니다.

저자의<br>공사다망함

그런데도 내가 하지 않으면 안 되는 다른 일이 워낙 많아서, 그런 손쉬운 작업조차도 시작할 수 없었습니다. 거의 온종일 법률과 관련된 일을 처리하는 데 보내야 했기 때문입니

---

3   16세기 초의 인문주의자들은 라틴어는 잘했지만 그리스어는 잘하지 못했기 때문에, 그리스어에 능숙하면 그들 사이에서 인정받을 수 있었다. 토머스 모어도 『유토피아』를 쓸 때까지 십여 년 동안 그리스어를 배우는 데 힘썼다.

다. 소송 사건들을 변호하고 심리하고 중재하고 판결하기도 하면서 말입니다. 또한, 인사하려고 찾아온 손님이든 업무상 찾아온 손님이든 많은 사람이 찾아왔기 때문에, 밖에서는 거의 종일 사람을 만나고 나머지 시간은 집에서 가족과 함께 보내야 했습니다. 그래서 이 책을 쓸 시간을 도저히 낼 수 없었습니다.

집에 돌아와서는 아내와 대화를 나누고, 아이들과도 이런 저런 이야기를 하고, 하인들과도 집안일을 논의해야 합니다. 이 모든 일은 내가 꼭 해야 하는 일, 즉 내 본분 중 일부라고 생각합니다. 집에서 이방인이 되고 싶지 않다면 반드시 해야 하는 일이지요.

게다가 혈연관계로 맺어졌든, 또는 어쩌다 보니 만나게 되었든, 또는 자기 선택에 의해서든 함께 살게 된 사람들과는 화목하고 사이좋게 지내는 것이 마땅합니다. 물론 너무 허물없이 친하게 지내다가 사람들이 버릇없어지거나 하인들이 분수를 망각하고 주인 행세를 하게 된다면 곤란하겠지만, 그런 것을 조심한다면 그들과 잘 지내는 것이 우리의 본분이고 의무입니다.

이렇게 방금 앞에서 말한 일을 하면서 눈코 뜰 새 없이 바쁘게 살다 보니, 하루, 한 달, 한 해가 언제인지도 모르게 눈 깜짝할 사이에 지나가 버렸습니다. 그렇다면 내가 언제 이 책을 썼을까요?

사람들은 자는 것과 먹는 것으로 많은 시간을 허비함

앞에서 잠자는 시간과 식사 시간은 전혀 언급하지 않았습니다. 많은 사람이 자는 데 상당한 시간을 할애하고 식사할 때도 그 정도를 씁니다. 그래서 이 둘을 더하면, 인생의 거의 절반을 여기에 사용하는 셈입니다.

그래서 나는 잠자는 시간과 식사 시간을 조금씩 줄이면서 시간을 내야 했습니다.[4] 그렇게 해서 확보한 시간도 그리 많지 않았기 때문에, 이 책을 써내려가는 일은 늦어질 수밖에 없었습니다. 하지만 그렇게 조금씩 쓰다 보니, 어느새 작업이 끝났고 이렇게 당신에게 이 책을 보낼 수 있게 되었습니다.

존 클레멘스

친애하는 페터 씨, 이 책을 꼼꼼히 읽어보시고, 혹시라도 내가 빠뜨린 내용을 찾아내셨다면 알려주십시오. 내 식견이나 학문에 대해서는 자신하기 어렵지만 기억력은 어느 정도 자신하기 때문에, 내가 어떤 내용을 빠뜨렸을 것 같지는 않습니다. 그럼에도 내가 아무것도 빠뜨리지 않았다고 맹세할 정도로 말하지는 못하겠습니다. 내가 기억했던 내용 중 한 부분이 나의 시종 존 클레멘스[5] 때문에 의심되었기 때문입니다.

나는 클레멘스가 들어서 유익이 될 만한 대화가 벌어지는 자리라면 언제나 그를 동석시켜왔기 때문에, 아시다시피 그날도 그는 우리와 함께 있었습니다. 그는 라틴어는 물론이고 그리스어에도 이미 놀라운 진보를 보이고 있어, 나는 이 젊은 새싹이 학문에서 크게 두각을 나타낼 날이 멀지 않았다고 생각하고 많은 기대를 걸고 있습니다.

문제가 된 것은 히틀로다이오 씨가 아마우로스 도시의 아니드로 강을 가로질러 놓인 다리의 길이가 '500야드'라고 말한 부분으로, 내 기억으로는 그랬습니다. 그런데 존은 히틀로다이오 씨가 200야드라고 말했다고 하면서, 강의 너비는 300야드를 넘지 않았다고 강조했습니다.

---

4   16세기의 전기 작가였던 토머스 스테이플턴은 토머스 모어가 하루 4-5시간을 잤고, 새벽 2시면 기상했다고 전한다.

5   "존 클레멘스"는 존 콜릿이 세운 인문주의 문법학교인 세인트 폴즈 스쿨의 첫 학생들 중 한 명이었다. 1514년에 모어의 시종이었고, 나중에는 그의 양녀와 결혼했다.

그래서 나는 당신의 도움을 받고자 합니다. 당신의 기억이 존이 말한 것과 같다면, 내가 잘못 들었음을 인정하고 존의 말대로 할 것입니다. 하지만 당신이 그 부분을 잘 기억해내지 못하겠다면, 나는 내 기억을 따라서 현재 수치를 고수할 것입니다.

거짓말이 되는 것과 거짓말을 하는 것의 차이

이 책을 쓰면서 오로지 히틀로다이오 씨가 말한 그대로를 쓰고 거짓된 것은 무엇이든 피하려고 심혈을 기울였던 까닭에, 어떤 의심스러운 부분이 있으면 비록 내 기억이 사실과 다르더라도 기억하는 것을 그대로 쓰고, 내 기억과 다른 것을 거짓으로 쓰고 싶지는 않기 때문입니다. 요컨대, 나는 이런저런 것을 유추해서 내 기억과 다른 것을 쓰는 영리한 자가 되기보다는 내 기억이 맞았든 틀렸든 있는 그대로 쓰는 정직한 자가 되고자 합니다.

유토피아가 이 세계의 어디에 있는지를 알지 못함

그리고 또 하나의 문제가 불현듯 생각났습니다. 내 실수인지 아니면 당신의 실수인지 또는 라파엘 씨의 실수인지는 잘 모르겠지만, 유토피아라는 저 새로운 세계가 지구상의 어느 위치에 있는지를 물어볼 생각을 하지 못했고, 라파엘 씨도 그것을 우리에게 말해줄 생각을 하지 못했습니다. 하지만 당신이 라파엘 씨를 직접 만나든, 아니면 서신으로든 이것에 대해 물어본다면, 이 문제는 쉽게 해결될 수 있습니다.

이 실수를 만회할 수만 있다면, 나는 상당한 액수의 금액을 지불할 용의도 있습니다. 유토피아라는 나라에 대해 이렇게 많은 내용을 쓴 내가 정작 그 섬이 어느 대양에 있는지도 모른다는 것이 부끄럽기 때문입니다.

게다가 이곳 영국에는 유토피아에 가보고 싶어 하는 사람이 여럿 있고, 특히 그중에서 아주 신앙이 좋은 신학자 한 분은 그 나라에 꼭 가고 싶어 합니다. 그분이 거기 가려는 동기는 새로운 것에 관한 이야기를 들으면 직접 눈으로 확인해야만 직성이 풀리는 쓸데없는 호기심 때문이 아니라, 그 나라에 이미 그리스도교가 성공적으로 전파되기 시작된 상황에서 그곳의 그리스도교를 더욱 성장시키고 더 널리 전파하려는 바람 때문입니다.

크로이든의
사제를 가리킴

그래서 이 일을 제대로 추진하기 위해서, 그는 교황께 그 나라로 파송해주길 청원하기로 결심했을 뿐만 아니라, 여기에서 아예 유토피아의 주교로 서임을 받아 갈 작정입니다.

경건한 야망

그는 자신의 이런 결심이 어떤 명예욕이나 사리사욕에서 나온 것이 아니라 종교적인 열심 때문이므로 이것을 거룩한 야망이라고 생각해서 교황께 주교직을 청원하는 것에도 전혀 거리낌을 느끼지 않고 있습니다.

친애하는 페터 씨, 그러니 할 수만 있다면 히틀로다이오 씨를 직접 접촉해서, 또는 어떤 사정으로 그를 만날 수 없다면 편지로라도 그와 연락을 취해, 내 책에 거짓된 것은 하나도 담지 않고 오직 진실만을 담을 수 있게 도와주시기를 간곡히 부탁드립니다. 이 책을 직접 보여드리는 것이 더 좋겠습니다. 내가 뭔가를 잘못 기억해서 틀리게 썼다면, 오직 그분이 이 부분을 바로잡을 수 있습니다. 그렇지만 내가 쓴 책을 직접 읽어보지 않는다면 그분도 그렇게 할 수는 없겠지요.

그렇게 하면, 이 책의 출판을 그가 기뻐하는지, 아니면 못마땅해하는지도 알아볼 수 있을 것입니다. 만약 그가 자기 이야기를 직접 쓰기로 했다면, 이 책의 출판을 원하지 않을 수도 있습니다. 내가 그런 것을 모른 채로 유토피아에 관한 책을 출판한 후에, 그가 직접 자신의 이야기를 써서 낸다면, 나는 남의 이야기를 마치 내 이야기처럼 도둑질해서 글을 쓰고 책을 펴냄으로써 나중에 나온 원작자의 책을 신선하게 느끼지 못하게 하는 죄를 더할 수 있으니까요.

하지만 그런 것은 그만두고라도, 솔직히 말해 나는 과연 이 책을 출판해야 하는지 말아야 하는지를 놓고 여전히 결정을 내리지 못하고 있습니다. 대중의 취향은 아주 다양합니다. 어떤 사람의 기질은 너무 진지해서 유머 감각이라고는 찾아볼 수 없고, 어떤 사람의 마음은 너그럽지 못하고 편협하며, 어떤 사람의 판단력은 너무 형편없고 어리석습니다. 그런데 이 책을 출판해서 그런 다양한 취향을 지닌 대중 앞에 내놓았는데 오직 웃음거리만 되고 경멸만 받는다면, 아예 처음부터 내지 않는 게 현명하다는 생각이 들기 때문입니다. 대중을 유익하게 하거나 즐겁게 하려고 책을 출판했다가 곤욕을 치르느니, 차라리 자신의 취향을 따라 즐겁게 살아가는 것이 더 낫지 않겠습니까.

대다수는 문학에 대해 알지 못하고, 문학을 경멸하는 사람도 많습니다. 배우지 못한 사람들은 무엇인가 유식한 내용이 들어 있는 것이면 무엇이든지 너무 어렵다고 배척합니다. 반면에 배운 사람들은 현학적이어서, 구어체로는 이미 사용하지 않는 순전히 문어체로 가득한 글이 아니면 저속하고 천박하다고 여기고 배척합니다. 어떤 사람은 오직 고전 작가들만 인정하고, 많은 사람은 오직 자기가 쓴 글만 좋아합니다.

어떤 사람은 너무나 엄격해서 유머처럼 조금이라도 가벼운 것은 용납하지 않고, 어떤 사람의 취향은 너무나 무미건조해서 조금이라도 해학이 들어 있는 글을 용납하지 못합니다. 어떤 사람은 풍자를 알지 못해서, 광견병에 걸린 개가 물을 보면 무서워 경기를 일으키듯이, 풍자가 있는 글을 읽으면 부르르 떱니다. 어떤 사람은 너무나 변덕스러워 앉아 있을 때에는 이것을 좋아하다가 일어서는 순간 저것을 좋아합니다.

어떤 사람은 선술집에 모여 술잔을 기울이면서 작가 품평회를 엽니다. 그들은 대단한 권위와 완벽한 확신을 갖고 시중에 나온 작품들을 거론하며 모든 작가를 평가하고 단죄합니다. 작가들을 한 사람씩 엎어치기도 하고 메치기도 하다가, 기분 내키는 대로 그들의 머리카락이나 수염을 뽑아버리기도 합니다. 하지만 그들은 모두 사정권에서 벗어나 있기에 아주 안전합니다. 이 훌륭한 사람들은 머리털과 수염을 아주 말끔하게 밀어버렸으므로, 머리카락이나 수염을 뽑으려고 해도 그들에게는 터럭이 하나도 없어서 잡히지도 뽑히지도 않기 때문입니다.

또한, 어떤 사람은 아주 배은망덕해서 누군가의 작품을 통해 큰 기쁨을 얻었는데도 그 작가를 이전보다 더 좋아하거나 고마워하지 않습니다. 그들은 진수성찬이 차려진 잔칫집에서 온갖 좋은 음식을 배부르게 잔뜩 먹고 즐겼으면서도, 자신을 초대한 주인에게 감사하다는 말 한 마디 건네지 않고 그냥 집으로 가버리는 무례한 손님들과 다르지 않습니다. 마찬가지로 이렇게 까다롭고 다양한 취향을 지닌 사람에게 내가 많은 돈을 들여 잔치를 벌여준다고 해도, 그들은 고마워하거나 호의를 기억하지도 않을 것입니다. 그런데도 내가 과연 이 책을 출판해야 하는지 고민이 깊습니다!

친애하는 페터 씨, 그럼에도 히틀로다이오 씨를 만나서 내가 앞에서 언급한 것들을 확인해주십시오. 내가 이 책을 출판해야 할지 말지에 관해서는 추후 다시 한번 생각해보겠습니다. 이미 책을 다 쓴 후에 이제 와서 출판을 할 것이냐 말 것이냐를 생각한다는 것이 시기적으로 늦은 감이 없지 않지만, 어쨌든 히틀로다이오 씨가 직접 동의하기만 한다면, 나는 내 친구들 특히 당신의 조언을 따라 이 문제를 결정할 것입니다.

나의 소중한 친구인 친애하는 페터 힐레스 씨, 건강히 지내십시오. 그리고 당신의 현숙한 부인께도 나의 안부를 전해주십시오. 지금까지 늘 그러했듯 앞으로도 더 큰 애정으로 대해주십시오. 저도 이전보다 당신이 더 좋습니다.

# 최상의 공화국 형태와
# 유토피아라는 새로운 섬에 관하여

*De optimo*

*reipublicae statu*

*deque nova insula*

*Utopia*

최상의 공화국 형태와

유토피아라는 새로운 섬에 관하여

지극히 뛰어나고 언변이 훌륭한 저자이자

유명한 도시 런던의 시민이자 사법집행관 대리인

토머스 모어가 쓴

재미있으면서도 유익한 아주 훌륭한 소책자

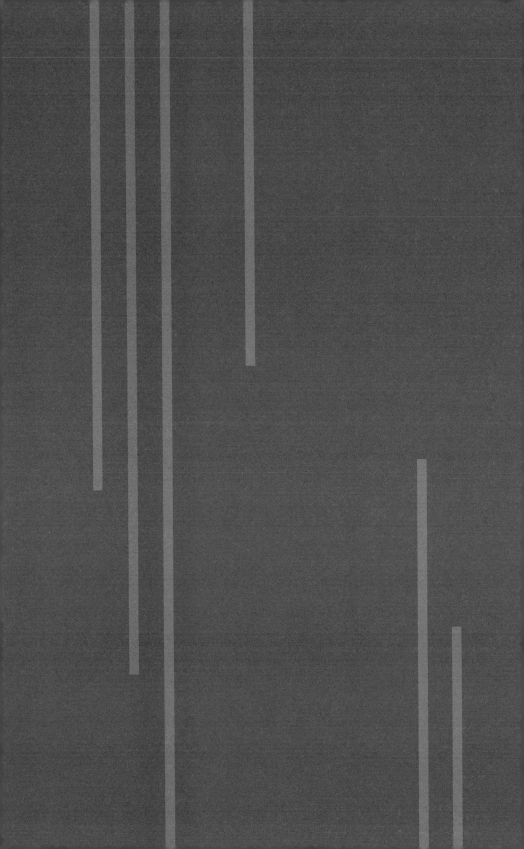

# 유토피아

## 제1권

탁월한 인물 라파엘 히틀로다이오[6]가 말하고 영국의 유명한 도시 런던의 시민이자 사법집행관 대리[7]인 고명한 토머스 모어가 기록한 최상의 공화국 형태에 관한 글

훌륭한 군주로서 모든 자질을 갖춘 무적의 영국 국왕 헨리 8세 폐하[8]께서는 최근에 카스티야 왕국의 왕이신 카를로스 각하와 꽤 심각한 갈등을 빚게 되었다.[9] 그래서 이 문제를 협상으로 매듭짓기 위해 나를 사자로 삼아서 플랑드르로 보내

커스버트 턴스톨

---

6    "히틀로다이오스"는 그리스어로 "말도 안 되는 것, 시답잖은 것"을 뜻하는 '휘틀로스'와 "나누어 주다"를 뜻하는 '다이오'를 합성한 말이기 때문에, "말도 안 되는 이야기를 퍼뜨리고 다니는 자"라는 의미다. 이 책에서 "라파엘"은 유토피아라는 이상적인 나라를 다녀와서 토머스 모어에게 그 나라에 대해 얘기해준 화자로 등장한다. 그의 이야기는 도무지 믿기 힘든 말도 안 되는 것들이어서, 이런 별명을 붙인 것으로 보인다.

7    토머스 모어는 1510년부터 런던의 사법집행관 대리를 맡아 일했다. 그의 주된 업무는 런던에서 발생한 아주 다양한 소송 사건을 처리하는 것이었다.

8    "헨리 8세"는 1509년에 17살의 나이로 왕위를 계승했고, 교양 있고 정의로우며 평화를 사랑하는 인문주의자로서 모든 자질을 갖춘 군주로 보였다. 그래서 토머스 모어는 그의 즉위를 열렬히 환영하여 라틴어로 된 몇 편의 시까지 지어 축하했다. 하지만 헨리 8세가 프랑스를 침공하려고 시도하면서, 이 책을 쓴 1516년에 이르러서는 왕에 대한 토머스 모어의 생각이 많이 달라진 상태였다.

9    "카스티야 왕국"은 이베리아 반도 북부에 있던 가톨릭 국가로, 1035년에 백작령에서 왕국이 된 후에 1516년에는 스페인 통일의 주역이 되었다. 1516년에 카스티야 왕국의 왕이 된 "카를로스"가 네덜란드를 지배하게 되면서, 네덜란드는 수입된 영국 양모에 엄격한 관세를 부과했고, 헨리 8세는 이에 맞서 네덜란드에 양모 수출을 금지했는데, 여기서는 이 양모 교역을 둘러싼 분쟁을 언급하고 있다.

셨다.[10] 최근에 모든 사람의 열렬한 축하 속에서 국가 공문서를 담당하는 부서의 책임자로 임명된 커스버트 턴스톨이 나와 동행하게 되었다.

그는 비할 바 없이 훌륭한 사람이지만, 그를 칭찬하는 말은 일체 하지 않는 편이 좋을 것 같다. 내가 그의 친구라서 나의 증언이 참되고 믿을 만한 것이 되지 못한다는 우려 때문만은 아니다. 그의 성품과 학식은 무척 뛰어나서 나로서는 제대로 소개할 수도 없을 뿐더러, 그의 그러함이 어디에나 파다하게 소문이 나 있고 잘 알려져 있는데, 내가 그를 굳이 소개하는 일이 "등불로 태양을 비추는" 꼴이 될 수도 있기 때문이다.

우리는 카스티야 왕에게서 이 일과 관련된 협상을 위임받은 사람들과 미리 약속을 잡고서 브뤼헤[11]에서 만났는데, 모두 훌륭한 사람들이었다. 이 협상단의 책임자이자 우두머리는 훌륭한 인품을 지닌 브뤼헤 시장이었지만, 그들의 입과 심장은 카셀 수도원 원장인 헤오르게스 데 템세케였다. 그는 훈련받기 전부터 이미 타고난 달변가였고, 법률에도 정통했다. 타고난 능력으로 이런 일들을 오래 하다 보니 협상에 아주 능숙했고 탁월했다.

---

10  헨리 8세는 영국의 양모 교역에 타격을 주었던 이 분쟁을 해결하기 위해 1515년 5명으로 구성된 협상단을 플랑드르로 보냈다. "플랑드르"는 주로 현재의 벨기에 동플랑드르와 서플랑드르 두 주로 구성된 지역을 가리킨다. 벨기에는 1515년에 스페인에 병합되었다. 이 협상단의 총책임자는 "커스버트 턴스톨"(1474-1559년)이었는데, 그는 존경받는 학자이자 영향력 있는 성직자였다.

11  브뤼헤는 영국의 양모 교역에서 중요한 항구였다. 벨기에의 수도인 브뤼셀에서 서북쪽으로 90킬로미터 정도 떨어져 있다. "헤오르게스 데 템세케"도 브뤼헤 태생이다. 뒤에 언급되는 "안트베르펜"은 플랑드르 지방에 위치한 벨기에의 도시로 수도 브뤼셀에서 북쪽으로 40킬로미터 정도 떨어져 있었다.

여러 차례 만났지만 몇 가지 문제에서는 충분한 합의를 볼 수 없었다. 그래서 그들은 며칠 동안 우리에게 작별을 고하고, 자기 왕의 의견을 묻기 위해 브뤼셀로 떠났다. 그 동안에 나는 볼 일이 있어 안트베르펜으로 갔다.

거기에 머물면서 자주 사람들을 만났지만, 가장 반가웠던 사람은 페터 힐레스[12]였다. 안트베르펜에서 태어난 그는 이미 사람들 사이에서 대단한 신망과 존경을 받고 있었고, 그런 대접을 받아 마땅한 인물이었다. 학식으로나 인품으로나 그와 비견될 만한 청년을 그 어디에서도 본 적이 없었다.

페터 힐레스

그의 인품은 대단히 훌륭했고, 박학다식했다. 게다가 모든 사람에게 정직하고 친절했으며, 특히 친구들에게는 진실한 마음과 사랑과 신뢰와 우정을 쏟았기 때문에, 세상 어디를 다 찾아보아도 모든 면에서 그토록 완벽한 친구는 한두 명 있을까 말까 할 정도였다. 그는 보기 드물게 겸손했고, 그 사람만큼 꾸밈이 없는 사람은 찾기 힘들었으며, 그 사람만큼 정직하고 소박하면서도 지혜로운 사람은 없었다.

또한, 그의 말은 아주 유쾌했고, 사람 마음을 상하게 하지 않으면서도 대단히 기지가 넘쳤다. 집을 떠나온 지 벌써 4개월이나 되어 아내와 아이들이 보고 싶기도 해서 고국으로 다시 돌아가고 싶은 마음이 간절했던 나였지만 그와 함께 달콤한 대화를 나누며 즐거운 시간을 보내다 보면 그런 마음이 상당 부분 사라지곤 했다.

---

12 "페터 힐레스"(1486-1533년)는 안트베르펜에서 태어나서 에라스무스의 문도이자 친구가 되었고, 1510년에 이 시의 비서실장으로 임명되었다. 에라스무스는 1515년에 토머스 모어에게 그를 소개했다. 이때에 토머스 모어(1478-1535년)는 37세였고, 페터 힐레스는 29세였다. 에라스무스(1466-1536년)는 네덜란드의 인문학자이자 문예부흥 운동의 선구자였다.

어느 날 나는 노트르담 성당에서 열리는 미사에 참석했다. 이 성당은 안트베르펜에서 가장 아름답고 유명한 건물이었고, 많은 사람으로 붐볐다. 그런데 미사를 마치고 숙소로 다시 돌아가려던 찰나에, 그가 이제 막 노년기로 접어든 것으로 보이는 어떤 낯선 사람과 이야기하는 것을 보게 되었다. 그 사람의 얼굴은 햇빛에 그을려 있었고, 수염을 길렀으며, 어깨에는 망토가 제멋대로 걸려 있었다. 그 얼굴과 행색을 보고 뱃사람일 것이라고 생각했다.

그때에 페터도 나를 보고는 즉시 내게로 다가와 인사했다. 그는 내가 인사할 틈도 주지 않고 다짜고짜 나를 거기에서 약간 떨어진 곳으로 데려가더니, 자기가 방금 이야기 나누던 사람을 가리키면서 이렇게 말했다.

"저 사람을 보십시오! 지금 막 저 사람을 데리고 선생님께 가려던 참이었습니다."

"당신이 데려오는 사람이라면 얼마든지 환영입니다"라고 나는 대답했다.

그는 말했다.

"저 사람이 어떤 분인지를 선생님이 알게 되면, 저 때문이 아니더라도 저분을 환영하게 되실 겁니다. 지금 살아 있는 사람 중에서 미지의 나라에 대해 저분만큼 많은 얘기를 할 수 있는 사람은 아무도 없는데, 선생님은 그런 얘기를 몹시 듣고 싶어 하신다는 것을 잘 알고 있으니까요."

그래서 나는 말했다.

"그렇다면 내 추측이 아주 잘못된 것은 아닌 것 같습니다. 그 사람을 보자마자 즉시 선장일 것이라고 직감했으니까 말입니다."

그러자 그는 말했다.

"하지만 그건 한참 잘못 추측하신 겁니다. 저 사람은 배를 타고 항해하기는 합니다. 한데 팔리누루스[13] 같은 유형이 아니라 오디세우스 같은 유형이지요. 아니, 좀 더 정확하게는 플라톤 같은 사람이라고 하는 게 맞을 겁니다. 저 사람의 이름은 라파엘이고, 성은 히틀로다이오인데, 라틴어도 좀 알고, 특히 그리스어에 정통합니다. 그가 라틴어보다 그리스어를 더 열심히 공부하게 된 이유가 있답니다. 저 사람은 온통 철학에 빠져 있는데, 로마인은 철학 분야에서 세네카와 키케로의 몇몇 저작 외에는 이렇다 할 만한 가치 있는 업적을 남기지 못했다는 것을 알게 되었기 때문이라네요.[14]

그는 포르투갈 사람인데 세상을 둘러보고 싶은 마음이 간절해서, 아버지에게 물려받은 재산을 형제들에게 나눠 주고는 아메리고 베스푸치[15] 탐험대에 지원했답니다. 그런 후에 베스푸치의 네 번의 탐험 중에서 첫 번째를 제외한 세 번의 여

---

13 "팔리누루스"는 베르길리우스가 쓴 장편 서사시인 『아이네이스』에서 이탈리아로 향하던 아이네아스 일행이 탄 배를 몰던 조타수였다. "오디세우스"는 호메로스가 쓴 『오디세이아』의 주인공으로, 트로이아 전쟁이 끝난 후 10년에 걸쳐 온갖 모험을 한 끝에 집으로 돌아온다. 즉, 라파엘은 돈이나 벌자고 배를 모는 단순한 선장이 아니라, 참된 무엇인가를 찾기 위해 모험을 감행한 인물이라는 의미이다. "플라톤" 역시 참된 지식을 찾기 위해 널리 여행했던 인물로 알려져 있다.

14 토머스 모어가 1518년에 옥스퍼드에게 보낸 서신 속에 그의 이러한 견해가 나타나 있다. "세네카"는 스토아학파의 철학자였고, "키케로"도 스토아학파적인 경향을 보여주었다. 그리고 나중에 드러날 히틀로다이오의 생각 속에는 스토아학파 사상이 깊이 배어 있다.

15 여기에서 토머스 모어가 라파엘의 국적을 포르투갈로 설정한 것은 당시 위대한 탐험가들은 포르투갈 출신이거나 포르투갈 왕의 후원을 받았기 때문이었다. "아메리고 베스푸치"는 1451년에 태어나 1497년과 1504년 사이에 네 번의 탐험 항해를 했다. 그는 자기가 아메리카를 발견했다고 주장했고, 1500년대 초에 여행기를 두 권 펴냈다.

행에 동행했지요. 거기에 관한 책은 이미 출간되어 지금은 어디에서나 읽힙니다. 하지만 마지막 여행에서는 베스푸치와 함께 돌아오지 않았습니다. 그는 베스푸치를 설득하고 통사정해서 반강제로 허락을 받아내어, 결국 마지막 탐험 여행에서 도달한 가장 먼 지점에 세운 요새를 지키는 수비대원 스물네 명 중 한 사람이 되어 거기 남게 되었지요.

이렇게 해서라도 남았으니 그로서는 소원 성취를 한 것이었습니다. 그는 자신이 죽을 곳을 정하는 것보다 이곳저곳 두루 여행하는 것에 더 관심이 있었으니까요. 그는 "무덤에 묻히지 못한 사람은 하늘이 덮어준다"느니, "어디에서 가도 하늘로 가는 길은 다 똑같다"느니 하는 말을 늘 입에 달고 살았습니다.[16] 하지만 만일 신이 그에게 은총을 베풀지 않았더라면, 그런 태도로 큰 고초를 치렀을 것이 분명합니다.

아무튼 베스푸치가 떠난 후에 그는 요새 수비대원 다섯 명과 함께 많은 지역을 탐험했답니다. 마지막에는 기막힌 행운 덕분에 타프로바네[17]로 갔고, 그곳에서 다시 캘리컷으로 갔다고 합니다. 그리고 거기에서 때마침 포르투갈 국적의 배들을 만나, 뜻밖에도 마침내 고국으로 돌아올 수 있었답니다."

페터가 말을 마치자, 함께 대화를 나눈다면 아주 좋아할 것

---

16  첫 번째 말은 세네카의 조카이자 로마의 정치가이며 시인이자 철학자였던 루카누스(39-65년)가 한 말이고, 두 번째는 로마의 걸출한 정치가이자 철학자였던 키케로(기원전 106-43년)가 한 말이다.

17  "타프로바네"는 지금의 스리랑카를 가리키는 그리스어였다. 이 나라는 "실론"으로 불리다가, 1972년에 국명을 "스리랑카"로 바꾸었다. "캘리컷"은 오늘날 인도 남서부에 있는 말라바르 해안에 위치한 항구도시인 "코지코드"의 옛 이름이다. 1498년에 포르투갈의 바스쿠 다 가마가 희망봉을 돌아 인도에 도착했을 때 처음 기항한 곳이 바로 이 항구였다.

이라고 생각해 그런 사람을 소개해준 페터의 대단한 호의에 감사한 후에, 나는 라파엘에게로 갔다. 우리는 서로 알지 못했던 사람들이 처음 만났을 때에 통상적으로 주고받는 인사를 교환하고 나서, 세 사람은 나의 숙소로 갔다. 우리는 그곳 정원으로 가서 푸른 잔디로 덮여 있는 벤치[18]에 앉아 얘기를 나누었다.

라파엘은 베스푸치가 약속대로 그를 남겨두고 떠난 후에, 요새에 남은 자신과 수비대원들이 어떻게 했는지를 우리에게 말해주었다. 그들은 지역 원주민들을 자주 만나 대화하면서 환심을 사기 시작했고, 그래서 아무 위험 없이 지낸 것은 물론이고 심지어 친밀해지기까지 했다고 한다. 게다가 그들의 왕도 그가 마음에 들었는지 호의적으로 대했다. 하지만 그 왕과 나라 이름이 지금은 생각나지 않는다.

또한, 친절하게도 이 왕은 그와 다섯 대원이 탐험 여행을 할 때 필요한 충분한 식량 그리고 여행 시 이동 수단들, 즉 물에서 필요한 작은 배와 뭍에서 필요한 마차를 마련해주었다고 말했다. 뿐만 아니라 아주 믿음직스러운 안내인까지 붙여주었는데, 그 안내인은 그들이 만나고 싶어 했던 다른 왕에게 안내하고 세심하게 그들을 천거하면서 부탁하는 말까지 건넸다고 한다. 이렇게 해서 그들은 많은 날을 여행했고, 촌락과 도시는 물론이고, 많은 인구가 밀집해 살면서 그리 나쁘지 않은 문물과 제도를 갖춘 나라도 여럿 발견했다고 말했다.

물론 적도와 그 근방은 태양이 위아래로 운행하는 길이어서, 끊임없이 내리쬐는 열기 때문에 바짝 말라 광활해진 황무

---

18  이 벤치는 나무로 길게 상자처럼 만들어서 거기에 흙을 채운 후에 그 위를 떳장으로 덮은 것이었다.

지로 이루어져 있다. 그런 지역은 어디를 둘러보아도 온통 기분 나쁘고 황량하며 경작되지 않은 채 버려져 있어서 모든 것이 섬뜩하다. 또한, 거기에는 들짐승들과 뱀들 그리고 야수들보다 잔인함이나 야만스러움이 덜하다고 말하기 힘든 아주 위험하기 짝이 없는 사람이 소수 거주한다.

하지만 거기서 조금만 벗어나면, 모든 상황이 서서히 완화하고 나아진다. 기후는 덜 가혹하게 변하고, 대지는 푸르러서 한층 매력적이며, 짐승들의 성품도 온순해진다. 그리고 마침내 사람들이 모여 사는 촌락과 도시들이 나온다. 그들은 자기끼리, 또는 이웃한 지역의 사람들과도 교역하고, 육로와 바닷길을 이용해서 먼 지역에 사는 사람들과도 교역을 한다.

이상한 모양의
배들

그때부터 라파엘은 많은 지역을 가볼 기회를 얻었다. 어느 지역으로 가는 배라도, 그와 그의 대원들이 요청하기만 하면 흔쾌히 태워주었고, 거절당한 경우는 한 번도 없었다. 거기에서 처음으로 눈에 띈 것은 바닥이 평평한 배들이었는데, 돛은 갈대나 버드나무 가지를 엮어 만든 것이었고, 나머지는 가죽으로 되어 있었다고 한다. 하지만 나중에는 뾰족한 용골[19]과 범포로 만든 돛을 갖추고 있어 모든 점에서 자기 나라의 것과 흡사한 배들도 보았다고 그는 말했다.

자석 나침반

선원들은 바다와 기후에 대해 잘 알고 있었다. 그들은 자석으로 된 나침반[20]에 대해서는 전혀 모르고 있었으므로 라파엘은 나침반 사용법을 알려주고 인기를 얻었다. 그래서 전에는

---

19  "용골"은 배의 밑바닥에서 선체의 중심선을 따라 선수에서 선미까지 관통하는 단단한 통나무로, 포르투갈의 배들은 평평하지 않고 뾰족한 용골을 사용했다. "범포"는 돛으로 사용하기 위해 두껍고 질기게 만든 면직물이다.

20  "자석으로 된 나침반"은 15세기부터 항해에 널리 사용되기 시작했다.

늘 바다를 두려워해서 여름철에만 안심하고 항해하고 다른 계절에는 항해를 꺼렸지만, 자석 나침반을 완전히 신뢰한 다음부터는 겨울철 항해도 두려워하지 않게 되었다고 한다. 앞으로는 이 물건을 유용하게 사용하겠지만, 그들의 무모함과 경솔함 때문에 큰 재앙을 가져다줄 빌미가 될 수도 있었다. 나침반을 지나치게 과신했기 때문이다.

그가 각지를 여행하며 보았다고 말해준 것을 여기서 일일이 말하기에는 너무 길기도 하거니와 이 글의 의도와도 맞지 않다. 그가 들려준 것 중에서 특히 알아두면 유용할 것들, 이를테면 문명화한 나라에서 눈여겨보았던 바르고 지혜로운 문물과 제도에 대해서는 앞으로 다시 말할 기회가 있을 것이다.

사실 우리는 이와 관련된 모든 것을 꼬치꼬치 캐물었고, 그도 흔쾌히 설명해주었다. 다만 괴물들에 대해서는 일체 물어보지 않았는데, 괴물은 이제 더 이상 새롭거나 신기한 이야기가 아니었기 때문이다. 탐욕스러운 스킬라와 켈라이노, 사람을 잡아먹는 라이스트리곤[21] 같은 무시무시한 괴물들에 대한 얘기는 도처에서 들을 수 있지만, 건전하고 지혜로운 문물과 제도를 갖춘 나라들은 어디에서도 찾아볼 수 없으니 말이다.

라파엘은 자신이 여행했던 새로운 나라들에서 본 잘못된 제도에 대해 많이 이야기했지만, 우리가 사는 이 도시와 나

---

21  "스킬라"는 그리스 신화에서 여섯 개의 머리를 지니고, 상체는 여성의 모습을, 하체는 여섯 마리의 개의 모습을 한 바다의 흉측한 괴물이다. 시칠리아 연안에서 가장 폭이 좁은 메시나 해협의 어두운 동굴에서 사는데, 지나가는 배를 습격해서 닥치는 대로 선원들을 잡아먹었다. "켈라이노"는 그리스 신화에서 하르피아의 자매 중 하나로, 여자의 머리와 새의 몸을 한 괴물이었는데 폭풍우를 잔뜩 머금은 먹구름 같은 어둠을 뜻한다. "라이스트리곤"은 그리스 신화에 나오는 식인 거인으로, 오디세우스가 이끄는 열두 척의 배 중에서 열한 척을 침몰시킨 것도 이 거인족이었다.

라와 민족과 왕국에서 자행되는 잘못된 것을 바로잡고자 할 때 모범으로 사용하기에 적합한 제도에 대해서도 꽤 많이 알려주었다. 이런 부분은 기회가 주어졌을 때 다시 말할 것이므로, 지금은 유토피아에 살던 사람들의 관습과 제도에 관해 그가 말해준 것만을 그대로 전하려고 한다. 그러면 우선 우리가 어떤 대화를 나누다가 그가 그 나라를 언급하게 됐는지를 말하겠다.

라파엘은 먼저 우리가 사는 여러 나라와 그가 다녀본 나라에서 자행되는 잘못된 관행을 아주 사려 깊게 지적해나갔다. 두 곳 모두에 잘못된 것은 상당히 많았다. 그런 후에 그는 이곳과 그곳에서 시행되는 건전하고 지혜로운 것들을 설명해나갔다. 그런데 그는 자신이 다녀온 각각의 나라에 속한 관습과 제도를 마치 거기에서 평생 살다 온 사람처럼 줄줄이 다 꿰고 있었다. 페터는 거기에 감탄해서 존경하는 표정으로 그를 바라보며 이렇게 말했다.

"라파엘 씨, 당신 같은 분이면 그 어떤 왕이라도 쌍수를 들어 환영할 것이 분명한데도, 어째서 어느 한 왕을 섬겨 나랏일을 돌보지 않는 것인지, 저로서는 도무지 이해되지 않습니다. 당신은 학식이 있는 데다가 많은 지역과 그곳 사람들에 대해 잘 알고 계시기 때문에, 왕을 즐겁게 할 뿐만 아니라 이런저런 사례를 제시하고 조언한다면 국정에도 상당한 도움이 될 것입니다. 또한, 그렇게 함으로써 당신도 큰 이익을 얻고 당신이 부양해야 할 사람들도 많은 혜택을 입을 텐데요."

그는 말했다.

"부양해야 할 사람들에 대해 내게 주어진 의무와 책무는 이미 상당 부분 다 했다고 생각하기 때문에, 사실 그들에 대한 부담감은 별로 없는 편입니다. 사람들은 늙고 병들어 자기 재산을 이제 더 이상 관리할 수 없는 지경이 될 때까지도, 계속해서 그 재산을 틀어쥐고 내놓으려고 하지 않다가 마지못해 내어놓습니다. 하지만 나는 건강할 때, 그리고 젊어서 힘이 왕성할 때 전 재산을 가족과 친지와 친구들에게 다 나누어 주었습니다. 그러니 내가 그들에게 거저 준 것으로 만족하는 것이 마땅하고, 그들을 위해 또다시 왕을 섬기는 노예가 되라고 나에게 강요하거나 기대해서는 안 된다고 생각합니다."

페터가 말했다.

"옳은 말씀입니다. 하지만 제 말은 왕의 노예가 되라는 것이 아니라 봉사하시라는 것입니다."[22]

라파엘은 말했다.

"노예가 되어 섬기는 것과 봉사하는 것은 단지 한 끗 차이일 뿐이지요."

페터가 말했다.

"당신이 그것을 무엇이라고 부르든, 저는 당신이 사적으로나 공적으로나 사람들에게 유익을 끼치면서, 자기 처지도 더 나아지고 행복해지려면 오직 그 길뿐이고, 다른 길은 없다고 생각합니다."

라파엘은 말했다.

"더 행복해진다고요! 내 마음이 그토록 싫어하는 그런 삶이 어떻게 나를 더 행복하게 할 수 있다는 건가요! 지금 나는 내가 원했던 그런 삶을 살고 있습니다. 그리고 왕의 신하 중에

---

22  토머스 모어는 여기에서 "노예가 되다"를 뜻하는 라틴어 '세루이아스'(seruias)와 "봉사하다"를 뜻하는 '인세루이아스'(inseruias)를 가지고 언어유희를 하고 있다. 토머스 모어 자신도 왕을 섬겨 봉사하는 직책 맡기를 주저했다.

서 나처럼 말할 수 있는 사람은 거의 없다고 나는 믿습니다. 권력자에게 잘 보이려고 하는 사람들은 차고 넘칩니다. 그러니 나 같은 사람 한두 명이 없다고 해서 왕들이 큰 손실을 입을 거라고 생각하지 않아도 됩니다."

그때에 내가 말했다.

"라파엘 씨, 당신은 부귀영화를 전혀 바라지 않는 것이 분명하군요. 나는 그런 정신을 지닌 분을 세상에서 가장 힘 있는 사람 못지않게 존경하고 우러러봅니다. 하지만 개인적으로는 별로 내키지 않더라도, 자신의 재능과 힘을 공적인 일에 사용하는 것이 당신의 고귀한 철학에 잘 어울린다는 점은 분명합니다.

그리고 그런 일을 할 때는 왕에게 조언하는 직위를 얻어서, 그 왕을 설득하여 국사를 올바르고 공명정대하게 처리하도록 하는 것보다 더 좋은 방법은 없습니다. 나는 당신이 충분히 그렇게 할 수 있음을 압니다. 사실 왕이라는 존재는 끊임없이 물줄기를 솟구쳐내는 샘과 같고, 이롭거나 해로운 모든 것은 왕에게서 흘러나와 백성 전체 위에 쏟아지는 물줄기와 같습니다.

당신의 학식은 아주 깊고 해박해서 그것만으로도 충분히 유용하게 사용될 것입니다. 게다가 당신에게는 아주 훌륭한 경험이 있어서, 설혹 학식이 없는 상태에서 어느 왕의 고문직을 맡았더라도 그 직책을 훌륭하게 수행해냈을 것이 분명합니다.

라파엘이 말했다.

"모어 씨, 당신은 두 가지를 잘못 알고 계십니다. 첫째는 나에 대해서이고, 둘째는 왕의 고문이라는 직책에 대해서입니다. 당신이 내게 있다고 한 그런 능력이 실제로는 없습니다.

설령 내게 그런 능력이 최대한으로 있더라도, 내가 즐기던 여유로운 삶을 포기하고 공무에 시달리며 괴로워하고 힘들어하게 된다면, 나의 그런 능력은 공무에서 전혀 발휘될 수 없습니다.

무엇보다도 대다수 왕들은 평화를 이루어내는 데 유용한 기술보다는 전쟁을 일으켜서 이기는 일에 더 몰두합니다. 하지만 나는 전쟁에 대해서는 아무것도 알지 못하고 알고 싶지도 않은 사람입니다. 그리고 왕들은 대체로 자신들이 이미 소유하고 있는 나라를 잘 다스리려고 하기보다는, 합법적으로든 불법적으로든 무슨 수를 써서라도 새 나라를 얻는 일에 더 힘을 쏟습니다.

다음으로, 왕의 고문이라는 사람들은 지금도 이미 스스로 지혜롭다고 생각하기 때문에, 다른 사람을 필요로 하지도 않고, 다른 사람에게 자신의 견해를 검토받는 것도 좋아하지 않습니다. 다만 왕의 총애를 한 몸에 받는 신하들을 대할 때 그들의 태도는 완전히 달라져서, 그 신하들이 아무리 터무니없고 어처구니없는 말을 해도, 그들은 거기에 맞장구를 쳐주고 연신 굽신거립니다. 그 신하들에게 잘 보임으로써 자신도 왕의 총애를 얻으려는 것입니다. 물론 사람은 누구나 자신이 낳거나 키운 것을 편애하는 법이고, 그것은 타고난 본능이고 본성이지요. 마치 까마귀가 자기 새끼를 예뻐하고, 원숭이가 자기 새끼를 기뻐하는 것과 같습니다.

아무튼 궁정에는 다른 사람의 것에 대해서는 질시하고 자기 것만을 고집하는 무리가 있습니다. 거기에서 어떤 사람이 다른 시대에 시행되었다고 기록된 것을 읽었거나, 다른 곳에서 실제로 시행되는 어떤 정책을 제안했다고 합시다. 그 사람들은 만일 자기가 그 제안 속에서 어떤 오류가 있다는 것을 찾아내지 못한다면, 지혜롭다고 하는 자신의 명성이 한순간에 무너져내리고, 자기가 바보처럼 보일 수 있다는 위기감을 느낍니다.

꼬투리 잡는
사람들

그래서 이런저런 시도를 하다가 다른 것이 전부 먹히지 않으면, 다음과 같은 말을 피난처 삼아 거기 숨어버립니다. '우리가 지금 시행하는 것은 조상들도 만족했던 것들입니다. 과연 우리가 조상보다 더 지혜롭다는 말입니까?' 그들은 이렇게 말하고 자리에 앉습니다. 물론 이것은 이 문제에 대해서는 자신들이 최종 선고를 했으니, 누구라도 조상보다 더 지혜로운 체한다면 크게 다친다고 경고하는 것입니다.

사실 그들은 조상이 어떤 훌륭한 정책을 실행했든 관심도 없고, 그런 정책을 완전히 무시하고 아무렇지도 않게 생각하는 자들입니다. 단지 어떤 문제에서 다른 사람이 자신보다 더 지혜로운 정책을 제시했을 때만, 느닷없이 조상을 들먹이며 마치 거기에 목숨을 건 사람처럼 결사적으로 조상을 옹호할 뿐입니다.

편파적으로
결정되는 국가
정책들

나는 한 나라의 중요한 정책들이 그런 오만함과 불합리함과 완고함 가운데서 결정되는 것을 많이 보았고, 심지어 영국에서조차 그런 경우를 한 번 본 적이 있습니다."

나는 뜻밖이라는 듯 이렇게 말했다.

"우리나라에도 가보신 적이 있습니까?"

라파엘은 말했다.

추기경 모턴

"예, 그렇습니다. 영국 서부에서 왕에게 반기를 들며 일어난 내전이 진압되고[23] 거기에 연루된 많은 사람이 참혹하게

---

23  헨리 8세가 세금을 지나치게 많이 거두는 것에 분노해서 1497년에 콘월 지역 주민들이 반란을 일으켜서 런던으로 진군해왔지만, 런던 교외의 블랙히

학살을 당한 참사가 벌어지고 난 후 얼마 지나지 않아 거기에 몇 달 머물렀습니다. 거기에 머무르는 동안 캔터베리 대주교이자 추기경이며 당시 영국의 대법관이기도 하셨던 존 모턴 신부님[24]께 많은 신세를 졌습니다. 모어 씨는 이미 알고 계시겠지만, 페터 씨를 위해 그 신부님에 관해 몇 말씀 드리겠습니다.

신부님은 단지 직함 때문만이 아니라, 그분이 지닌 지혜와 덕목 덕분에 사람들에게 존경을 받는 분이었습니다. 중간 키에, 나이는 많이 드셨지만 정정하십니다. 그분의 표정은 두려움이 아니라 존경심을 불러일으킵니다. 편하게 대할 수도 있지만, 진지하고 위엄 있으십니다.

자기에게 어떤 부탁을 하러 온 사람들에게 종종 무례하고 퉁명스럽게 말씀하시지만, 거기에 악의는 없습니다. 단지 자기를 찾아온 사람들의 자질과 성품이 어떠한지를 시험해보려는 것이므로, 절대로 그들을 모욕하지는 않습니다. 그런 방식으로 그분은 어떤 일을 유능하게 해내는 데 필요하다고 생각하는 덕목과 자질을 지닌 사람을 즐겨 찾아냅니다.

그분의 화술은 세련되고 사람을 설득하는 힘이 있으며, 법률 지식도 아주 해박합니다. 총명함은 비할 바 없고, 기억력은 너무나 뛰어나서 경이로울 정도입니다. 그런데도 그런 탁월한 자질을 타고난 것에 안주하지 않고, 더욱 배우고 익혀 그것들을 발전시켰습니다.

---

스에서 패배했다. 이 전투에서 죽은 사람은 정확히 알려져 있지 않아, 200명이라는 설도 있고 2,000명이라는 설도 있다.

24  토머스 모어는 모턴(1420-1500년)을 대단히 존경해서, 그의 집에서 시종으로 일하기도 했다. 여기에서 라파엘은 모턴을 아주 높이 평가했지만, 당시 일반 국민 사이에서는 몇몇 기발한 세목을 고안해낸 일로 원성을 샀다.

내가 영국에 머무르는 동안, 왕은 그분의 판단과 조언을 신뢰했고 국정의 많은 부분은 그분에 의해 돌아가는 것으로 보였습니다. 누구나 다 알듯이, 그분은 대학을 마치자마자 약관의 나이에 곧바로 궁정으로 들어가서, 국사를 돌보는 일에 평생을 바쳤습니다. 그렇게 오랜 세월 온갖 우여곡절을 겪으며 큰 위기를 많이 헤쳐 나가면서 온갖 지혜를 쌓았지요. 그렇게 얻어진 지혜는 쉽게 사라지지 않습니다.

어느 날 우연히 나는 그분과 함께 식사를 하는 중이었고, 그 자리에는 영국의 법률을 공부한 평신도 한 분도 동석해 있었습니다. 어떻게 그런 말이 나왔는지는 기억나지 않지만, 그 사람은 당시에 절도범에 대한 엄격한 형 집행이 이루어짐을 칭찬하는 말을 꺼냈습니다. 여기저기에서 절도범들이 교수형에 처해지는데, 한 교수대에서 스무 명이 처형되는 것도 종종 보았다고 말했습니다.[25] 그런 후에 오직 극소수만이 교수형을 피하는 것이 현실인데도, 여전히 도처에서 많은 절도범이 활개 치고 돌아다니는 것이 정말 이상하다고 말했습니다.

나는 추기경님 앞이라고 해도 거리낌 없이 말하곤 했기 때문에 이번에도 이렇게 말했습니다.

공평하지 않은<br>법률들

'이상하게 생각하실 필요가 전혀 없습니다. 절도범을 그런 식으로 처벌하는 것은 정의롭지도 않고 공공의 이익에 부합하지도 않습니다. 절도범에 대한 처벌은 지나치게 가혹한데다, 그럼에도 범죄를 억제하는 효과는 그리 크지 않기 때문입니다. 아시다시피 사소한 절도는 사형으로 처벌해야 할 정도

---

25  당시 영국은 가혹한 형벌로 악명 높았는데, 홀린셰드가 쓴 『연대기』에서는 헨리 8세가 다스리던 시절에만 7,200명의 절도범이 교수형을 당했다고 전한다.

의 중범죄가 아닙니다. 게다가 생계를 해결할 수 있는 유일한 방법이 절도나 강도라면, 아무리 가혹하게 처벌한다 해도 그것을 막지 못합니다.

절도범과 강도를 줄이는 방법

이 문제와 관련해서는 이 나라만이 아니라 전 세계의 많은 나라가, 학생들을 가르치기보다는 회초리로 때리는 쪽을 거리낌 없이 선택하는 나쁜 교사들을 따릅니다. 누구에게나 다 먹고살 방도를 마련해주는 편이 훨씬 더 나은 일입니다. 그런데도 굶어 죽지 않으려면 남의 것을 훔칠 수밖에 없는 상황으로 먼저 사람들을 내몰고선 그런 후에는 절도죄를 범했다고 그들을 끝까지 추적해서 교수형이라는 가혹하고 끔찍한 형벌을 내려 죽이고 있으니 말입니다.'

그러자 그 평신도는 이렇게 말했습니다.

'누구나 다 먹고살 방도는 지금도 충분히 마련되어 있습니다. 여러 기술을 배울 수도 있고, 농사를 지을 수도 있습니다. 찾아보면 문제를 해결할 방법은 얼마든지 있습니다. 단지 그렇게 살아가려고 하지 않고 나쁜 짓을 해서 살아가려는 사람들이 있어 문제인 것입니다.'

그 말에 나는 이렇게 말했습니다.

'그렇게 말하는 것은 문제를 회피하는 것입니다. 우선 최근에 콘월에서 벌어진 내전이라든지, 얼마 전에 있었던 이 나라와 프랑스 간의 전쟁이라든지,[26] 내전이나 외국과의 전쟁에서

---

26  이 책에서 라파엘과 추기경이 이런 자리를 마련해 대화한 때는 1497년 또는 그 직후로 설정되어 있다. 따라서 여기에 언급된 상이군인들은 1489-1492년에 영국과 프랑스 간에 벌어진 산발적인 국지전에서 부상을 당한 비교적 소수의 군인을 가리키는 것일 수 있다. 하지만 토머스 모어는 1512-1513년에 헨리 8세가 프랑스를 침공하면서 많은 상이군인이 생겨난 것을 염두에 둔 것으로 보인다.

국가나 왕을 위해 싸우다가 부상을 당해 팔 다리를 잃어버린 채로 집으로 돌아온 상이군인이 있다는 것은 논외로 칩시다. 그런 상이군인은 불구가 되어 자신들이 이전에 쉽게 했던 일을 더 이상 해나갈 수 없고, 이제는 나이가 들어 새 일을 배울 수도 없습니다. 하지만 전쟁은 어쩌다 일어나는 일이기 때문에 그런 사람들은 논외로 치고, 매일 일어나는 일을 생각해봅시다.

수컷 벌들처럼 아무 일도 안 하고 빈둥거리면서 남의 노동에 기대어 살아가는 귀족들이 아주 많습니다.[27] 그들은 영지를 소작농에게 빌려주고 끊임없이 소작료를 올려 받아 정작 힘들게 노동을 하는 농부들은 입에 풀칠조차 하지 못하게 만듭니다. 귀족들이 유독 소작농에게 지독하게 인색한 이유는 그들은 다른 모든 일에서는 돈을 물 쓰듯 해서 그렇게 하지 않으면 금세 파산하여 알거지가 되기 때문입니다.

게다가 귀족들은 가신들,[28] 즉 자신들과 똑같이 생업을 위해 아무 일도 하지 않고 빈둥거리는 수많은 무리를 거느리고 다닙니다. 그런 가신은 자기 생계 유지를 위해 어떤 기술도 배운 적이 없는 자들입니다. 그래서 주군이 죽거나 자신이 병들면, 그 즉시 쫓겨납니다. 귀족들은 병든 자를 보살필 바에

---

27　플라톤의 『국가』에서 소크라테스는 나라와 공공의 이익에 아무 기여도 하지 않고 빈둥거리며 살아가는 돈 많은 자들을 설명할 때 이와 동일한 비유를 사용한다. 토머스 모어는 귀족 계층에 대한 플라톤의 인식을 가져와 영국 상황을 바라보며 내리는 자신의 고찰을 위한 틀로 삼은 것으로 보인다. 그 밖에도 토머스 모어가 플라톤의 저작들과 당시 아테네 사회를 염두에 둔 것으로 보이는 내용이 이 책에 상당수 등장한다.

28　이 가신들은 귀족들이 집에서 부리던 하인들이거나, 봉건 영주가 거느리고 있다가 헨리 7세에게 혁파당했던 사병 조직의 마지막 잔재였다.

야 차라리 빈둥거리는 자들을 먹이려 하기 때문이며, 귀족이 죽고 나면 그 상속자는 적어도 초기에는 아버지의 가신들을 그대로 유지하려 하다가 돌볼 처지가 되지 못하는 경우가 자주 있기 때문입니다.

그렇게 되면 가신이었던 자들은 도둑질이나 강도짓 없이는 이내 굶주림에 시달립니다. 그들이 달리 무슨 일을 할 수 있겠습니까? 만일 도둑질이나 강도짓을 하지 않고 얼마 동안 떠돌아다니면, 건강은 나빠지고 옷은 여기저기 찢어지고 해져 누더기가 되며, 몰골은 초췌해집니다. 그러면 귀족들은 그런 그들을 거두어주지 않을 것이고, 농부들조차 그런 그들을 써주지 않을 것입니다. 사람들은 그들이 게으름과 환락 속에서 고생을 모르고 살아온 자들이고, 칼과 방패로 무장한 채 불한당 같은 얼굴을 하고서, 모든 이웃을 아래로 내려다보며 자기 앞에 있는 모든 사람을 깔보면서 거들먹거리며 다니는 게 몸에 밴 것을 잘 압니다. 그런데 그런 그들이 쥐꼬리만한 급료와 생존에 필요한 최소한의 음식을 받는 조건으로 가난한 농부를 위해 삽과 곡괭이를 들고 성실하게 일할 수 있겠습니까? 그들이 그런 식으로 일할 수 없다는 것을 사람들이 왜 모르겠습니까?'

내가 이렇게 말하자, 그 사람은 우리에게 말했습니다.

'우리가 일차적으로 따뜻하게 끌어안고 보살펴주어야 할 사람들이 바로 그런 부류입니다. 그들은 기술자나 농부보다 더 용맹스럽고 고귀한 정신을 지니고 있어, 전쟁이 일어나면 우리 군대의 주력을 이룰 사람들이니까요.'

내가 말했습니다.

'당신이 전쟁을 위해 그런 절도범들을 따뜻하게 보듬고 잘 보살펴주어야 한다고 말한 것은 옳습니다. 절도나 강도짓 같

군인과 도둑은
한 끗 차이

은 기술과 전쟁에서 아주 긴요하게 써먹을 만한 기술은 서로 아주 비슷해서, 절도범이나 강도치고 싸움을 못하는 군인은 없는 법이고, 군인이 도둑질이나 강도짓에 서툰 경우도 없습니다.[29] 그러니 절도범과 강도를 많이 보유하고 있으면, 전쟁에서 잘 싸워줄 군인이 결코 부족하지 않으리라는 것도 사실입니다.

이 문제는 이 나라에서 자주 거론되는 골치 아픈 문제이긴 하지만, 그렇다고 이 나라만의 문제는 아니고 거의 모든 나라에 공통된 것입니다.

예컨대, 프랑스는 이 문제로 다른 나라보다 훨씬 더 골머리를 앓고 있습니다. 프랑스에게 평화로운 시기라고 하는 것이 과연 옳은 말인지는 모르겠지만, 어쨌든 프랑스는 평시인데도 온 나라가 용병으로 차고 넘칩니다.[30] 그 용병은 귀족들이 아무 일도 안 하고 빈둥거리는 가신을 거느리는 일을 정당화하면서 사용했던 동일한 논리 위에서 프랑스가 외국에서 돈을 주고 사온 자들입니다.

스스로 지혜롭다고 하지만 어리석기 짝이 없는 정치인들은 나라와 국민의 안위는 전쟁 경험이 많은 군인으로 이루어진 강력한 상비군을 언제라도 즉각 동원 가능한가의 여부에 달려 있다고 생각했습니다. 그런 정치인들은 전쟁 경험이 없는 군인은 믿을 수 없다는 생각에 사로잡혀, 그들에게 전쟁을 경험하게 하는 식으로 큰돈을 지불하지 않고도 사람들을 마음

---

29 이렇게 군인와 강도의 유사점을 비교하는 논법은 에라스무스를 비롯한 인문주의자들이 자주 사용하던 것이었다.

30 프랑스 군대는 주로 용병으로 이루어져 있었다. 16세기 초에 프랑스 보병 중 대부분은 스위스 용병이었다.

껏 죽이는 연습을 시키기 위해, 또는 살루스티우스[31]가 재치
있게 표현했듯이 연습을 안 해서 손과 정신이 둔해지기 시작
하는 것을 막기 위해 종종 의도적으로 어떤 꼬투리를 잡아 전
쟁을 일으키곤 합니다.

프랑스는 혹독한 대가를 치르고서야 용병 같은 야수들을 용병의 위험성
키우는 것이 얼마나 위험천만하고 국가에 해가 되는 일인지
를 배웠습니다. 또한, 로마와 카르타고와 시리아에서 일어난
사례를 보더라도 상비군에 의해 정부가 전복되었을 뿐만 아
니라, 그 나라의 영토와 심지어 도시들까지 파괴된 일이 한두
번이 아니었음을 알 수 있습니다.[32]

게다가 상비군이 꼭 필요한 것도 아닙니다. 프랑스는 상비
군을 두고 손발이 닳도록 훈련시켰지만, 전쟁이 있을 때마다
새로 징집된 영국군과 싸워 월등하게 이긴 적이 많았다고 자
신 있게 말할 수 없는 게 사실입니다. 이런 말은 여기 계신 영
국 분들에게 아부하는 것처럼 보일 수 있기 때문에 이쯤에서
그만하겠습니다.

한편 당신이 앞에서 말한 것과는 달리, 도시에서 일하는 사
람들이나 시골의 무지렁이 농부들이 저 게으름뱅이 가신 무
리를 무척 두려워한다는 것은 사실이 아닙니다. 물론 신체 조
건이 따라주지 않아 힘을 쓰지도 못하고 대담하게 행동할 수

---

31  "살루스티우스"(기원전 86-35년)는 로마의 정치가이자 역사가로, 스토아학
    파와 철학적 성향이 비슷한 역사관과 문제의식을 보여준다. 그는 로마 공화
    정 말기의 부패와 혼란에 대해 거침없는 비판을 쏟아냈다.

32  로마 역사에는 그런 사례가 많다. 카르타고에서는 제1차 포에니 전쟁(기원
    전 264-241년)이 끝나자마자 용병들이 자신을 고용한 주인을 공격했다. 시
    리아에서는 맘루크 용병대가 기존 정부를 전복시키고 13세기부터 16세기
    초까지 중동 지역 대부분에 영향력을 행사한 국가를 지배했다.

도 없는 사람이나, 가정 형편이 어렵고 먹고살기 힘들어서 기가 죽어 있는 자라면 그들을 두려워하겠지요. 하지만 사실 가신들은 사람들에게 전혀 두려운 존재가 아닙니다.

가신들은 처음에는 강인하고 다부진 신체를 갖추고 있습니다. 그렇지 않다면 귀족들이 그들을 가신으로 뽑지 않을 테니까요. 하지만 가신으로 들어간 순간부터는 여자에게나 어울리는 유약한 일을 하고 지내면서 게으르고 나태한 삶을 살기 때문에 힘을 잃어가기 시작합니다. 차라리 그들에게 생계를 위해 필요한 기술을 가르쳐서 남자다운 노동을 하며 살아가게 한다면, 그들이 남자다움을 잃고 유약해지는 일은 없을 것입니다.

전쟁은 원하지 않으면 하지 않아도 되고, 실제로 그런 가신무리는 오직 전쟁이 일어났을 때만 쓸모 있습니다. 그런데 지금 그런 무리가 끊임없이 소동을 일으켜 전쟁보다 훨씬 더 중요한 평화를 위협하고 있습니다. 상황이 이런데도 그런 자들을 데리고 있다는 것이 대중에게 무슨 유익을 주는지 저는 정말 모르겠습니다.

물론 이러한 가신 문제가 도둑질을 하지 않을 수 없게 사람들을 내모는 유일한 원인은 아닙니다. 나는 다른 원인도 있다고 믿는데, 특히 이 나라에 특유한 것들입니다.'

그러자 추기경께서 '그것들이 대체 어떤 것인가요?'라고 물었습니다.

나는 이렇게 대답했지요.

영국의 양들이
사람들을
집어삼킴

'이 나라 사람들이 키우는 양과 관련된 문제입니다. 그 양들은 처음에는 아주 온순했고 먹이도 조금만 먹으면 되었습니다. 하지만 지금은 아주 탐욕스럽고 사나워지기 시작해서 사람들과 농장과 집과 마을을 집어삼켜 초토화하고, 사람들

이 살 수 없게 만들어버린다고 합니다.[33]

무슨 말이냐 하면, 이 나라에서 가장 품질 좋고 값비싼 양모가 생산되는 모든 곳에서 귀족과 신사 그리고 심지어 성직자인 상당수의 수도원장조차도 자기 조상이나 전임자가 각자의 영지에서 해마다 벌어들였던 소작료나 수입으로 만족하지 못한다는 말이지요. 그렇지 않아도 그들은 지금까지 대중에게 아무 유익도 주지 못했고, 게으르고 나태하며 사치스러운 삶을 살아왔습니다. 그런데 이제는 그런 삶으로도 성이 차지 않아 대중에게 크나큰 해악을 끼치기로 작정한 것이나 마찬가지입니다.

그들은 그때까지 마을에서 공동으로 사용하던 목초지를 울타리로 두르고, 경작지를 모두 다 없애버렸으며, 집들을 허물고 마을을 파괴해버렸습니다. 양들의 우리로 사용하기 위해 오직 교회만을 그대로 보존했을 뿐입니다. 그 전에도 이 사람들은 이미 온 나라의 적지 않은 땅을 자기 유희나 사냥을 위한 구역으로 정해 경작지도 못하게 만들어 그 땅을 더욱더 황폐하게 만들어왔지만, 이제는 아예 사람들이 거주하거나 경작하고 있는 모든 땅을 파괴하여 황무지로 바꾸어놓고 있습니다.

그들 한 명 한 명은 이 나라를 먹어치우는 무시무시한 식충입니다. 한 명이 수천 에이커의 토지를 한 울타리로 둘러치고는 농부들을 몰아냅니다. 소작농들이 쫓겨나는 것은 말할 것

양모 산업에 의한 농업의 황폐화

---

33  라파엘이 여기에서 시적으로 묘사한 이 대목은 제1차 인클로저 운동을 가리킨다. 이 운동은 15세기 말에서 17세기 중반까지 대지주들이 곡물 생산보다 더 많은 이익을 남길 수 있는 양모를 생산하기 위해 기존의 공유지나 경작지를 울타리나 돌담으로 둘러싸서(enclosure) 사유지임을 표시해놓고, 거기에 양들을 기르게 된 것을 지칭한다.

도 없고, 자작농도 속아서 자기 토지를 빼앗기기도 하고, 폭력과 협박으로 또는 끊임없는 괴롭힘을 견디다 못해 자기 땅을 팔지 않으면 안 되는 상황에 내몰립니다.

이렇게 해서 소작농이든 자작농이든 계약서에 도장을 찍은 이 불쌍한 사람들은 자기 땅을 떠나지 않으면 안 됩니다. 남자와 여자, 남편과 아내, 고아, 과부, 어린 자식들이 딸린 부모…. 이렇게 한 가족을 이루는 사람 수는 부자들보다 더 많은데, 농장이나 농사일을 하려면 많은 일손이 필요했기 때문이었지요. 그들은 모두 오랫동안 살아온 정든 고향 땅과 집을 떠나야 하지만, 누구도 그들을 받아주지 않습니다.

그들이 소유한 가재도구를 다 팔아도 목돈이 되지 않습니다. 게다가 급히 집을 비워주고 떠나야 하고 그곳에 오래 머무를 수도 없습니다. 그래서 제대로 값을 쳐줄 만한 구매자를 기다릴 형편이 아니어서 헐값에 처분해야 합니다.

그런 얼마 되지 않는 돈은 그들이 고향 집을 떠나 정처 없이 이곳저곳을 떠돌다 보면 금방 없어집니다. 그러면 결국 마지막으로 그들에게 남은 일이라고 해봐야 도둑질하다가 붙잡혀 정의라는 이름으로 교수형에 처해지는 것 말고 뭐가 있겠습니까? 물론 여기저기 떠돌며 구걸해서 먹고사는 길이 있긴 합니다. 하지만 그런 경우에도 일은 안 하고 떠돌아다닌다고 하여 부랑자로 취급받아 체포되고 옥살이를 하는 사람이 허다합니다.

그들은 너무나 절실하게 일하고 싶어 하지만, 아무도 그들을 고용하려고 하지 않습니다. 농사일이 몸에 밴 사람들인데 경작지가 없어졌으니 농사지을 일도 없고, 따라서 그들을 필요로 하는 곳도 없기 때문입니다. 전에는 농사를 짓기 위해 많은 일손을 필요로 했던 저 드넓은 토지가 이제는 가축들을 방목해서 키우는 거대한 목초지로 변해버렸기 때문에, 지금 거기에는 가축을 돌볼 한 명의 목자나 소몰이꾼을 두는 것으로 충분하기 때문입니다.

이것은 많은 곳에서 곡물 가격이 치솟는 원인이 되었습니다. 또한, 양모 가격도 치솟아서 이 나라에서 양모로 직물을 만들어 생계를 유지해왔던 사람들이 이제 더 이상 그 일을 할 수 없게 되고, 그들 중 다수는 생업을 잃고 실업자가 되었습니다. 그렇게 된 원인은 새로운 목초지가 급격히 늘어난 후에, 양들 사이에서 살이 썩어 죽는 전염병이 돌아 헤아릴 수 없이 많은 양이 죽었기 때문이었습니다. 이것은 신이 그들의 탐욕을 벌하려 내린 심판 같았습니다. 그 심판은 양이 아닌 주인들에게 내려졌어야 하는데, 그렇지 않았다는 것이 아쉬운 점이긴 했지만요.

곡물 가격 상승의 원인

하지만 설령 양들의 수가 아무리 많이 늘었다고 해도, 양모 가격은 한 푼도 내리지 않을 것입니다. 양모 시장은 한 사람의 판매자에게 장악되어 있지는 않아서 독점이라고 부를 수는 없지만, 과점인 것은 분명하기 때문입니다. 이것은 양모 시장이 소수 부자들의 수중에 들어가 있고, 그들이 팔고 싶지 않으면 굳이 급하게 팔아야 할 필요가 없기 때문에, 얼마든지 기다렸다가 가격이 자기 마음에 들 때만 팔려고 한다는 뜻입니다.

또한, 이것은 양뿐 아니라 다른 가축의 가격이 오른 이유이기도 합니다. 농가와 농장이 무더기로 파괴되면서, 농사일을 하는 데 필요한 가축에 대한 수요가 줄어들고, 자연히 가축을 키우는 사람도 사라지게 되었습니다. 그러자 부자들은 새끼 때부터 직접 가축을 키우지 않고, 다른 사람에게서 삐쩍 마른 놈들을 헐값에 사들여서 자기 목초지에 방목하여 살을 찌운

가축 가격 상승의 원인

후에 비싼 값에 되파는 방법을 사용합니다.

이런 폐해를 사람들이 제대로 체감하지 못하는 이유는 그들이 교묘한 방법을 사용하기 때문입니다. 그들은 키운 가축을 자신이 사는 지역에 비싼 가격으로 되팔았습니다. 그래서 지금까지는 그 지역에서만 가축 가격이 높게 형성되어 있습니다. 하지만 그들이 가축을 다른 지역에서 싼 값에 사오는 속도가, 같은 곳에서 가축을 키우는 속도를 추월하는 일이 상당 기간 지속된다고 생각해보십시오. 그러면 가축 공급이 점차 감소되어, 결국 모든 지역에서 현저한 공급 부족에 시달릴 것이고, 그렇게 되면 모든 곳에서 가축 가격이 높게 형성될 것입니다.

거지와 도둑의 증가 원인에 곡물 가격 상승도 있음

그런 후에는 목축과 관련해서 특히 축복받은 나라로 인정받던 이 섬이 이제는 소수의 사악한 탐욕 때문에 저주받은 나라로 변하고 맙니다. 식용으로 사용하는 가축 값이 치솟으면, 부잣집은 자신이 하인으로 고용한 많은 사람을 내보내게 됩니다. 그렇게 해고된 사람들은 먹고살기 위해 구걸하거나, 그중에서 좀 더 두둑한 배짱을 지닌 자들은 절도나 강도 행각을 벌이려는 유혹에 쉽게 빠져듭니다.

사치 풍조로 인한 궁핍 악화

이런 상황에서 사치와 향락 풍조가 만연되어 있는 것도 그러한 비참한 가난과 궁핍을 더욱 악화합니다. 귀족의 하인들, 여러 분야의 일꾼, 심지어 시골 사람에 이르기까지 모든 계층에서 사람들이 분수에 맞지 않게 화려하게 차려입고 지나치게 사치스럽게 살아갑니다.

요리집, 매음굴, 술집, 불법 도박도 도둑 증가의 원인

게다가 요리집과 매음굴과 유곽은 말할 것도 없고, 그 밖에도 다양한 방법으로 매음이 행해지는 많은 곳 그리고 선술집과 맥줏집을 생각해보십시오. 또한, 여러 주사위 놀이, 카드놀이, 정구, 볼링, 고리 던지기 같은 온갖 불법 도박을 생각해보

십시오.[34] 그런 곳에서 환락이나 술이나 도박을 즐기는 사람들은 전 재산을 금방 탕진하기 십상입니다. 그런 것에 중독된 사람들이 가진 것을 모두 잃어버린 후에 유흥비를 마련하기 위해 할 수 있는 일이 도둑질이나 강도짓 외에 무엇이 더 있겠습니까?

이 나라는 이러한 해롭기 짝이 없는 폐단들을 뿌리 뽑아야 합니다. 시골의 농장과 마을을 파괴한 자들에게는 그곳을 재건하게 하거나, 그렇게 재건하려는 자들에게 넘기라고 국가가 명령해야 합니다. 부자들이 모든 것을 마구잡이로 다 사들인 후에 시장을 독점하는 것을 규제해야 합니다. 일하지 않고 빈둥거리는 사람 수를 줄여야 합니다. 농업을 재건하고 모직업을 회복시켜 정직하게 돈을 버는 직종으로 육성하여, 일이 없어 노는 많은 사람이 그런 일에 종사하게 해야 합니다. 가난 때문에 이미 도둑이 되어버린 사람들, 전에는 하인이었다가 지금은 실직해서 떠돌거나 놀고 있어 아직은 도둑이 아니지만 나중에는 틀림없이 그렇게 될 수밖에 없는 사람들이 허다하기 때문입니다.

부자들의<br/>매점매석

이 나라가 이러한 폐단들을 고치지 않는 한, 절도를 벌하는 것이 정의라고 자랑해보아야 아무 소용이 없습니다. 그런 것은 겉보기에는 아주 정의로워 보이지만, 실제로는 정의롭지도 않고 유익하지도 않기 때문입니다.

나중에 절도범이 되는 사람들은 감수성이 예민한 어린 시절부터 아주 열악한 환경 속에서 양육되어 그 인격과 행실이

열악한 양육<br/>환경도 도둑<br/>증가의 원인

---

34  실제로 헨리 7세와 헨리 8세는 여러 법률을 제정해서 도박장이나 술집, 사치스러운 의상 그리고 독점을 규제하려 하였고, 성읍을 재건하거나 목초지를 경작지로 환원하는 시도를 했지만, 성과는 미미했다.

서서히 타락해온 자들입니다. 그런 식으로 지속적으로 양육되어 타락한 인격과 행실이 몸에 밴 그들은 성인이 되면 결국 자연스럽게 절도나 강도짓을 저지를 것이고, 국가는 그런 자들을 처벌합니다. 이것은 국가가 그들을 절도범이나 강도로 키워놓고선 나중에 그런 일을 저질렀다고 처벌하는 것이 아니면 무엇이겠느냐고 나는 반문합니다.'

내가 말을 끝내기도 전에, 그 변호사는 자신이 어떤 식으로 답변할지를 이미 준비해두고 있었습니다. 논쟁을 전문으로 하는 사람들은 자기만의 답변을 제시하는 것보다는 마치 대단한 기억력을 자랑이라도 하려는 듯이 자기보다 앞서 발언한 사람이 한 말을 정확히 요약하는 데 더 심혈을 기울이곤 하는데, 그가 바로 그런 사람이었습니다.

그래서 그는 이렇게 말했습니다.

'당신이 외국인이라는 점을 감안했을 때, 당신이 한 말은 분명 훌륭했습니다. 하지만 당신은 다른 사람에게서 이것을 전해들었기 때문에, 당신은 이 일을 정확하게 이해하지 못하고 있습니다. 나는 몇 마디 말로 간단하게 내 말이 사실임을 명쾌하게 증명하고자 합니다.

먼저 나는 당신이 말한 내용을 다시 한번 차례차례 훑어본 후에, 당신이 어떤 것에서 오류를 범했는지를 드러내 보이겠습니다. 그리고 끝으로 당신의 모든 논증을 철저하게 반박해보겠습니다.

그러면 내가 말한 순서를 따라 첫 번째부터 살펴보지요. 내가 보기에는 당신이 말한 내용은 네 가지로….'

이때 추기경님이 말했습니다.

추기경이 말 많은 변호사를 제지함

'잠깐만 멈춰주십시오. 그런 식으로 시작하는 것을 보니, 당신의 반론은 한두 마디로 끝나지 않을 것이 분명합니다. 그러니 지금은 그런 수고를 하지 말고 당신의 반론을 그대로 간직해두었다가 우리가 다음 번에 만났을 때 들으면 어떻겠습니까? 그리고 당신과 라파엘 씨의 형편이 허락한다면 내일 다시 만났으면 합니다.

그건 그렇게 하기로 하고, 라파엘 씨, 나는 왜 당신이 절도죄를 극형에 처해서는 안 된다고 생각하는지 그리고 절도죄를 어떤 형벌로 처벌해야 대중에게 더 유익이 된다고 생각하는지를 꼭 듣고 싶습니다. 당신은 절도죄를 처벌하지 않고 그저 관용해야 한다고 생각하지는 않을 게 분명하기 때문입니다. 절도죄를 사형으로 처벌해도 절도는 사라지지 않는 것이 작금의 현실입니다.

그런데 당신이 제안한 대로 절도범을 사형에 처하지 않고 목숨을 살려준다면, 절도죄를 저지르면 죽을 것이라는 두려움과 공포가 사라진 상황에서 무엇으로 그런 자들의 범죄를 억제할 수 있겠습니까? 도리어 그들은 그런 식으로 처벌이 완화된 것을, 범죄를 저지르라고 부추기는 격이라고 생각할 것은 물론, 거기서 더 나아가 범죄에 대한 보상이라고 해석할지도 모릅니다.'

나는 말했습니다.

'지극히 자비로우신 신부님, 남에게서 돈을 좀 빼앗았다고 해서 사람의 목숨을 빼앗는 것은 절대적으로 부당한 일이라는 저의 생각은 아주 확고합니다. 사실 사람의 그 어떤 소유나 재산도 사람의 생명만큼 귀할 수는 없습니다. 절도범을 처벌하는 것은 돈 때문이 아니라 정의를 침해하고 법을 어겼기 때문이라고 말하겠지만, 그렇더라도 그런 식의 극단적인 정의는 극단적으로 부당한 것이라고 해야 하지 않겠습니까?

우리는 아주 사소한 일에 복종하지 않았다고 해서 칼을 빼

절도범에 대한
사형은 부당함

가혹한 법률을

어드는 만리우스[35]적인 지독한 독재국가를 인정해서는 안 됩니다. 또한, 어떤 사람을 죽이는 것과 어떤 사람에게서 돈을 훔치는 것은 등가성이 결여되어 있어 유사성이나 상관관계가 존재하지 않는데도, 모든 범죄는 같다고 하여 다 똑같이 처벌해야 한다고 주장한 스토아학파의 사상도 인정해서는 안 됩니다.

신은 우리에게 사람 죽이는 것을 금했습니다.[36] 그런데 우리는 남의 돈을 조금 훔쳤다고 해서 그 사람을 그토록 아무렇지 않게 죽이고 있습니다! 누군가는 사람을 죽이지 말라는 신의 명령은 인간의 법이 허용되지 않는 경우에만 해당한다고 해석할지도 모르겠습니다. 하지만 그런 식의 논리라면, 사람들이 이런저런 경우에는 강간이나 간통이나 위증을 합법적인 것으로 인정하자는 법률을 제정하려 할 때 어떻게 막을 수 있겠습니까!

신은 단지 다른 사람의 목숨을 빼앗는 것만이 아니라, 자기 목숨을 빼앗는 것도 금하셨음을 생각해보십시오. 그런데도 사람들은 신의 허락도 없이 자기끼리 서로 합의하여 특정한 사람들을 죽여도 좋다고 정한 법률을 만들고는, 사람을 죽이

---

35 로마 역사가 리비우스에 의하면, 만리우스는 기원전 4세기에 로마 집정관을 지낸 장군이다. 그는 적과는 그 어떤 접전도 금한다는 명령을 내렸는데, 적의 도전을 받아들여 단 한 번 교전했다는 죄목으로 자기 아들을 처형했다. 이렇게 해서 "만리우스적인 법령"이라는 말은 지나치게 가혹한 법령을 가리키는 속담이 되었다.

36 "살인하지 말라"는 성경의 십계명을 가리킨다. 모세 율법은 절도죄에 대한 형벌로 사형을 제시하지 않았지만, 그 밖의 다른 범죄에 대해서는 사형을 형벌로 정했다. 여기서 라파엘도 사형이라는 형벌 자체를 반대하는 것은 아니다. 따라서 절도죄를 범했다고 사형을 시키는 것은 법에서 허용된다고 해도 실질적으로는 살인 행위라고 말하는 것이다.

지 말라는 신의 계명을 어겨도 괜찮다는 면죄부를 사형 집행
자에게 제멋대로 발부해 인간의 법률에 의거해 사형 선고를
내려 사람들을 죽이고 있습니다.

이것은 사실상 신의 법은 인간의 법이 허용하는 한도 내에
서만 효력이 있다고 못 박은 것이 아니면 무엇이겠습니까! 그
렇게 되면 사람들은 모든 일에서 그런 논리를 적용해서 신의
계명을 어느 정도까지 지키는 것이 적절한지를 스스로 정하
게 될 것임은 의심의 여지가 없습니다.

게다가 모세 율법은 노예근성이 있는 완고한 백성을 다스
리기 위해 만들어졌기에 무자비하고 가혹했지만, 절도범에
게는 벌금만 물렸을 뿐, 사형을 시키지는 않았습니다. 그런데
하물며 신이 새로운 자비와 사랑의 법을 우리에게 주시고,[37]
아버지로서 자녀인 우리를 다스리고 계시는 지금, 우리에게
서로를 죽이는 잔인한 일을 저질러도 된다는 면허를 주셨다
고 생각하는 것은 불가능합니다.

이러한 것이 제가 절도범을 사형으로 처벌해서는 안 된다
고 생각하는 이유입니다. 사실 절도범과 살인자를 똑같이 사
형으로 처벌하는 것이 얼마나 불합리하고, 또한 국가와 대중
에게도 위험하고 해로운 것인지를 모르는 사람은 없다고 생
각합니다. 강도짓을 하든 살인을 하든 다 똑같이 사형이라는
처벌을 받는다면, 강도짓을 하는 자는 물건만 뺏으면 되는 때
도 쓸데없이 사람까지 죽이는 일이 벌어집니다. 그렇게 해야
그 강도는 자신이 붙잡힐 위험을 줄일 수 있고, 목격자를 죽
임으로써 범죄를 은폐할 수 있다는 희망도 더 커지기 때문입

모세 율법에서는
절도범을 죽이지
않음

절도범에 대한
사형의 폐해

---

37  여기에서 라파엘은 성경의 구약 시대에 모세를 통해 주어진 율법과 신약 시
대에 예수 그리스도가 제시한 복음을 대비한다.

니다. 그러니 강도짓만이 아니라 살인까지 저질러야 더 안전한 길이 됩니다. 따라서 절도범을 잔인하게 극형에 처하는 것은 사람들에게 큰 공포심을 불러일으켜 그런 범죄를 막아보려는 의도이긴 하지만, 실제로는 선량한 사람마저 공포로 몰아넣고 있습니다.

절도범에 대한
합당한 처벌

그러면 이제 절도범을 어떤 식으로 처벌해야 더 적절하고 유익할지를 한번 살펴보겠습니다. 내 생각에는 무엇이 좋은 것인지 찾아내는 일은 무엇이 나쁜 것인지 찾아내는 것만큼 어려워 보이지는 않습니다.

절도범에 대한
로마인의 처벌

우리는 옛적에 국가를 경영하는 일에 최고 전문가였던 로마인들이 아주 오랜 세월 만족스러워 했던 형벌 제도를 알고 있습니다. 그 방법이 유용하다는 것에 우리가 굳이 의문을 품을 이유는 없습니다. 그들은 중범죄를 저지르고 유죄 판결을 받은 죄수들을 채석장이나 광산으로 보내 쇠사슬에 묶인 채로 평생 강제 노역을 하게 했습니다.

절도범에 대한
폴리레로스의
모범적인 처벌

하지만 이 문제와 관련해서 시행 중인 가장 훌륭한 제도는 제가 페르시아를 여행하면서 폴리레로스[38]라고 불리는 나라에서 목격한 것입니다. 그 나라는 규모도 그리 작지 않고, 문물과 제도도 잘 갖추어져 있었습니다. 페르시아 왕에게 해마다 조공 바치는 것을 제외하고는, 모든 일에서 스스로 제정한 법률에 따라 통치가 이루어지는 자치국가였습니다.

게다가 그 나라는 바다에서 멀리 떨어진 곳에 위치하고 사방이 산으로 둘러싸여 있었고, 땅은 상당히 비옥해서 사람들

---

38  "폴리레로스"는 "많은"을 뜻하는 '폴뤼스'와 "말이 되지 않는 것"을 뜻하는 '레로스'를 결합시켜 만든 단어로 "말도 안 되는 일이 많이 벌어지는 나라"라는 의미다.

은 자기 땅에서 생산되는 것들로 충분히 먹고살 수 있었습니다. 그래서 외부로 나가는 일도 드물었고, 외부인이 찾아오는 경우도 거의 없었습니다. 이 나라는 영토를 확장하지 않는 것이 오랜 전통이었고, 사방이 산으로 둘러싸여 있는데다, 페르시아 왕에게 바치는 조공 덕분에 외부의 온갖 위협으로부터 안전하게 보호받을 수 있어 전쟁을 겪어본 적이 없었습니다.

그래서 그들은 결코 화려하거나 사치스러운 삶은 아닐지라도 편안한 삶을 살고 있었습니다. 이렇게 이 나라는 세상에 널리 알려져 있지도 않았고 유명하지도 않았지만, 행복한 나라였습니다. 내가 보기에 이 나라와 가까운 지역에 사는 사람들 외에는 이 나라를 제대로 아는 사람이 거의 없었습니다.

다른 나라에서는 절도죄를 저지른 자들이 훔친 물건은 왕에게 귀속되지만, 이 나라에서는 원래의 소유주에게 반환됩니다. 이 나라 사람들은 훔친 물건에 대한 권리가 절도범에게 없는 것과 마찬가지로 왕에게도 없다고 생각합니다. 만약 훔친 물건이 없어지거나 망가져 못 쓰게 되어 회수할 수 없게 되었다면, 그 물건 값은 절도범의 재산에서 징수하고, 나머지는 그의 아내와 자녀들에게 부채로 양도됩니다.

장물은 원 소유주에게 반환됨

그리고 절도범은 징역형을 선고받습니다. 잔혹한 폭력을 수반해서 범죄를 저지른 경우만 아니라면, 절도범을 감옥에 가두거나 족쇄를 채우는 일은 없습니다. 그들은 아무런 속박도 받지 않은 채로 자유롭게 공공 노역장에 배치되어 일합니다. 일하지 않으려 하거나 태업을 하더라도 쇠사슬로 묶거나 족쇄를 채우지는 않고, 단지 채찍질로 정신만 차리게 할 뿐입니다. 열심히 일하기만 한다면 그런 모욕을 당하는 일도 없습니다. 다만 매일 밤 점호를 받아야 하고, 그런 후에는 막사에 수감됩니다. 낮 시간에 매일 일해야 하는 것을 제외한다면,

절도범에게는 징역형이 선고됨

그들 삶에서 특별히 불편한 것은 없습니다.

그들은 공공사업에 참여하는 일꾼들로 숙식은 공공 기금에서 지원되기 때문에 그리 열악하지 않습니다. 공공 기금이 마련되는 방식은 지역마다 다릅니다.

어떤 지역에서는 자선기금을 모금해서 그들을 지원하는 데 사용합니다. 이런 방법으로 기금을 모으는 것이 불안정해 보일 수 있습니다. 하지만 이 나라 사람들은 처지가 어려운 사람을 측은히 여기는 마음과 자애로운 심성을 지니고 있어, 이 방법을 사용할 때 실제로는 가장 많은 기금을 모을 수 있습니다. 그리고 어떤 지역에서는 거둬들인 세금 중 일부를 따로 떼어 그런 기금으로 배정하기도 하고, 어떤 지역에서는 그런 기금으로 사용하기 위해 모든 사람에게 특별세를 부과하기도 합니다.

이 죄수들을 공공 사역에 동원하지 않는 지역도 있습니다. 그런 지역에서는 일용노동자를 필요로 하는 일반 국민이 죄수들이 모인 인력 시장으로 가서, 자유민을 고용할 때보다 조금 싼 임금으로 정해진 가격에 하루 단위로 자신이 선택한 죄수를 고용할 수 있습니다. 그런 후에 고용주에게는 자신이 고용한 죄수가 제대로 일하지 않고 게으름을 피울 때 채찍질을 할 수 있는 권한이 주어집니다. 이렇게 해서 죄수에게 일감이 없는 경우는 생기지 않고, 먹는 것을 해결하는 것은 물론이고, 날마다 얼마의 돈이라도 국고에 보탭니다.

그들은 모두 특정 색깔의 옷을 착용합니다. 머리털은 다 미는 것이 아니라, 양쪽 귀가 보일 정도로만 짧게 깎고, 죄수라는 표시를 하기 위해 한쪽 귀의 끝부분을 약간 잘라냅니다.

친구나 지인들이 이 죄수들에게 먹을 것이나 마실 것, 또는 정해진 색깔의 옷을 주는 것은 허용되지만, 돈을 주는 경우에는 준 자와 받은 자가 똑같이 사형 죄로 처벌받습니다. 자유민이 어떤 이유로든 이 죄수들에게서 돈을 받거나, 노예들(그들은 이 죄수들을 이렇게 부릅니다)이 무기에 손을 대는 것도 마찬가지로 사형 죄로 다스립니다.

각각의 죄수는 자신이 어느 지역에 속해 있는지를 보여주는 표지를 늘 달고 있어야 합니다. 그 표지를 달지 않거나 각자에게 지정된 지역을 벗어나거나 다른 지역의 노예와 말하는 것은 사형 죄로 처벌받습니다. 탈주를 계획하면, 실제로 탈주를 실행한 것과 똑같은 처벌을 받습니다. 탈주 계획을 알고도 신고하지 않고 방조한 때도 노예는 사형에 처해지고 자유민은 유죄판결을 받아 노예가 됩니다.

탈주 미수는 기수범과 동일한 처벌을 받음

반면에 신고한 사람에게는 상이 주어지는데, 자유민은 포상금을 받고 노예는 자유를 얻습니다. 그런 경우에 자유민이든 노예든 탈주 계획을 알고도 지금까지 방조했던 죄는 사면을 받고 거기에 대한 형벌도 면제받습니다. 따라서 불법적인 탈주 계획을 계속 밀어붙이는 것보다는 중도에 그만두는 것이 더 안전합니다.

지금까지 말씀드린 것이 이 문제와 관련해서 이 나라가 시행하는 법과 제도입니다. 이것이 대단히 인도적이고 유익한 것임은 누구나 금방 알 수 있습니다. 그런 식의 형벌은 악과 범죄는 뿌리 뽑고 사람은 살리는 데 있습니다.[39] 죄수를 그런 식으로 다루면 그들은 선량해져서 과거에 자신이 다른 사람에게 끼친 해악을 만회하는 데 여생을 헌신합니다.

형벌의 본래 목적

---

39 "폴리레로스"라는 나라가 형벌 제도와 관련해 채택한 원칙들은 플라톤이 『법률』에서 제시한 것과 유사하다. 거기서 그는 형벌의 목적은 범죄 예방, 범죄자 교화, 피해자의 손해 보상이라고 말한다.

이 노예들이 과거의 나쁜 습관으로 되돌아가서 또다시 범죄를 저지를 위험은 사실상 전무합니다. 그래서 그 나라 안의 한 지역에서 다른 지역으로 가려는 여행자에게 이 노예들은 가장 안전한 안내인이라는 평가를 받습니다. 여행자들은 자신이 사는 지역의 노예를 안내인으로 고용해 여행하다가 다른 지역에 도착해선 그곳의 노예를 안내인으로 고용합니다.

이 노예들이 어디서든 강도로 돌변할 위험성은 없습니다. 수중에는 무기가 없고, 그들이 돈을 갖고 있으면 범죄의 증거가 되어 그런 상태로 발각되어 체포되면 즉시 사형을 당하기 때문입니다. 그리고 어딘가로 도주할 가능성도 없습니다. 그들이 입은 옷은 일반 사람과 완전히 구별되는데, 벌거벗고 도망친다면 모를까 그렇지 않다면, 어떻게 발각되지 않고 은신할 수 있겠습니까? 설령 안전하게 도망쳤다고 해도, 한 부분이 베어진 한쪽 귀 때문에 결국은 드러납니다.

하지만 다른 위험은 없더라도, 어쨌든 이 노예들이 힘을 합쳐 정부에 봉기를 일으킬 가능성은 있습니다. 하지만 한 지역의 노예들이 그런 음모를 꾸민다고 해도, 전국 각지의 노예를 끌어들이지 못한다면, 그 음모는 성공할 수 없습니다.

그런데 다른 지역 노예들과의 공모는 원천적으로 차단되어 있습니다. 소속 지역이 다른 노예끼리는 서로 대화하거나 인사하는 것도 허용되지 않는데, 그들이 어떻게 이 일을 공모할 수 있겠습니까? 또한, 그런 음모를 알면서도 신고하지 않으면 노예들은 큰 위험을 감수해야 하고, 고발하는 경우에는 큰 포상을 받는다는 것을 잘 알고 있습니다. 그런데도 반역 음모를 꾸민 노예가 다른 노예를 끌어들이기 위해 그들을 믿고 그 음모를 발설할 만큼 담대할 수 있을까요?

게다가 한편으로는 자신에게 주어진 형벌을 끝까지 감내

하며, 다른 한편으로 그 과정에서 자기 삶을 고쳐서 이후에는 선량하게 살아갈 것이라고 믿을 만한 상당한 근거를 당국에 보여주기만 한다면, 모든 노예는 언젠가는 결국 자유를 얻는다는 희망이 있습니다. 실제로 해마다 수형 생활을 모범적으로 한 꽤 많은 수의 죄수가 그 포상으로 사면되어 다시 사회로 복귀하고 있습니다.'

나는 이렇게 이야기를 마친 후, 이런 제도야말로 거기 있던 변호사가 그토록 입에 침이 마르도록 칭송했던 저 '정의'보다 훨씬 더 좋은 결과를 가져다줄 터인데도, 왜 영국에서는 실제로 시행되지 않는 것인지, 그 이유를 정말 모르겠다는 말을 덧붙였습니다.

내가 이렇게 말하자, 그 변호사는 '만일 그런 제도가 영국에서 시행된다면, 나라 전체를 극도로 심각한 위기로 몰아넣게 될 것입니다'라고 말했습니다. 그는 그렇게 말하고서는 잔뜩 인상을 찌푸린 채로 머리를 절레절레 흔들며 더 이상 아무 말도 하지 않았습니다. 그리고 거기에 있던 모든 사람이 그의 말에 공감하며 그에게 동조했습니다. 그때 추기경께서 이렇게 말씀했습니다.

'이 제도는 지금까지 단 한 번도 시도해본 적이 없어서, 그 결과가 좋을지 나쁠지를 미리 단정적으로 말하기는 쉽지 않습니다. 그러니 실제로 국왕께서 사형 선고를 받은 자들에 대한 형 집행을 연기하면서 동시에 치외법권[40]을 일시적으로 정

---

40  영국에서는 이전 시대에 거의 모든 범죄자가 교회로 피신하면 법 집행을 피할 수 있었다. 따라서 모든 교회는 법 집행이 미치지 못하는 "치외법권"에 해당했다. 토머스 모어 시대에 그런 특권은 상당 부분 축소되긴 했지만, 완전히 폐지되지는 않았다.

지시킨 후에 이 제도를 한 번 실험할 수 있겠지요. 그런 후에 결과가 만족스러운 것으로 입증되면 제도화해서 계속 시행하면 됩니다. 반대로 그 결과가 만족스럽지 않아서, 죄수들에게 이전에 내려진 형벌을 그대로 집행한다면 사형 집행을 잠시 미룬 것에 불과하기에 대중에게 더 위험한 것도 아니고 범죄자에게 부당한 것도 아닙니다. 따라서 그런 실험을 해보는 것은 위험하지 않습니다.

부랑자 문제

사실 나는 그 제도를 부랑자들에게 적용해보는 것도 그렇게 나쁘지 않다고 생각합니다. 지금까지 우리는 그 문제를 해결하고자 많은 법을 만들어 시행해왔지만, 이렇다 할 가시적인 효과를 전혀 보지 못하고 있기 때문입니다.'

사람들의 아부 근성

추기경께서 이렇게 말씀하자, 내가 그런 제안을 했을 때는 코웃음 치며 경멸했던 사람들이 이번에는 모두 앞다투어 추기경님의 제안을 이구동성으로 칭송하며 찬성을 표했습니다. 부랑자 문제에 대한 제안을 특히 칭송했는데, 그 부분은 추기경님이 덧붙인 것이었기 때문이었습니다.

그 후로 이어진 대화는 실없는 내용들이어서, 과연 내가 여기서 말해도 되는지 아니면 말하지 않는 게 더 나은지는 솔직히 잘 모르겠습니다. 하지만 그 내용이 해로운 것도 아니고 우리가 지금 다루는 주제와도 어느 정도 상관있기 때문에 그냥 말하겠습니다.

당시 그 자리에는 우리를 둘러싼 채 대화를 경청하던 이들이 있었는데, 그중에는 광대 흉내를 내면서 실제로는 현실 풍자하는 것을 좋아하는 사람도 있었습니다. 그는 주위를 웃기려고 익살스러운 말을 했지만, 너무나 서투르고 재미가 없어서 사람들은 그 말 때문이 아니라 그런 그를 보면서 웃곤 했습니다. 하지만 가끔은 그가 의도한 대로 현실을 제대로 풍자한 쓸 만한 익살이 나오기도 해서 주사위를 많이 던지다 보면 가끔은 대박도 나온다는 속담을 증명했습니다.

그런데 거기 있던 사람들 중에서 누군가가 이야기하길, 나는 절도범에 대한 대책을 내놓았고 추기경님은 부랑자에 대한 대책을 내놓았으니, 이제 병들거나 늙어 일을 할 수 없어 빈곤으로 내몰리고 생계를 해결할 수 없게 된 자들을 국가가 어떻게 돌보아야 하는지에 관한 문제가 남았다고 말했습니다. 이때 그 익살을 좋아하는 사람이 끼어들어 이런 말을 합니다.

'제게 맡겨주십시오. 그 문제를 제대로 해결할 사람은 저뿐이니까요. 저는 그런 부류가 눈앞에서 사라지기를 누구보다 더 간절히 원하는 사람입니다. 그들이 애처롭게 우는 소리를 내며 끈질기게 돈을 구걸하는 통에 난처하고 곤혹스러웠던 적이 한두 번이 아니었습니다. 하지만 그런 소리는 전혀 듣기 좋은 게 아니어서, 내게서 한 푼도 뜯어낼 수는 없었죠. 그들에게 돈을 주고 싶은 마음이 전혀 들지 않았거나, 주고 싶은 마음이 들긴 했어도 수중에 돈이 없었거나, 둘 중 하나였습니다.[41]

그들은 내게서 단 한 푼도 받아내지 못했습니다. 그러자 마침내 그들이 똑똑해지기 시작했어요. 이제는 나를 붙들고 늘어져봐야 쓸데없이 힘만 낭비한다는 것을 알았습니다. 그래

병자, 노인, 거지 문제

거지들 사이에서의 격언

---

41  여기에서는 "주고 싶은 마음이 전혀 들지 않았다"를 뜻하는 라틴어 '아우트 논 리베아트 다레'(aut non libeat dare)와 "주고 싶은 마음이 들긴 했어도 수중에 돈이 없었다"를 뜻하는 라틴어 '아우트 네 리케아트 쿠이뎀'(aut ne liceat quidem)을 가지고 말장난을 하고 있다.

서 내가 지나가도, 그들은 아무 말도 안 하고 그냥 지나가게 둡니다. 사제와 마찬가지로 제게서도 기대할 것이 전혀 없다고 생각하는 것이죠.

  자, 본론으로 들어가서 제가 제안하려는 것은 이 나라의 모든 거지를 베네딕투스 수도회에 강제 입회시켜서, 남자들은 평신도 형제들[42]이라 불리는 수도사가 되게 하고, 여자들은 수녀가 되게 하여, 전국 각지에 있는 수도원에 분산시켜 생활하게 만들자는 것입니다.'

  추기경께서는 농담으로 받아들여 빙긋이 미소를 지으며 고개를 끄덕이셨지만, 나머지 사람은 그의 말을 진지하게 받아들여 거기 찬성했습니다. 그런데 그 자리에 있던 한 탁발 수도사는 신학자이기도 하면서 평소에는 냉정하다 싶을 정도로 엄숙하고 진지했지만, 사제와 수도사를 비꼬는 말을 듣자 흥미를 느꼈던지, 그 역시 농담을 하기 시작했습니다.

탁발 수도사와 익살꾼 간의 유쾌한 대화

  '하지만 우리 같은 탁발 수도사에 대한 대책도 아울러 세워 두지 않는다면, 그런 대책만으로는 거지들이 없어지지 않을 겁니다.'

  그러자 익살을 좋아하는 그 바람잡이 신사가 말했습니다.

  '거기에 대한 대책은 이미 마련되어 있으니 걱정하지 마십시오. 추기경님이 당신네 같은 부랑자를 모두 잡아들여 붙잡아놓고 강제로 일을 시키면 된다는 아주 탁월한 대책을 이미 내놓으셨으니 말입니다. 당신네 탁발 수도사들은 모든 부랑자 중에서도 가장 규모가 크고 중요한 부류이니까요.'

  사람들은 모두 추기경님의 눈치를 살폈고, 그분이 못마땅

---

42  "평신도 형제들"은 성직자가 아니고 평신도이면서도 수도 서약을 하고 수도원에 들어가서 평생 동안 주로 잡일을 하면서 수도를 했던 자들을 가리킨다.

해하는 기색을 보이지 않는다는 것을 확인한 후에야 그 말이 옳다며 동조했습니다. 하지만 그 탁발 수도사는 예외였습니다. 물론 전혀 놀라운 일은 아니었지만, 그는 갑자기 물벼락을 얻어맞은 사람처럼 격분해서 얼굴이 붉으락푸르락해졌습니다. 그러더니 결국에는 화를 참지 못하고, 성경에 나오는 무시무시한 저주를 간간이 섞어가며 불한당 같은 놈이라느니 비방을 일삼는 자라느니 사람들을 꼬드겨 잘못된 길로 가게 하는 자라느니 지옥의 자식이라느니 하며 온갖 욕설을 퍼부었습니다.

그러자 저 익살을 좋아하는 신사는 정색을 하며 익살을 섞어 이렇게 말했습니다. 자기가 승기를 잡았다고 느낀 것이 분명했습니다.

'고귀하신 수도사님이 그렇게 화를 내시는 것은 안 될 일이지요. 성경에도 인내하여야 생명을 구원한다는 말씀이 있지 않습니까.'

탁발 수도사는 이렇게 맞받아쳤는데, 그가 한 말을 한번 그대로 옮겨보겠습니다.

'이 불한당 같은 작자야, 내가 언제 화를 냈다고 그렇게 말하는 것이냐. 그리고 설령 내가 화를 냈다고 해도 적어도 죄를 지은 것은 아니야. 시편에서는 화를 내도 범죄하지는 말라고 말하기 때문이지.'

추기경께서 그 탁발 수도사에게 감정을 죽이고 진정하라고 기분 상하지 않게 충고하자, 탁발 수도사는 말했습니다.

'아닙니다, 추기경님. 저는 단지 제 속에서 일어난 의로운 분노를 따라 마땅히 해야 할 말을 했을 뿐입니다. 하느님을 따르는 사람들은 의로운 분노를 느끼고 거기에 따라 행동하는 것이 마땅하기 때문입니다. 그래서 성경에서는 하느님의 집인 성전을 위한 의로운 분노가 나를 집어삼켰다고 말하고 있고, 교회에서도 하느님께로 올라가는 엘리사를 조롱했던 자들은 그 대머리 선지자의 의로운 분노를 맛보았노라[43]는 가사가 나오는 찬송을 부르는 것이 아니겠습니까. 그러니 저기 조롱과 익살을 일삼는 불한당 같은 자에게도 마찬가지로 그러한 의로운 분노를 맛보게 해주는 것이 마땅합니다.'

추기경께서는 말씀했습니다.

'당신은 좋은 감정과 의도로 그렇게 한 것이겠지요. 하지만 어릿광대가 한 익살맞는 말을 익살로 받아들이지 않고 거기 맞서 정색을 하고서 다투고자 하는 것이 성직자다운 행동인지 아닌지는 잘 모르겠지만, 내 생각에는 적어도 지혜로운 행동이 아닌 것은 분명해 보입니다.'

탁발 수도사가 말했습니다.

상대방에 따라
말을 달리해야
함

'그렇지 않습니다, 추기경님. 제가 그렇게 한 것은 결코 지혜롭지 않은 행동이 아닙니다. 세상에서 가장 지혜로운 인물인 솔로몬이 직접, 어리석은 자에게는 그의 어리석음에 맞춰서 대답해주라[44]고 말했고, 저는 지금 그렇게 하고 있기 때문

---

43 구약성경의 한 책인 열왕기하 2장 23-24절에는 이렇게 나와 있다. "엘리사가 거기서 벧엘로 올라가더니 그가 길에서 올라갈 때에 작은 아이들이 성읍에서 나와 그를 조롱하여 이르되 대머리여 올라가라 대머리여 올라가라 하는지라 엘리사가 뒤로 돌이켜 그들을 보고 여호와의 이름으로 저주하매 곧 수풀에서 암곰 둘이 나와서 아이들 중의 사십이 명을 찢었더라." 탁발 수도사가 인용한 것은 성 빅토리우스가 지었다고 하는 중세 시대의 찬송가이다.

44 구약성경의 잠언 26장 5절에 나오는 말씀이다. "미련한 자에게는 그의 어리석음을 따라 대답하라 두렵건대 그가 스스로 지혜롭게 여길까 하노라." 하지만 앞 절에서는 "미련한 자의 어리석은 것을 따라 대답하지 말라 두렵건대 너도 그와 같을까 하노라"고 말한다. 이 두 절을 종합하면, 미련한 자가 어리석은 말을 했을 때 묵묵히 있으면 자신이 지혜로운 자인 줄 착각할 것이므로 그의 어리석음을 깨우치는 지혜로운 대답을 해야 하고, 똑같이 어리석은 말

입니다. 그래서 저는 그가 정말 조심하지 않으면 지옥에 떨어지게 될 것임을 그에게 보여주고 있습니다.

엘리사를 조롱했던 많은 사람이 그 대머리 수도사의 의로운 분노를 맛보았습니다. 그렇다면 수많은 대머리 수도사가 있는 우리 탁발 수도사들을 조롱한 저 사람은 어마어마하게 강력한 의로운 분노를 맛보는 것이 마땅하지 않겠습니까! 게다가 우리 탁발 수도사를 조롱하는 자는 누구든지 파문해서 교회에서 쫓아내라는 교황님의 칙서[45]도 내려져 있습니다.'

추기경님은 이런 식으로 하다가는 이 논쟁이 끝도 없이 이어질 것임을 알고는, 그 익살을 좋아하는 신사에게 고갯짓을 해서 물러가게 하고서는, 순식간에 화제를 다른 쪽으로 돌려놓았습니다. 그리고 조금 후에는 자신을 면담하러 온 사람들을 만나 얘기를 들어야 할 시간이 되었다고 말하며 자리에서 일어났고 우리를 해산시켰습니다.

자, 친애하는 모어 씨, 아주 긴 시간 동안 제 말을 들으시느라 수고하셨습니다. 당신이 내 이야기를 정말 듣고 싶어 하셨다 해도 어느 한 부분도 빼놓지 않고 들으려는 모습을 보여주지 않았더라면, 이야기가 너무 길어져서 내가 무안할 뻔했습니다. 물론 나는 전체 이야기를 요약해서 얼마든지 더 짧게 말할 수도 있었습니다. 하지만 나는 당신에게 모든 것을 상세하게 들려드려야겠다고 생각했습니다.

---

로 대답함으로써 미련한 자가 되어서는 안 된다는 것이다. 이 탁발 수도사가 어떻게 하는 것인지 판단하는 일은 독자의 몫이다.

45 이런 내용을 담은 교황의 칙서는 1279년에 내려졌다. 교황 니콜라우스 3세 (1277-1280년)는 탁발 수도회였던 프란체스코 수도회에서 청빈을 둘러싸고 내분이 벌어졌을 때 이 칙서를 내려 탁발 수도를 지지하는 엄격파를 옹호했다.

그 이유는 이렇습니다. 거기 있던 사람들은 내가 말했던 것을 처음에는 경멸하고 거부했다가, 나중에 추기경님이 내 말을 부정하지 않으시는 것을 확인한 후에는 그 즉시 태도를 바꾸어 내 말을 인정했습니다. 심지어 그 익살을 좋아하는 신사가 농담 삼아 한 말을 추기경님이 기분 나빠 하지 않으시니까 그 말을 진지하게 받아들여 동조할 정도로 철저하게 아부하는 모습을 보였습니다. 나는 이러한 사실을 당신도 꼭 알아야 할 것이라고 생각했습니다.

그러니 이제 당신은 내가 궁정에 들어가서 왕에게 조언을 했을 때, 나의 조언이 그 궁정의 조신들에게 어떤 취급을 받게 될지를 충분히 짐작하셨을 것입니다."

나는 말했다.

"친애하는 라파엘 씨, 나는 당신의 이야기를 정말 즐겁고 재미있게 들었습니다. 당신이 들려준 모든 말은 아주 지혜롭고 기지가 넘쳤습니다. 게다가 당신의 말을 듣는 내내 마치 지금 고국에 있는 것처럼 느껴졌습니다. 뿐만 아니라, 저 추기경님 댁에서 생활했던 어린 시절의 즐거운 추억이 계속 떠올라서 그 시절로 되돌아간 것 같았습니다.

친애하는 라파엘 씨, 나는 다른 점에서도 당신을 아주 좋아하지만, 특히 당신이 추기경님을 그토록 호의적으로 기억하는 것을 듣고는, 믿을 수 없을 정도로 당신을 더 좋아하게 되었습니다. 또한, 앞서 당신에 대한 나의 제안을 지금도 결코 포기할 수 없습니다. 궁정 생활에 대한 거부감에서 벗어나기만 한다면, 당신의 조언이 국가와 대중에게 큰 유익을 가져다준다는 나의 믿음은 확고하기 때문입니다.

당신은 신사이고, 신사로서 감당해야 할 의무로는 그런 것보다 더 크고 중요한 것이 없습니다. 그래서 당신이 좋아하는 플라톤도 철학자가 왕이 되거나 왕이 철학을 할 때만 비로소 대중이 행복해진다고 생각하지 않았겠습니까? 그러니 철학자들이 왕들에게 조언해주는 것마저 없다면, 대중의 행복은 얼마나 요원한 일이겠습니까!"

라파엘이 말했다.

"철학자들이 그 정도로 비정하지는 않기 때문에, 사실 아주 기꺼이 그렇게 해왔습니다. 많은 철학자가 이미 책을 써서 그런 조언을 해왔는데, 단지 국가를 다스리는 권력을 쥔 사람들이 그들의 훌륭한 조언을 받아들이려 하지 않았을 뿐입니다.

사실 플라톤이 그렇게 말한 것도 왕들이 스스로 철학을 하지 않는다면, 어릴 때부터 벌써 비뚤어진 생각에 물들게 되고 그 내면이 부패해버려, 나중에 철학자들이 조언을 한다 해도 결코 받아들이지 않게 된다는 것을 잘 알았기 때문입니다. 그는 자신과 디오니시오스왕 사이에서 겪은 경험을 통해 그것을 깨달았을 것입니다.[46]

내가 어떤 왕에게 지혜롭고 현명한 정책들을 제안하고, 그의 마음속에 있는 위험한 악의 씨앗을 뿌리 뽑으려고 한다면, 나는 그 즉시 쫓겨나거나 아니면 그들 가운데서 웃음거리가 될 거라고 생각하지 않습니까?

자, 당신이 바라는 대로 내가 프랑스 왕의 고문이 되어 궁정에서 일한다고 가정해봅시다. 나는 왕의 어전회의에 참석

---

46  플라톤(기원전 427-347년)은 이탈리아의 시칠리아 섬에 있던 시라쿠사의 독재자 디오니시오스 왕의 초청을 받아 거기 머물며 국정에 관한 조언을 했지만, 그러한 시도는 결국 참담하게 실패하고 말았고, 그 아들인 디오니시오스 2세에게도 철학을 가르치려고 했지만 그마저도 실패했다. 이런 시도 후에 플라톤은 다시 아테네로 돌아와 저 유명한 아카데메이아를 창설한다.

해서 앉아 있습니다.[47] 그 회의는 왕이 직접 주재하는 극비회의이고, 거기에는 왕이 가장 아끼는 아주 지혜롭고 노련한 한 무리의 대신들이 둘러앉아, 어떤 식으로 현안을 해결할지를 놓고 묘안을 짜내려 고심하고 있습니다.

이탈리아를
복속시키려는
프랑스의 모의

그 현안이라 함은 이런 것들입니다. 어떤 전략과 전술을 사용해야 밀라노를 장악하고, 자기 관할에서 도망쳐서 빠져나간 나폴리를 재장악하며, 그런 후에 베네치아를 무너뜨리고, 결국에는 이탈리아 전체를 복속시킬 수 있느냐?[48] 다음으로는, 플랑드르와 브라반트, 마지막으로는 부르고뉴 전체를 왕의 영토로 만들려면 어떻게 해야 하는가?[49] 그리고 왕이 이미 오래전부터 점령하고자 했던 그 밖의 다른 나라와 지역을 어떤 식으로 공략해야 하는가?

거기에서 어떤 대신은 왕이 베네치아인과 동맹을 맺어 연합전선을 펼쳐나가되, 그들을 이용할 가치가 있을 때까지 동맹을 유지해야 하고, 이렇게 공동 전략을 통해 획득한 전리품 중 일부도 일단 그들에게 나누어 주었다가, 나중에 모든 것이 왕의 계획대로 이루어졌을 때 그때 가서 다시 그들에게서 회

---

47  여기에서는 샤를르 8세, 루이 12세, 프랑수아 1세 같은 프랑스 왕들이 제국을 건설하기 위해 여러 고문과 함께 전략을 짜는 장면을 묘사하고 있고, 라파엘은 자기가 그 자리에 있다고 가정해서 이야기를 전개해나간다. 여기에 묘사된 전략들은 당시에 프랑스가 실제 사용했던 전략과 일치한다.

48  현재 이탈리아에 있는 밀라노와 나폴리는 1495년에서 1515년에 걸쳐 프랑스의 여러 왕에게 정복당했다가 다시 독립하기를 반복했다. "베네치아"는 1508년에 프랑스, 스페인, 오스트리아, 교황이 분할해서 점령했다.

49  벨기에와 네덜란드에 있는 "플랑드르"와 "브라반트"는 오스트리아령이 되었다가 1515-1516년에 카스티야의 왕 카를로스에 의해 스페인 식민지가 되었다. "부르고뉴"도 처음에 프랑스에 병합되었다가 나중에는 오스트리아령이 되었고, 지금은 프랑스의 영토다.

수하면 된다고 강력히 주장합니다.

다른 대신은 게르만족 용병을 고용해야 한다고 조언하고, 용병 문제
또 다른 대신은 헬베티아인을 돈으로 회유해서 환심을 사두
는 것이 아주 중요하다고 조언합니다.[50] 한편, 어떤 대신은 신
성로마 황제[51]에게 황금을 예물로 바쳐 왕의 편으로 만들어두
어야 한다고 주장합니다.

또 다른 대신은 아라곤의 왕과 화친을 맺어두는 것이 좋다
고 말합니다. 그러면서 이미 사실상 다른 사람의 수중에 들어
가 있는 나바라 왕국을 화친의 선물로 주라고 조언합니다.[52]
어떤 대신은 카스티야 왕을 혼인을 미끼로 해서 유혹하여 동
맹을 맺고,[53] 그의 몇몇 조신에게는 정기적으로 급료를 지급
하는 방식으로 우리 편으로 끌어들여야 한다고 주장합니다.

이렇게 하고 나면 모든 문제 중에서 가장 풀기 어려운 문제
가 생기는데, 즉 영국과의 관계를 어떻게 설정해야 하느냐입

---

50  프랑스는 주로 용병을 사용해 전쟁을 치렀는데, 가장 선호한 것은 스위스 용
    병이었고, 다음으로는 게르만족 용병이었다. "헬베티아인"은 스위스인을 가
    리킨다.

51  당시 "신성로마 황제"는 오스트리아의 막시밀리아누스 1세였다. 그는 돈이
    없기로 소문나 있었고, 그래서 뇌물은 그의 환심을 사는 아주 좋은 수단일
    수 있었다.

52  "아라곤"은 스페인 북동부에 있던 가톨릭 왕국으로, 11세기에 나바라 왕국
    에서 독립했다. "카스티야"는 이베리아 반도 북부의 부르고스를 중심으로 한
    가톨릭 국가로 1035년에 왕국으로 독립했다가 1479년에 아라곤과 연합 왕
    국을 이루었고, 마침내 1516년에는 스페인 통일 왕국을 건설하는 주역이 되
    었다. "나바라 왕국"은 스페인 북서부에 위치한 가톨릭 국가로, 1512년에 아
    라곤 왕 페르디난도 2세에 의해 아라곤-카스티야 연합 왕국에 합병되었다.

53  카스티야의 왕 카를로스는 미래에 신성로마제국의 황제가 될 사람이었다.
    당시 유럽의 두 강대국이었던 이 두 나라가 혼인을 통해 동맹을 맺어야 한다
    는 주장이 끊임없이 제기되었다.

니다. 화친조약을 맺어, 언제나 약하기만 했던 두 나라의 관계를 가능한 한 동맹 수준의 강력한 관계로 만들고 우방이라고 부르되, 언제라도 적국으로 돌변할 수 있다는 것을 명심하고서 경계심을 늦추어서는 안 된다는 데 모두 동의합니다.

따라서 스코틀랜드인을 준비시켜 언제라도 공격 태세를 갖추게 했다가, 영국이 조금이라도 수상한 낌새를 보이면 그 즉시 쳐들어가게 해야 한다고 그들은 주장합니다.[54] 또한, 영국과 조약을 맺게 되면, 다른 나라에 거주하면서 영국의 왕위에 대한 권리가 자기에게 있다고 주장하는 일부 귀족을 공개적으로 지원하기는 불가능하게 되겠지만, 그럴지라도 은밀하게 뒤를 봐주어야 저 신뢰할 수 없는 영국의 왕을 그나마 묶어둘 수 있다고 조언합니다.

이렇게 꽤 많은 수의 기라성 같은 인물이 왕을 둘러싸고 모여 앉아서, 왕의 영토를 넓히기 위한 전쟁을 어떤 식으로 벌여나가야 할지를 두고서 서로 경쟁적으로 자신이 짜낸 묘안을 왕에게 진언하는 이 흥분과 격정의 도가니 같은 극비회의에서, 왜소한 체구의 나는 자리에서 일어나 지금까지 제안된 것과는 정반대의 조언을 제시합니다.[55]

먼저 나는 이탈리아는 그냥 내버려두고 국내 문제에 전념해야 한다고 조언합니다. 그러면서 프랑스라는 하나의 왕국만으로도 한 사람의 왕이 제대로 잘 다스리기에는 영토가 큰데, 그런 상황에서 왕이 다른 나라를 정복하여 영토를 더 넓

---

54 전통적으로 영국의 적국이었던 스코틀랜드는 전통적으로 프랑스의 우방국이었다.

55 여기에서 라파엘이 제시한 조언은 당시 에라스무스를 비롯한 인문주의자들이 자신의 여러 정치적인 글에서 주장한 것과 정확히 일치한다.

히겠다고 생각하는 것이 과연 가당키나 한 일이겠느냐고 말합니다. 그런 다음에 나는 유토피아 섬의 남동쪽에 있는 아코로스인[56]의 사례를 왕과 대신들에게 소개합니다.

오래전에 이 나라 사람들은 두 나라 간의 혼인 동맹을 근거로, 다른 나라의 왕위를 물려받을 정당한 권리가 자기 왕에게 있다고 주장하고는, 그것을 빌미로 전쟁을 일으켰습니다. 그런데 막상 나라를 정복하고 나니, 그 나라를 계속 다스리는 것이 복속시킨 것만큼이나 골치 아픈 일임을 알았습니다.

아코로스인의 모범

그들이 정복한 나라에서는 끊임없이 내부 반란이 일어났고 밖으로는 외적이 침입해왔습니다. 이렇게 전쟁을 촉발시킬 불씨가 상존해 있어, 그들은 그 정복민을 상대로 싸워야 했을 뿐만 아니라 그 정복민을 위해서도 싸워야 했기 때문에, 늘 전쟁 상태에 있었습니다. 그래서 군대를 해산시킬 수 없었습니다. 이로써 그들은 무거운 세금에 시달려야 했고, 자국의 돈은 나라 밖으로 빠져나갔으며, 한 사람의 야망을 위해 많은 사람이 피를 흘려야 했습니다.

전쟁 기간에는 도덕이 타락해서 사람들은 강도질로 연명하려는 욕망이 커졌고, 살인을 아무렇지 않게 생각할 정도로 대담해졌으며, 전쟁이 끝났는데도 치안 상황은 그대로였습니다. 왕은 두 나라를 다스리느라 관심이 분산되어 어느 한 나라도 제대로 돌볼 수 없었기 때문에 법을 무시하는 풍조가 온 나라에 만연되어 있었습니다.

이대로 가다가는 그런 악들이 무한정 늘어나고 계속되어

---

56  "아코로스"는 "없다"를 뜻하는 그리스어 '아'와 "장소"를 뜻하는 '코로스'를 합성한 단어로, "유토피아"와 마찬가지로 "존재하지 않는 곳"이라는 뜻이다. 따라서 "아코로스인"은 "존재하지 않는 나라에서 사는 사람"이 된다.

이런 상황은 결코 끝나지 않을 것임을 깨닫고는 모종의 조치를 마련하고자 머리를 맞대고 숙의했습니다. 그런 후에 왕에게는 두 나라 중에 한 나라만 선택해 통치할 것을 정중하게 요청했습니다. 두 나라 중 어느 나라든 백성의 수가 많아서, 반쪽자리 왕이 통치하는 것은 불가능함을 그 이유로 제시했고, 마차를 모는 경우에도 한 사람이 두 대의 마차를 동시에 몰지 않는다는 말도 했습니다. 그래서 이 훌륭한 왕은 새로 얻은 나라를 친구 중 한 명에게 넘겨주고(그 친구도 얼마 못 가 왕위에서 쫓겨나고 말았습니다만) 전부터 자기가 다스려왔던 나라를 통치하는 것으로 만족해야 했습니다.

그런 후에 나는 프랑스의 왕이 이런 식으로 온갖 전쟁을 벌여 자신의 야심 때문에 많은 나라를 전란에 휩싸이게 한다면, 결국에는 아무것도 얻지 못한 채 국고만 탕진하고 백성을 도탄에 빠뜨리는 결과만 초래한다고 보여주겠지요.

그렇기에 왕은 조상으로부터 물려받은 나라만을 최선을 다해 돌보고 가꾸어 부강한 나라로 만드는 일에 전념해야 한다고 나는 조언할 것입니다. 따라서 왕은 백성을 사랑하는 동시에 백성으로부터 사랑받고, 백성과 더불어 살면서 덕으로 다스리는 일에 매진해야 하고, 지금 왕에게 맡겨진 나라만으로도 힘에 부칠 만큼 충분히 크기 때문에, 다른 나라를 넘볼 생각은 아예 하지 말아야 한다고 마지막으로 조언할 것입니다.

친애하는 모어 씨, 내가 이렇게 말했을 때, 프랑스 왕이 어떤 반응을 보이리라고 생각합니까?"

"그렇게 열광적인 반응을 보일 것 같지는 않습니다"라고 내가 말했더니, 그는 계속해서 이어갔다.

"자, 그럼 이번에는 왕과 그의 고문들이 어딘가에 모여 앉아서, 왕의 국고를 획기적으로 늘릴 수 있는 어떤 묘안을 짜내고 있다고 해봅시다.

한 고문은 왕이 돈을 지출할 때는 돈의 가치를 정상 수준 국고를 늘릴 방안
이상으로 높이고, 반대로 왕이 돈을 거둬들일 때는 돈의 가
치를 그 수준 이하로 떨어뜨리는 정책을 펼 것을 조언합니다.
그렇게 하면 많은 지출을 할 때는 그 지출을 대폭 줄일 수 있
고, 수입이 얼마 되지 않더라도 그 수입을 대폭 늘릴 수 있다
고 설명합니다.[57]

또 다른 고문은 선전포고를 하는 척해서, 백성에게서 세금 거짓 선전포고
을 거둬들일 명분을 만들라고 조언합니다. 그런 후에 세금을
다 거둬들이고 나면, 엄숙하고 성대한 의식을 열어 선전포고
를 철회하고 화친을 선언함으로써, 자애로운 왕이 자기 신민
들이 피 흘리는 것을 도저히 볼 수 없어서 참혹한 전쟁을 벌
이지 않기로 어렵게 화친을 결심하게 된 것이라고 믿게 하면
된다고 말합니다.[58] 그렇게 백성의 눈을 속이라는 겁니다.

어떤 고문은 아주 오래전에 제정되었다가 오랫동안 실제로 많은 벌금을 거두어들임
적용되지 않아 이미 사문화된 케케묵은 어떤 법을 떠오르게
합니다. 지금은 그런 법이 있다는 것조차 아무도 기억하지 못
해 모두가 그 법을 어기고 있다는 것인데, 그는 그 법을 어긴
모든 사람에게 벌금을 징수하라는 칙서를 내릴 것을 왕에게
조언합니다. 그러면서 그런 조치는 정의를 바로세운다는 명
목으로 시행되기 때문에, 다른 방법보다 더 많은 수입을 창출

---

57  영국에서 에드워드 4세와 헨리 7세는 국고를 채우기 위해 자주 이런 식으로
    화폐 가치를 낮추거나 높이는 방식을 사용했고, 이 책이 출간된 이후에 헨리
    8세도 그런 술수를 사용했다.

58  실제로 1492년에 헨리 7세는 프랑스와 전쟁을 수행한다는 명목으로 세금을
    거두었다가 싸움도 거의 하지 않고, 프랑스 왕 샤를르 8세에게 뇌물을 받은
    후에 에타플에서 화친조약을 맺고 전쟁을 끝냈다.

할 뿐만 아니라, 왕의 위엄과 권위도 크게 높일 수 있다고 설명합니다.[59]

면죄부 판매

또 다른 고문은 많은 것, 특히 공공 복리에 별 도움이 안 되는 것을 금지시키고, 그것을 어겼을 때는 막대한 벌금을 물리라고 조언합니다. 그런 후에는 그런 금지령을 불편하게 느끼는 사람에게 돈을 받고 그 적용을 면제해주라고 합니다. 그렇게 하면 한편으로는 그런 금지된 일을 몰래 하다가 덫에 걸린 자들에게서 벌금을 징수할 수 있고, 다른 한편으로는 면죄부를 팔아먹을 수 있어서 이중의 수입을 챙길 뿐만 아니라, 백성에게 인기도 얻게 된다고 설명합니다. 또한, 면죄부의 가격은 높을수록 왕에게 더 유리하다고 조언합니다. 그래야만 개인이 금지령에서 면제받고자 할 때 막대한 돈을 지불하게 한 것은 왕이 공공의 복리를 아주 중시하기 때문이라고 백성은 믿을 것이기 때문입니다.

어떤 고문은 재판관들을 장악해서, 무슨 사건이든 그들이 왕에게 유리한 쪽으로 판결하게 만들어야 한다고 제안합니다. 또한, 그들을 자주 왕궁으로 불러서, 왕 앞에서 왕과 관련되어 제기된 소송들을 논의하도록 해야 한다고 말합니다. 그렇게 하면 왕의 주장이 아무리 부당하더라도, 재판관 중에서 한두 명은 왕의 주장이 부당하다는 다른 사람의 말 속에서 어떤 허점을 찾아내 왕의 주장을 옹호해준다는 것입니다. 재판관 중에는 다른 사람의 견해를 반박하길 좋아하는 사람, 자신을 다른 사람보다 더 돋보이게 하려는 사람, 왕의 편을 들어주는 것이 자신에게 이익이 된다고 생각하는 사람이 반드시

---

59  헨리 7세의 고문들이었던 엠프슨과 더들리는 이런 정책들을 제안한 것으로 악명 높았고, 모턴 추기경도 거기 가담했다.

한두 명은 있기 마련이기 때문입니다.

이렇게 해서 상황이 반전되어 재판관들이 서로 다른 의견을 제시하고 갑론을박이 시작되면, 처음에는 너무나 분명해 보였던 문제가 이제는 논란거리가 되고, 처음에 제시된 견해가 과연 옳은 것이었는지 의문시됩니다. 분위기가 무르익으면 왕에게는 법을 자신에게 유리하게 해석할 기회가 주어지고, 다른 모든 사람은 왕에 대한 예우 차원에서, 또는 두려워하는 마음에서 왕의 주장에 동의합니다. 그런 후에 재판관들은 그 어떤 거리낌이나 두려움 없이 법정에서 왕의 그러한 주장을 판결로써 공식화합니다.

왕에게 유리한 판결을 합리화할 때 사용하는 방법은 여러 가지가 있습니다. 형평성의 원칙을 들먹이며 왕이라고 해서 불이익을 주는 것은 공평하지 못하다는 논리를 펼 수도 있고, 법의 문구를 왕에게 유리하게 해석할 수도 있으며, 증거서류에 있는 의미를 왜곡되게 해석할 수도 있습니다. 그리고 권위를 중시하는 재판관의 마음속에 있는 신념, 즉 왕에게 있는 절대적인 특권은 결국 모든 법에 우선한다는 생각이 다른 무엇보다 더 중요한 근거가 될 수도 있습니다.

이렇게 해서 모든 고문은 왕이 군대를 유지해야 하므로 아무리 많은 돈을 갖더라도 결코 충분할 수 없다는 크라수스[60]의 말에 동의하고 똑같은 목소리를 냅니다. 또한, 그들은 한 나라의 모든 재산은 왕의 소유이고, 한 나라의 신민도 왕의

거부 크라수스의 명언

---

60 키케로의 『도덕적 의무에 대하여』라는 책에 따르면, 엄청난 부를 소유했던 로마의 거부 크라수스(기원전 115-53년)는 자기 돈으로 군대를 유지할 수 없는 사람은 국가의 최고 시민으로서 국정을 이끄는 데 필요한 충분한 부를 소유한 것이 아니라는 말을 했다. 실제로 크라수스는 로마 공화정 말기에 폼페이우스, 카이사르와 함께 제1차 삼두정치에 참여했다.

소유라는 원칙을 제시합니다. 신민들의 개인 재산이라는 것은 존재하지 않고, 오직 왕이 자비를 베풀어 그들로부터 몰수하지 않는 것일 뿐이라고 말합니다. 따라서 왕이 그 모든 재물을 다 갖는다고 해도, 그것은 잘못된 일이 아니라고 이구동성으로 말합니다.

그리고 그들은 왕이 자기 신민에게 가능한 한 적은 재산을 남겨둠으로써, 그들이 부와 자유를 누리면서 분수를 모르고 오만방자하게 행하지 않도록 하는 것이 왕의 안전을 위해 중요하다고 말합니다. 그러면서 부와 자유가 주어진 신민들은 왕의 명령이 힘들고 부당하다는 생각이 들면 참고 복종하려고 하지 않는 반면에, 궁핍하고 가난한 상태에서는 기가 죽어 유순해져서 반역하려는 마음을 버리게 된다고 조언합니다.

이제 이 시점에서 내가 또다시 자리에서 일어나서, 이 모든 조언은 왕에게 해서는 안 되는 부끄러운 일이고 결국에는 왕을 망치게 되리라고 반박합니다. 그러면서 나는 왕의 권위와 존엄과 안전은 모두 왕 자신의 부가 아니라 백성의 부에 달려 있다는 것을 그 근거로 제시합니다. 그리고 백성은 왕을 위해서가 아니라 자신을 위해 왕을 선택한 것이라고 말해줍니다. 그러니까 백성은 왕에게 온 힘을 다해 국사를 돌보게 함으로써 자신이 불의와 압제에서 벗어나서 편안하고 안전하게 살아가고 싶어 왕을 뽑은 것입니다. 따라서 목자로서 일할 때 본분은 자신을 잘 먹이는 것이 아니라 양을 잘 먹이는 데 있듯, 왕이 진정으로 해야 할 일, 즉 왕의 본분은 자신을 잘살게 하는 것이 아니라 백성을 잘살게 해주는 데 있습니다.[61]

---

61  플라톤은 『국가』에서 진정한 통치자는 오직 자기 신민의 이익을 위해 행동하는 자라고 말한다. 여기에서도 토머스 모어가 플라톤의 영향을 많이 받은

또한, 백성이 가난해야 나라가 평화로울 것이라는 그들의 생각은 완전히 잘못된 것임은 사실 관계를 잘 따져보면 금방 드러납니다. 가난한 자와 거지가 득실대는 나라보다 더 시끄럽고 골치 아픈 나라가 어디 있겠습니까! 자신의 현 처지에 극도로 불만을 품은 자보다 더 현 상황을 뒤엎어버리려고 애쓰는 사람이 어디 있겠습니까! 요컨대, 현재 상황에서 아무것도 가진 것이 없어 더 이상 잃을 게 없다고 생각하는 사람은 현재의 판을 흔들어놓으면 뭔가 얻을 것이 있지 않겠나 생각할 것이므로, 현재의 모든 것을 전복시키고 혼란에 빠뜨리는 일에 그런 사람보다 더 적극 나설 사람이 누가 있겠습니까!

백성의 빈곤은 나라의 혼란을 야기시킴

어떤 왕이 자기 신민에게 철저하게 증오와 경멸을 받아, 폭압과 강탈과 몰수를 통해 그들을 극도의 궁핍으로 몰아넣지 않고서는 사람을 다스리고 통제할 수 없다고 한다면, 스스로 왕좌에서 물러나는 편이 훨씬 더 좋습니다. 그런 방법을 동원해서 자기 왕위를 유지한다면 왕이라는 이름은 보존하겠지만, 왕으로서의 권위와 위엄을 잃어버릴 것이 분명하기 때문입니다.

자기 신민을 거지같이 극도로 궁핍하게 만들어놓고 그들 위에 군림해서 통치하는 왕에게는 권위와 존엄이라는 것이 있을 수 없습니다. 왕이 자기 신민을 잘살게 해주고 행복한 삶을 살게 해주었을 때만 권위와 위엄이 서는 법이기 때문입니다. 이것이 저 바르고 고귀한 영혼을 지니고 있던 파브리키우스[62]가 자신은 스스로 부자가 되기보다는 부자들을 다스리

파브리키우스의 명언

---

것을 확인할 수 있다.

62   "가이우스 파브리키우스 루스키누스"(Gaius Fabricius Luscinus)는 기원전 282년에 집정관으로 선출되었고, 로마가 에페이로스의 왕 피로스와의 전쟁

는 인물이 되고 싶다고 한 말의 본뜻임이 분명합니다.

왕의 주변에 있는 모든 사람이 온통 신음하며 탄식하는데, 오직 왕 혼자만이 진수성찬을 먹으며 온갖 쾌락과 향락에 빠져 사치스럽고 호화롭게 살아간다면, 그는 왕이 아니라 감옥을 지키는 간수라고 해야 옳을 것입니다.

요컨대, 어떤 환자의 병을 고친답시고 또 다른 병에 걸리게 하는 자는 의사로서 자격이 전혀 없는 것과 마찬가지로, 백성에게서 삶에 필요한 것을 빼앗지 않고는 오류를 바로잡을 방법을 모르는 사람은 왕으로서 자격이 전혀 없는 자입니다. 그런 왕은 나라를 어떻게 다스려야 하는지를 모른다는 사실을 스스로 인정하고, 자신의 무능력과 오만을 고쳐야 합니다. 그런 악덕 때문에 백성은 왕을 경멸하거나 증오하게 되기 때문입니다.

왕은 백성에게 폐를 끼치지 말고 자신의 수입으로 살아가야 하고, 그 수입에 맞춰 지출을 제한해 살아야 합니다. 마땅히 범죄를 억제해야 하지만, 잘못된 제도 때문에 범법이 늘어나게 방치한 다음에 그것을 엄벌하기보다는, 바른 제도를 시행하고 슬기롭게 통치해서 백성이 범죄에 빠지지 않게 하는 방식으로 범죄를 억제해야 합니다.

오랫동안 시행되지 않아 사문화된 법을 다시 부활시켜 시행하는 일은 신중에 신중을 기해야 합니다. 특히, 백성이 그 법을 오랫동안 잊고 있었을 뿐만 아니라, 그 법이 없었어도

---

에서 패하자 강화조약을 맺기 위한 사절로 파견되었다. 플루타르코스에 의하면, 피로스왕은 파브리키우스의 청렴하고 강직한 성품에 감탄해서 몸값을 받지도 않고 로마군 포로들을 풀어주었다고 한다. 파브리키우스는 청백리의 표상으로 여겨져 키케로를 비롯해서 많은 사람이 언급했고, 단테도 『신곡』에서 그를 언급한다.

사람들이 아무 문제없이 잘 살아왔다면 더욱 그렇습니다.

평범한 사람이 지킬 수 없는 법을 만들어놓고, 그 법을 위반했을 때 형벌을 면제해주는 대가로 벌금을 받아서도 안 됩니다. 또한, 사람을 속이는 사악한 일이라고 판사가 판단하여 형벌을 부과해야 한다고 여기는 일을, 왕의 특권이랍시고 거액의 돈을 내는 자들에게만 면죄부를 내주어도 안 됩니다.

그런 후에 나는 왕과 다른 고문들에게 유토피아에서 얼마 떨어져 있지 않은 곳에 있는 마카리오스[63]라는 나라에서 실시하는 법에 관해 이야기할 것입니다. 그 나라의 왕은 즉위하는 날에 엄숙한 예식을 거행해서, 국고를 언제 열어보더라도 거기에 금화 1,000파운드 또는 그 가치에 해당하는 은화 이상의 재물이 절대로 들어 있지 않게 하겠다고 맹세해야 합니다.[64]

마카리오스의
기이한 법

그 나라 사람들은 예전의 한 훌륭한 왕이 이 법을 만들었다고 말합니다. 이 왕은 자기 부를 축적하는 것보다는 나라가 잘살게 되기를 바라는 마음이 컸기 때문에, 누가 왕이 되든 지나치게 많은 돈을 국고에 쌓아둠으로써 백성을 빈곤하게 만드는 것을 막고자 했습니다. 그래서 반란을 진압하거나 외적의 침입을 격퇴하는 데는 충분하지만, 영토를 넓히려고 다른 나라를 침략하고 싶은 유혹을 불러일으키기에는 충분하지 않은 정도의 재물만을 왕이 보유하도록 했고, 앞에서 말한 금액이 바로 그런 목적에 적절한 금액이라고 생각했습니다.

왕이 이런 법을 만들게 된 일차적인 이유는 이것이었지만,

---

63  "마카리오스"는 그리스어로 "행복한, 축복받은"이라는 의미를 지니기 때문에, "행복한 나라" 또는 "축복받은 나라"라는 뜻이다.

64  토머스 모어는 여기에서 자기 왕실 금고에 막대한 돈을 쌓아놓은 채로 죽었던 헨리 7세를 염두에 둔 것으로 보인다.

아울러 일상적인 거래에서 백성이 불편을 느끼지 않을 정도로 시중에 돈이 충분히 유통되도록 안정적인 방법을 강구하고자 했던 이유도 있었습니다.

끝으로 이 왕은, 국고에 보유할 수 있는 금액을 제한하고, 초과하는 돈이 있다면 반드시 백성에게 나누어 주어야 한다고 법으로 정해 놓으면, 어떤 왕이든 불법적이고 잘못된 방법으로 백성에게서 돈을 착취하는 술책을 강구하지 않게 되리라 생각했습니다.

나는 이렇게 말하고서, 그런 왕이라면 악한 자는 두려워할 것이고 선량한 사람은 사랑하지 않겠느냐고 말할 것입니다. 그런데 내가 지금까지 말한 것과는 정반대의 생각을 완고하게 고집하는 사람들 앞에서 그들이 어처구니없다고 생각할 이런 이야기를 들려주며 뭔가를 제안한다면, 그들은 내 이야기를 듣지 않으려고 귀를 막아버리지 않겠습니까!"

이어서 나는 말했다.

"물론 그들은 틀림없이 그런 말을 듣지 않으려고 할 것입니다. 하지만 하늘에 맹세코, 그들의 그런 반응은 전혀 이상한 것이 아닙니다. 솔직히 말해서 나는 당신의 그런 제안이나 조언을 받아들이지 않을 것이 너무나 뻔한 그런 사람들에게 그런 이야기를 막무가내로 퍼부으려는 것이 잘 이해되지 않습니다.

그렇게 억지로 이야기한다고 해서 무슨 좋은 결과를 얻을 수 있겠습니까! 그들의 마음은 이미 당신과는 완전히 반대되는 생각과 확신으로 사로잡혀 있는데, 그런 사람들에게 너무나 이질적이고 낯설고 심지어는 모욕적이라고까지 느껴질 만한 그런 말들을 당신이 했을 때, 그런 얘기들이 어떻게 그들의 마음속에 파고들어 갈 수 있겠습니까!

그런 철학적이고 학문적인 이야기는 친한 친구들끼리 사적으로 하는 대화에서는 나쁘지 않은 주제겠지만, 통치자의 권위 아래에서 국가와 백성에게 지대한 영향을 미칠 국가적인 중대사를 최종적으로 결정해서 시행하게 될 왕이 주재하는 어전회의는 그런 말을 할 자리가 아닙니다."

라파엘이 말했다.

"바로 그것이 내가 말하고 싶은 바입니다. 그러니까 왕 앞에서 그리고 궁정에서는 철학이라는 것이 들어설 자리가 없다는 것입니다."

그의 말에 나는 말했다.

"좀 더 정확히 말하자면, 언제 어디서나 모든 것에 적용되는 학문적인 철학이 들어설 자리는 궁정에 없다고 말하는 것이 옳습니다. 하지만 그런 철학 말고, 좀 더 실제적이고 유용한 다른 철학도 있습니다. 그것은 지금 공연되는 드라마가 어떤 것인지를 잘 파악해서, 거기에 맞춰 자신의 적절한 역할을 선택해서 현명하고 우아하게 해내는 것입니다. 그것이 바로 당신이 지향해나가야 할 철학입니다.

그렇게 하지 않는다면, 플라우투스[65]의 어떤 희극이 공연되면서 노예들이 등장하여 시답잖은 잡담을 하며 왁자지껄하게 웃고 떠드는데, 갑자기 당신이 철학자의 옷을 입고 무대 위로 나와 『옥타비아』라는 비극의 한 장면에서 세네카가 네로와

---

65  "플라우투스"(기원전 250-184년)는 로마의 희극작가로 그가 쓴 작품들은 대체로 익살스럽고 해학적이었다. 그의 작품에서는 가난한 젊은이, 값비싼 고급 매춘부, 돈주머니를 끌어안고 살아가는 노망난 노인, 영리한 노예들이 등장해서 풍자와 해학으로 스토리를 엮어갔다. 반면에, 세네카는 극도로 진지한 비극 작품을 썼다. 그가 직접 『옥타비아』를 쓰지는 않았지만, 이 비극의 제2막에 등장해 독재자 네로와 함께 폭정의 폐해에 대해 논쟁한다.

논쟁하는 대사를 읊는 것과도 같습니다.

그런 경우라면, 지금 공연되는 연극에서 부적절한 대사를 읊다가 그 연극을 희극인지 비극인지도 모를 정도로 엉망진창으로 만들어놓기보다는 차라리 아무 말도 하지 않고 침묵하는 역할[66]을 맡는 것이 더 낫지 않겠습니까! 당신이 읊은 대사가 지금 공연되는 연극보다 더 훌륭한 것이라고 해도 결국 당신은 그 연극에 어울리지 않는 대사를 읊어서 연극을 엉망진창으로 만들고 망쳐놓은 꼴이 되기 때문입니다.

따라서 당신은 지금 공연되는 연극 속에서 당신에게 가장 잘 어울리는 역할을 찾아 말하고 행동해야 합니다. 그러므로 그 연극보다 더 훌륭하다고 생각되는 어떤 대사가 당신 머릿속에서 떠올랐다고 해서, 그 대사를 읊다가 그 연극 전체를 망쳐놓는 일을 해서는 안 됩니다.

이것은 왕이 주재하는 어전회의에서 국사를 논할 때도 그대로 적용됩니다. 왕이나 고관들의 잘못된 생각이나 오랫동안 관행으로 정착된 폐단을 만족스러울 정도까지 근본적으로 뿌리 뽑거나 바로잡을 수 없다 해서, 나라와 백성에 기여하고자 하는 마음을 버려서는 안 됩니다. 이것은 우리가 바람을 잠재울 수 없다고 해서, 바다에서 폭풍우를 만난 배를 버려서는 안 되는 것과 같은 이치입니다.[67]

마찬가지로 당신과는 완전히 다른 생각을 이미 확고하게 지니고 있어 당신 말을 듣지 않을 것이 뻔한 사람들에게, 그

---

66  그리스의 연극에서는 한 마디의 대사도 하지 않는 역할을 맡은 인물이 종종 등장한다.

67  플라톤은 자신의 『국가』에서 국가를 배에 비유했고, 이런 전통은 이후로 이어졌다.

들이 한 번도 들어보지 못한 낯선 이야기를 들려주며 막무가내로 받아들이라고 강요해서는 안 됩니다. 도리어 모든 일을 아주 지혜롭고 현명하게, 우회적이고 간접적인 방식으로 다루어서, 모든 일을 서서히 장악해나가는 데 최선을 다해야 합니다.

그렇게 한다면, 당신은 모든 일을 선한 쪽으로 바꾸어놓을 수는 없더라도, 적어도 일이 더 악화하지 않게 폐해를 최소화할 수는 있을 것입니다. 어차피 모든 사람이 선량해지지 않는 한, 모든 일을 선하게 만드는 것은 불가능한데다 지금으로서는 모든 사람이 몇 년 안에 선량해질 것이라고 기대할 수도 없는 노릇이기 때문입니다.”

내 말을 듣고 라파엘은 말했다.

“내가 그렇게 했을 때 유일한 결과는, 다른 사람의 광기를 고치려고 하다가 나 자신도 그들과 똑같이 미쳐가게 된다는 것입니다. 나는 사실을 있는 그대로 말하고 싶습니다. 그런데 그렇게 하려면, 나는 앞에서 내가 말한 대로 말할 수밖에 없습니다. 거짓말하는 것이 과연 철학자가 해야 하는 일인지는 모르겠지만, 내가 해야 할 일이 아니라는 것은 분명하기 때문입니다.

또한, 내가 하는 말이나 이야기가 자기 마음에 들지 않아서 불쾌해질 수는 있습니다. 하지만 사람들이 내가 하는 말을 한 번도 들어본 적 없는, 터무니없고 어처구니없는 이야기로 치부하는 이유를 도무지 이해할 수 없습니다. 나는 플라톤이 『국가』에서 제시한 이상적인 제도나 유토피아 사람이 자기 나라에서 실제로 시행하는 제도를 그들에게 들려주면서 그렇게 하라고 말하는 것이 아니지 않습니까? 물론 그런 제도 자체는 아주 훌륭하지만, 그들에게는 낯설고 이질적인 것으로

유토피아 공화국

보일 수밖에 없습니다. 여기에서는 모든 제도가 사유재산을 기반으로 하지만, 거기서는 모든 것을 공동소유로 하기 때문입니다.

내 말에 정반대로 돌진하려고 이미 굳게 결심한 사람들을 향해, 그 길을 계속 따라갔을 때 직면할 위험을 보여주면서 다시 돌아오라고 말하는 것이기 때문에, 그들이 내 말을 들으면 마음에 들지도 않고 기분도 나쁠 것입니다. 하지만 그 점을 제외한다면, 내가 한 말 중에서 어디서나 절대 말해서는 안 되는 것이란 도대체 어떤 게 있습니까!

사람들은 자신의 잘못되고 악한 관습과 관행 때문에 자기에게 이질적으로 보이는 모든 것을 터무니없고 어처구니없는 것으로 치부합니다. 우리가 그들의 그런 태도를 수긍하고 그들에게 일체 그런 것을 말하지 않아야 한다면, 우리는 예수께서 가르치신 것 대부분을 심지어 기독교 국가에서도 말하지 않는 편이 옳을 것입니다. 하지만 예수께서는 그렇게 하지 말라고 하셨고, 심지어 자신이 제자들의 귀에 대고 속삭이셨던 말씀을 지붕 위에 올라가서 공개적으로 널리 알리라고 명령하기도 하셨습니다.[68]

원래, 예수의 대부분 가르침들은 오늘날 관습과 비교해볼 때 아주 낯설고 이질적인 것들이었습니다. 그런데 후대에 예수의 가르침을 전한 설교자들은 영리했기에, 사람들이 예수의 가르침에 따라 자기 삶을 바꾸려 하지 않는다는 것을 알아차리고는 사람들이 살아가는 방식, 즉 자기 관습을 기준으로

---

68    이것은 성경의 마태복음 10장 27절과 누가복음 12장 3절에 나오는 말씀이다. "내가 너희에게 어두운 데서 이르는 것을 광명한 데서 말하며 너희가 귓속말로 듣는 것을 집 위에서 전파하라."

삼아 거기에 예수의 가르침을 맞추는 방식을 택했습니다.

내 생각에 그들이 당신의 충고를 귀담아듣고 실천한 것이 아마도 이런 것이 아닌가 싶습니다. 이렇게 해서 어쨌든 그들은 예수의 가르침과 사람들 삶을 일치시키는 성과를 거둘 수 있었습니다. 하지만 내가 보기에 그들이 그렇게 해서 실제로 이루어낸 것은 사람들이 좀 더 편한 마음으로 악을 저지를 수 있게 한 것입니다.

마찬가지로 왕이 주재하는 어전회의에서 내가 당신의 충고를 따라 행동했을 때 이루어내는 것도 바로 그런 것입니다. 내가 사람들과 다른 생각을 갖고 있다고 합시다. 그런 상황에서 내 생각을 밝히면 마찰이 생기기 때문에, 나는 마치 아무 생각이 없는 듯이 잠자코 있거나, 아니면 그들 생각에 동조해야 합니다. 그런데 나의 그런 행동은, 테렌티우스[69]의 작품에서 미키오가 말했듯이 그들의 광기가 옳다고 확인해주는 것일 뿐입니다.

당신은 내가 간접적이고 우회적인 방법을 사용하여 아주 현명하게 행동함으로써 나의 주장을 어느 정도 관철시켜서, 모든 일을 선한 쪽으로 바꿀 수는 없다고 하더라도 악과 폐해를 최소화하는 데 최선을 다해야 한다고 충고했습니다. 하지만 솔직히 나는 그 말이 도대체 무슨 뜻인지 모르겠습니다.

궁정의 어전회의에서는 사람들과 다른 내 생각을 감출 수도 없고, 그냥 잠자코 있으면서 다른 사람의 생각을 묵인하는

---

69  로마의 희극작가였던 "테렌티우스"(기원전 195-159년)는 원래 북아프리카 출신의 노예였다가 그의 재능을 인정한 주인에 의해 자유민이 되어 작가로 이름을 떨쳤다. 여기에 언급된 것은 기원전 160년에 쓰인 『아델포이』("형제들"이라는 뜻)라는 희극의 제1막 끝부분에서 주인공 미키오가 한 말이다.

선에서 그치는 것도 허용되지 않습니다. 사악하기 짝이 없는 제안이나 극심한 폐해가 예상되는 정책이라 할지라도 공개적이고 적극적으로 지지하고 서명해야 합니다. 어떤 악한 제안에 소극적으로 미적지근하게 지지했다가는 첩자로 의심받을 수 있고, 심지어 반역자로 낙인찍힐 수 있습니다.

게다가 당신이 그런 동료들 틈바구니에 끼어 함께 어울린다면, 나라와 백성에게 유익한 일을 할 수 있는 기회는 당신에게 조금이라도 주어지지 않을 것입니다. 당신이 아무리 훌륭한 사람이더라도, 당신이 그들을 좋은 쪽으로 변화시키기보다는 그들이 당신을 타락으로 이끌 가능성이 훨씬 높기 때문입니다. 그들은 당신을 유혹해서 자신이 자행하는 악한 일에 동참시키거나, 아니면 당신이 악에 발 담그지 않고 계속 선량함을 지키려 한다면 자신이 저지르는 악하고 어리석은 일을 엄호하는 방패막이로 활용할 것입니다. 그래서 당신이 말한 바, 간접적이고 우회적인 전략을 사용해서 어느 한 가지라도 더 나은 쪽으로 바꿀 만한 기회는 당신에게 결코 주어지지 않을 것입니다.

플라톤은 자신의 책에서 기가 막힌 비유를 통해[70] 현자들이 관직을 맡아 국사를 돌보는 일을 피하라고 이유를 설명합니다. 비유 속에서 집에 있는 현자들은 수많은 대중이 비오는 날에 길거리에 운집했다가 비를 맞아 흠뻑 젖는 모습을 봅니다. 하지만 그들은 대중에게 비에 젖지 않도록 빨리 집으로 들어가 비에 젖는 것을 피하라고 충고하거나 설득할 수 없습니다. 대중을 설득하려면 현자들이 밖으로 나가야 하지만, 그

---

70    이 비유는 플라톤이 쓴 『국가』 VI. 496D-E에 나온다.

렇게 밖으로 나가더라도 대중과 마찬가지로 그들도 비에 흠뻑 젖을 뿐이고, 대중은 전혀 말을 듣지 않아 현자의 충고에서 아무 유익도 얻지 못할 것이 뻔하기 때문입니다. 그래서 현자들은 자기 자신이 대중의 어리석음을 고쳐줄 수는 없더라도, 적어도 자신이라도 집 안에 머물러 비에 젖지 않게 된 것으로 만족합니다.

친애하는 모어 씨, 사실 내 생각을 있는 그대로 솔직하게 말하자면, 사유재산이 존재해서 돈이 모든 것을 평가하는 척도가 되는 곳에서는 정의롭고 살기 좋은 나라를 만드는 일이 거의 불가능하다고 생각합니다. 가장 악한 자들이 가장 좋은 것을 차지하는 곳에 정의가 존재한다고 생각하거나, 인간의 삶에서 필요한 것을 극소수가 나누어 갖지만, 그 극소수조차도 언제나 행복하지 않고 대다수 사람은 궁핍하고 비참한 삶을 살 수밖에 없는 곳에 행복이 존재한다고 생각할 사람은 아무도 없기 때문입니다.

그래서 나는 유토피아 사람들의 너무나 현명하고 정의로운 제도들을 생각하지 않을 수 없습니다. 그들은 극소수의 법률로도 기가 막히게 나라를 잘 다스리고 모든 일을 너무나 잘 해결합니다. 그들 중에 선량하고 가치 있는 미덕을 행하는 사람들은 그에 합당한 보상을 받습니다. 하지만 모든 것은 공평하게 분배되기 때문에, 모든 사람이 부족함 없이 풍족하게 살아갑니다.

하지만 그 밖의 다른 많은 나라는 이 나라와 너무나 대조적입니다. 유토피아를 제외한 다른 모든 나라는 한결같이 새로운 규제를 담은 법령을 끊임없이 제정하지만, 나라와 사회의 질서를 만족스럽게 세워나갈 수 없습니다. 그런 나라에서는 개인이 획득한 모든 것을 사유재산이라고 부릅니다. 그리고 나라에서는 날마다 새로운 법률을 제정하여 무수히 많은 법률을 통해 그 사유재산을 보호하려고 합니다. 하지만 그렇게 하는 것이 쉽지 않고, 사람들의 사유재산을 구별하는 것도 쉽지 않아서 그런 분쟁을 해결하기 위해 무수히 많은 소송이 진행되고 있고, 거기에다가 매일 새로운 소송이 제기됩니다.

플라톤의 공유<br>사상 이 모든 것을 곰곰이 생각하다 보면, 나는 플라톤의 말에 더욱 공감하게 되고, 모든 재화를 모든 사람이 공평하게 나누어 갖는 것을 배척하는 법이라면 어떤 법이든지 거부할 것이라고 한 그의 말도 별로 놀랍게 들리지 않습니다. 대단히 지혜롭고 현명했던 그가 보기에는 재화의 공평한 분배야말로 건강하고 안전하며 살기 좋은 나라로 가는 유일한 길임이 너무나 명백했습니다.[71]

하지만 나는 사유재산이 존재하는 곳에서는 재화의 공평한 분배가 이루어질 수 없다고 봅니다. 어떤 명목으로든 개개인이 능력껏 재화를 긁어모으는 것이 허용된 곳에서는, 재화가 아무리 많아도 결국 극소수가 그 모든 재화를 나누어 갖게 되고, 나머지 대다수는 궁핍해지게 될 수밖에 없기 때문입니다. 그 결과 그런 나라에는 마땅히 운명이 바뀌었어야 할 두 부류의 인간이 존재합니다.[72]

---

71  3세기의 그리스 철학사가인 디오게네스 라에르티오스는 10권으로 된 『고대 그리스 철학자의 삶과 사상과 저서들』을 쓴 인물로 유명하다. 그 책에 따르면, 플라톤은 그리스의 펠로폰네소스 반도 중앙에 위치한 도시국가인 "아르카디아"와 "테베"로부터 나라를 다스려달라는 요청을 받았지만, 두 나라 국민이 재물을 공평하게 나누어갖는 데 반대하는 것을 알고서는 그러한 요청을 거절했다고 전해진다. 플라톤은 『국가』에서 지배층의 공동소유를 주장한 반면에, 『법률』에서는 그런 공동소유가 전 국가적으로 시행될 때 최상의 공화국이 될 것이라고 말했다.

72  여기에서 토머스 모어는 사회에 아무런 기여도 하지 않는 자들은 가난해지

하나는 탐욕스럽고 사악하며 사회에 아무 유익도 주지 못하는 쓸데없는 부자들이고, 다른 하나는 겸손하고 정직해서 자신보다 공공의 이익을 위해 날마다 힘든 노동을 도맡아 하는 가난한 자들입니다.

그래서 나는 사유재산이 완전히 폐지되지 않는 한, 재화가 공평하고 정의롭게 분배되는 것도 불가능하고, 인간의 삶이 행복해지는 것도 불가능함을 절대적으로 확신합니다. 사유재산이 존재하는 한, 인류의 절대 다수 그리고 많은 선량한 자는 빈곤과 중노동과 염려라는 무거운 짐에서 벗어나지 못하고, 그로 인해 억눌린 삶을 살아가게 될 것입니다. 물론 이 무거운 짐을 어느 정도 가볍게 할 수는 있겠지만 완전히 제거하는 것은 불가능합니다.

법을 제정해 한 사람이 소유하는 토지 면적이나 재산을 제한하는 일도 가능하고, 왕의 권력이 지나치게 커지거나 신민이 지나치게 큰 권력과 부를 지니고 오만방자해지는 것을 막을 수도 있습니다. 또한, 관직을 통해 사익을 취하는 것을 막고, 매관매직을 금지하며, 공무 수행 시 드는 많은 비용을 자비로 충당하게 하는 것을 불법으로 규정하는 법도 만들 수 있습니다.[73] 그렇게 하지 않으면, 관리들은 사기를 치거나 백성을 착취해서 관리가 되거나 공무를 수행할 때 들인 돈을 회수하려 하고, 자기 배를 불리고자 할 것입니다. 또한, 지혜롭고 현명한 자들이 담당해야 할 관직이 오직 부자들 차지가 되고

고, 사회에 큰 기여를 한 자들이 부유해지는 것이 정의에 합치한다는 의미에서, 이 두 부류는 운명이 서로 뒤바뀌어야 한다고 말한다.

73 이런 내용을 담은 법률이 실제로 근대 초기의 영국과 유럽의 몇몇 나라에서 제정되고 시행되었다.

말 것입니다.

　이런 내용을 담은 법률을 만들어서 시행하면, 마치 불치병에 걸린 병자라도 지속해서 의학적인 조치를 받으면 그 증상이 어느 정도는 완화되어 연명할 수 있는 것처럼 그 효과가 나타나서, 내가 앞에서 말한 사회적인 폐해가 완화되기는 합니다. 하지만 사유재산이 존재하는 한, 그런 사회가 완전히 치유되어 건강하게 될 희망은 전혀 없습니다. 그런 사회에서는 병들어 있는 어느 한 부분을 치료하려면, 다른 곳의 상처가 악화됩니다. 누군가로부터 빼앗지 않고서는 누군가에게 줄 수 없기 때문에, 곪은 곳 한 군데를 고쳤다 싶으면 다른 곪은 곳이 터져버립니다."

　나는 말했다.

　"내가 보기에는 당신 말과는 정반대로 모든 것을 모든 사람이 공유하는 그런 곳에서는 사람들이 적절한 생활수준을 유지하며 인간답게 살아가는 것이 불가능할 것 같습니다. 개인적인 이득을 얻을 수 있는 가능성이 차단된 상태에서 사람들은 일할 의욕을 잃게 될 것이고, 노동과 생산을 서로 남에게 미루고 자신은 일하지 않고 놀고먹으려고 할 것입니다. 이렇게 모든 사람이 일하려고 하지 않는데, 어떻게 그런 곳에 재화가 풍족할 수 있겠습니까!

　한편으로는 궁핍 때문에 사람들이 궁지로 내몰리고, 다른 한편으로는 자신이 일해서 얻은 것을 법적으로 보호받을 수 없는 곳에서는, 오직 끊임없는 살인과 폭동만이 일어나지 않겠습니까! 특히 공권력 및 그 권위에 대한 존중 역시 이미 사라져버리고 없을 테니, 더더욱 그렇게 될 것은 너무나 자명합니다. 사람들이 계급으로 서로 구분되어 있지 않아 사람들 사이에 아무 차이도 없는 곳에 권위가 존재할 수 있다는 것은 나로서는 상상할 수도 없는 일입니다."[74]

라파엘은 말했다.

"당신은 그런 나라를 직접 보지 못해 그런 나라가 어떤 모습일지 상상할 수 없고, 상상한다 해도 틀린 것일 수밖에 없기 때문에, 그렇게 생각하시는 것은 전혀 이상한 일이 아닙니다. 하지만 나는 그 나라에 가서 5년 이상 살았습니다. 그리고 저 새로운 세계를 다른 사람들에게 알려주려고 결심하지 않았다면, 그 나라를 결코 떠나지도 않았을 것입니다. 그러니 당신이 나와 함께 유토피아로 가서 그곳의 문물제도와 관습을 직접 보았더라면, 그 나라처럼 모든 제도가 올바르게 잘 정비되어 훌륭하게 다스려지는 나라를 어디에서도 본 적이 없다고 솔직하게 고백했을 것입니다."

페터 힐레스가 말했다.

"당신이 말한 저 새로운 세계가 우리가 아는 이 세계보다 더욱 올바른 제도를 완비해놓고 나라를 제대로 잘 다스리고 있다는 사실을 나로서는 확실히 믿기 어렵습니다. 우리 재능은 그들에 비해 절대 뒤떨어지지 않고, 우리 문명도 내가 알기로는 그들보다 더 오래되었습니다. 우리 세계는 오랜 기간의 경험으로 수많은 문명의 이기를 발전시켜 왔고, 게다가 우리 재능으로는 결코 발견할 수 없었던 많은 것도 우연한 기회에 찾아내기도 했습니다."

라파엘은 말했다.

---

74  재화의 공동소유에 대한 이러한 반론들은 아리스토텔레스가 자신의 『정치론』에서 플라톤의 『국가』를 비판할 때 제시한 것이다. 그의 이런 반론들은 특히 토마스 아퀴나스에 의해 중세 스콜라 사상 속으로 편입되어 르네상스 시대에도 지배적인 견해가 되었다.

"우리 세계와 저 새로운 세계 중에서 어느 쪽이 역사가 더 오래되었느냐 하는 문제에 관해서는, 당신이 저 새로운 세계에서 자신의 역사를 기록해놓은 역사서들을 읽으셨다면, 좀 더 정확하게 판단할 수 있었을 것입니다. 그들의 기록이 믿을 만한 것이라면, 이 세계에 사람이 존재하기 전부터 그 세계에는 도시들이 존재했습니다. 그리고 어떤 것은 자신의 재능으로 발견하고 어떤 것은 우연히 발견했다는 것은 여기나 거기나 마찬가지입니다. 또한, 나머지 하나, 즉 재능과 관련해서는 설령 우리가 그들보다 더 뛰어나더라도, 근면함과 배우려는 열정에 있어서는 그들보다 한참 뒤진다고 나는 확신합니다.

　그들이 기록한 연대기에 의하면, 우리가 그 나라에 상륙해서 들어가기 전에는, 오직 단 한 번, 그러니까 1,200여 년 전에 어떤 배가 폭풍우를 만나 표류하다가 유토피아 섬에 좌초된 사건을 제외하면 '적도 너머 사람들'(그들은 우리를 이렇게 부릅니다)에 대해 아무것도 듣지 못했다고 합니다. 그리고 그때 몇몇 로마인과 이집트인이 해변에 쓰러져 있다가 구조되었는데, 그 후에 그들은 그 나라를 떠나지 않고 정착해서 살았다고 합니다.

　저 근면성실한 유토피아 사람들이 자신에게 주어진 이 단 한 번의 기회를 얼마나 유익하게 활용했는지를 들어보십시오. 그들은 이 손님들에게서 직접 알아내기도 하고, 이들에게서 들은 이야기를 실마리 삼아 그들 스스로 어떤 기술을 발견해내는 방식으로, 로마 제국 전역에서 당시 사용되던 인간의 삶에 유익한 온갖 기술을 하나도 빠짐없이 다 익혔습니다. 그들은 우리 세계에 속한 몇 사람이 그들 나라에 우연히 발을 딛게 된 바로 그 한 번의 기회를 이용해서 이렇게 엄청난 유익을 얻어냈습니다.

만일 과거에 비슷한 사건을 통해 유토피아 사람이 이 세계에 발을 디디게 되었다면, 이 세계는 얼마 지나지 않아 언제 그런 사건이 있었느냐는 듯 까맣게 잊어버렸을 것입니다. 마찬가지로 우리의 미래 세대도 내가 유토피아에 갔다 왔다는 사실을 십중팔구 잊을 것입니다. 유토피아 사람들은 그 단 한 번의 기회를 이용해서 우리 세계에서 그 오랜 세월 축적해온 온갖 유용한 기술과 문명의 이기를 만드는 법을 다 익혔습니다. 반면에 우리 세계가 우리의 것보다 더 훌륭한 그들의 제도를 단 한 가지라도 받아들여서 활용할 날이 과연 오기는 올까 하는 것이 나의 솔직한 심정입니다.

우리도 재능이나 자원에서는 그들보다 뒤지지 않지만, 그들이 우리보다 더 나은 문물과 제도를 갖추고서 나라를 잘 다스려나감으로써 더 행복한 삶을 살게 된 가장 중요한 이유는 바로 이렇게 무엇이든지 좋은 것은 곧바로 배워서 활용하려고 하는 열정이었다고 나는 생각합니다."

나는 말했다.

"친애하는 라파엘 씨, 그렇다면 유토피아 섬에 대해 우리에게 좀 더 자세하게 말씀해주시길 부탁드리고 간청합니다. 짧고 간단하게 언급하고 끝내려 하지 마시고, 그 나라의 영토와 땅, 강, 도시, 사람, 관습, 제도, 법률 그러니까 요컨대 우리가 알아두면 좋을 것이라고 당신이 생각하는 모든 것을 차례로 자세히 설명해주십시오. 즉, 당신이 생각하기에 우리가 알아야 하는데 아직 알고 있지 못한 것이라면 무엇이든지 말해주셨으면 합니다."

라파엘은 말했다.

"그런 얘기라면 아주 기꺼이 해드릴 수 있습니다. 내가 진정으로 하고 싶은 것이기도 하고요. 그 나라에 관한 모든 것은 지금도 나의 뇌리에 너무나 생생하게 보존되어 있습니다. 하지만 그렇게 자세하게 이야기하자면 꽤 긴 시간이 걸릴 것입니다."

나는 말했다.

"그렇다면 먼저 점심을 먹으러 갑시다. 그리고 그런 후에 우리는 오후 내내 충분한 시간을 보내게 될 것입니다."

라파엘은 "그렇게 합시다"라고 말했다.

이렇게 해서 우리는 집 안으로 들어가서 점심식사를 했다. 그리고 식사를 마친 후에는 다시 그 장소로 돌아와서 동일한 벤치에 앉았다. 나는 하인들에게 우리를 방해하지 말라고 지시해두었다. 페터 힐레스와 나는 라파엘에게 아까 한 약속을 지킬 것을 부탁했다. 그는 우리가 그의 이야기를 몹시 듣고 싶어 한다는 것을 알고서, 잠시 묵묵히 앉아서 무엇인가를 생각하더니 이윽고 다음과 같이 얘기를 시작했다.

# 유토피아

## 제2권

**최상의 공화국 형태에 관한 라파엘 히틀로다이오의 담화:**

라파엘이 오후에 한 이야기를 런던 시민이자 사법집행관 대리인 토머스 모어가 기록한 글

# 1. 유토피아 섬

유토피아 사람들이 사는 섬에 대해 말하자면, 그 섬 가운데서 새로운 섬
가장 폭이 넓은 정중앙의 길이는 200마일(1마일은 약 1.6킬로미 유토피아의
터)입니다. 정중앙에서 양쪽 끝부분으로 갈수록 점점 폭이 좁 위치와 형태
아지긴 하지만 서서히 조금씩 좁아지기 때문에, 양쪽 끝부분
을 제외하고는 200마일보다 훨씬 더 좁은 지역은 없습니다.
정중앙에서 양쪽 끝부분까지는 지름이 500마일인 원의 원주
처럼 둥근 모양으로 완만하게 곡선을 그리고 있어서, 섬 전체
는 초승달 모양으로 되어 있습니다.

육지로부터 11마일가량 떨어져 있는 이 초승달의 양쪽 뿔
들 사이로 바닷물이 들어와서 드넓은 만 속으로 퍼져나갑니
다. 이 만은 사방이 육지로 둘러싸여 바람이 차단되어 있어서
파도가 거칠지 않고, 거대한 호수 같아 보입니다. 따라서 이
섬의 내해에 접해 있는 거의 모든 해변을 항구로 사용할 수
있어서, 거기로 배들이 다니면서 섬의 모든 곳을 연결하므로,
이 나라 사람들은 그 혜택을 톡톡히 누립니다.

하지만 이 만으로 들어오는 어귀는 수심이 얕고 암초들이 천혜의 요새
많아서 배들이 항해하기에 아주 위험합니다. 그 어귀의 중간
지점쯤에 물 위로 높이 솟아 있는 암초 하나가 있습니다. 이

암초는 눈으로 뻔히 볼 수 있기 때문에 항해에는 위험이 되지 않는데, 이 암초 위에 초소가 설치되어 있고, 거기에 수비대가 주둔해 있습니다. 하지만 나머지 다른 암초들은 물속에 있어 눈에 보이지 않기 때문에 아주 위험합니다.

배들이 안전하게 항해하는 수로는 오직 유토피아 사람들만 알고 있습니다. 그래서 타국의 배가 유토피아인을 안내인으로 삼지 않은 채 경솔하게 이 만으로 들어왔다가는 십중팔구 좌초되고 맙니다. 그리고 유토피아 사람조차도 해변에 설치해놓은 표지판을 보고 항로를 설정하지 않았다면 배를 타고 무사히 만 안으로 들어올 수 없습니다.

표지판만 옮기면 외적을 무찌를 수 있음

그래서 유토피아 사람들은 아무리 많은 수의 적 함대가 쳐들어와도 단지 해안에 설치되어 있는 표지판들을 옮겨놓기만 하면 아주 쉽게 적 함대를 궤멸시킬 수 있습니다. 물론 이 섬의 외해에 접한 해안에도 꽤 많은 항구가 있습니다. 하지만 그쪽 해안 지형은 깎아지른 듯이 가팔라서 천연 요새가 됩니다. 뿐만 아니라, 인공적으로도 요새화해 놓았으므로 대군이 공격해와도 소수 병력으로 물리칠 수 있습니다.

유토포스가 유토피아라 명명함

사람들은 지금 유토피아인이 사는 땅이 전에는 바다로 둘러싸인 섬이 아니었다고 하고, 실제로 그곳에는 이전 모습을 보여주는 흔적이 남아 있습니다. 그 땅은 전에 아브락사[75]라 불렸는데, 유토포스[76]라는 사람이 정복해서 그곳 이름을 유토

---

75 "아브락사"가 어디에서 유래했고 그 의미가 무엇인지는 알려져 있지 않다. 여러 견해 중에서 그리스어 '아브로코스'("물 없는")와 연결 짓는 견해가 토머스 모어의 의도와 합치하는 것으로 보인다.

76 유토피아의 건국자인 "유토포스"는 그리스어로 "없다"를 뜻하는 '우'와 "장소" 또는 "지위"를 뜻하는 '토포스'를 합성한 말로 "아무 지위도 없는 사람"이라는 의미다. "유토피아"도 "유토포스"와 동일한 두 개의 그리스 단어에서 유래했

피아 섬이라고 개명했다고 합니다. 그리고 그는 거기에 살던 야만족 무리를 가르치고 이끌어, 지금은 지구상에 있는 거의 모든 민족보다 월등한 문명 수준을 지닌 인류를 만들어냈답니다.

그가 그 땅에 상륙하여 그곳을 정복하고 나서 가장 먼저 한 일은 그 땅과 본토를 연결하던 양쪽 지협에 15마일 너비의 수로를 만들어서, 본토와의 연결을 끊고, 그 땅이 온통 바다로 둘러싸이게 만드는 것이었습니다.

많은 사람을 동원해 신속히 끝냄

이 일에 원주민만 동원한다면, 그들이 전쟁에 져서 이런 굴욕과 수치를 당한다고 생각할 것을 염려해서, 모든 병사를 다 동원했습니다. 이렇게 수많은 사람이 일을 분담하면서, 이 일은 믿을 수 없을 정도로 신속하게 끝났습니다. 그가 이 일을 성공적으로 완수해내자, 처음에는 어리석은 짓을 한다고 비웃던 이웃 나라들도 깜짝 놀라고 동시에 두려움을 느끼게 되었다고 합니다.

유토피아 섬에는 54개의 도시가 있습니다.[77] 이 도시들은 모두 넓고 웅장하며, 거기에서 사용되는 언어와 관습과 제도와 법률은 완전히 동일합니다. 또한, 모든 도시는 각각의 도

유토피아의 도시들

---

는데, "유토포스가 세운 나라" 또는 "존재하지 않는 나라"를 의미한다. "유토포스"와 "유토피아"는 영어식 명칭이고, 원래는 "우토포스"와 "우토피아"로 표기해야 하지만, 관행에 따라 두 단어는 영어식으로 표기하기로 한다. 사실 그리스어에서 '유'는 "좋은"이라는 뜻이기 때문에, 그리스 식으로 "유토피아"라고 말하면, 이 단어는 "존재하지 않는 나라"보다는 "살기 좋은 나라"라는 뜻으로 통한다.

77  토머스 모어가 말하는 "도시"는 그리스어로 '폴리스', 즉 도시국가를 지칭한다. 유토피아 섬에 있는 54개의 도시는 각각 도시 하나와 그 주변의 농촌 지역으로 이루어져 있고, 거의 독립적으로 운영된다. 54개는 영국의 잉글랜드와 웨일스에 있는 도시 53개와 런던을 더한 숫자와 동일하다.

다. 또한, 모든 도시는 각각의 도

시가 들어선 지형이 허용하는 한, 같은 설계도에 따라 지어져서 형태도 동일합니다. 도시는 서로 최소한 25마일 떨어져 있습니다. 반면에 아무리 멀리 떨어져 있는 도시도 사람이 하루에 걸어서 갈 수 있는 거리 안에 있습니다.

해마다 각 도시에서는 유토피아 나라 전체와 관련된 공통 관심사를 논의하기 위해 아마우로스[78]에서 개최되는 회의에 연륜과 경험이 풍부한 세 명의 시민을 파견합니다. 아마우로스라는 도시는 이 섬의 배꼽, 즉 정중앙에 위치해 있어서 섬의 어느 지역에서든 왕래가 가장 편리하다는 이점으로 사실상 수도 역할을 합니다.

**영토의 배분**

이 나라의 영토는 각 도시에 아주 적절하게 배분되어 있어서, 한 도시는 적어도 사방으로 12마일씩의 땅을 가지고 있습니다. 그리고 다른 도시와의 간격이 좀 더 멀리 떨어져 있는 도시가 보유한 땅은 훨씬 더 넓습니다. 하지만 자신이 관할하는 땅을 넓히려는 도시는 없습니다. 시민들은 자신을 지주가 아니라 경작자라고 생각하기 때문입니다.

**농업과 경작을 중시해 발전함**

이 나라 전역의 모든 농촌 지역에는 곳곳마다 적절한 곳에 농사 짓는 데 필요한 농기구를 갖춘 농장들이 있습니다. 도시민은 자기 차례가 되면 번갈아 농촌 지역으로 이주해 와서 이 농장에 거주합니다. 한 농장에는 최소한 40명의 남녀 성인이 거주하고, 두 명의 노예가 상주합니다. 어느 정도 나이가 들

---

78 "아마우로스"는 그리스어로 "어슴푸레한, 어두운"을 뜻하기 때문에 직역하면 "불빛이 희미한 도시"라는 의미다. 호메로스는 자신이 쓴 『오디세이아』에서 주인공 오디세우스의 아내 페넬로페가 자기 꿈속에서 본 아테네의 모습을 묘사할 때 이 단어를 사용한다. 따라서 "아마우로스"는 "꿈의 도시"라는 뜻으로 보인다.

고 성실한 부부가 농장 하나를 담당하고, 필라르코스[79]라 불리는 감독관 한 명은 30곳의 농장을 관할합니다.

해마다 한 농장에서 20명의 도시민이 2년 동안의 농촌 복무를 마치고 도시로 다시 이주합니다. 그리고 도시에서 새로 온 20명이 그 빈자리를 채웁니다. 이 새로 온 도시민들은 그들보다 먼저 농촌에 와서 1년 동안 일을 해왔던 도시민에게서 농사일을 배웁니다. 따라서 1년 후에는 도시에서 새로 온 사람들에게 농사일을 가르쳐줄 수 있습니다. 이것은 농사일을 전혀 모르는 사람만 농사일을 하다가 한 해에 필요한 농작물 생산에 큰 차질이 빚어질 위험을 방지하려는 것입니다.

농촌으로 이주해 농사일을 하는 기간은 법에 2년으로 정해져 있기 때문에, 원하지 않더라도 그보다 오래 살도록 강제하지는 않습니다. 하지만 천성적으로 농촌에서의 삶을 좋아하는 사람도 많기 때문에, 그런 사람은 원하는 만큼 더 오래 머물 수 있습니다.

농부로 차출된 도시민은 땅을 경작하거나 가축을 기르거나 **농부의 의무** 벌목을 해서, 자신이 생산한 것을 육로나 해로를 통해 도시로 보냅니다. 이 사람들은 아주 놀라운 방법으로 정말 어마어마한 수의 병아리를 부화시킵니다. 그러니까 그들은 암탉이 알을 품게 하는 것이 아니라, 온도와 열기가 일정한 곳에서 아주 많은 알을 한꺼번에 놓아두는 방식으로 병아리를 부화시킵니다.[80] 그래서 이런 식으로 부화된 병아리들은 알을 깨고

---

79  "필라르코스"는 그리스어로 "한 집단의 우두머리"라는 뜻이다.

80  이러한 인공부화를 통해 닭을 생산하는 방법은 로마의 장군이자 박물학자였던 플리니우스(24-79년경)가 쓴 『박물지』에 언급되기는 하지만, 토머스 모어 시대에 실제로 행해지지는 않았던 것으로 보인다.

나오자마자 암탉이 아니라 사람을 자기 어미로 착각하고서는 졸졸 따라다닙니다.

말의 용도

그들이 말을 기르는 경우는 극히 이례적입니다. 말은 오직 청장년이 승마할 때만 사용하고 다른 용도로는 사용하지 않아, 야생마를 길들일 이유가 없기 때문입니다.

소의 용도

밭을 경작하거나 수레를 끄는 것 같은 일에는 모두 소를 사용합니다. 물론 빠른 것으로 하자면 말에 비해 소가 뒤떨어지는 것을 그들도 인정합니다. 하지만 소는 오래 버티는 힘에서 말을 능가하고, 질병에도 잘 걸리지 않으며(그들은 그렇게 생각합니다), 게다가 기르기도 수월하고 비용도 적게 듭니다. 또한, 나이 들어 더 이상 일하지 못하게 되었을 때도 식용으로 사용할 수 있다는 이점도 있습니다.

빵과 음료

밀이나 보리 같은 곡물은 오직 빵을 만드는 데만 사용합니다. 그들은 포도나 사과나 배로 만든 술을 마시거나 물을 마시기 때문입니다. 그런 것에 아무것도 섞지 않고 마시기도 하지만, 흔히 그곳에서 풍부하게 나는 꿀이나 감초를 타서 마십니다.

치밀한 계획하의 곡물 재배

그들은 자기 도시와 그 도시 주변 지역에서 매년 소비되는 곡식의 양을 철저히 조사해서 아주 정확하게 알고 있지만, 필요보다 훨씬 더 많은 양의 곡물을 재배하고 가축을 키워서 남은 것을 가까운 곳에 나누어줍니다.

농촌에 복무하는 사람들이 필요한 물건을 농촌에서 구할 수 없을 때는 도시의 관리에게 요청만 하면 됩니다. 일반적으로 농부들은 한 달에 한 번씩 휴가를 받아 도시로 나오는데, 그때 그런 요청을 하면 관리는 아무 대가도 받지 않고 그들이 원하는 물건을 어렵지 않게 구해줍니다.

곡물의 신속한

곡물 수확절이 다가오면, 농촌 감독관들은 도시 관리들에

게 수확을 위해 도시에서 보내주어야 할 일손이 얼마 정도인
지를 통보합니다. 그러면 수확이 예정된 그날에 맞춰 그만큼
의 사람들이 정확히 도착해 날씨가 좋으면 하루 안에 모든 작
업이 끝납니다.

## 2. 유토피아의 도시들, 특히 아마우로스

그곳의 도시들 중 어느 한 도시만 제대로 알면, 나머지 모든
도시에 대해서는 저절로 알게 됩니다. 특정 도시가 세워진 곳
의 자연 지형이나 지세로 불가피하게 생긴 약간의 차이를 제
외하고는, 모든 도시의 형태는 동일하기 때문입니다. 그래서
나는 그중 한 도시에 관해 설명하려고 합니다. 어느 도시를
선택해도 상관없지만, 아무래도 아마우로스에 관해 설명하는
것이 가장 좋지 않겠습니까? 다른 모든 도시가 흔쾌히 아마
우로스로 자기 대표를 보내는 것은 그 도시가 최고라는 것을
그들도 인정하기 때문이며, 나도 거기에서 꼬박 5년을 생활했
기에 그 도시에 관해서는 누구보다 더 잘 알기 때문입니다.

아마우로스는 경사가 완만한 산비탈에 자리잡고 있고, 그
형태는 거의 정사각형 모양입니다. 이 도시는 산 정상의 조금
아래에서 시작해서 아니도르 강[81]을 따라 직선거리로 2마일
정도 뻗어 있지만, 이 강의 강둑을 따라 측량하면 그 길이는

---

81  "아니도르"는 그리스어로 "없다"를 뜻하는 '아'와 "물"을 뜻하는 '휘도르'가 결
    합된 단어로서 "물 없는 강"이라는 의미다. "아니도르 강"과 "아마우로스"에
    관한 세부 설명은 템스 강과 런던의 관계와 일치한다. 다만 템스 강은 런던
    보다 훨씬 높은 곳에서 발원하지만, 아니도르 강은 아마우로스의 바로 위에
    서 발원한다는 점이 다르다.

조금 더 깁니다.

영국의 템스강을
닮음

아니도르 강은 아마우로스가 시작되는 곳에서 더 안쪽으로 8마일 지점에 있는 작은 샘에서 발원합니다. 하지만 중간에 꽤 큰 두 개의 지류를 포함한 여러 지류가 흘러 들어서, 아마우로스에 이르렀을 때는 반 마일 정도의 너비를 지닌 강으로 커져 있습니다. 그런 후에 계속해서 60마일을 더 흘러가는 동안 강폭은 점점 더 커지다가 결국 대양으로 흘러들어 갑니다.

이 점에서도
런던과 닮음

이 강에서는 바다와 이 도시 사이에 놓인 모든 곳에서, 그리고 이 도시 위로 몇 마일 거슬러 올라간 곳에서도 바다의 조수 간만 현상이 영향을 미쳐, 6시간마다 강한 조류가 방향을 바꾸어서 썰물이 되어 빠져 나가거나 밀물이 되어 밀려들어 옵니다.

조류가 밀려들어올 때는 바다에서 강쪽으로 대략 30마일 되는 곳까지 바닷물이 아니도르 강을 가득 채우기 때문에, 강물은 상류 쪽으로 밀려나서 거꾸로 거슬러 올라갑니다. 그러면 강물은 그 지점에서 몇 마일 거슬러 올라간 곳까지 염분을 머금게 됩니다. 하지만 상류 쪽으로 올라갈수록 강물의 염분 농도는 점차 낮아져서, 이 도시를 따라 흐를 때는 담수가 흐릅니다. 반면에 조류가 썰물로 바뀌면 강물은 바다로 흘러들어 가기 직전까지 내내 염분에 오염되지 않은 깨끗한 담수가 되어 흐릅니다.

도시 내로 흐르는 이 강의 양쪽 강둑은 나무 교각이나 상판이 아니라, 돌로 만들어진 환상적으로 아름다운 아치형 다리로 연결되어 있습니다. 이 다리는 바다에서 가장 멀리 떨어진 도시 최상단에 있습니다. 그래서 배들은 이 강의 도시 구간에 마련된 모든 부두에 아무 장애 없이 자유롭게 드나듭니다.

또한, 도시 안에는 그다지 크지는 않지만 아주 고요하고 평화로운 또 하나의 강이 있습니다. 이 강은 도시가 세워져 있는 산에서 콸콸 솟아나서 도시 정중앙을 관통하여 산기슭 경사면을 타고 흐르다가 아니도르 강으로 흘러들어 갑니다. 원래 이 강의 발원지인 샘은 도시 경계를 약간 벗어난 곳에 있었습니다. 그런데 아마우로스 사람들은 그 샘을 보호하기 위해 그곳에 성곽을 쌓고 요새화하여 도시 속으로 편입시켰습니다. 그래서 적이 이 도시를 공격해 온다고 해도, 그들의 식수원인 이 강물을 끊거나 물길을 돌려놓거나 이 강물을 오염시켜 마시지 못하게 할 수 없습니다.

이 샘에서 나온 물은 벽돌로 만들어진 수로들을 통해 아래쪽에 있는 도시의 여러 구역으로 공급됩니다. 이것이 불가능한 구역에서는 저수조를 만들어서 거기에 빗물을 저장해놓고 상수원으로 사용하기도 합니다. <sub>강물의 용도</sub>

도시는 두껍고 높은 성벽으로 둘러싸여 있고, 성벽 위에는 망루와 보루가 많이 세워져 있습니다. 도시 삼면에는 해자가 넓고 깊게 파져 있습니다. 거기에는 물이 채워져 있지 않고, 그 대신에 날카로운 가시가 나 있는 나무로 이루어진 여러 장애물이 설치되어 있습니다. 그리고 마지막으로 남은 도시의 네 번째 면은 강 자체가 해자 역할을 합니다. <sub>높은 성벽</sub>

도시의 거리는 교통이 원활하게 이루어지면서도 바람도 잘 막아줄 수 있도록 편리하고 훌륭하게 설계되어 있습니다.[82] 집들은 대단히 깨끗하고, 도로변을 따라 조화롭게 세워져 있 <sub>거리와 집들</sub>

---

82 아마우로스의 모습은 로마의 도시계획을 떠올리게 한다. 로마 도로의 평균 너비는 20피트(6미터)였고, 가로변을 따라 집들이 밀집한 구역들이 있었으며, 각 구역마다 놀고 쉴 수 있는 정원이 있었다. 아마우로스처럼 정사각형의 형태는 로마 도시계획의 가장 두드러진 특징이었다. 한 가지 차이점은 아마우로스에서는 집들이 정원을 사면으로 둘러싸며 공유한다는 것이었다.

어서, 한 구역에 속한 집들 전체가 한데 어우러져서 아름다운 저택 한 채와 같은 모습을 보입니다. 도로변을 따라 지어진 집들 전면에는 20피트(약 6미터) 너비의 도로가 있습니다.

구역마다 있는 정원

각각의 집 후면에는 도로 너비만한 정원이 있는데, 이 정원은 사방으로 다른 집들의 후면으로 둘러싸여 있습니다. 모든 집에는 길거리로 통하는 정문이 있고 정원으로 통하는 후문이 있습니다.

플라톤의 이상국가의 냄새가 풍김

이 문들은 손으로 밀면 쉽게 열리고 자동적으로 다시 닫히게 되어 있어, 아무나 자유롭게 드나들 수 있습니다. 거기에는 사유재산이라는 것이 없기 때문입니다. 사람들이 살게 될 집은 10년마다 추첨으로 새로 정해집니다.

베르길리우스도 정원을 상찬함

그들은 집마다 딸린 정원을 관리하는 데 정성을 들이고, 포도나무를 비롯한 과실수와 화초들을 가꿉니다. 이렇게 정원은 아주 잘 가꾸어져 있고 그 안에는 모든 것이 아주 풍성해서, 나는 그보다 더 아름답고 풍성하게 가꾸어진 정원을 본 적이 없습니다. 그들이 정원을 가꾸는 일에 열심을 보이는 이유는 단지 그 일을 좋아하기 때문만이 아니라, 자기 정원을 최고의 정원으로 만들려는 경쟁이 구역 간에 치열하기 때문입니다.

도시와 관련된 것 중에서 시민들에게 정원보다 더 유익함과 즐거움을 주는 것을 발견하기는 쉽지 않습니다.[83] 그런 점에서 이 도시를 창건한 사람은 다른 무엇보다도 시민들에게

---

83  유토피아 사람들이 정원을 좋아한다는 설명은 그들의 생활방식이 에피쿠로스학파 철학자들이 실천했던 삶의 방식과 연결되어 있음을 암시한다. 이 학파의 창시자인 에피쿠로스는 일찍 은퇴해서 정원이 딸린 저택에서의 삶을 즐겼기 때문에, 그의 학파는 정원학파라 불렸다.

정원을 마련해주는 일에 가장 큰 관심을 갖고 있었던 것이 분명합니다. 사람들은 처음에 유토포스가 직접 이 도시 전체의 형태를 설계했다고 말합니다. 하지만 그는 이 도시를 아름답게 가꾸는 일이 한 사람의 일생을 다 바치더라도 이룰 수 없는 일이라고 보고 후손에게 맡겼습니다.

그들은 유토포스가 이 섬을 정복한 때로부터 1,760년 동안 자기 역사를 하나도 빠짐없이 아주 세심하게 기록하여 보존해왔습니다.[84] 이 기록에 의하면, 그들이 처음에 지은 집들은 손쉽게 구할 수 있는 목재로 아무렇게나 지은 허름한 오두막집이었습니다. 벽은 진흙을 이겨 발라 만들었고, 지붕은 목재를 사용해서 높고 뾰족하게 올리고 나서 그 위에 짚을 엮어 만든 이엉을 덮었습니다.

하지만 지금은 모든 집이 3층집입니다.[85] 벽면은 석재 또는 유리창 벽돌로 이루어져 있고, 벽면 사이의 공간에는 잡다한 돌들이 채워져 있습니다. 지붕은 평평한 형태로 바뀌었고, 거기에는 일종의 슬레이트가 덮여 있습니다. 이 슬레이트는 저렴하지만 아주 튼튼합니다. 불에 강하고 방수가 잘 되어서, 납보다도 비바람을 더 잘 막아줍니다. 거기에서는 유리를 많이 사용하기 때문에, 바람을 막기 위해 유리로 창문을 만듭니다. 또한, 투명 기름이나 아교를 칠한 아마포로 창문을 만들기도 하는데, 그렇게 하면 빛은 들어오게 하면서도 바람은 막는 이중 효과를 볼 수 있습니다.

---

84   토머스 모어가 이 책을 쓴 1516년에서 시작해서 1,760년 전을 계산해보면 기원전 244년이 된다. 이때는 평등사회를 만들고자 개혁을 시도했다가 결국 처형당했던 스파르타의 왕 아기스 4세가 즉위한 해다.

85   아마우로스의 집들과는 달리, 16세기 초 런던에 세워졌던 집들은 대체로 목재로 지은 2층집이었고, 유리로 된 창문도 17세기까지는 드물었다.

# 3. 관리들

유토피아어에서
트라니보라는
한 무리의
우두머리라는 뜻

해마다 서른 가구가 한 단위가 되어 관리 한 명을 선출합니다. 이 관리는 고대 언어로는 '시포그란토르'[86]라 불렸지만, 지금은 '필라르코스'라고 불립니다. 그리고 10명의 시포그란토르와 그들이 대표하는 가구들을 관할하는 관리가 있는데, 전에는 '트라니보라'[87]로 불렸지만, 지금은 '프로토필라르코스'라 불립니다.

관리를 뽑는
기이한 방식

이 도시에는 200명의 시포그란토르로 구성된 의회가 있고, 이 의회에서 시장을 선출합니다.[88] 그들은 시장을 선출하기에 앞서, 도시에 가장 유익할 것이라고 생각한 사람을 시장으로 선출하겠다고 서약합니다. 그런 후에 비밀투표가 실시되고, 도시의 네 지구에서 각각 한 명씩 의회에 추천한 후보 네 명 중에서 한 명이 시장으로 선출됩니다.

제대로 된
공화국에서는
독재를 가장
혐오함

시장직은 독재를 한다는 의심을 받아 실각하지 않는 한 평

---

86  "시포그란토르"는 그리스어로 "돼지우리"를 뜻하는 '시페오스'와 "지도자"를 뜻하는 '크란토르'를 합친 것으로 "한 구역을 다스리는 자"라는 의미를 지닌 관직명이다. "필라르코스"는 농촌 지역의 감독관을 지칭하는 명칭으로 이미 앞에서 두 번 사용되었다.

87  "트라니보라"는 그리스어로 "벤치"를 뜻하는 '트라노스'와 "음식"을 뜻하는 '보라'를 합친 단어로 공동식사를 주관하는 우두머리라는 의미를 지닌 것으로 본다. "프로토필라르코스"는 필라르코스들의 우두머리라는 뜻으로 여기에만 나온다. 라파엘은 이후로 일관되게 현재의 관직명을 사용하지 않고 옛 관직명을 사용한다.

88  각각의 도시에는 6,000가구가 있고, 시포그란토르는 30가구에서 한 명씩 선출되기 때문에, 그 수가 200명이 된다. 각 도시에는 시장이 있지만, 섬 전체를 다스리는 통치자는 존재하지 않는다. 섬 전체와 관련된 일을 처리하고자 아마우로스에서 회의가 열리지만, 별도 행정부는 없다. 따라서 유토피아라는 나라는 거의 독립적인 공화국을 이루는 각 도시들의 연맹체라고 할 수 있다. 모든 관직은 시민이 선발한 학자 집단으로부터 시민들의 투표로 선출된다.

생 유지됩니다. 트라니보라는 해마다 선출되긴 하지만, 교체되는 경우는 드뭅니다. 반면에 다른 모든 관직은 한 사람이 오직 1년만 맡을 수 있습니다.

트라니보라는 3일에 한 번씩, 또는 필요한 경우에는 좀 더 자주 시장과 만나 공무를 협의합니다. 그리고 극히 드물게 일어나는 일이긴 하지만, 시민들 사이의 개인적인 분쟁 사건이 있다면 함께 논의해서 신속하게 처리합니다. 이 시정협의회에는 언제나 두 명의 시포그란토르를 참석시키는데, 참석자는 매일 다른 사람으로 바뀝니다.

유토피아에서는 분쟁이 신속하게 처리됨

공무에 속한 안건은 이 협의회에서 3일간 3번에 걸쳐 논의하는 절차를 거치지 않고서는 결정을 내릴 수 없다는 원칙이 법으로 규정되어 있습니다. 이 협의회나 시민총회 밖에서 공무를 논의하는 것은 사형에 해당하는 죄입니다. 이런 법 규정을 둔 것은 시장과 트라니보라들이 작당해서 독재 체제를 구축해 시정을 장악하고 시민을 압제하지 못하게 하려는 것입니다.

또한, 그런 이유에서 중요한 사안으로 판단된 모든 안건은 먼저 시포그란토르로 구성된 시의회에 제출됩니다. 그들은 먼저 자신을 선출한 가구와 함께 이 안건에 관해 의견을 나누고, 그런 후 의회에서 논의를 거쳐 권고안을 채택해, 트라니보라들과 시장이 함께하는 시정협의회에 보고합니다. 어떤 안건은 종종 아마우로스에서 열리는 국가회의에 이첩되기도 합니다.

또한, 이 시정협의회에 처음 상정된 안건은 그 안건이 상정된 바로 그날에 논의해서는 안 되고, 다음번 회의에서 다루어야 한다는 법 규정도 있습니다. 이것은 누군가가 머릿속에 떠오른 대로 즉흥적으로 어떤 안건을 경솔하게 발의했더라도,

경솔한 안건 상정 방지책

그 후에 자기 제안이 과연 공공의 이익에 부합하는지를 깊이 숙고하고 이후 논의에서 자기 안건을 철회할 여지를 주려는 것입니다.

우리 내각과 의회에서 본받아야 할 제도

반면에 이런 법 규정이 없으면 사람들은 그렇게 엉겁결에 발의한 안건이 잘못되었다고 해도, 그러한 사실을 그대로 인정하면서 명예가 실추되는 것을 지켜보기보다는 어떻게든 그 안건을 옹호하고 통과시켜 공공의 이익을 희생시키려 할 가능성이 큽니다. 그래서 이 법 규정은 어떤 안건을 즉흥적으로 발의하지 않고 시간을 두고 깊이 숙고하게끔 합니다.


## 4. 직업

오늘날 소수의 빈민만 농업에 종사하는 현실

농업은 이 나라 사람이라면 남녀노소 할 것 없이 누구나 해야 하는 일입니다.[89] 모든 사람은 어릴 때부터 한편으로는 학교에서 이론 교육을 받습니다. 그리고 다른 한편으로는 도시 근교의 농장에 가서, 견학 차원이 아니라 마치 놀이를 하듯 직접 농사일을 경험합니다.[90]

사치와 향락이 아니라 생활의 필요를 위한 학문과 직업

모든 사람은 공통적으로 농업을 배우지만, 개인마다 특정 직업 교육도 받습니다. 털실 짜는 일이나 아마포 만드는 일이나 석공일이나 대장장이일이나 목수일이 바로 그런 것입니

---

89  16세기 유럽에서는 농업을 대단히 중시했다. 대다수 사람이 생계를 유지하려면 농사일을 해야 했지만, 그 일은 대체로 힘들고 단조로워 매력이 없었다. 그래서 토머스 모어는 평등사회에서 농사일 배분 문제를 해결해야 했다.

90  플라톤과 아리스토텔레스는 놀이의 교육적 기능을 강조했다. 특히 플라톤은 자신의 쓴 『법률』에서 "좋은 농부가 되려면 어릴 때 놀이하듯 농사일을 배워야 한다"라고 말했다.

다. 이런 일 외에는 딱히 다수가 종사하는 직업이라 부를 만
한 일이 없습니다.[91]

이 나라 사람들이 입는 옷은 성별이나 결혼 여부에 따라 조
금 다른 것을 제외하면 모두 똑같을 뿐만 아니라, 평생 같은
옷을 입습니다. 이 옷은 보기도 아름답고 활동하기에도 편한
데다가 추위와 더위에도 적합합니다. 모두가 입는 이 옷은 각
가정에서 직접 만들어 입습니다.

유토피아에서의
의복

아무튼 모든 사람, 즉 남자만이 아니라 여자도 앞에서 말
했던 직업 중 하나를 배웁니다. 힘이 약한 여자들은 털실이나
아마포 짜기처럼 좀 더 가벼운 일을 하고, 남자들은 좀 더 힘
을 쓰는 나머지 직종을 담당합니다.

모든 사람이
직업을 배움

대부분 아이는 부모의 직업을 배워 가업을 잇습니다. 어려
서부터 보아왔으므로 부모의 직업에 자연스럽게 끌리기 때문
입니다. 하지만 아이가 다른 직업을 갖고 싶다면, 그 직업을
가업으로 하는 가정에 양자로 입양되는 절차를 거칩니다. 그
런 경우에는 친아버지만이 아니라 당국도 나서서, 양아버지
가 될 사람이 책임감 있고 정직한 사람인지를 철저히 조사하
고 살핀 후에 아이를 양자로 보냅니다.

자신이 원하는
직업을 가짐

한 가지 직업을 철저하게 익힌 다음에는, 또 하나의 다른
직업을 배우는 것도 가능합니다. 이렇게 두 가지 직업을 배운
후에는 자기가 더 선호하는 쪽을 직업으로 택할 수 있습니다.
하지만 어느 한 쪽이 공공의 이익을 위해 더 필요하다면, 그
직업을 수행해야 합니다.

---

91  여기에서 그릇이나 책 만드는 일 또는 의사 같은 전문직이 하는 일을 누가
    했느냐 하는 문제가 제기되는데, 그런 일은 아마도 시민이 선출한 학자 집단
    이 맡아 한 것으로 보인다.

시포그란토르의 주된 업무이자 거의 유일한 업무라고 할 만한 일은 아무 일도 하지 않고 빈둥거리며 놀고먹는 사람이 없게 하는 것과, 모든 사람이 자기 직업에서 열심히 일하는지를 감독하는 것입니다. 그러나 무거운 짐을 실어나르는 노새처럼 새벽부터 밤 늦게까지 쉬지 않고 죽도록 일해야 하는 사람은 아무도 없습니다.[92] 그런 것은 노예보다 못한 비참한 삶이지만, 이 나라를 제외한 세계의 거의 모든 곳에서 노동자들은 그런 모습으로 살아갑니다.

반면에 유토피아 사람들은 우리와 마찬가지로 하루를 24시간으로 나누고 오전과 오후로 구분해서 오직 6시간만 일합니다. 오전에는 3시간 동안 일한 후에 점심을 먹습니다. 점심을 먹은 후에는 2시간의 휴식 시간을 갖고 다시 3시간을 일합니다. 모든 일을 마치고 나서는 저녁 식사를 한 후에 오후 8시경에 잠자리에 들어 8시간 동안 잠을 잡니다.

하루 중 일하거나 식사하거나 잠자는 시간을 제외한 나머지 시간을 어떻게 사용하는가 하는 것은 개인의 재량에 달려 있습니다. 사람들은 그 여가 시간을 방종하게 또는 나태하게 허비하지 않고, 각자 취향에 따라 자신이 몰두해서 해보고 싶은 것을 선택하여 해나가는 데 사용합니다. 이 시간에 대부분 사람은 책을 읽습니다.

매일 동트기 전 새벽 시간에 공공강좌들을 개설한 것은 그것이 이 나라의 관습이기 때문입니다.[93] 오직 학문을 수행할

---

92 당시 유럽에서 농부들은 가을과 겨울에는 해 뜰 때부터 해질 때까지 일했고, 봄과 여름에는 오전 5시부터 저녁 8시까지 일했다.

93 토머스 모어의 시대에 대학교들은 대체로 오전 5시에서 7시 사이에 수업이 시작되었다.

자들로 선발된 사람들에게만 이 강좌를 수강할 의무가 있고, 나머지는 반드시 들을 필요는 없습니다. 그런데도 남녀 불문하고 모든 계층에서 아주 많은 사람이 청강하러 몰려와서는, 각자의 취향과 관심 분야에 따라 저마다 서로 다른 강좌를 선택해 듣습니다.

하지만 학문을 익히는 것이나 지적 활동에 흥미가 없고 잘 맞지도 않는 사람들은 자기 직업과 관련된 기술을 연구하고 향상시키는 데 그 시간을 사용합니다. 그런 사람은 꽤 많고, 실제로 다른 사람에게서 나라와 공공의 이익에 기여한다는 찬사를 듣습니다.

저녁 식사를 한 후에는 여름에는 정원에, 겨울에는 공동 식당에 함께 모여 오락 시간을 한 시간 갖습니다. 거기에서 사람들은 음악을 연주하거나 담소를 즐기기도 합니다.

<sup>식사 후의 오락</sup>

하지만 그들은 주사위로 하는 도박이나 그 밖의 다른 어리석고 해로운 놀이들을 전혀 알지 못합니다. 물론 그들에게도 체스와 비슷한 놀이가 두 가지 있긴 합니다. 하나는 한 숫자가 다른 숫자를 잡아먹는 숫자로 하는 전쟁놀이이고, 다른 하나는 악덕이 미덕과 싸우는 전쟁놀이입니다.

귀족들의 소일거리로 변질된 주사위 놀이

후자의 놀이에서는 다음과 같은 것을 철저히 연구해서 기가 막히게 잘 보여줍니다. 즉, 어떤 식으로 악덕이 서로 싸우는가? 그러다가도 어떻게 서로 힘을 합쳐 미덕을 공격하는가? 어떤 악덕이 어떤 미덕을 공격하는가? 어떤 식으로 그 악덕이 공개적으로 그 미덕을 공격하거나 기만적인 술수로 은밀하게 공격해오는가? 어떻게 해야 미덕이 악덕의 직접적인 공격을 분쇄하고 그 기만적인 술수를 잘 피해 자신을 지켜낼 수 있는가? 그리고 끝으로 어떻게 해야 미덕이 악덕을 이기고 승리를 거머쥘 수 있는가?

유토피아에서는 놀이도 유익함

하지만 이 대목에서 두 분이 오해하지 않도록, 우리가 앞에서 했던 이야기로 돌아가 한 가지를 좀 더 세밀하게 살펴볼 필요가 있는데, 바로 노동 시간에 관한 부분입니다.

앞에서 나는 그들이 단지 하루에 여섯 시간만 일한다고 말했습니다. 그래서 그렇게 노동 시간이 짧으면 그 나라에는 생필품 공급이 틀림없이 부족하리라고 두 분은 생각할지도 모릅니다.

그런데 사실은 전혀 그렇지 않습니다. 하루 여섯 시간만으로도 살아가는 데 꼭 필요한 모든 생필품은 물론, 삶을 편리하고 윤택하게 하는 온갖 물건을 만들어낼 뿐만 아니라, 도리어 그런 것을 충분히 생산해내고도 시간이 남아돕니다.

백수의 종류 다른 나라에서는 상당수가 아무 일도 안 하고 놀고먹는다는 사실을 생각해보면 그 이유를 금방 알 수 있습니다. 먼저 인구의 절반을 차지하는 거의 모든 여자가 일을 하지 않습니다. 어쩌다가 여자들이 일하는 집에서는 거의 대부분 남자가 할 일 없이 빈둥거리다가 드르렁 코를 골며 낮잠 자는 소리가 들립니다.

다음으로는 성직자들, 이른바 종교인이라는 아주 많은 수의 무리가 아무 일도 안 하고 빈둥거리며 살아갑니다. 또한, 모든 부자들, 특히 신사와 귀족이라 불리는 대지주가 있고, 그들이 거느리는 하인과 온갖 악의 소굴인 저 불한당 같은 가신들이 있습니다. 끝으로 실제로는 아주 건강하고 튼튼한데도 일하지 않고 빌어먹고 살려고 병자 행세를 하고 다니는 거지들이 거기 추가됩니다.

이렇게 일하지 않고 살아가는 사람들 숫자를 다 더하면, 두 분은 사람이 살아가는 데 필요한 생필품을 비롯한 모든 물건이 생각했던 것보다 훨씬 적은 노동으로도 만들어질 수 있음을 알게 될 것입니다.

그러면 이제 실제로 일하는 사람 중에서도 생필품을 만드는 사람이 얼마나 소수인지를 생각해보십시오. 모든 것을 돈으로 따지는 곳에서는, 오로지 사람들의 사치스럽고 방종한 삶을 충족할 뿐 실제로는 아무짝에도 쓸데없고 헛된 많은 직업이 생겨나고, 많은 사람이 거기 종사할 수밖에 없기 때문입니다.[94]

그렇다고 해서 지금 일하는 모든 사람이 살아가는 데 꼭 필요한 물건을 만들어내는 직업을 갖게 되더라도 문제가 해결되는 것은 아닙니다. 그렇게 하면 생필품이 너무 많이 생산되어 시중에 넘쳐나 가격이 폭락할 수밖에 없고, 그렇게 되면 노동자들은 생계를 이어갈 수 없기 때문입니다.

하지만 지금 쓸데없는 직업에서 일하는 모든 사람 그리고 아무 일도 안 하고 빈둥거리며 삶을 허비하면서도 실제로 물자를 만들어내는 사람보다 더 많은 물자를 소비하는 사람을 생필품과 인간 삶에 유익한 물품을 생산하는 데 모두 사용한다면, 어떻게 되겠습니까? 그렇게 하면, 사람들이 아주 적은 시간만 일하더라도 생필품이나 삶을 유익하고 편리하게 하는 것만이 아니라, 인간으로서 자연스럽게 누릴 만한 즐거움을 위해 필요한 물건까지도 충분히 차고 넘치게 생산할 수 있습니다.

유토피아에서 실제로 행해지는 모든 것은 이것이 사실임을

놀랍고 기지 넘치는 말

노동을 면제받는 사람이 극소수임

---

94  사람들에게 필요한 재화를 만들지 않는 직업은 인정하지 못한다는 사상은 플라톤의 『국가』로 거슬러 올라간다. 플루타르코스는 스파르타의 전설적인 입법자였던 리쿠르고스가 "불필요하고 쓸데없는 직업들을 추방했다"고 기록하고 있다.

분명하게 보여줍니다. 거기에서는 도시 전체와 도시에 부속된 주변의 농촌 지역에서 살아가는 모든 남녀 중에서 연령대로 보나 육체적인 힘으로 보나 충분히 일할 수 있는 사람 중 기껏해야 500명 정도만 노동을 면제받습니다.

그 숫자에는 200명의 시포그란토르도 포함됩니다. 그들은 법적으로 노동을 면제받게 되어 있습니다. 하지만 실제로는 자신이 대표하는 시민들에게 모범을 보여 시민들이 성실하게 일하도록 독려하고자, 그들조차도 자신에게 주어진 특권을 포기하고 노동을 합니다.

오직 배운 사람들만 공직을 맡음

노동이 면제되는 또 다른 부류가 있는데, 노동을 면제받는 대신 학문 연구에 전념하는 학자들이 그런 사람들입니다. 그들은 성직자들의 추천과 시포그란토르들의 비밀투표로 선발됩니다.

하지만 학자로 선발되었다고 해도 사람들이 기대하는 수준의 연구 성과를 내놓지 않으면, 다시 노동자로 돌아가야 합니다. 반면에 노동자들이 여가 시간을 활용해 직업에 속한 기술을 부지런히 연구해서 상당한 성과를 이루어냄으로써, 직업 노동을 면제받고 학자 집단으로 옮겨가는 사례도 심심치 않게 일어납니다. 이 학자 집단은 고대 언어로는 '바르자네스'[95]라고 불렸지만 오늘날에는 '아데모스'라 불립니다. 그리고 외

---

95  "바르자네스"는 히브리어로 "-의 아들"이라는 뜻의 '바르'와 그리스어로 "제우스"를 뜻하는 '자노스'를 합친 단어로 직역하면 "제우스의 아들들"이라는 의미다. 그리스의 풍자작가인 루키아노스(120-180년)가 쓴 『메니포스』에서 메니포스를 지하세계로 안내한 미트로바르자네스에서 유래했다는 주장도 있다. 이 작품은 토머스 모어가 라틴어로 번역했다. 어쨌든 이 단어 속에는 '현자'라는 의미가 있다. "아데모스"는 그리스어로 "없다"를 뜻하는 '아'와 "백성"을 뜻하는 '데모스'를 합친 것으로 직역하면 "백성 없는 자들"이고, 의역하면 "백성이 안중에 없는 자들"이라는 반어법적인 의미를 지닌다.

교관과 성직자, 트라니보라들과 시장은 이 학자 집단에서 나옵니다.

유토피아 사람 중에서 그 밖의 다른 모든 사람은 반드시 일을 하되, 쓸데없는 직업에 종사하는 경우는 없습니다. 그래서 그들이 그토록 적은 시간 일하는데도 아주 많은 것을 만들어 낼 수 있는 것입니다.

이런 요인 외에도, 반드시 해야 하는 일이라도 다른 나라보다 더 적은 노동력을 필요로 한다는 것도 적은 시간 일해도 아무 문제가 없는 이유가 됩니다.

먼저 다른 나라에서는 어디에서나 집을 짓고 허물었다가 다시 짓는 데 많은 노동력이 끊임없이 투입됩니다. 아버지가 아무리 집을 잘 지어놓았어도, 아버지가 죽고 나면 절약하는 법을 배우지 못한 아들이 엉망으로 사용합니다. 그러면 그 다음번 상속인은, 앞선 세대에서 적은 비용을 들여 그 집을 제대로 관리했더라면 계속 그 집을 사용했을 텐데도, 그렇게 하지 않고 집을 제대로 관리하지 못해 어쩔 수 없이 큰돈을 들여 집을 다시 지을 수밖에 없습니다. 심지어 어떤 사람이 막대한 돈을 들여 아주 호화롭고 멋진 집을 지어놓았더라도, 그 집을 물려받거나 사서 들어온 다른 사람이 그 집과 부지가 자기 취향에 맞지 않는다는 이유로, 기존 집을 허물고 막대한 돈을 들여 다른 곳에 새로 짓는 일도 종종 일어납니다.

반면에 유토피아 사람들이 거주하는 모든 집은 이미 국가가 철저한 계획 아래 지어 공급했기 때문에, 새 부지에 새 집을 짓는 일은 극히 드뭅니다.

집 보수와 수리는 신속하게 이루어질 뿐만 아니라, 집수리 담당자는 자신이 맡은 구역의 어느 부분에 문제가 생길지를 예측해서 미리 예방 작업을 해놓아 나중에 문제가 생겨 수리

건설 비용 절감

하는 일을 최소화합니다. 그러다 보니 집수리에 최소한의 노동력이 투입되는데도, 수명은 아주 오래 갑니다. 그리고 이런 일을 맡은 노동자들은 별로 할 일이 없어서, 나중에 필요한 일이 생기면 즉시 사용하려고 집에서 미리미리 목재와 석재를 다듬어 놓습니다.

의복비 절감 이제 다음으로 의복, 즉 입는 것과 관련해서도 그들이 노동력을 얼마나 적게 사용하는지를 살펴보겠습니다. 작업장에서 일할 때 그들은 수명이 7년인 수수한 가죽옷을 입습니다. 그러다가 외출할 때는 그 작업복 위에 외투를 걸칩니다. 유토피아에서 살아가는 모든 사람이 사용하는 이 외투는 양모로 만들었고, 천연 양모가 내는 한 가지 색상으로 되어 있습니다. 이처럼 이 나라에서 소비되는 양모의 양은 다른 나라보다 훨씬 적기 때문에 당연히 양모 생산 비용도 훨씬 적습니다.

그런데도 그들은 아마포를 더 많이 사용합니다. 양모를 생산하는 것보다 더 적은 노동력이 들기 때문입니다. 아마포는 희고 양모는 깨끗하면 된다고 생각해서 그것으로 만족하고, 천의 질감이 부드럽거나 거친 것에는 큰 가치를 두지 않으므로 따지지 않습니다.

다른 나라에서는 한 사람이 서로 다른 색상으로 된 너덧 벌의 양모 정장과 면으로 된 많은 셔츠를 가지고 있어도 만족하지 않고, 조금 멋을 부린다면 정장 열 벌로도 부족합니다. 하지만 이 나라에서는 모든 사람이 한 벌의 정장으로 만족하고, 그것을 2년 동안 입습니다. 정장이 여러 벌 있더라도 추위를 더 잘 막아주는 것도 아니고, 조금이라도 더 멋있게 하는 것도 아닌데, 굳이 더 많은 옷을 가질 이유가 없다는 것입니다.

거기에서는 모든 사람이 꼭 필요한 일을 하고, 삶에 필요한 모든 것을 최소한의 노동력으로 차고 넘치게 만들어내기 때문에, 종종 많은 사람이 무너지거나 파인 도로를 보수하는 일에 동원됩니다. 하지만 그런 일조차도 없을 때가 있으므로 감독관이 노동시간 단축을 고지하는 사례도 비일비재합니다. 감독관은 시민들에게 불필요한 일을 억지로 시키지 않습니다. 공공의 필요가 다 충족되어 더 이상 노동을 할 필요가 없을 때는, 모든 시민이 육체노동을 쉬고 가능한 한 많은 시간을 정신의 자유를 추구하고 계발하는 일에 사용하게 하는 것이 국가의 중요한 목표라고 여기고, 거기에 인생의 행복이 있다고 생각하기 때문입니다.


## 5. 사회 조직

이제 유토피아 사람들의 상호관계, 즉 그들 사회가 어떤 식으로 조직되어 운영되고, 그들 사이에 재화는 어떤 식으로 분배되는지를 설명해보겠습니다. 이 나라의 각 도시는 가구들로 이루어지고, 하나의 가구는 혈연관계로 맺어진 다수로 구성됩니다. 딸들은 성인이 되어 결혼하면 남편이 속한 가구로 편입됩니다. 반면 아들과 손자는 부모가 속한 가구에 그대로 남습니다. 구성원 중에 가장 연장자가 가구주이지만, 나이가 들어 정신이 온전하지 않다면 두 번째로 연장자인 구성원이 가구주를 맡습니다.

　도시에 부속된 주변 농촌 지역을 제외한다면, 각각의 도시는 6,000가구로 이루어져 있습니다. 도시 인구가 너무 줄거나 느는 것을 막기 위해, 한 가구에 속한 성인이 10명보다 적거나 16명보다 많아서는 안 된다는 것이 법으로 정해져 있습니다. 미성년자 수를 규제하는 일은 실제 시행이 어렵지만, 성

시민 수

인의 경우 정원 초과 가구에 속한 성인을 정원에 미달하는 가구로 보냄으로써 그러한 법 규정을 쉽게 준수할 수 있습니다. 또한, 한 도시의 인구가 법에서 정한 것보다 많아지면, 여분의 사람을 인구가 부족한 도시로 보냅니다.[96]

유토피아 섬 전체 인구가 적정 수준을 넘어서면, 각 도시에서 일정 수의 시민을 징발해 섬에서 가까운 본토 어느 지역을 정해 그곳으로 보내 식민지를 개척하게 해서, 독자적인 법을 정하고 스스로 통치해 나가게 합니다. 본토에는 원주민들이 거주하지도 않고 경작하지도 않은 채 버려져 있는 땅이 많기 때문입니다.

식민지를 개척한 사람은 원주민이 함께 살고 싶어 하면 그들을 받아들입니다. 그렇게 되면 두 민족은 서로 점차 동화되어 공통의 생활방식과 문물 제도를 공유하게 되는데, 이것은 둘 모두에게 이롭고 좋은 일입니다. 전에는 그 땅이 너무 척박해서 원주민도 불모지로 여겨 버려두었지만, 이제는 식민지 개척자들이 유토피아에서 시행되는 제도를 적용한 결과, 그 땅에서 두 민족이 사용하고도 남을 만큼 충분히 수확하기 때문입니다.

반면 원주민이 개척자가 정한 법 아래에서 살아가길 거부한다면, 유토피아 사람들로 구성된 개척자들은 개척지에서 그들을 추방합니다. 그리고 저항하는 자들에게는 전쟁을 선포합니다. 유토피아 사람들은 어떤 땅의 소유권을 주장하는

---

96  성인 기준으로 한 가구 구성원 수를 13명이라고 했을 때, 농촌 지역을 제외하고 도시 하나에 6,000가구가 있다면 대략 78,000명이 되고, 미성년자와 노예를 포함해 도시 하나의 인구가 10만 명이 넘어선다. 이러한 규모는 당시 유럽에서 가장 크다는 대부분의 도시보다 많은 숫자다.

자가 그 땅을 경작하지 않고 버려둔 때는 다른 사람이 그 땅을 사용하거나 소유해서 경작하는 것이 자연법에 의해 당연한 권리로 보장되어 있다고 생각합니다.[97] 그래서 그것을 방해하는 자들에게 전쟁을 선포하는 것은 지극히 정의로운 일이라고 여깁니다.

한 도시의 인구가 어떤 이유에서든지 현저하게 줄어들어 섬의 다른 도시에서 사람을 징발해 보충하고자 하는데 다른 도시의 인구마저 적정 수준을 유지할 수 없다면, 본토에서 개척한 식민지에 거주하는 사람들을 필요한 인원만큼 다시 섬으로 불러들입니다. 유토피아 역사 전체에서 그런 일은 단 두 번 있었는데, 두 번 다 무시무시한 전염병이 원인이었습니다. 그들이 이렇게 하는 것은 섬의 인구가 줄어들어 그 기능을 제대로 못하게 되기보다는, 개척한 식민지를 포기하는 편이 더 낫다고 생각했기 때문입니다.

다시 시민들 서로의 관계, 그러니까 사회 조직에 관한 이야기로 돌아가겠습니다. 앞에서 말했듯, 모든 가구에서는 최고 연장자인 구성원이 해당 가구를 책임지는 가장이 됩니다. 아내는 남편에게 복종하고,[98] 자녀들은 부모에게 복종합니다. 요컨대, 어린 사람이 연장자에게 복종하는 것입니다.

하인들이 불필요함

---

97  "자연법"은 이성에 기초해서 모든 일에서 모든 사람에게 적용되는 공통의 원칙을 지칭하는 명칭이지만, 제국주의의 이념적 근거로 악용되어 왔다. 이 이론에 따르면 한 나라는 "자신의 생존에 필요한 황무지"를 개간하여 소유할 수 있다는 원칙이 확립되었다. 이런 논리는 유럽 국가들이 아메리카 대륙을 식민지화하는 데도 사용되었다.

98  유토피아에 사는 여자들은 16세기 유럽에서보다는 더 평등한 권리를 누리긴 했다. 하지만 전체적으로 유토피아 사회는 여전히 당시 유럽에서 지배적이었고 고전과 성경 본문에서 인정했던 가부장적 구조를 여실히 보여준다.

모든 도시는 크기가 동일한 네 개의 지구로 구분됩니다. 각 지구의 중앙에는 온갖 물건을 취급하는 시장이 있습니다. 각 세대는 자신이 생산한 물건을 모두 여기로 가져오고, 그 물건은 종류별로 각 상점에 분배됩니다. 가구주는 자신이 속한 가구에 필요한 것이 있으면 필요한 양만큼 해당 상점에 가서, 돈이나 현물로 대가를 지불하지 않고 그냥 집으로 가져오면 됩니다.

누구나 자기에게 필요한 물건을 필요한 양만큼 요청해도 거절당하지 않는 이유는 무엇이겠습니까? 모든 것이 충분히 차고 넘치게 많이 있어서, 사람들이 필요한 것 이상으로 요청할지도 모른다는 염려를 전혀 할 필요가 없기 때문입니다. 어떤 물건이든 절대 부족하지 않다는 것을 너무나 잘 아는데, 자기에게 필요한 것 이상으로 달라고 할 사람이 누가 있겠습니까?

탐욕과 착취의 원인

사실 모든 동물은 자기가 필요로 하는 것들이 아주 풍부해, 필요할 때 얼마든지 구할 수 있기에 결핍이나 결여에 대한 두려움을 가질 필요가 없다면 탐욕을 부리거나 남의 것을 약탈하려고 하지 않습니다. 오직 사람만, 자기에게 꼭 필요한 것이 아닌데도 그런 것을 남보다 더 많이 소유하고 있음을 과시하고 자랑하려는 허영심과 오만으로 탐욕을 부추깁니다. 하지만 유토피아의 제도 속에는 그런 종류의 악이 끼어들 여지가 전혀 없습니다.

내가 방금 말한 시장 옆에는 식료품 시장이 있습니다. 사람들은 자신이 생산한 채소뿐만 아니라 과일과 빵을 곧바로 거기로 가져오지만, 물고기나 가축 그리고 가금류는 먼저 교외의 지정된 장소에서 도살하거나 손질한 후에 가져오게 되어 있습니다. 그곳에는 흐르는 물이 있어서 도살하고 손질하면서 나온 온갖 오물을 떠내려 보냅니다.

가축을 도살하고 손질해서 식료품 시장으로 가져오는 일은 가축 도살을 통해 인간 살육을 배움 노예들이 합니다. 유토피아 시민이 직접 가축을 도살하는 것은 금지되어 있습니다. 그런 일을 하면, 우리가 지닌 가장 인간적인 정서인 자비로운 마음과 측은히 여기는 마음이 점차 손상된다고 생각하기 때문입니다.

또한, 모든 더럽고 비위생적인 것은 도시의 공기를 오염시켜 사람들에게 질병을 일으킬 수 있으므로, 도시 안으로 들여 비위생적인 것이 도시에 전염병을 퍼뜨림 오는 것이 금지되어 있습니다.

거리마다 크기가 동일한 큰 건물로 된 관청이 일정 간격으로 있고, 이 관청들은 각각 다른 이름으로 불립니다. 이 관청에는 시포그란토르가 거주합니다. 한 명의 시포그란토르가 담당하는 서른 가구 중에서 열다섯 가구는 이 관청의 오른쪽에, 나머지 열다섯 가구는 왼쪽에 배치되어 있습니다. 그래서 시포그란토르는 자신이 담당하는 모든 가구를 이 관청에서 잘 살펴볼 수 있습니다.

그리고 서른 가구에 속한 모든 사람은 관청에서 식사합니다. 이 관청에서 식사 준비를 맡은 모든 조리장은 정해진 시간에 시장에서 만나, 소속 관청에서 모두가 먹는 데 필요한 양만큼의 식료품을 요청해서 받아 옵니다.

하지만 식료품 배급에서 최우선순위는 각 도시가 병원에서 병자에 대한 배려 돌보는 환자에게 있습니다. 도시마다 4개씩 세워져 있는 이 병원은 도시 성벽 밖 약간 떨어진 곳에 자리 잡고 있는데, 그 크기가 어마어마해서 마치 소도시를 여럿 모아놓은 것처럼 보입니다.

이렇게 병원을 아주 크게 만든 이유 중 하나는 환자가 아무리 많이 발생해도 언제든지 넉넉하게 수용해서 잘 돌볼 수 있게 하려는 것이고, 또 하나는 사람 사이에 전염될 만한 질병에 걸린 환자들을 다른 비전염성 환자에게서 더 멀리 격리해 서로 접촉이 이루어지지 않게 하려는 것입니다.

이러한 병원은 모든 체계가 잘 세워져 있고, 환자들을 치료하는 데 필요한 모든 것이 잘 갖추어져 있습니다. 뿐만 아니라 그때그때 필요로 하는 것도 제때 잘 공급되고, 고도로 숙련된 의사들이 늘 상주해 환자들은 따뜻하고 정성스러운 치료와 돌봄을 받을 수 있기 때문에 병원 입원을 꺼리는 사람은 없습니다. 그래서 시민 중에서 병원에 입원해 치료받는 것을 못마땅해하는 사람은 거의 없습니다.

의사들이 환자를 위해 처방한 식료품들을 병원 조리장들이 다 받아가면, 남은 것 중에서 최상의 재료는 모든 관청에서 필요한 양만큼, 즉 각 관청에 소속된 사람들이 먹을 양만큼 공평하게 분배됩니다. 하지만 시장과 주교와 트라니보라들 그리고 다른 나라에서 온 외교관과 외국인은 특별한 배려를 받습니다. 외국인이 이 나라에 오는 것은 아주 드물기는 하지만, 어쨌든 이 나라에 와서 거주하는 동안에는 거처를 비롯해 여러 편의를 제공받습니다.

모든 사람은
자유로워서
아무것도 강제로
하지 않음

점심시간과 저녁 식사 시간이 되면 청동나팔이 울리고, 각 관청에 소속된 주민은 몸이 아파 병원이나 집에 있는 사람을 제외하고는 모두 해당 관청으로 모입니다. 각 관청에 필요한 식료품이 다 분배된 후에는, 누구든지 시장에 가서 자기에게 필요한 식료품을 받아 집으로 가져올 수 있습니다. 이것을 금하지 않는 이유는 어떤 사람이 그렇게 한다면 거기에는 합당한 이유가 있음을 당국은 알기 때문입니다. 집에서 식사하는 것은 금지되어 있지 않습니다. 하지만 그럴 필요가 없으므로 아무도 그렇게 하려고 하지 않습니다. 집에서 가까운 관청에 대단히 맛있고 훌륭한 식사가 차려져 있는데, 굳이 집에서 힘들게 요리해서 별로 맛있지도 훌륭하지도 않은 식사를 하려고 하는 것은 미련한 일이기 때문입니다.

이 관청에서 필요한 온갖 잡일이나 더럽고 힘든 일은 노예들 몫입니다. 하지만 식단을 짜고 식재료를 준비해서 요리하는 일은 각 가구에 속한 여자들이 돌아가면서 맡습니다. 각 가구에 속한 성인 남녀들은 인원수에 따라 서너 개의 식탁에 앉습니다. 성인 남자들은 벽 쪽에 놓인 의자에 앉고, 성인 여자들은 통로 쪽에 놓인 의자에 앉습니다. 임신한 여자들은 종종 헛구역질을 하거나 산통을 겪는 경우가 있는데, 그럴 때 다른 이의 식사를 방해하지 않고 자기 자리에서 조용히 일어나 육아실로 갈 수 있습니다.

식사 준비는 여자들 몫

각 관청 2층에는 아이를 키우는 엄마들과 유아들을 위한 방이 따로 있고, 거기에는 화로와 깨끗한 물이 준비되어 있습니다. 또한, 요람도 여럿 있어서, 엄마들은 포대기를 벗긴 후 아기를 요람에 눕혀 따뜻한 불 옆에서 놀게 하고, 자신은 얼마간 쉬면서 다시 힘을 차릴 수 있습니다.

육아실

모든 아기는 친모가 양육합니다. 하지만 친모가 죽거나 병들었다면, 시포그란토르의 부인이 신속하게 유모를 구해줍니다. 유모 구하는 일은 어렵지 않습니다. 여자라면 누구나 이 일을 가장 선호하므로 아주 기꺼이 자원해서 하고자 합니다. 모든 사람이 큰 자비를 베푸는 일로 여기므로 그 일을 하는 여자를 칭송하는 것은 물론, 이렇게 유모가 기른 아이들도 유모를 자신의 친모로 여기기 때문입니다.

사람을 움직이는 최고의 힘은 칭찬

다섯 살 아래 아이들은 육아실에서 함께 앉아 식사합니다. 여섯 살 이상의 모든 미성년자 중에서 아직 결혼하지 않은 남녀 청소년은 어른들 식사 시중을 들고, 그런 일을 하기에는

어린 자녀들에 대한 교육

아직 어린 아이는 말없이 식탁 옆에 가만히 서 있습니다. 어른들은 식사하면서 음식을 집어 이들에게 주고, 미성년자들은 그 음식을 받아먹습니다. 이 미성년자들은 식사 시간이 따로 있지 않습니다.

첫 번째 식탁은 식당의 가장 높은 곳에 있고 다른 식탁들과는 달리 가로로 놓여 있어 모든 사람이 식사하는 모습을 한번에 다 볼 수 있는 최상석입니다. 중앙에는 시포그란토르와 그의 부인이 앉습니다. 그리고 식사할 때는 언제나 네 명이 한 조를 이루기 때문에, 그 옆의 두 자리에는 주민 중에서 가장 연장자인 두 사람이 앉습니다. 하지만 해당 지역에 교회가 있다면 성직자와 그의 부인이 시포그란토르 부부 옆의 상석에 앉습니다.

젊은이들과
연장자들이 섞여
앉음

이 첫 번째 식탁 아래에는 4명의 젊은 부부가 앉는 식탁과 4명의 나이든 부부가 앉는 식탁이 번갈아 놓여 있습니다. 즉, 동일한 연령대의 부부들이 한 식탁에서 식사하되, 그 사방에 있는 식탁에서는 다른 연령대의 부부들이 식사하도록 했습니다. 이런 식으로 자리를 배치한 이유는 젊은 사람들이 앉은 식탁을 나이든 사람들의 식탁으로 에워싸게 해서, 젊은 사람들이 식사하면서 보이는 모든 언행을 나이든 이들이 다 듣고 볼 수 있게 하여, 부적절하고 방자한 언행을 삼가도록 하기 위한 것이라고 합니다.

연장자에 대한
공경

음식들은 앞쪽에서 뒤쪽으로 순서를 따라 일률적으로 나눠주지 않습니다. 먼저 특별히 정해진 식탁에 앉은 모든 연장자 앞에 가장 좋은 음식이 차려집니다. 그런 후에야 다른 나머지 식탁에 음식이 골고루 배분됩니다. 하지만 가장 좋은 음식이 충분하지 않아 모든 식탁에 골고루 돌아가지 못하면, 연장자들은 자기 식탁에 차려진 좋은 음식을 자발적으로 옆에 있는

식탁에 나누어줍니다. 이렇게 해서 연장자에게 합당한 공경
이 드려짐과 동시에, 결과적으로는 모든 사람이 모든 좋은 음
식을 다 골고루 나누어 먹습니다.

식탁 담화

점심과 저녁 식사를 하기 전에 도덕성을 함양하는 데 도움
이 되는 글귀를 읽어줍니다. 그 글귀는 아주 짧아서, 아무도
지루해하거나 귀찮아하지 않습니다.

그런 후에는 연장자들이 그 글귀를 토대로 적절한 대화 주
제를 제시하는데, 우울하거나 수준이 떨어지지 않고, 즐겁고
유익합니다. 하지만 연장자들은 온갖 장황한 말로 이 대화를
독점하려 하지 않습니다. 도리어 젊은 사람들이 자기 생각을
말할 수 있도록 의도적으로 유도해서 그들의 말을 들으려고
합니다.

이렇게 식사 시간을 이용해서 자유롭게 대화를 나누다 보
면, 젊은 사람들의 타고난 천성과 기질이 그대로 드러나서,
젊은이 한 사람 한 사람이 어떤 사람인지를 자연스럽게 알 수
있게 되므로, 이런 기회를 놓치려 하지 않습니다.

점심을 먹은 후에는 일을 하기 때문에 점심시간은 짧게 갖
고 대화도 짧게 합니다. 하지만 저녁을 먹은 후에는 휴식을
취하다가 잠자리에 들기 때문에, 저녁 식사는 여유롭게 길게
하고 대화도 비교적 오래 나눕니다. 그렇게 하면 음식을 소화
시키는 데 도움이 된다고 그들은 생각합니다.

식사하면서
다양한 즐거움을
누림

저녁 식사를 하는 동안에는 음악을 틀어놓습니다. 식사를
다 하면 디저트도 빠지지 않고 나옵니다. 또한, 향을 피워 향
기가 식당 안에 은은하게 퍼지게 합니다. 그러니까 그들은 즐
겁게 식사할 수 있게끔 무슨 일이든지 다 합니다. 사람에게
해를 끼치지 않는 것이라면, 그 어떤 즐거움도 금지되어서는
안 된다고 생각하기 때문입니다.

이렇게 도시에서는 사람들이 모여 공동 식사를 합니다. 하지만 농촌에서는 농장들이 서로 멀리 떨어져 있으므로 사람들은 자기 농장에서 식사합니다. 농촌 사람이라고 해서 도시보다 못 먹거나 식료품이 부족한 일은 결코 없습니다. 실제로 도시 사람이 먹는 모든 것은 농촌에서 생산하고 공급하기 때문입니다.

## 6. 여행

다른 도시에 사는 친구를 만나고 싶거나, 또는 그저 다른 곳에 가보고 싶을 때는, 그 여행을 허용할 수 없는 특별한 사유가 있지 않는 한, 자신이 소속된 시포그란토르나 트라보라에게 쉽게 여행 허가를 받을 수 있습니다. 사람들은 귀환일이 적힌 허가증을 시장에게서 받아 단체로 여행을 떠납니다. 그들에게는 소가 끄는 수레 한 대, 그리고 수레를 몰거나 시중드는 일을 하는 노예가 제공됩니다. 하지만 일행에 여자들이 있는 게 아니라면, 사람들은 소가 끄는 수레를 돌려 보내고, 수레 없이 여행하는 쪽을 더 선호합니다. 여행에 방해되는 성가시고 거추장스러운 물건으로 생각하기 때문입니다.

어디를 여행하고 어디를 가든 이 나라의 모든 곳이 여행자에게 집이 되고, 가는 곳마다 필요한 것을 모두 공급해주므로 따로 짐을 가지고 다닐 필요가 없습니다. 다만 어느 곳에 하루 이상 머무른다면, 모든 여행자는 자기 직업에 따른 일을 거기서 해야 합니다. 그래서 현지 사람들은 여행자들의 일손을 빌려 도움을 얻을 수 있으므로 여행자를 반갑게 맞아줍니다.

시장이 발행한 여행 허가증 없이 제멋대로 거주 지역을 벗어나 돌아다니다가 발각된다면 심한 모욕을 당하는 것은 물론이고, 도망자로 간주되어 소속 도시로 압송되어 중벌을 받습니다. 그런 벌을 받고도 무모하게 또다시 그런 죄를 저지르면 노예로 신분이 강등됩니다.

반면에 소속 도시 내에서 어떤 곳을 가보고 싶다면, 먼저 아버지의 허락과 배우자의 동의를 받기만 하면 얼마든지 그렇게 할 수 있습니다. 하지만 오전이나 오후에 주어진 할당량을 끝내지 않고 어느 농촌 지역에 갔다면, 거기에서 점심이나 저녁 식사를 배급받아 먹을 수 없습니다. 이 규정을 제외하고는 사람들은 소속된 도시 내에서 어디든지 자유롭게 다닐 수 있습니다. 소속 도시 내에 있기만 하면, 그들은 어떤 식으로든 도시에 기여하게 되어 있기 때문입니다.

거기에서는 일을 하지 않고 빈둥거리는 것이 허용되지 않고, 나태하고 방종하게 지낼 기회도 없다는 것을 이제 두 분도 아셨을 것입니다. 거기에는 어디에도 선술집이 없고, 맥줏집도 없으며, 매춘굴도 없습니다. 타락할 기회도 없고, 숨을 곳도 없으며, 비밀리에 만날 장소도 없습니다. 그들은 모든 사람이 지켜보는 가운데 살아가므로, 자신에게 주어진 일을 열심히 해나갈 수밖에 없고, 여가 시간을 건전하게 보낼 수밖에 없습니다.

## 7. 생산물의 공평한 분배

유토피아 사람들이 살아가는 방식이 이러하기에 살아가는 데 필요한 모든 물자가 풍부한 것은 당연한 결과입니다. 그리고 모든 것이 공평하게 분배되므로, 빈곤층으로 전락하여 거지가 되는 일은 없다는 것도 분명합니다.

공화국은 하나의 거대한 가족

앞에서 나는 모든 도시에서 해마다 3명의 대표를 아마우로스에서 개최되는 국가회의에 보낸다고 했습니다. 이 회의에서 가장 먼저 하는 일은 각 도시가 생산한 물자 중에서 어떤 것이 남아돌고 어떤 것이 부족한지를 파악한 후, 그 즉시 각 도시의 잉여 생산물을 그 물자가 부족한 도시로 보내는 것입니다. 이것은 무상으로 이루어지므로, 잉여 물자를 다른 도시에 보냈다고 해서 그 대가로 다른 것을 받지는 않습니다. 각 도시는 자신의 잉여 생산물을 다른 도시에 무상으로 주고 아무 대가도 요구하지 않지만, 자신이 필요로 하는 다른 물자를 다른 도시에게서 무상으로 받으므로, 결국은 모든 도시가 서로 혜택을 입어, 다 공평하게 부족함이 없습니다. 이렇게 유토피아 섬 전체가 하나의 가족과 같습니다.

모든 일에서 앞날을 대비함

유토피아 사람들은 이듬해 작황을 미리 내다볼 수 없으므로 2년 치 물자를 준비해두지 않았다면 충분히 비축했다고 생각하지 않습니다. 그 정도 분량의 물자를 제외한 잉여 생산물이 있어야만 다른 나라에 수출합니다. 이 나라가 수출하는 품목들로는 엄청난 양의 곡물과 꿀, 양모와 아마포, 목재, 주홍색과 자주색으로 물들인 옷감, 짐승의 가죽, 밀랍과 수지와 가죽, 가축 등이 있습니다. 이 모든 품목을 수출할 때 그중 칠분의 일은 수입국의 가난한 사람에게 무상으로 나누어 주고, 그 나머지만 적정 가격에 판매합니다.

유토피아 사람들은 이러한 교역 대금으로 자기 나라에서 거의 유일하게 부족한 품목인 철을 현물로 받거나, 아니면 막대한 양의 금과 은을 받습니다. 게다가 그들은 두 분이 믿을 수 없을 정도로 오랜 세월 교역을 해왔으므로 이 나라에는 금과 은이 이미 엄청나게 비축되어 있습니다. 그래서 이제는 자신이 수출한 품목에 대한 대금을 금과 은 같은 현물로 받든 외상으로 하든 그다지 상관하지 않게 되었고, 실제로는 어음을 받는 경우가 대부분입니다. 하지만 모든 거래에서 개인 어음은 받지 않고, 해당 국가가 공식적으로 보증하고 발행한 법적 효력이 있는 지불각서만 받습니다.

돈을 중시하지 않는 풍조를 만드는 시책

지불하기로 약속한 기일이 되면, 그 국가는 개인 수입업자로부터 대금을 받아 국고에 넣어두고, 유토피아 사람들이 지불을 요구할 때까지는 그 돈을 자유롭게 사용합니다. 하지만 대부분의 경우 유토피아 사람들은 지불 기한에 그 대금을 청구하지 않습니다. 자신에게 지금 당장 필요하지도 않은데 그 돈이 꼭 필요한 사람들에게서 가져오는 것은 옳지 않다고 생각하기 때문입니다.

다른 나라에 차관을 해야 할 필요성이 생겼을 때 비로소 그 대금을 청구합니다. 또한, 전쟁이 일어났을 때도 그 대금을 회수합니다. 사실 유토피아 사람들이 이렇게 막대한 자금을 비축해놓는 유일한 이유는 극한의 위기 상황이나 돌발 상황에 대비하려는 것이기 때문입니다.

많은 사람이 죽는 전쟁을 피하려고 온갖 수단을 동원함

이 비축 자금의 주된 용도는 아주 비싼 급료를 주고 외국인 용병을 고용하는 데 있습니다. 그러면 거금을 거머쥔 용병들은 기꺼이 죽을 위험을 무릅쓰고 유토피아 사람보다도 더욱 철저히 전쟁을 수행합니다. 또한, 유토피아 사람들은 돈만 많이 들이면 적군 대부분을 매수하거나 자기 나라를 배신하게 하거나 내부를 교란해 내분이 일어나게 할 수 있음을 압니다.

돈의 쓰임새

그들이 막대한 금과 은과 자금을 비축해두는 것은 그런 이유 때문이지, 금은보화와 돈을 귀하게 여기고 좋아해서 쌓아두려는 것은 아닙니다. 내가 이렇게 말해도 두 분은 내 말을 믿지 못하실 것이므로, 나도 이렇게 말하는 것이 정말 조심스럽고 망설여집니다. 사실 만일 다른 사람이 내게 그런 말을 들려주었더라도, 내가 직접 그 나라에서 여러 해 거주하면서 내 눈으로 똑똑히 보지 않았더라면, 나 역시 믿지 못했을 것이니까요. 사람은 자기가 늘 보거나 들어왔던 것과 다른 이야기를 들으면 믿기 힘들어하는 법입니다.

하지만 유토피아 사람들의 제도가 우리와는 완전히 다르다는 사실을 감안한다면, 금이나 은을 대하는 그들의 태도가 우리와 판이하게 다르다는 말을 듣더라도, 생각 있는 사람은 별로 놀라지 않을 것입니다. 요컨대 이 나라에서는 돈을 사용하지 않는데, 단지 비상상황에 대비해 돈을 비축해놓으려는 것일 뿐입니다. 이렇게 그들은 비상상황에서 써야 할 자금으로 금과 은을 비축해놓는 것이므로, 금과 은을 그 금속 자체가 지닌 가치 이상으로 평가하여 귀중하게 여기는 사람은 아무도 없습니다.[99]

용도상으로 금은 철보다 못함

불이나 물 없이는 사람이 살아갈 수 없듯이 철도 마찬가지입니다. 반면에, 금이나 은은 사람이 살아가는 데 꼭 필요하지 않습니다. 따라서 철이 금이나 은보다 훨씬 더 가치 있다는 것을 모르는 사람은 단연코 없습니다. 단지 인간의 어리석음으로, 금과 은이 희소하다는 이유로 높은 가치를 지니는 귀금속이 됐을 뿐입니다. 하지만 우리 인간의 그러한 어리석은 행태와는 정반대로, 지극히 자애로운 부모 같은 자연은 공기나 물이나 흙 같은 가장 좋은 것을 모든 사람이 볼 수 있는 곳

---

99  이탈리아의 탐험가 아메리고 베스푸치(1454-1512년)는 아메리카 원주민은 금은보석에 무관심했다고 말했고, 탐험가 앙기에라(1457-1526년)는 황금으로 만들어진 주방기구를 사용하는 부족을 보았다고 증언했다.

에 두어 누구나 자유롭게 사용하도록 하였고, 아무짝에도 쓸데없는 무익한 것은 사람 눈에 띄지 않는 땅속 깊은 곳에 묻어 두었습니다.

만일 유토피아에서 아무도 접근할 수 없는 어떤 망루를 짓고 거기에 은밀하게 금과 은을 넣어두고 철통같이 지키고 있었다면, 시민 중에서 영악한 이들은 시정을 담당하는 시장과 고위 관리들이 시민을 교묘히 속이고 그 금과 은을 이용해 사익을 챙긴다고 의심할지도 모릅니다. 하지만 실제 그런 일은 없습니다.

또한, 온갖 그릇과 가구를 만드는 데 금과 은을 사용하면 좋지 않겠느냐는 주장이 제기될 수 있습니다. 하지만 실제로 그렇게 한다면, 비상상황이 발생해서 용병을 고용하기 위해 금과 은을 회수해야 할 때, 금과 은으로 만든 그릇과 가구에 이미 애착을 갖기 시작했을 테니 그런 물건을 내놓으려고 하지 않을 것입니다.

이런 문제를 해결하기 위해 그들은 다른 제도와 부합하는 한 가지 방법을 생각해냈습니다. 우리가 금을 대단히 귀중하게 여겨 모든 정성을 다해 소중하게 보관한다는 사실을 감안한다면, 그들이 고안한 방법은 우리와 너무나 달라 직접 눈으로 보기 전에는 도저히 믿기 어렵습니다.

금을 사용하는 놀라운 방법

그들은 자신이 먹고 마시는 데 사용하는 그릇은 흙이나 유리로 만든 토기나 잔을 사용합니다. 이런 것은 아주 정교하고 훌륭하긴 하지만, 만드는 데 비용이 별로 들어가지 않습니다. 반면에, 관청이나 가정에서 아무렇게나 사용하는 집기를 만드는 데는 금과 은을 사용합니다. 또한, 노예를 결박할 때 사용하는 쇠사슬이나 족쇄를 만드는 데도 금과 은이 사용됩니다. 그리고 중범죄를 저지른 죄수들은 귀에 금귀고리를 차고 손가락에 금반지를 끼며 목에는 금목걸이를 걸고 머리에는 금띠를 두릅니다.

이렇게 모든 수단과 방법을 동원해서, 사람들이 금과 은을 하찮은 것으로 여기게 합니다. 그래서 금과 은을 내놓으라고 하면, 다른 나라 사람은 마치 자기 살을 떼어내 주는 것처럼 극심한 고통과 괴로움을 느끼므로 필사적으로 거부하려 하지만, 유토피아 사람들은 마치 하찮은 동전 한 푼을 내놓는 것처럼 아무 미련 없이 자신이 지닌 금과 은을 일시에 다 내어 놓습니다.

보석은 어린아이의 유치한 장식품

유토피아 섬 해변에는 진주가 널려 있고, 암석이 있는 곳에는 다이아몬드와 석류석이라고 하는 붉은 빛깔을 띤 보석도 들어 있습니다. 하지만 일부러 그런 보석을 찾으러 다니는 사람은 없습니다. 어쩌다가 우연히 발견했을 때는 광을 내서 꼬마 아이들에게 주어 장식품으로 사용하게 합니다. 그러면 꼬마 아이들은 그런 것을 장식품으로 몸에 달고 다니면서 자랑스러워하고 으스댑니다. 하지만 아이들이 아주 어릴 때만 그럴 뿐입니다.

어느 정도 자라면, 그런 것이 아무것도 모르는 아주 어린 꼬마들만 좋아하는 시시하고 하찮은 장난감 같은 것이라는 사실을 알아차립니다. 그래서 다른 나라 아이들이 어느 정도 자라면 인형과 장난감을 내던져버리듯이, 그들도 부모가 아무 말 하지 않아도 그런 보석 장식품을 가지고 다니는 것을 부끄럽고 창피하게 여겨 스스로 버립니다.

이렇게 다른 나라와는 완전히 다른 이러한 제도와 시책은 마찬가지로 다른 나라 사람과는 완전히 다른 가치관과 태도를 만들어냈습니다. 그리고 아네몰리오스라는 나라의 외교사절단이 내가 살던 아마우로스에 왔을 때 그들의 그러한 가치

관과 태도의 진면목을 분명하게 확인할 수 있었습니다.[100]

내가 아마우로스에 사는 동안 도착 예정이던 이 외교사절
단은 어떤 중요한 문제를 논의하려고 오는 것이었으므로, 유
토피아의 모든 도시에서 3명씩 파견된 대표들은 이 외교사절
단이 당도하기 전에 이미 아마우로스에 모여 있었습니다.

이전에 유토피아에 왔던 모든 외교사절은 가까운 이웃 나
라에서 왔으므로 유토피아 사람의 정서를 잘 알았습니다. 그
들이 값비싼 옷에 호감이 없고, 비단옷을 경멸한다는 것과 금
을 하찮게 여긴다는 것도 알고 있었습니다. 그래서 그들을 존
중해서 언제나 소박하고 수수한 옷을 입고 오곤 했습니다.

반면에 아네몰리오스라는 나라는 좀 더 멀리 떨어져 있고,
별 교류도 없어서, 그들은 단지 유토피아 사람들은 모두 똑같
은 옷을 입고, 게다가 아주 수수한 옷을 입는다는 말만 들어
알고 있었습니다. 그들은 유토피아 사람들이 너무 가난하여
다른 좋은 옷을 입을 수 없기에 그렇게 보잘것없는 한 가지
옷만 통일해서 입는다고 생각했습니다. 그 나라에서 온 외교
사절단은 지혜롭지 않고 오만했습니다. 그래서 마치 신들처
럼 화려하고 장엄하게 차려 입고 저 가난에 찌든 유토피아 사
람들 앞에 나타나면, 그 위풍당당한 위용을 보고 눈이 휘둥그
레지며 얼이 빠져 놀라 자빠지게 되리라 생각해서, 그렇게 하
기로 결정했습니다.

이렇게 해서 아네몰리오스에서 파견된 이 세 명의 외교사
절은 백 명이나 되는 수행원과 함께 아마우로스에 입성했습
니다. 수행원들은 형형색색의 화려한 옷을 입고 있었고, 대부

---

100 "아네몰리오스"는 그리스어로 "바람 같은"이라는 뜻이다. 따라서 이 나라는
"실속 없이 으스대는 자들의 나라"라는 의미다.

분은 비단옷을 걸쳤습니다. 본국에서 고관대작이었던 세 명의 외교사절은 모두 황금 옷으로 차려입었고, 목에는 큼지막한 금 목걸이를 걸었으며, 귀에는 금 귀고리를 했고, 손가락에는 금가락지를 끼었으며, 모자에는 진주와 보석이 주렁주렁 매달려 눈부신 빛을 발하고 있었습니다. 결론적으로 말하자면, 유토피아에서는 오로지 노예와 중범죄를 저지른 죄수에게 형벌을 부과할 때나, 아주 어린 아이들의 유치한 장식품으로만 사용되는 온갖 것을 자기 몸에 온통 휘감은 채로 나타난 것이었습니다.

거리로 쏟아져 나온 유토피아 사람들의 차림새를 비웃으며, 휘황찬란하게 차려입은 자기 위용을 한껏 뽐내며 고개를 뻣뻣하게 곧추세우고 거드름 피우며 행차하는 모습은 그야말로 볼 만했습니다. 하지만 그들에 대해 유토피아 사람들이 보인 반응은 기대와는 완전 딴판이었고, 그들이 달성하려던 목표는 완전히 어긋나고 말았습니다.

이런저런 합당한 용무로 다른 나라를 가본 극소수를 제외하고는, 거리로 쏟아져 나온 모든 유토피아 사람들에게 이 외교사절단의 호화로운 행차는 수치스럽고 창피한 모습으로 비칠 뿐이었습니다. 사람들은 이 일행 중에서 그나마 가장 수수하게 입은 가장 지위가 낮고 비천한 수행원에게 예를 갖추어 인사를 드렸고, 세 명의 외교사절은 온몸을 금붙이로 휘감고 있었으므로 노예 취급을 해서, 그들이 자기 앞을 지나갈 때는 예를 갖추거나 인사하는 것도 없이 그냥 본체만체 했습니다.

기지 넘치는
머리
진주나 보석을 자랑스러운 장식품으로 생각할 나이가 지나 그런 것을 다 버린 한 아이는 그런 것을 자기 모자에 주렁주렁 달고 있는 외교사절을 보고서는, 팔꿈치로 엄마 옆구리를 치며 말했습니다.

"엄마, 저것 좀 봐요. 저 사람들은 얼마나 형편없고 얼빠졌 길래, 저 나이에 아직도 꼬맹이처럼 진주와 보석을 저렇게 주 렁주렁 매달고 다닌대요?"

그러자 엄마는 아들에게 아주 진지하게 말했습니다.

"애야, 조용히 해라. 저 사람들은 외교사절을 따라 온 여러 명의 어릿광대 같구나."

어떤 사람은 외교사절이 목에 걸고 있던 금 목걸이를 보고 는, 그것이 아주 가늘고 헐겁고 느슨해서, 어떤 노예라도 쉽 게 끊거나 벗어서 내버리고 자기가 원하는 곳으로 도망쳐서, 노예 표시 없이 자유민으로 살아가는 데 아무 문제없겠다고 꼬집었습니다.

유토피아에서 하루 이틀을 지내면서, 이 나라에서는 금이 아주 흔해서 그들 나라에서 대단히 소중히 여기는 만큼이나 철저하게 멸시를 받는다는 사실을 이 외교사절은 비로소 알 았습니다. 그리고 한 명의 도망 노예를 결박하는 사슬과 족쇄 에 들어가는 금과 은의 양이 세 사람이 온몸에 치장하고 온 것보다 더 많다는 것도 알게 되었습니다. 그들은 너무나 창피 하고 부끄러워서, 그 동안 자기 몸에 아주 자랑스럽게 달고 다녔던 모든 금 장신구를 결국 다 떼어내 버렸습니다.

그들이 그렇게 한 데에는 유토피아 사람들과 허심탄회하게 대화하면서 그들의 관습과 정서를 알게 된 것이 결정적이었 습니다. 낮에는 밝은 태양을 볼 수 있고 밤에는 밝은 별을 볼 수 있는데도, 작은 보석들, 즉 희미하게 반짝거리는 작은 돌 들을 보며 기뻐하는 사람이 있다는 사실을 그들은 의아하게 생각합니다.

또한, 어떤 사람이 더 좋은 양모로 지은 옷을 입었다고 다 른 사람보다 더 지체 높고 훌륭하다고 생각한다면, 그 사람은

보석과 좋은 옷에 대한 사람들의 이상한 평가

정신 나간 것이 틀림없다고 봅니다. 아무리 품질이 좋더라도, 어쨌든 양의 몸에 붙어 있던 것이니까요. 따라서 거기에서 아무리 좋은 양모를 뽑아내 옷을 만들었다고 해도, 그 옷을 입은 사람을 양보다 더 훌륭한 사람으로 만들어주지는 못한다고 생각합니다.[101]

옳고 기지
넘치는 이야기

그들이 이상하게 생각하는 것이 또 있습니다. 그 자체로는 아무 짝에도 쓸모없는 금이 온 세계 어디에서나 사람보다 더 소중히 여겨지고, 사람이 금에 자의적인 잣대로 그런 가치를 부여했음에도 사람을 금보다 훨씬 더 못하고 가치 없는 존재로 여기는 일입니다. 그래서 말뚝보다 지능이 높지 않을 정도로 어리석으면서 사악하기까지 한 얼간이도 자기 집에 금화를 잔뜩 쌓아두기만 하면 지혜롭고 훌륭한 사람 여럿을 자기 노예나 하인으로 삼아 마음대로 부리는 것이 얼마든지 가능합니다.

일반
기독교인보다
훨씬 더 기지
넘치는 유토피아
사람들

또한, 운명의 장난으로 또는 운명만큼이나 사람의 처지를 극적으로 역전시키는 합법을 가장한 법률적인 농간으로, 어떤 부자가 모아놓은 막대한 금화가 집에서 부리던 하인 중에 가장 비천하고 사악한 자에게 넘어가는 일도 일어납니다. 그러면 그 부자는 마치 자기가 원래부터 금화에 부속되어 있던 존재인 것처럼 한 치의 망설임 없이 자기 하인이었던 그 사악한 자의 하인이 되어 아무렇지도 않게 그 자를 섬깁니다.

---

101 앞에 나온 아네몰리오스의 외교사절단에 관한 이야기, 그리고 여기 나오는 말은 로마 시대에 활동한 그리스 풍자작가였던 루키아노스(120-180)의 작품들에 나온다. 토머스 모어는 루키아노스의 작품을 라틴어로 번역했다. 좋은 양모로 만든 옷을 입은 사람에 대한 풍자는 그가 쓴 『데모낙스』라는 책에 나온다. "데모낙스"는 견유학파의 자유사상을 대변한 그리스 철학자로, 『데모낙스』는 그를 상찬한 글이다.

유토피아 사람들이 다른 무엇보다도 가장 이상하게 생각하고 혐오하는 것이 있습니다. 그것은 자기가 신세진 일이 없고 앞으로도 신세질 일이 없으며 어떤 점에서도 존경할 만한 것이 없는데도 단지 부자라는 이유로 하늘처럼 우러르고 공경하는 정신 나간 태도를 보인다는 것입니다. 하지만 그들은 부자가 아주 인색하고 탐욕스러워서 자기 집에 금화를 무수하게 쌓아놓고도 살아생전에 그들에게는 단 한 푼도 주지 않을 것을 아주 잘 알고 있습니다.

## 8. 양육과 학문

유토피아 사람들이 지닌 이러한 가치관과 생각은 부분적으로는 앞에서 말한 다른 나라의 어리석기 짝이 없는 제도와는 완전히 다른 이 나라의 제도 아래에서 양육받고 성장한 덕분이고, 부분적으로는 교육과 독서 덕분이기도 합니다.

각 도시에서 노동을 면제받고 오직 학문에만 전념하는 사람은 많지 않습니다. 어릴 때부터 탁월한 재능과 뛰어난 지성과 학문 연구에 필요한 적성을 갖추고 있음이 분명하게 드러난 사람만이 학자로 선발되기 때문입니다. 하지만 그들을 제외한 모든 아이도 스스로 학문을 해나가도록 기본 교육을 받습니다.

유토피아에서의 학문과 공부

그리고 앞에서 말한 대로, 남녀를 불문하고 상당수의 사람이 노동하는 시간을 제외한 여가 시간에 강좌를 듣거나 독서를 하며 평생에 걸쳐 스스로 자기계발을 해나갑니다.

모든 학문의 연구와 교육은 그들의 언어인 유토피아어로 이루어집니다. 유토피아어는 어휘가 풍부하고, 듣기에도 좋을 뿐 아니라, 그 어떤 생각도 정확하고 충실하게 표현해낼 수 있게 합니다. 이 언어는 지역마다 약간씩 달라지기는 했지만, 거의 동일한 언어가 유토피아 섬 대부분에서 통용됩니다.

우리가 거기 가기 전에는, 이 세계에서 아주 유명한 모든 철학자에 관해, 단 한 사람도 들어본 적이 없었다고 합니다. 그런데도 음악, 논리학, 대수학, 기하학[102]에서 우리 선조가 이루어놓은 업적을 이미 거의 동일하게 성취하고 있었습니다. 거의 모든 분야에서 그들이 이룬 것은 우리의 선조가 성취한 것과 대등했습니다.

하지만 논리학 분야만은 우리가 사는 세계에서 최근 학자들이 발견한 것에 한참 못 미쳤습니다. 심지어 우리 세계에서는 어린 학생들이 도처에 있는 학교에서 초급 논리학을 통해 배워 아주 분명하게 알고 있는 한정이나 확장이나 가정 등과 같은 기본 개념조차도 그들은 전혀 알지 못했습니다.[103]

그러므로 그런 그들이 이차적인 개념[104]에 관해 생각하는 것은 처음부터 불가능한 일이었습니다. 가령 '보편 인간'이라

---

102 "음악, 대수학, 기하학"은 "천문학"과 함께 7가지의 전통 교양 학문에서 4가지의 고등 과목에 속한 것이었고(라틴어로 '쿠아드리비움'), "변증학, 문법, 수사학" 3가지는 초등 과목에 속했다(라틴어로 '트리비움').

103 "초급 논리학"은 아마도 나중에 교황 요한 21세(재위 1276-1277)가 된 페트루스 히스파누스가 쓴 논리학 교과서인 『논리학 총론』을 가리키는 것으로 보인다. "한정이나 확장이나 가정"은 다양한 논리적 전개 과정을 가리키는 용어였다.

104 "일차적 개념"과 "이차적 개념"은 인식의 범주를 두 가지로 구분하며 사용한 용어였다. "일차적 개념"은 우리 정신이 오감을 통해 어떤 대상을 처음으로 인식할 때 생기는 개념을 가리키고, "이차적 개념"은 우리 정신이 그러한 일차적 개념을 서로 비교할 때 만들어지는 추상적인 개념을 가리킨다. 토머스 모어는 여기에서 "일차적 개념"과 "이차적 개념"의 예로 "개별 인간"과 "보편 인간"을 든다.

는 개념은 우리에게는 너무나 분명한 것이어서, 비록 그들 눈 앞에 보편 인간을 데려다놓아 볼 수 있게 해줄 수는 없더라도, 손가락으로 보편 인간이라는 존재를 가리키는 것처럼 분명하고 생생하게 설명할 수 있습니다. 하지만 그들은 내가 어떤 거인보다 훨씬 더 크고 기괴한 누군가를 설명하는 것이라고 생각할 뿐, 그들 중에서 보편 인간이라는 개념을 알아듣는 이는 아무도 없었습니다.

반면에 그들은 별들의 운행과 천체의 움직임에 대해서는 너무나 잘 알고 있었습니다. 그들은 대단히 현명하게도 자신이 발명해낸 다양한 형태의 여러 도구를 사용해서, 섬에서 보이는 해와 달과 별들의 운행과 위치를 정확하게 알아냈습니다. 하지만 해와 달과 별들 사이의 상생 관계나 상극 관계를 따져 미래를 예언하는 온갖 사기극을 벌일 생각은 꿈에도 해본 적이 없었습니다.[105]

천문학

그들은 오랜 시간 이런저런 여러 징후를 관찰해온 덕분에, 비와 바람과 그 밖의 다른 기후 변화를 예측할 수 있었습니다. 그러나 기후와 관련된 모든 변화의 원인이나, 바다에서 조류와 간만의 현상이 일어나는 원인이나, 바닷물이 짠 이유 그리고 끝으로 하늘과 땅의 기원과 본질에 대해서는, 우리의 옛 철학자가 제시했던 것과 동일하게 설명하는 사람도 있고, 그와는 다른 새로운 이론을 제시해서 설명하는 사람도 있습니다. 따라서 그런 것과 관련해서는 그들 사이에서도 의견이 일치하는 것은 아닙니다.

자연철학은 아주 불확실한 지식

철학 중에서 윤리 분야에서는 우리가 논의하는 것과 동일

도덕 철학 그리고 선의 질서와 목적

---

105 "상생 관계나 상극 관계"는 점성술에서 사용하는 주된 기법이다. 토머스 모어는 점성술을 비판하는 라틴어 시를 여러 편 쓰기도 했다.

한 문제를 그들도 논의합니다. 즉, 선을 정신적인 선과 육체적인 선과 외적인 선으로 구별해서, 선이라는 명칭을 이 세 가지에 모두 사용할 수 있는지, 아니면 오직 정신적인 선에만 사용할 수 있는지를 탐구합니다.[106] 미덕과 쾌락에 대해서도 논의합니다.[107]

행복은 참된 쾌락에 존재함

하지만 유토피아에 사는 모든 사람이 지대한 관심을 갖고 논의하는 가장 중요한 문제는 인간의 행복에 관한 것입니다. 행복은 어디에 있는가를 논의하고, 행복이 어느 것 하나로 이루어져 있는 것인지, 아니면 여러 가지로 이루어져 있는 것인지를 논의합니다. 이 문제와 관련해서 그들은 쾌락설로 상당히 기울어 있는 것으로 보입니다. 즉, 인간의 행복은 전적으로 쾌락으로 이루어져 있거나, 가장 중요한 부분은 쾌락이라고 봅니다.

철학 원리의 토대는 종교

그리고 더욱 놀랍게도 그들은 거의 전적으로 쾌락을 중심으로 한 자기 행복관을 밑받침하는 근거를 아주 진지하고 엄격하며 근엄해서 전체적으로 암울한 분위기를 풍기는 자기 종교에서 찾습니다. 언제나 그들은 먼저 종교에서 어떤 원리를 도출해, 그 원리들을 토대로 한 철학적인 추론에 의거하여 행복에 관해 토론하기 때문입니다. 그렇게 하지 않고 이성에만 의지해 참된 행복이 무엇인지를 탐구하는 것은 결함이 있

---

106  전자는 아리스토텔레스학파의 주장이고, 후자는 스토아학파의 주장이다.

107  "미덕과 쾌락"이라는 주제는 특히 스토아학파의 윤리와 에피쿠로스학파의 윤리 중에서 어느 쪽이 더 옳으냐 하는 논쟁과 관련된다. "행복"이 인생의 목표라는 사상은 모든 주된 철학 학파의 공통 공리였다. "행복이 어느 것 하나로 이루어져 있는지, 아니면 여러 가지로 이루어져 있는지"는 앞에서 말한 대로 "선"이 한 가지인지 여러 가지인지에 달려 있다. "행복"은 "쾌락"에 있고, "쾌락"을 발생시키는 것은 "선"이기 때문이다.

고 그 근거가 취약할 수밖에 없다는 것이 그들 생각입니다.

그들이 자기 종교에서 도출한 원리는 이렇습니다. "영혼은 죽지 않고 불멸한다.[108] 사람은 신의 자비하심으로 행복하려고 태어난다. 현세에서 미덕과 선행을 하며 산 사람은 내세에서 상을 받고, 죄악을 저지르며 산 사람은 벌을 받는다." 이런 것은 비록 종교적인 원리이긴 하지만, 이성에 의거한 사고와 추론을 통해서 밑받침될 수 있는 것이므로, 자신이 받아들여서 믿는 것이라고 그들은 말합니다.

유토피아 종교의 신학

그러면서 만일 이런 원리가 사실이 아니라면, 사람들은 옳은 것이냐 그른 것이냐를 따지지 않고 닥치는 대로 쾌락을 추구할 것이고, 그렇게 하지 않는 바보는 단 한 사람도 없으리라고 한 치의 망설임 없이 단호하게 선언합니다. 그렇게 되면, 사람들은 오직 작은 쾌락을 얻으려다 더 큰 쾌락을 잃는 일이 없도록 힘쓰고, 누린 후에는 반드시 고통과 괴로움이 따라오는 그런 쾌락을 피하고자 신경 쓰게 될 것이 분명합니다. 미래에 그 어떤 상도 기대할 수 없는데, 인생이 주는 달콤함을 다 포기하고서 힘들고 고통스러운 미덕의 삶을 자발적으로 살며, 온갖 괴로움과 슬픔을 겪는 것보다 더 정신 나간 짓은 없다고 그들은 생각합니다. 그리고 만일 죽은 후에 상이 없다면, 현세에서 온갖 달콤한 것을 포기하고 그야말로 비참하고 불쌍하게 일생을 산 사람은 아무 보상도 받지 못하는 것인데, 그것은 너무나 불합리하다고 그들은 말합니다.

미덕이 필요 없다면 쾌락만을 추구하게 됨

---

108 "영혼불멸"은 1513년에 열린 제5차 라테란 공의회에서 교회의 바른 교리로 공식 채택되었고, 이것은 15-16세기에 많은 철학적 논쟁의 주제였다. 토머스 모어는 기독교의 교리 중에서 이성적인 추론으로 뒷받침되는 것만 보편적인 진리로 보고, 그런 진리를 철학의 원리로 사용해야 한다고 말한다. 하지만 인간의 이성만으로는 완전한 진리에 도달할 수 없다고도 보았다.

당연한 말이지만, 그들은 모든 쾌락에 행복이 있다고 하지 않고, 오직 선하고 바른 쾌락 속에만 행복이 있다고 생각합니다. 그들은 대체로 미덕만이 우리 본성을 그런 종류의 쾌락인 최고 선으로 이끈다고 봅니다.[109] 하지만 그들 중 일부는 거기 반대해서 미덕 자체가 행복이라고 보고, 본성을 따라 살아가는 것을 미덕이라고 정의하고는, 신은 우리도 그렇게 살라고 우리를 창조했다고 말합니다. 그리고 모든 일에서 이성의 명령에 순종해서 어느 한 쪽을 택하고 다른 한 쪽을 버리는 게 본성을 따르는 것이라고 말합니다.[110]

이성이 우리 인간에게 준 명령들 중에서 무엇보다도 가장 중요한 첫 번째 명령은 우리를 이 세상에 태어나게 하고 행복한 삶을 살아가게 해준 지엄하신 신을 뜨겁게 사랑하고 공경하라는 것입니다. 이성이 우리에게 그다음으로 준 명령은 가능한 한 최대한으로 염려와 걱정에서 해방되어 기쁨 가득한 삶을 살면서, 우리와 동일한 본성을 지니고 태어난 형제와도 같은 다른 사람이 그런 삶을 살아가도록 도우라는 것입니다.

그들은 스스로 미덕을 추구하면서 대단히 금욕적이고 엄격한 삶을 추구하고, 다른 사람에게도 고생하고 누추하더라도 늘 정신을 바짝 차리고 조심하며 살아가라고 충고합니다. 그

---

109 에피쿠로스는 "우리는 미덕 자체가 아니라 쾌락을 위해 미덕을 선택한다"라고 말했다.

110 토머스 모어가 여기에서 제시한 행복관은 기독교의 내세 사상을 토대로 스토아학파가 주장한 본성에 따른 미덕의 삶과 에피쿠로스학파가 주장한 쾌락의 삶을 결합한 것이다. 즉, 인간이 살아가는 목적은 행복 추구에 있고, 그 행복은 쾌락에 있다. 그런데 가장 큰 쾌락은 이성과 본성을 따라 최고의 미덕을 따라 최고의 선을 추구하는 삶이다. 따라서 내세의 상을 위해 이 땅에서 자신을 희생하여 최고의 선을 추구하는 삶은 가장 큰 쾌락에 속한다.

러면서 다른 한편으로는 남의 궁핍과 괴로움을 할 수 있는 한 모든 힘을 다해 덜어주라고 강력하게 촉구합니다. 그들은 다른 사람을 진정 행복하게 하고 진심으로 위로하는 것이야말로 인간으로서 칭찬받을 일이라고 생각합니다. 다른 사람의 괴로움을 덜어주고, 다른 사람의 삶에서 온갖 슬픔과 근심을 없애주어, 그 삶을 기쁨으로 가득차게 해 쾌락을 회복시키는 것이야말로 인간이 행해야 할 모든 미덕 중 가장 큰 미덕이라고 여기기 때문입니다. 그러므로 본성이 우리 모두에게 그렇게 하라고 명령하는 것은 너무나 당연한 일 아니겠습니까!

인생을 즐기는 것, 즉 삶 속에서 쾌락을 추구하는 것은 악하든지 선하든지 둘 중 하나입니다. 만일 그것이 악한 일이라면, 우리는 다른 사람이 그런 삶을 사는 것을 도와서는 안 되며, 그런 삶은 그들에게 해롭고 파괴적이므로 있는 힘을 다해 말려야 합니다. 하지만 그것이 선한 일이어서, 다른 사람이 그렇게 살도록 적극 도와야 한다면, 우리는 다른 사람을 돕기 전에 먼저 자신이 그런 삶을 살아야 합니다. 다른 사람이 인생을 즐길 수 있게 도우라고 본성이 우리에게 명령하고는, 그런 후에 자신에 대해서는 잔인하고 무자비하게 대하라고 명령할 리는 없기 때문입니다.

그래서 본성은 우리에게 즐거운 인생을 사는 것, 즉 쾌락이 우리 모든 행위의 목표라고 가르치고, 그런 삶을 살도록 명한다고 그들은 말합니다. 그리고 본성의 명령을 따라 살아가는 것을 미덕으로 정의합니다. 그러면서 본성은 우리에게 다른 사람도 즐거운 삶을 살아가도록 최선을 다해 도우라고 하는데, 이것은 지극히 옳고 마땅합니다. 본성은 자신과 동일한 모습을 한 모든 사람을 똑같이 소중하게 여겨 동일한 관심으로 보살피는데, 어느 한 사람이 다른 사람보다 훨씬 더 즐거운 삶을 사는 것은 옳지 않기 때문입니다. 그래서 본성은 우리 이익을 위해 다른 사람에게 피해 주는 일이 없도록 주의하라고 반복해서 경고합니다.

합의와 법 이런 이유에서 그들은 개인 사이의 합의만이 아니라, 쾌락의 재료로 쓰이며 생활에 필요한 재화들을 어떻게 분배해야 할지를 정한 나라의 법도 지켜야 한다고 생각합니다. 물론 그런 법은 압제나 기만이 작용하지 않는 환경에서 국민 전체의 동의를 얻어 제정되고 정당하게 공포된 것이어야 합니다. 그런 법을 어기지 않으면서 자기 이익을 추구하는 것은 지혜이고, 공익을 추구하는 것은 경건입니다. 자기 쾌락을 추구하려고 다른 사람의 쾌락을 빼앗는 것은 불의입니다.

서로 간의 호의 반면에 다른 사람의 쾌락을 더하고자 자신의 쾌락을 줄이는 것은 진정으로 인간다운 행위이자 관용적인 행위이고, 그런 사람은 그런 식으로 자신이 포기한 쾌락을 다른 식으로 보상받습니다. 먼저 그런 사람은 자신이 호의를 베푼 사람에게서 거기에 대한 어떤 보답을 받을 수도 있습니다. 다음으로, 그는 자기가 다른 사람에게 선행을 베풀었다는 사실로 흐뭇해하고, 자신에게 은혜 입은 사람들이 그에게 고마워하며 애정을 보여준 것을 기억함으로써, 자신이 그렇게 하지 않았을 때 육체적으로나 물질적으로 누렸을 쾌락보다 더 큰 정신적인 쾌락을 누립니다. 마지막으로, 종교는 이 세상에서 일시적으로 짧게 누릴 수 있는 작은 쾌락을 버리는 사람에게는 내세에서 결코 썩지 않는 크고 영원한 쾌락을 신이 상으로 준다고 가르치는데, 이것은 충분히 근거 있는 가르침이므로 누구나 어렵지 않게 받아들입니다.

그래서 그들은 이 문제를 신중하고 주의 깊게 살피고 헤아린 후에 모든 행위, 그리고 행하는 미덕들에서도 쾌락을 자기 행복이자 최종 목표로 삼아야 한다고 결론 내렸습니다.

그들은 본성이 명령하거나 이끄는 대로 육체나 정신이 움 쾌락의 정의
직여서 누리는 즐거움을 쾌락이라고 부릅니다. 그들이 본성
이 원하는 대로 하는 것이 즐거움이라고 하는 데는 그럴 만
한 근거가 있습니다. 즉, 인간의 감각과 바른 이성이 본성의
이끌림을 받아 누리게 된 즐거움만이 다른 사람의 쾌락을 침
해하지도 않고, 작은 쾌락을 누리려다가 더 큰 쾌락을 누리는
것을 방해하지도 않으며, 쾌락을 누린 후에 고통이나 괴로움
이 뒤따르지도 않는 참된 쾌락이기 때문입니다.

반면에 본성을 따르지 않는 온갖 쾌락은 사람들이 거짓된 거짓된 쾌락들
합의를 거쳐 쾌락이라 부르더라도, 그것은 마치 어떤 것의 명
칭을 바꾸면 그 본질도 바뀐다고 착각하는 것일 뿐이고, 실제
로는 참된 쾌락이 아닙니다. 그렇기 때문에, 그런 쾌락은 사
람에게 어떤 행복도 가져다줄 수 없음을 유토피아 사람들은
잘 압니다. 게다가 그런 거짓 쾌락은 대체로 참된 행복을 발
견하고 누리게 하는 일을 방해합니다. 어떤 사람이 일단 그런
거짓 쾌락에 빠져들면, 그의 마음은 쾌락에 대한 그릇된 생각
으로 꽉 채워져, 참된 쾌락이 들어설 자리가 없게 됩니다.

거짓 쾌락을 구성하는 것은 거의 대부분 진정 달콤하지 않
고 지독하게 씁니다. 그런데도 왜곡되고 사악한 욕망에 이끌
려 최고의 쾌락으로 인식되고, 심지어 살아가는 가장 중요한
이유 중 하나로까지 여깁니다.

그런 거짓된 쾌락에 빠진 한 부류는 내가 앞에서 말했던 자 좋은 옷을
입었다고 자신이
훌륭하다고
여기는 착각
들, 즉 남보다 더 좋은 옷을 입었다고 해서 자기가 그들보다
더 훌륭하다고 생각하는 자들입니다. 이 한 가지 일에서 그들
은 두 가지를 착각하고 있습니다. 하나는 옷에 대한 것으로,
자기 옷이 남이 입은 옷보다 더 좋다고 생각하는 것입니다.

다른 하나는 자신에 대한 것으로, 그런 이유로 자신이 남보다 더 훌륭하다고 여기는 것입니다.

옷의 유용성 측면을 볼 때, 가는 양모로 짠 부드러운 옷이 거친 양모로 짠 옷보다 더 나은 것은 전혀 없습니다. 그런데도 그들은 그런 옷이 더 좋다고 착각하고는, 실제로 자기 가치가 올라가서 거친 옷을 입은 사람보다 더 훌륭하다고 착각하여, 그런 생각이 망상인 줄도 모르고 고개를 뻣뻣이 곧추세우고 거들먹거리며 다닙니다. 그들은 그런 옷을 입지 않았더라면 사람들에게 존경을 받거나 대접받는 일을 감히 기대할 수 없는 자들인데도, 단지 그런 옷을 입었다는 이유만으로 자신이 그런 존경과 대접을 받는 것이 당연하다고 여깁니다. 그래서 사람들이 정중하게 예를 표하지 않고 그냥 지나가면 분노합니다.

어리석은 명예욕　하지만 사람들이 아무 의미도 없이 그저 예의상 인사하는 것을 보고는 흡족해하고, 인사하지 않으면 분노하는 이런 일은 얼마나 우스꽝스럽습니까? 가령 어떤 사람이 그들 앞에서 무릎을 구푸리거나 모자를 벗어 맨머리를 드러낸다고 해서 거기서 그들이 본성에 따른 참된 쾌락을 얻을 수 있겠습니까? 아니면, 뻐걱거리는 무릎 통증이 치료되거나 머릿속에 든 저 광기가 사라지겠습니까?

신분의 헛된 자랑　이 시대에는 돈과 부가 고귀함의 유일한 기준임을 감안할 때, 어쩌다가 대대로 부자였던 조상을 두었다는 이유로, 특히 대대로 많은 토지를 가문의 영지로 소유한 집에서 태어났다는 이유만으로 자신은 아주 고귀하고 훌륭한 사람이라고 생각하는 달콤한 망상에 도취된 정신 나간 사람들이 이런 종류의 거짓되고 허황한 쾌락에 빠져 있습니다. 그런 사람은 자기 조상으로부터 한 뼘의 토지도 물려받지 못했거나, 자신이 물려받은 모든 재산을 다 탕진해버렸어도 여전히 자신이 대단히 고귀하고 훌륭한 사람이라고 생각합니다.

그리고 유토피아 사람들은 앞에서 말했듯 보석에 사로잡혀 있는 자도 그런 부류로 분류합니다. 그런 자들은 어떤 식으로든 희귀한 보석을 얻은 날에는 자신이 마치 신이라도 된 것처럼 생각합니다. 어떤 보석을 가장 귀한 것으로 치느냐는 나라마다 시대마다 다르므로, 그들은 특히 자기 나라에서 자기가 사는 시대에 가장 귀하게 여기는 보석을 얻었을 때 더욱 그런 반응을 보입니다. 보석을 좋아하는 어리석음

그런 자들이 보석을 사려 할 때는, 먼저 보석을 장식한 모든 금을 다 벗겨내게 하고 그런 다음에 보석상에게 그 보석이 진품임을 엄숙하게 맹세하게 하는 것은 물론, 보석상이 발행한 보증서를 받는 등 신중에 신중을 기하고 나서야 아주 조심스럽게 구입합니다. 보석을 눈으로 직접 보고 있더라도 진짜인지 가짜인지를 구별하지 못해, 속아서 가짜를 살까 봐 두렵기 때문입니다.

이렇게 눈으로 보고도 그 보석이 진짜인지 가짜인지를 구별할 수 없다면, 진짜 보석이 가짜 보석보다 그들에게 더 큰 즐거움을 안겨줄 이유가 없지 않겠습니까? 눈먼 사람에게는 진짜 보석과 가짜 보석이 아무 차이가 없는 것처럼, 그들에게도 마찬가지일 테니까요.

어떤 합당한 목적이 있어서가 아니라 단지 보고 즐거워하려고 계속 부를 축적해 나가는 사람들은 어떻습니까? 그런 자들은 참된 쾌락을 누리는 것입니까, 아니면 거짓된 쾌락을 진짜 쾌락으로 착각해서 즐거워하는 것입니까?

또는, 앞의 사람들과 정반대의 악을 저지르는 사람들, 즉 자기 돈을 잃지 않으려고 아예 땅속에 묻어두고 한 푼도 쓰 보석을 땅에 감춘 자들

지 않을 뿐 아니라, 보려고 하지도 않는 사람들은 어떻습니까? 그런 자들은 그 돈을 다시는 꺼내 보려고 하지 않을 것이므로, 돈을 잃어버리지 않고자 땅에 묻었더라도 실제로는 그 돈을 잃어버린 것이나 다름없습니다. 그 돈을 땅에 묻어버려, 주인은 물론이고 다른 모든 사람도 사용할 수 없게 되었는데 그 돈을 잃어버렸다고 하지 않는다면, 달리 어떻게 말할 수 있겠습니까?

그런데도 그런 사람들은 자기 재산을 아주 은밀하게 잘 감춰두었기 때문에 이제는 아무 걱정하지 않아도 된다고 생각해서 안도하며 기뻐합니다. 하지만 도둑이 그 돈을 훔쳐 갔고, 그리고 10년 후에 주인은 자기 돈이 도둑맞았다는 사실을 까맣게 모른 채 죽었다고 해봅시다. 그 10년 동안 돈이 도둑맞았든지 아니면 땅속에 그대로 있었든지, 그런 것은 돈의 주인에게 전혀 중요하지도 않았고 아무 차이도 없었습니다. 그 돈이 그대로 있든 없든, 그 돈은 이미 그 주인에게는 없는 것과 마찬가지였기 때문입니다.

유토피아 사람들은 들어봤지만 단 한 번도 해보지는 않은 저 정신 나간 도박게임인 주사위 놀이 그리고 사냥과 매사냥도 그런 어리석은 거짓된 쾌락으로 분류합니다. 그들은 테이블 위에서 주사위를 던져 어떤 쾌락을 얻을 수 있겠느냐고 반문합니다. 설령 주사위를 던지면서 한두 번은 재미를 느끼고 쾌락을 얻을 수는 있겠지만, 자주 하다 보면 지겨워지지 않겠느냐고 말합니다.

또한, 개들이 짖고 으르렁대는 소리를 듣는 것은 역겹고 기분 나쁜 일인데 거기에서 무슨 즐거움을 얻을 수 있겠느냐고 말합니다. 개들끼리 서로 쫓고 쫓기는 것을 보는 것보다 개가 토끼를 쫓는 것을 볼 때 더 큰 쾌락을 느낀다는 것도 그들은 이해하지 못합니다. 사냥하는 자들에게 쾌락을 느낄 수 있게 해주는 것이 빨리 달리는 것이라면, 그런 요소는 둘 모두에 똑같이 들어 있으므로, 굳이 전자가 아니라 후자에서 쾌락을 찾을 이유는 없습니다. 하지만 자기 눈앞에서 토끼가 사냥개에게 잔인하게 갈기갈기 찢겨 죽는 모습을 기대하는 것이라면, 그것은 잘못입니다. 아무 해를 끼치지 않은 연약한 토끼가 겁을 집어먹고 재빨리 도망치는데, 힘세고 포악하며 잔인한 사냥개가 추격해서 찢어 죽이는 광경을 보았을 때, 사람이라면 마땅히 즐거움이나 쾌락이 아닌 연민과 불쌍히 여기는 마음을 느껴야 하기 때문입니다.

　그래서 유토피아 사람들은 사냥과 관련된 이 모든 활동을 자유민에게는 합당하지 않고 백정이 해야 할 일 중 하나로 여겨 백정에게 맡겼습니다. 앞에서 이미 말했듯이, 백정의 일은 모두 노예가 합니다. 그들은 백정이 하는 일 중에서도 사냥이 가장 비천한 일이라고 생각합니다. 백정이 하는 다른 일은 오직 꼭 필요할 때만 짐승을 도살하는 것이므로 훨씬 더 유익하고 가치 있습니다. 반면에, 사냥꾼은 오로지 자기 쾌락을 얻으려는 목적으로 가엾은 짐승을 죽이고 갈기갈기 찢어놓습니다. 쾌락을 맛보려고 그런 죽음을 보려는 인간의 욕망은 비록 그 대상이 짐승일지라도 타고난 잔인한 성품에서 나오거나, 계속 잔인한 일에서 쾌락을 맛보다 보면 어느샌가 잔인한 성품이 만들어지는 것이라고 그들은 말합니다.

사냥은 백정의 일, 오늘날 우리 사회에서는 귀족의 일

　그래서 다른 나라 사람은 대체로 그런 것을 비롯해 비슷한 무수히 많은 것을 쾌락이라고 생각하지만, 유토피아 사람들은 그 속에는 본성과 부합하는 쾌락이 전혀 들어 있지 않아 참된 쾌락과는 아무 관계도 없다고 단호하게 말합니다. 다른 나라에서 살아가는 많은 사람이 거기서 즐거움과 쾌락을 느끼므로 참된 쾌락임을 보여준다고 아무리 말해도, 그들은 자기 생각이 옳다는 데 전혀 흔들림이 없습니다. 아주 많은 사람이 그렇게 느끼는 이유는 그것이 본성적으로 참된 쾌락이기 때문이 아니라, 그들에게 왜곡되고 뒤틀린 경험과 습관이 있음을 알기 때문입니다.

여자들이 임신했을 때 입맛이 왜곡되어 송진과 쇠기름이 꿀보다 더 달다고 생각하는 경우가 종종 있는 것처럼, 나쁜 습관으로 입맛이 왜곡되었을 때도 쓴 것을 단 것으로 착각하는 일이 벌어집니다. 질병이나 습관으로 사람들 취향이 왜곡되고 변질되었더라도 다른 것의 본질이 바뀌지는 않듯, 쾌락의 본질도 절대 바뀔 수 없습니다.

참된 쾌락의
종류

유토피아 사람들은 참된 쾌락이라고 인정하는 것을 두 종류로 구분합니다. 그중 어떤 것은 정신에 속하고, 어떤 것은 육체에 속합니다. 정신적인 쾌락으로는 진리를 아는 지식, 진리를 깊이 생각할 때 얻는 즐거움, 보람 있는 일을 하며 살아온 인생을 뒤돌아보았을 때의 기쁨, 내세에 행복을 상으로 받게 되리라는 확실한 희망 같은 것이 있습니다.

육체의 건강

육체적인 쾌락은 두 부류로 구분되는데, 첫째는 육체에 결핍된 것을 채워주고 과잉된 것을 제거해서 육체의 감각을 편안하고 즐겁게 해주는 그런 쾌락입니다. 이는 자연스러운 신진대사로 기력이 소진되었을 때 먹을 것과 마실 것을 공급해줌으로써 육체의 모든 기능이 다시 정상으로 회복되었을 때 생깁니다. 또한, 내장에 차 있는 배설물을 배출하거나 아기를 출산하거나 문지르거나 긁어서 가려움을 완화할 때도 그런 쾌락이 만들어집니다. 하지만 어떤 때는 육체가 원하는 것을 충족하거나 육체가 힘들어하는 것을 해소해주지 않는데도 쾌락이 생기기도 합니다. 눈에 보이지 않지만 어떤 분명한 움직

임과 힘으로 육체의 감각을 자극하고 작용해서 변화를 만들어내 우리 감각이 쾌락을 느끼도록 하는 것이 그런 경우인데, 이런 쾌락은 음악에서 생깁니다.

그들이 더 선호하는 육체적인 쾌락은 육체의 고요하고 조화로운 상태, 즉 육체가 어떤 나쁜 것에 침해나 방해를 받지 않고 건강한 모습으로 있을 때 생기는 쾌락입니다. 이렇게 우리의 육체가 고통이나 괴로움의 공격을 받지 않고 평정을 유지하고 있으면 외부에서 쾌락을 공급받지 않아도 즐거움과 쾌락을 누립니다. 이런 쾌락은 우리 육체가 먹을 것과 마실 것을 강하게 원해서 먹고 마시는 것으로 그 욕구를 채워주었을 때 오는 쾌락보다 우리 감각에 덜 자극적입니다.

그럼에도 유토피아 사람 중 다수는 이 쾌락을 모든 쾌락 중에서 최고로 칩니다. 그리고 거의 모든 유토피아 사람은 이 쾌락이 모든 쾌락의 토대이자 기초임을 인정합니다. 오직 이것 하나만으로 우리 삶은 평화롭고 바람직해질 수 있으며, 이 쾌락 없이는 다른 어떤 쾌락도 누릴 수 없기 때문입니다. 하지만 진정한 건강 없이 그저 고통에서 벗어나 있기만 한 것은 참된 쾌락이 아니라 무감각의 상태라고 그들은 부릅니다.

오래전에 그들이 이 문제를 집중적으로 연구했던 때가 있었습니다. 그때 일부 사람은 어떤 외부의 자극을 통해서만 쾌락이 생겨나 우리가 그 쾌락을 느낄 수 있을 뿐이라고 주장하면서, 육체가 늘 고요하고 조화로우며 평화로운 상태, 즉 진정으로 건강한 상태에 있는 것은 쾌락이 아니라고 주장했습니다. 하지만 그들의 그런 주장은 오래전에 반박되었고, 지금은 육체의 건강한 상태가 모든 쾌락의 토대가 되는 가장 중요한 쾌락이라는 것에 거의 전부가 동의합니다.

그들은 이렇게 말합니다. "고통은 질병에 내재한다. 그리고 질병이 건강의 적이듯, 고통은 쾌락의 적으로 결코 쾌락과 양립할 수 없다. 그러므로 쾌락은 고요하고 조화로운 건강함에 있다!" 그들은 질병 자체가 고통이냐, 아니면 질병에 고통이 내재해 있느냐는 이 문제를 다룰 때 전혀 중요하지 않다고 생각합니다. 어느 쪽이든 결과는 동일하기 때문입니다. 마찬가지로 건강함 자체가 쾌락이든, 아니면 불이 열기를 만들어내듯 건강함은 쾌락을 필연적으로 생겨나게 하는 것이라고 여기든, 어느 쪽이든 결과는 동일하므로 진정한 건강함이 있는 곳에는 참된 쾌락도 존재할 수밖에 없다고 생각합니다.

또한, 그들은 점점 힘을 잃어가던 육체의 건강은 음식을 먹을 때 그 음식을 동맹군으로 삼아 허기를 대항해 싸우면서 서서히 힘을 회복하고, 그런 식으로 정상적인 활력을 되찾는 과정에서 쾌락이 생긴다고 말합니다. 이렇게 육체가 자신의 건강을 위협하는 적과 싸우는 과정에서 그런 기쁨을 느낀다면, 그 싸움에서 승리를 거두고 난 후에도 마찬가지로 기쁨을 느끼지 않겠습니까? 우리 육체가 이 싸움을 완벽하게 승리해서 마침내 자기 목적을 달성하여 원래 활력을 되찾고 완전히 건강을 회복하게 되었는데, 그 즉시 혼수상태에 빠져 아무것도 느낄 수 없게 되어 자신이 거둔 성과물을 알지도 못하고 제대로 누리지도 못한다는 것이 말이 되겠습니까!

이처럼 건강함을 느낄 수 없다는 말은 진실과 거리가 먼 이야기라고 그들은 생각합니다. 어떤 사람이 건강하다면, 그는 잠자는 시간을 제외하고 깨어 있는 동안에는 자신의 건강을 당연히 느낄 수 있지 않겠습니까! 건강함이 자신에게 기분 좋고 즐거운 것임을 인정하지 못할 정도로 어리석고 무감각한 사람이 어디 있겠습니까! 이 즐거움은 쾌락의 또 다른 이름이 아니겠습니까!

따라서 그들은 모든 쾌락 중에서 정신적인 쾌락을 가장 중요한 최고의 쾌락으로 여기므로, 무엇보다도 가장 먼저 그런 쾌락을 추구합니다. 그리고 정신적인 쾌락 중에서 가장 탁월하고 강력한 것은 미덕을 실천하는 데서 나오거나 자신이 선한 삶을 살고 있다는 인식에서 나온다고 생각합니다.

육체가 제공하는 쾌락 중에서는 건강함을 최고로 칩니다. 그들은 먹는 것과 마시는 것에서 오는 즐거움을 비롯해 그런 종류의 온갖 즐거움에 대해, 오직 그런 것이 건강에 도움이 될 때만 바람직하게 여깁니다. 그들은 그런 것을 그 자체로 즐기지는 않고, 오직 질병이 암암리에 건강을 잠식하는 것을 막는 데 필요한 정도로만 즐깁니다. 병에 걸린 후에 약을 먹기보다는 아예 병에 걸리지 않게 하고, 고통을 유발한 후에 완화하려고 어떤 조치를 취하기보다는 아예 고통이 생기지 않게 미리 방지하며, 이런 종류의 쾌락을 사용해야 할 상황을 만드는 것보다는 아예 그런 쾌락이 필요하지 않게 하는 사람이야말로 진정 지혜로운 사람이라고 생각하기 때문입니다.

이런 종류의 쾌락을 만들어내 누리는 것이 행복이라고 생각하는 사람이 있다면, 그는 자신의 삶 속에서 허기와 갈증과 가려움증이 생겨나서, 그때마다 먹고 마시고 긁고 문지르면서 그런 것을 해결하는 일이 끊임없이 반복되어야만 자기가 행복해짐을 인정해야 할 것입니다. 하지만 그런 삶은 너무나 역겨울 뿐만 아니라 괴롭고 비참한 삶이라는 것은 누구나 다 압니다.

그런 쾌락은 참된 쾌락에서 가장 멀리 떨어져 있으며, 모든 쾌락 중에서 맨 밑바닥에 있는 가장 수준 낮고 천한 쾌락임에 틀림없습니다. 그런 쾌락은 그것들과 연결되어 있으면서 그와는 정반대되는 성질을 지니는 고통이 존재할 때만 생기기 때문입니다. 예컨대, 먹는 것으로 생기는 쾌락은 허기와 연결되어 있습니다. 하지만 둘은 등가로 연결된 것이 아닙니다. 쾌락보다 고통이 더 격렬하고 더 오래 지속됩니다. 고통은 쾌락보다 앞서 생겨나, 쾌락이 발생해야 비로소 없어지지만, 고통이 없어짐과 동시에 쾌락도 끝납니다.

그래서 그들은 그런 종류의 쾌락은 꼭 필요할 때만 활용할 뿐이고, 중요한 것으로 높이 평가하지는 않습니다. 하지만 그럼에도 그들이 하지 않으면 안 되는 일을 할 때마다 그들의 어머니인 자연이 즐거움과 쾌락을 느낄 수 있게 해주어 그들이 그런 일을 억지로 하는 것이 아니라 즐거움을 느끼며 할 수 있게 해주었다는 점에서, 그들은 자연의 인자함과 자애로움을 감사하며 즐거운 마음으로 그런 쾌락을 누립니다. 만일 사람들이 매일 겪는 허기와 갈증이라는 질병을 없애고자 할 때, 드물게 걸리는 질병을 고치려 할 때와 마찬가지로 쓰디쓴 약을 때마다 먹어야 한다면, 산다는 것이 얼마나 지겹고 힘들겠습니까!

자연의 선물들 그들은 아름다움이나 튼튼함이나 민첩함처럼 자연이 개개인에게 준 좋은 선물을 기뻐하고 소중히 여깁니다. 또한, 귀와 눈과 코를 통해 주어지는 쾌락은 자연이 인간의 삶을 즐겁고 유쾌한 것이 되게 하려고 오직 인간에게만 특별히 준 양념이나 향료 같은 것이라고 여기고 적절하게 즐깁니다. 다른 종에 속한 동물들은 보기는 보아도 이 세상의 아름다운 모습을 즐거워하지도 못하고, 냄새를 맡아도 오직 먹이를 찾기 위한 것일 뿐 그 향기를 음미하지도 못하며, 조화로운 음과 시끄러운 음의 차이를 구별해 음악을 즐기지도 못하기 때문입니다.

하지만 이 모든 쾌락과 관련해 그들이 지키는 원칙들이 있습니다. 그중 하나는 작은 쾌락을 얻으려다가 큰 쾌락을 얻을 기회를 놓쳐서는 안 된다는 것입니다. 또 다른 원칙은 결국에는 고통을 가져오는 그런 쾌락을 추구해서는 안 된다는 것입니다. 바르지 못한 부끄러운 쾌락은 반드시 고통을 일으킨다고 생각하기 때문입니다.

또한, 사람이 자신의 아름다운 용모를 하찮게 여겨 아무렇게나 방치하거나 자기 힘을 쓸데없이 소모하거나 나태하고 게으른 삶을 살아감으로써 자신에게 선천적으로 주어진 민첩함을 쓸모없게 만들거나 음식을 먹지 않아 육체를 망가뜨리거나 건강을 해치거나 자연이 준 그 밖의 다른 온갖 좋은 것을 배척하는 일은 정신 나간 짓이라고 생각합니다. 물론 다른 사람의 유익을 구하거나 공공의 이익을 위한 뜨거운 열정으로 자연이 자신에게 준 좋은 선물을 그런 식으로 희생하려는 마음이라면 내세에서 신께 더 큰 상을 기대할 수 있다는 이유에서 좋은 일로 여깁니다.

하지만 아무에게도 유익이 돌아가지 않는 일인데도 미덕을 행한다는 허황한 생각으로, 또는 미래에 일어나지도 않을 어떤 곤경에 대비한다는 명목으로 쓸데없이 자신을 괴롭힌다면 완전히 정신 나간 짓이라고 그들은 생각합니다. 그런 태도는 자신을 잔인하게 대하는 일일 뿐만 아니라, 이미 자연에게 온갖 신세를 다 져놓고도 마치 다시는 어떤 신세도 지지 않겠다는 듯이, 자연의 온갖 선물을 경멸하고 배척하는 것이라는 점에서 자연에게 지독하게 배은망덕한 행동이기 때문입니다.

내가 지금까지 말한 것이 미덕과 쾌락에 대한 그들의 결론입니다. 그들은 하늘로부터 계시가 주어져 사람들이 영감을 받아 어떤 거룩한 생각을 하게 되지 않는 한, 인간 이성으로는 이것 이상으로 더 참된 원리를 발견해낼 수 없다고 믿습니다. 이 문제와 관련해 과연 그들의 생각이 옳은 것인지, 아

이 점을
유의하라

니면 틀린 것인지를 검토할 시간이 내게는 없고, 굳이 그렇게 할 필요도 없습니다. 지금 나는 단지 그들의 제도나 생각들 또는 그들이 옳다고 믿는 원리들을 설명하는 것일 뿐이고, 그런 것을 변호하고자 하는 것이 아니기 때문입니다.

유토피아 사람에 관한 묘사

하지만 내가 확신하는 것이 한 가지 있습니다. 그들의 생각이나 그들이 옳다고 믿는 원리에 대해 사람들이 어떤 평가를 내리든, 그들보다 더 뛰어난 백성 혹은 그 나라보다 더 행복한 나라는 세상 그 어디에도 없다는 것입니다.

신체적으로도 그들은 민첩하고 활기찹니다. 신장은 작은 편이 아니지만, 신장에 비해 의외로 힘이 셉니다. 그 나라의 토지는 그리 비옥하지 않고, 기후도 그리 좋다고 할 수 없습니다. 하지만 그들은 절제된 삶을 살면서 그런 기후에서 자신을 잘 지켜나가고, 근면 성실함으로 토지를 부지런히 개량해 나갑니다. 그래서 이 나라는 어디에서도 대풍작을 이루고 가축은 아주 잘 자라 번성합니다. 신체는 활력이 넘치고 병에도 잘 걸리지 않아 사람들은 장수합니다.

다른 나라에서는 농부들이 해야 할 일을 이 나라에서는 모든 사람이 합니다. 그래서 거기에서는 사람들이 기술과 노동을 결합해 원래 척박했던 땅을 완전히 개간해놓은 것을 볼 수 있습니다. 뿐만 아니라, 많은 사람이 힘을 합쳐서 어느 곳에 있던 삼림 전체를 뿌리째 뽑아내 통째로 다른 곳에 옮겨놓기도 했습니다. 하지만 그들이 그렇게 한 것은 나무들이 잘 자라도록 한 것이 아니라, 삼림을 바다나 강이나 도시 근처로 옮겨놓음으로써 거기에서 벌목한 목재들을 좀 더 수월하게 수송하려는 것입니다. 곡물과는 달리 목재는 먼 거리를 육로로 수송하는 것이 훨씬 힘들기 때문입니다.

유토피아에 사는 사람들은 친절하고 쾌활하며 영리하고 재주가 많으며 여유로움을 즐깁니다. 필요하다면 얼마든지 육체노동을 감당하지만, 그런 경우를 제외하면 결코 육체노동을 즐기지는 않습니다. 반면, 정신을 계발하는 일에서는 싫증을 내지도 않고 지칠 줄도 모릅니다.

우리는 로마인에 대해서는 역사가와 시인들 외에는 유토피아 사람들의 흥미를 끌 만한 것이 없다고 생각해서, 그리스인의 문학과 학문에 관해 들려주었습니다. 그러자 놀랍게도 그들은 우리에게서 그리스어를 배워 그런 작품들을 직접 읽고 해석할 수 있었으면 좋겠다는 열망을 강하게 피력했습니다. 그래서 처음에 우리는 그들에게 그리스어를 가르쳐서 어떤 성과를 낼 수 있으리라고 기대해서가 아니라, 간청을 거절할 수 없어서 어쩔 수 없이 그리스어와 그리스어로 쓴 작품을 가르치기 시작했습니다.

그리스어의 유용성

하지만 진도를 조금 나가보니, 그들은 너무나 진지하게 열심히 배웠으므로, 이 일에 노력과 시간을 더 들여도 결코 헛되지 않겠다고 우리는 이내 확신하게 되었습니다. 그들은 그리스어 글자의 형태를 아주 쉽게 익혀 금방 쓸 수 있었고, 단어들도 정확하게 발음하고 빨리 외워서 충실하게 따라 했습니다. 그래서 만일 그들 대부분이 단지 자기 의지로 온 사람들이 아니라, 당국이 학자 집단에서 적절한 연령대에 있는 이들 중 탁월한 재능을 지닌 사람을 선발해 보낸 것임을 몰랐다면, 우리는 아마도 그들의 학습 능력을 기적이라고 생각했을 것입니다.

놀랍도록 배움에 열려 있는 유토피아 사람들

이렇게 해서 3년이 채 되기도 전에 그들은 그리스어를 완전히 익혔고, 문장이 훼손되어 오류가 있는 대목을 제외하고는 최고의 저자들이 쓴 글을 전혀 막힘 없이 술술 읽고 해석할 수 있게 되었습니다. 내 추측으로는 그들이 그리스어를 이

오늘날은 노새처럼 멍청한 자들이 학문을 하고, 풍부한 기지를 지닌 자는 쾌락으로 부패해 있음

렇게 쉽게 배울 수 있었던 것은 그리스어와 그들이 사용하는 유토피아어가 어떤 식으로든 서로 연관되어 있기 때문인 것 같습니다. 그들의 언어는 많은 점에서 페르시아어와 흡사하지만, 도시 이름과 관직의 명칭 속에는 그리스어의 흔적이 남아 있는 것으로 보아, 그들은 그리스인의 후손일 가능성이 높습니다.[111]

나는 네 번째 여정을 시작하기 전에 물건 대신에 꽤 많은 책을 묶어 배에 실었습니다. 이번에 떠나면 금방 집으로 돌아오지 않고 아예 돌아오지 않을 생각이었습니다. 그래서 나는 가져온 많은 책을 그들에게 줄 수 있었습니다.

거기에는 플라톤의 저서 거의 전부와 아리스토텔레스의 저서 다수가 포함되어 있었습니다. 식물에 대해 쓴 테오프라스토스[112]의 저서도 그들에게 주긴 했지만, 유감스럽게도 그 책은 많이 훼손되어 있었습니다. 항해하는 동안 그 책에 신경을 못 쓰고 방치했더니, 원숭이가 갖고 놀다가 장난삼아 여기저기를 찢어놓았기 때문입니다. 문법에 관해 쓴 책으로는 테오도로스[113]의 것은 가져오지 않아서 라스카리스의 책만 있었고,

---

111  토머스 모어는 그리스, 그중에서도 아테네의 민주정과 플라톤이 쓴 저작의 영향을 많이 받았고, 인류 역사 속에서 그리스인이 이상국가에 가장 근접해 있었다고 보았다. 반면에, 그 점에서 로마인에게는 별로 배울 것이 없었다고 여긴 것 같다.

112  "테오프라스토스"(기원전 372-288년경)는 그리스의 철학자이자 박물학자로 아리스토텔레스의 문도이자 친구였고, 나중에 소요학파의 계승자가 되었다. 식물학의 창시자로, 『식물지』와 『식물의 본원』 같은 저작들이 있다.

113  "테오도로스"(1398-1475년)가 쓴 그리스어 문법책은 1495년에 베네치아에서 출간되었고, "라스카리스"(1434-1501년)의 문법책은 1476년에 밀라노에서 간행되었다. "헤시키우스"(5세기경)의 그리스어 사전은 1514년에 출간되었다. "디오스코리데스"(1세기경)는 그리스어 사전이 아닌 약물과 약초에 관한 책을 썼는데, 이 책은 1499년에 간행되었다.

사전도 헤시키우스의 것과 디오스코리데스의 것밖에 없었습니다.

그들은 플루타르코스가 쓴 책들을 아주 좋아하고 높이 평가했으며, 루키아노스의 기지와 유쾌한 매력에 빠져들었는데, 그런 책들도 그들에게 주었습니다. 또한, 시인이 쓴 책으로는 아리스토파네스, 호메로스, 에우리피데스[114]의 것이 있었고, 다소 작은 알두스 판본[115]으로 나온 소포클레스의 책도 있었습니다. 그리고 역사가가 쓴 책으로는 투키디데스와 헤로도토스의 책이 있었고, 헤로디아노스의 책도 있었습니다.

의학 서적으로는 나와 동행했던 트리키우스 아피나투스[116]가 히포크라테스의 소책자 몇 권과 갈레노스의 『의학 입문』[117]

의술을 높이
평가함

---

114 "루키아노스"(120-180년경)는 고대 로마에서 활동했던 그리스 풍자작가인데, 토머스 모어는 그의 희극 중에서 네 편을 라틴어로 번역했다. "아리스토파네스"(기원전 445-385년경)는 고대 그리스 최고의 희극작가인데, 희극 중에서 아홉 편이 1498년에 출간되었다. "에우리피데스"(기원전 484-406년경)는 고대 그리스의 3대 비극작가 중 한 사람으로, 그의 희극 중에서 17편이 1503년에 출간되었다.

115 여기에 언급된 출판물은 대부분 "알두스"와 그의 두 아들이 운영하는 인쇄소에서 출간되었다. 15세기 말에 베네치아에서 설립된 이 인쇄소는 정확하기로 유명했고, 그리스어와 라틴어로 된 수많은 책을 펴낸 데다가 아름답고 예술적인 표지 디자인으로 유명했으며, 그리스어 책을 그리스어 활자로 인쇄한 최초의 인쇄소이기도 했다. "투키디데스"와 "헤로도토스"는 고전 시대의 그리스를 대표하는 위대한 역사가들인데, 알두스는 그들이 쓴 역사서들을 1502년에 출판했다. "헤로디아노스"(170-240년경)는 180년에서 238년 사이의 로마 제국의 역사를 설명한 『마르쿠스의 사후의 제국의 역사』를 그리스어로 썼다.

116 "트리키우스 아피나투스"는 이탈리아의 아풀리아에 존재했다가 없어진 "아피나"와 "트리카"라는 성읍들로 토머스 모어가 만들어낸 이름이다. 속담에서 두 성읍은 쓸데없고 하찮은 것을 나타내는 표현이 되었다. 따라서 이 이름은 "하찮은 사람"이라는 뜻이다.

117 "히포크라테스"(기원전 5세기)와 "갈레노스"(2세기)는 가장 유명한 의학서들

을 가져갔는데, 그들은 이 책들을 아주 가치 있게 여기고 대단히 높이 평가했습니다. 그들은 세상 어느 나라보다 의술을 별로 필요로 하지 않는 나라였지만, 의술을 그들보다 더 소중히 여기는 나라도 없었기 때문입니다. 그들은 의술에 관한 지식을 철학의 가장 고귀하고 유익한 부문으로 여깁니다. 철학의 도움으로 자연의 비밀을 탐구하는 일은 그들에게 경이로움과 쾌락을 얻게 하는 것일 뿐 아니라, 자연을 지은 창조주에게 최고의 감사를 표현하는 일이기도 하다는 생각입니다.

그들은 창조주가 세계라는 이 경이로운 작품을 만들어낸 것은 여느 최고의 장인과 마찬가지로 자신의 뛰어난 작품을 인간에게 보여 그들이 열심히 탐구하여 그 경이로움을 깨닫고 이 작품을 만들어낸 창조주를 찬양하게 하려는 것이라고 믿습니다. 오직 인간만이 창조주의 이 경이로운 작품을 보고 진가를 알 수 있기 때문입니다. 그런데 인간이 이토록 경이로운 작품을 보면서도, 이성 없는 다른 짐승처럼 아무 감동도 받지 않고 무덤덤하게 그냥 지나친다면 말이 되겠습니까? 따라서 인간은 창조주가 만들어낸 이 놀라운 작품에 관심을 가지고 주의 깊게 살피고 탐구하는 것이 마땅하다고 그들은 생각합니다.

이렇게 유토피아 사람들은 학문을 좋아하는 성향 덕분에 그들의 생활 수준을 상당히 높일 기술과 문물을 놀라울 정도로 신속하고 능숙하게 발견할 수 있었습니다. 그중에서 두 가지, 즉 인쇄술과 제지술에는 우리도 일조했습니다. 물론 우리는 단지 단초만 제공했을 뿐이고, 대부분은 그들이 스스로 해

---

을 쓴 그리스인 의사들이었다. 『의학 입문』은 중세 시대에 갈레노스의 사상을 요약해서 펴낸 책이다.

냈습니다.

우리는 알두스가 활자를 사용해 종이에 인쇄한 책들을 보여주면서, 어떤 재료로 종이를 만들고, 활자를 이용해 글자를 어떻게 인쇄하는지를 그들에게 말해주었습니다. 하지만 우리 일행 중에서 이 두 기술을 직접 체험하거나 제대로 아는 사람은 없었으므로, 더 자세히 설명할 수는 없었습니다. 하지만 그들은 아주 영리해서 즉시 그 방법을 생각해냈습니다.

전에는 오직 짐승 가죽이나 나무껍질 혹은 파피루스에 글을 써왔던 그들이 이제는 종이를 만들고 활자를 이용해 인쇄하는 것을 시도하기 시작했습니다. 처음에는 만족할 만한 성과를 내지 못했지만, 몇 번 해보더니 이내 두 가지 기술을 제대로 활용할 수 있었습니다. 아주 능숙하게 해낼 수 있게 되어, 만일 그리스어로 된 책들이 거기 한 권씩만 있었다면, 모든 책을 금방 다 찍어냈을 것입니다. 하지만 내가 앞에서 언급한 책들 외에 다른 책은 없었습니다. 그런데 그들은 불과 몇 번 만에 그 책들을 수천 권씩 금세 찍어냈습니다.

그들은 자기 나라를 구경하러 온 사람 중에서 어떤 특별한 재능을 지니고 있거나 널리 여행을 다녀서 다른 나라에 관해 많이 알고 있는 사람들을 진심으로 반기고 환영합니다. 우리가 그 나라에 상륙했을 때 그들에게 환대를 받은 이유가 이것입니다. 그들은 세상 곳곳에서 일어나는 일에 대해 듣는 것을 아주 좋아합니다.

하지만 무역업자의 발길은 뜸한데, 그 이유는 이렇습니다. 수입품목과 관련해서는 유토피아 사람들은 오직 철만 수입합니다. 물론 금과 은도 수입하기는 하지만, 이 둘은 무역업자들이 수출하기보다는 자국으로 가져가기를 바라므로 거래 품목이 되지 못합니다. 게다가 수출과 관련해서 유토피아 사람들은 다른 나라 사람이 자기 나라로 들어와 수출 물품을 가져가는 것보다는, 그 물품을 수입하는 나라로 자신들이 직접 가져다주는 쪽이 더 지혜롭고 바람직하다고 생각합니다. 그래야만 다른 나라를 두루 살피고 둘러볼 기회를 얻을 수 있고, 항해술을 실습함으로써 그 기술을 잊지 않고 더 향상할 수 있다고 생각하기 때문입니다.


## 9. 노예

이 나라의
놀라운 평등

유토피아 사람들은 전쟁 포로 전체가 아니라 자신이 직접 참여한 전쟁에서 사로잡아 포로가 된 사람만 노예로 삼습니다. 그리고 노예들의 자녀를 노예 삼거나, 다른 나라의 노예 시장에서 노예를 사오지도 않습니다.[118] 따라서 노예들은 대체로 어떤 중범죄를 저질러 노예 신분으로 강등된 이 나라의 시민이거나, 다른 나라에서 중형을 선고받은 외국인입니다. 후자가 주류를 이루는데, 종종 낮은 가격에 그들을 사오기도 하지만, 다른 나라에서 그들을 무상으로 데려가라는 요청을 받고 이 나라로 데리고 오는 경우가 많습니다.

이런 여러 부류의 노예들은 언제나 사슬에 묶인 채로 쉬지 않고 노동을 합니다. 하지만 자국 출신의 노예를 더 혹독하게 다룹니다. 이런 자들은 최고의 양육과 교육을 받아 얼마든지

---

118  유럽에서 노예무역은 이 책이 출간되기 얼마 전인 16세기 초반에 시작되었다. 예컨대, 1509년에 치아파스의 주교였던 바르톨로메 델 라스 카사스는 신대륙에 정착한 스페인 개척자들은 아프리카에서 노예를 수입하는 데 노력해야 한다고 말했다.

훌륭한 사람이 될 수 있었고 스스로 절제해서 범죄로 빠져들지 않을 수 있었음에도 의도적으로 중죄를 저지른 것이므로, 죄질이 아주 나빠 더 가혹한 처벌을 받는 것이 마땅하다고 생각하기 때문입니다.

또 다른 부류의 노예들은 다른 나라에서 힘들고 험한 일을 닥치는 대로 해도 빈곤을 벗어날 수 없자, 이 나라에서 노예로 살아가는 것이 더 낫겠다고 생각해 제 발로 찾아와 노예가 된 사람들입니다. 그런 사람들은 정중한 대우를 받고, 좀 더 많은 노동을 한다는 점을 제외하고는 모든 점에서 유토피아 사람과 별반 다를 것 없는 호의적인 대접을 받습니다. 그리고 그들이 하는 노동도 자기 나라에서 해왔던 것에 비하면 그리 힘든 일도 아닙니다. 또한, 아주 드물기는 하지만, 그들이 누구라도 자기 나라로 돌아가려 한다면 강제로 붙잡아두지도 않고 빈손으로 보내지도 않습니다.

앞에서 말했듯, 그들은 환자를 지극정성으로 돌보고, 건강이 회복되는 데 필요하면 약이든 식이요법이든 그 무엇도 소홀히 하는 법이 없습니다. 불치병에 걸려 고생하는 사람에게는 옆에 앉아 대화 상대도 되어주는 등 그들의 고통을 덜어주고 마음을 편안하게 해줄 모든 수단을 동원합니다. <sup>병자들에 대한 돌봄</sup>

하지만 환자의 병이 불치병이고 환자 자신이 만성적으로 끊임없이 극심한 고통에 시달려야 한다면, 성직자와 관리들이 찾아와 환자에게 이렇게 권고합니다. <sup>안락사를 선택함</sup>

"당신은 이 세상에서 살아가면서 감당해야 하는 의무를 이제는 감당할 수 없게 되어, 다른 사람과 스스로에게 무거운 짐만 되고 있습니다. 병이 회복되거나 나아질 가능성은 보이지 않습니다. 병과 고통이 날마다 당신을 야금야금 먹어 들어가고 있어, 당신이 살아가는 것은 마치 고문을 당하는 것과 같습니다.

　그러니 당신은 죽는 것을 주저해서는 안 됩니다. 내세의 더 나은 삶을 기대하면서 이 괴롭고 비참한 삶을 끝내야 합니다. 당신의 삶은 감옥에 갇혀 끔찍한 고문을 당하는 것과 같으므로 스스로 그 삶을 벗어나거나 다른 사람의 도움을 받아 벗어나는 것이 마땅합니다. 당신에게 죽음은 고통을 끝내는 것이라는 점에서 현명한 행동이 될 것입니다. 아울러 신의 뜻을 해석해주는 사람인 성직자의 말을 따른다는 점에서 경건하고 거룩한 행동이기도 합니다."

　이러한 권고를 받고서 수긍한 환자들은 스스로 먹는 것을 끊고 굶어서 죽거나, 마취 상태에서 죽음의 고통을 전혀 느끼지 않는 가운데 죽어 고통스러운 삶에서 벗어납니다. 하지만 그렇게 하고 싶어 하지 않다면 그의 뜻을 거슬러 목숨을 거두는 일은 절대로 없고, 그렇게 하기를 거부하기로 한 환자에게는 이전과 조금도 다름없이 동일한 치료와 돌봄을 제공합니다. 반면에 이러한 권고를 받아들여 죽음을 택했다면 명예롭고 존엄한 죽음으로 여깁니다.

　하지만 성직자와 관리가 인정하는 사유 외의 다른 이유로 스스로 목숨을 끊고 죽었을 때는, 땅에 묻히거나 화장할 가치도 없는 죽음으로 취급해서 장례식도 치르지 않고 아무 구덩이에나 던져버립니다.

**결혼**　여자들은 18세가 되어야만 결혼할 수 있고, 남자들은 거기에서 4년을 더 채워야 합니다.[119] 결혼하기 전에 정욕을 참지

---

119　토머스 모어의 시대에 가톨릭 교회법은 합법적으로 결혼할 수 있는 나이를 여자는 12세, 남자는 14세로 정해놓았다. 하지만 실제로는 한참 더 어린 나이의 소년소녀가 부모의 강요로 강제로 결혼하는 일이 종종 있었다.

못하고 성관계를 맺은 것이 드러나면 남자든 여자든 모두 중벌을 받습니다. 이 죄목으로 유죄판결을 받은 사람은 평생 결혼이 금지되고, 오직 시장이 사면할 때만 결혼할 수 있습니다. 그런 범죄를 저지른 사람의 부모는 자녀를 훈육하는 의무를 제대로 이행하지 못했다는 이유로 공개적으로 망신을 당하고 큰 곤욕을 치릅니다.

유토피아 사람들이 혼전 순결을 지키지 않는 죄를 이토록 엄중하게 처벌하는 이유가 있습니다. 그것은 이 사람 저 사람과 성관계 맺는 것을 엄격하게 금하지 않는다면, 한 사람과 결혼해서 일생 동고동락하면서 결혼생활에 따르는 온갖 어렵고 힘든 일을 감내하려는 사람이 별로 없다는 것을 잘 알고 있었기 때문입니다.

배우자를 고를 때 그들은 우리에게는 너무나 어처구니없고 황당해 보이는 관습을 엄숙하고 진지하게 지킵니다. 신부 후보자는 처녀든 과부든 명망 있는 기혼 부인의 입회 아래 신랑 후보자에게 자신의 벌거벗은 몸을 선보입니다. 그런 후에는 마찬가지로 신랑 후보자도 명망 있는 기혼 남자의 입회 아래 신부 후보자에게 자신의 벌거벗은 몸을 선보입니다. 우리는 그 이야기를 듣고 너무 황당해서 실소를 금치 못하며 어떻게 그럴 수 있느냐는 반응을 보였습니다. 그러자 그들은 도리어 다른 모든 나라 사람이 그렇게 하지 않는 것은 참으로 어리석은 일이라며 놀라면서 이렇게 말했습니다.

"사람들이 망아지 한 마리를 사려 할 때, 잘못 샀다면 돈 얼마를 손해 보는 것이 전부인데도 모든 주의를 다 기울입니다. 그래서 시장에 나와 있는 망아지는 거의 벌거벗은 것이나 다름없는데도, 혹시라도 찾아내지 못한 상처나 흠집이 있을지도 모른다는 생각에, 안장을 비롯한 마구들을 다 제거하고 나

황당하지만 지혜로운 배우자 선택 방식

서 샅샅이 살펴보고 아무 이상이 없음을 직접 확인한 후에야 구매를 결정합니다.

반면에, 좋든 싫든 평생을 함께 살아가야 할 배우자를 선택할 때는 너무나 부주의합니다. 신부 후보자는 한 뼘밖에 안 되는 부분을 제외하고는 자기 신체의 다른 모든 부분을 옷으로 감싼 채로 신랑 후보자 앞에 나타나므로, 신랑 후보자는 다른 부분은 전혀 볼 수 없어 오직 얼굴만 보고는 결혼 여부를 결정합니다. 이렇게 해서 나중에 여자의 신체 중에서 마음에 들지 않는 부분이 드러났을 때 평생을 불화하며 살아가야 할 엄청난 위험성을 떠안은 채 남자는 그 여자와 결혼합니다.

물론 결혼 상대자를 고를 때 오직 여자의 성품이 중요하다고 보는 사람이라면 그렇게 해도 아무 문제가 없습니다. 하지만 모두 다 그렇게 생각하는 것도 아니고, 심지어 정신적인 미덕이 가장 중요하다고 생각하는 사람에게조차 배우자의 육체적인 매력은 추가 고려사항으로 작용합니다.

남편의 마음이 아내로부터 떠나게 만들기에 충분할 정도로 추한 용모와 기형적인 신체를 옷으로 감추었다가, 이제는 육체적으로 서로 떨어지는 것이 합법적으로는 불가능하게 된 때가 되어서야 비로소 드러내는 것도 얼마든지 가능합니다. 물론 결혼 후에 사고로 추한 모습이 되거나 불구나 기형이 되는 일은 있습니다. 그렇다면 배우자는 자기 운명을 감수하는 것이 마땅합니다. 하지만 결혼하기 전에 배우자가 자기 용모를 위장해 사기 결혼을 하는 것은 용납되어서는 안 되고, 모든 사람이 그런 결혼을 하지 않도록 법은 당연히 보호해야 합니다."

유토피아 사람들이 배우자 선택에 특히 세심한 주의를 기울이는 이유는 인근의 모든 나라 중에서 오직 이 나라만이 일부일처제를 시행할 뿐만 아니라, 어느 한쪽의 배우자가 죽은 때를 제외하고는 결혼관계를 끝내는 것이 대단히 어려울 정도로 아주 엄격하게 시행하고 있기 때문입니다.

물론 배우자가 간통했거나 감당할 수 없을 정도의 학대가 있었다면 이혼이 허용됩니다. 이렇게 해서 이혼이 성립되었다면, 이혼에 책임이 없는 배우자는 당국의 허가를 받아 새 배우자와 재혼하는 것이 허용됩니다. 반면에 유책 배우자는 망신을 당하고 평생 재혼할 수 없습니다. 이혼

하지만 아내가 병에 걸렸다거나 불구가 되었지만, 그렇게 된 것이 그녀의 잘못도 아니고 그녀에게 남편과 헤어지려는 의사도 없다면, 남편이 아내를 버리는 것이 절대 허용되지 않습니다. 어떤 사람이 누군가의 보살핌과 위로를 절실히 필요로 할 때 그를 버리는 것은 잔인한 일이라고 생각하기 때문입니다. 하지만 그런 이유 못지않게 중요한 이유는 그렇지 않아도 노인이 되면 이런저런 병을 달고 살게 될 뿐만 아니라, 노년기 자체가 일종의 질병이라고 할 수 있는데, 그런 사유로 이혼하는 것이 허용된다면 노년기 삶은 극도로 불안정하고 취약해질 수밖에 없기 때문입니다.

그 밖에도 부부 사이에 성격이 맞지 않고, 각자가 자기와 더 행복하게 살 수 있으리라 생각하는 다른 사람을 이미 찾아놓은 상태이며, 당사자들 간에 합의가 이루어졌을 때도 종종 이혼이 허용됩니다. 이런 경우에는 당국의 허가를 받아야만 재혼할 수 있는데, 당국에서는 먼저 트라니보라와 그 부인을 시켜 이혼을 신청한 부부가 제시한 이혼 사유를 면밀하게 조사한 후에야 이혼을 허락합니다. 하지만 적절한 사유가 확인된 후에도 이혼은 쉽게 허락되지 않습니다. 재혼을 쉽게 할 수 있다는 인식이 퍼진다면 부부간의 애정 강화에 전혀 도움

이 되지 않음을 알기 때문입니다.

간통을 저지른 자들은 노예 신분으로 강등되어서, 노예 중에서도 가장 힘들고 가혹한 일을 해야 하는 형벌을 받습니다. 간통한 자들이 둘 다 기혼자일 때는 이혼 요건이 되므로 피해를 입은 배우자는 간통을 저지른 자기 배우자와의 결혼생활을 거부하고 다른 사람과 재혼할 수 있습니다.[120]

하지만 피해를 입은 배우자가 간통을 저지른 배우자를 여전히 사랑해서 결혼생활을 지속하고 싶다는 의사를 밝히면 그 관계는 지속되지만, 간통을 저지른 배우자에게 선고된 강제노역형을 부부가 함께 받아야 합니다. 간통을 저지른 배우자의 참회와 피해 입은 배우자의 헌신적인 사랑에 감동한 시장이 두 사람을 모두 자유민으로 복권시키는 일도 종종 있습니다. 그러나 그 상태에서 간통을 또다시 저지른 자는 사형에 처합니다.

형벌은 관리들이 정함

그 밖의 다른 범죄들에 대한 형벌은 법으로 정해져 있지 않습니다. 당국이 각각의 범죄를 사안별로 심리해 중대한 범죄인지 가벼운 범죄인지를 고려하여 구체적인 형벌을 결정합니다. 범죄가 중대해서 공적으로 처벌하지 않으면 공공질서가 위태로워지는 정도가 아니라면, 가벼운 사안에서 아내를 벌주는 일은 남편이 담당하고, 자녀를 벌주는 일은 부모가 담당합니다.

중범죄를 범한 자는 거의 예외 없이 노예 신분으로 강등되어 강제노역을 해야 하는 형벌을 받습니다. 범죄자들은 노예

---

120 토머스 모어 시대의 영국에서, 그리고 당시 교회법 아래에서는 배우자가 간통했을 때 이혼이 허용되긴 했지만, 피해를 입은 배우자의 재혼은 허용되지 않았다.

로서 강제노역을 하며 수치스럽게 사는 것보다는 차라리 빨리 사형선고를 받아 수치를 당하지 않는 편이 더 낫다고 생각합니다. 그래서 사형선고보다 강제 노역형을 받는 것을 더 싫어하고 끔찍해합니다. 그들을 사형시키는 것보다는 그들에게 강제노역형을 선고해서 노동을 하게 하는 것이 국가와 국민에게 더 이롭습니다. 죄수를 노예로 강등해 강제노역을 하게 하여, 죄를 지으면 어떻게 된다는 것을 사람들에게 날마다 생생하게 보여주는 일이, 그들을 즉시 사형시켜 사람들의 시야에서 사라지게 하는 것보다 중범죄 예방에 더 효과적이기 때문입니다.

하지만 노예가 되어 처우에 불만을 갖고 저항하면서도 강제노역을 하지 않아 어쩔 수 없이 감옥에 가두거나 쇠사슬로 묶어놓았는데도 여전히 사나운 야수처럼 날뛴다면 그 죄인은 결국 처형을 당합니다.

반면에 자기 처지를 받아들여 인내하며 국가가 자신에게 명령한 것을 잘 감내한다면, 그들에게 희망이 전혀 없는 것은 아닙니다. 즉, 죄수들이 여러 해 자신에게 형벌로 주어진 강제노역을 기꺼이 감수하며 복종함으로써, 자신이 저지른 범죄를 뉘우치고 있음을 분명하게 보여주었다면, 어떤 때는 시장이 자신의 고유 권한으로, 어떤 때는 시민투표를 통해 그들의 강제노역을 완화하거나 아예 사면을 할 수도 있습니다.

기혼자를 유혹해 간통을 시도한 것만으로도 실제로 간통을 저지른 것과 동일한 처벌을 받습니다. 이것은 모든 범죄에 적용됩니다. 그들이 그 근거로 제시하는 것은 다음과 같습니다. 누군가가 어떤 범죄를 저지르려는 분명한 의도를 지니고 실제로 시도했는데, 그 시도가 실패했다고 합시다. 하지만 그는 범죄를 실행하기 위해 할 수 있는 것을 다했고, 다만 어떤 우

간통미수도
처벌받음

연한 사정 때문에 실패한 것입니다. 따라서 그의 죄질은 실제로 범죄가 성공한 것과 동일하므로, 그의 그런 시도를 실제로 범죄가 실행된 것과 다르게 다룰 아무런 이유가 없습니다.

지능이 모자란
사람들을 좋아함유토피아 사람들은 지능이 모자란 사람들을 좋아합니다. 그런 사람을 비웃고 업신여기는 것은 경멸받아 마땅한 대단히 잘못된 일이지만, 그들이 모자라게 행동하는 것을 보고 즐거워하는 것은 잘못이 아니고, 사람들의 그런 반응은 지능이 모자란 사람들에게도 아주 유익하다고 생각합니다. 어떤 사람이 너무나 엄숙해서 지능이 모자란 사람들의 말과 행동을 보고도 웃지 않는다면, 그는 그런 사람에게서 어떤 유익도 얻지 못할 뿐만 아니라, 그들이 주는 유일한 선물인 즐거움마저도 느끼지 못하는 그가 모자란 사람들을 너그럽고 인자하게 보살피리라고 기대할 수는 없습니다.

어떤 사람이 다른 사람의 추한 외모나 장애를 비웃는다면, 추하거나 장애를 지닌 사람이 아니라 그렇게 비웃는 사람이 도리어 추하고 장애 있는 자로 취급받습니다. 그런 추한 외모나 장애를 지니게 된 것이 그의 잘못이 아닌데도, 마치 그 사람의 잘못인 양 비웃는 어리석은 짓을 범했기 때문입니다.

화장을 경멸함유토피아 사람들은 어떤 사람이 자신의 타고난 아름다움을 돌보지 않고 아무렇게나 방치하는 것은 자신의 나태하고 방종한 성품을 보여주는 증거라고 생각합니다. 반면에 사람들에게 아름답게 보이려는 목적으로 화장을 하는 것은 그들에게 어울리지 않는 수치스럽고 창피한 일이라고 여깁니다. 남편이 아내에게서 육체적인 아름다움과 매력을 원하지 않는 것은 아니지만, 그보다는 바른 성품과 남편을 공경하는 마음을 더 원한다는 사실을 그들은 경험을 통해 잘 알고 있습니다. 물론 어떤 사람은 오직 여성적인 아름다움에 매료되어 아내로 맞아들이기도 합니다. 하지만 그렇더라도 아내가 미덕과 순종하는 태도를 갖추고 있지 않으면 남편과 아내 간의 사랑은 유지될 수 없습니다.

죄를 벌하고 미덕에는 상을 줌

그들은 형벌 제도를 통해 사람들이 범죄하는 것을 억제할 뿐만 아니라, 여러 방식으로 공적인 명예를 부여하는 방법으로 사람들이 미덕을 행하도록 유도합니다. 예를 들면, 나라와 국민을 위해 훌륭한 일을 했다면 그 사람의 동상을 만들어 도시 중앙에 있는 시장에 세워둡니다. 이것은 그들의 훌륭한 업적을 사람들이 기억하게 하려는 것도 있지만, 후손들에게 그들의 조상이 어떤 훌륭한 일을 해서 그런 영광을 받게 되었는지 일깨워 그들도 마찬가지로 미덕을 행할 동기를 갖게 하려는 것이기도 합니다.

지나친 명예욕을 처벌함

하지만 사람들의 지지를 받아 관직으로 나아갈 의도를 지니고 미덕을 행하는 자들은 관직에 등용될 자격을 영원히 박탈당합니다.

관리들이 존경받음

유토피아 사람들은 모두가 서로 잘 어울려 화목하고 사이 좋게 살아갑니다. 관리라고 해서 오만하거나 두려움의 대상이 되지는 않습니다. 관리들은 아버지라는 호칭으로 불립니다. 그들은 실제로 아버지처럼 처신하므로, 그런 호칭으로 불릴 만한 자격이 충분합니다. 그래서 관리들은 사람들에게 자신을 공경하라고 강요하지 않지만, 사람들은 자발적으로 관리들을 공경합니다.

시장도 일반 시민과 다른 특별한 옷이나 관을 쓰지 않습니다. 그가 가지고 다니는 곡식 한 다발이 그가 시장임을 알려주는 유일한 표시일 뿐입니다. 마찬가지로 주교도 양초 하나를 들고 다닐 뿐이고, 그가 주교임을 나타내주는 다른 어떤

표시도 없습니다.[121]

극소수의 법률

유토피아에는 극소수의 법만 존재합니다. 그 나라가 시행하는 제도 아래에서는 극소수의 법만으로 충분하기 때문입니다. 유토피아 사람들이 다른 나라에서 보는 가장 심각한 결점 중 하나는, 거기에는 법도 무수히 많고 그 법을 해석한 책도 무수히 많은데 그렇게 헤아릴 수 없이 많은 법과 법률 서적으로도 여러 사회문제를 해결하기에는 여전히 충분하지 않다는 것입니다.

쓸데없이 많은 변호사

그들은 너무 많아서 다 읽을 수도 없고 그 뜻이 모호해서 이해할 수도 없는 법을 제정해서 사람들을 구속하는 것은 지극히 부당하다고 생각합니다. 또한, 이 나라에는 법에 대한 지식을 악용해 소송 사건의 진실을 교묘하게 왜곡하는 그런 변호사가 없습니다. 소송 당사자가 자기 사건에 대한 변론을 직접 맡아서, 그 진실을 변호사가 아니라 판사 앞에서 진술하는 것이 더 낫다고 생각하기 때문입니다.

당사자가 변호사에게 배운 교묘한 술책을 사용하지 않고 있는 그대로 사실을 말한다면, 혼선이나 모호함이 줄어 진실을 이끌어내기가 더 쉽습니다. 그래서 판사는 소송에서 양 당사자가 다투는 세부 쟁점을 하나하나 더 분명하게 살필 수 있으므로, 악한 자들의 온갖 교활하고 거짓된 고소나 고발로부터 순진한 사람을 지켜줄 수 있습니다.

다른 나라에서는 그것이 불가능합니다. 일반 사람이 도저

---

121 시장이 가지고 다니는 "곡식 한 다발"은 풍작과 번영을 상징하고, 주교가 들고 다니는 "양초"는 세상에 빛을 비추는 것을 상징한다. 즉, 시장은 모든 시민이 부족함 없이 풍족하게 살 수 있게 하는 관직이고, 주교는 사람을 올바른 길로 인도하는 빛의 역할을 하는 관직이라는 의미다.

히 알 수 없는 어렵고 모호한 법들이 산더미처럼 버티고 있기 때문입니다. 그러나 유토피아 사람들은 누구나 그들 가운데서 시행되는 모든 법에 관해 아주 잘 압니다. 앞에서 말했듯 극소수의 법만이 존재하는데다가, 어떤 법을 해석할 때 누가 들어도 수긍할 수 있는 아주 분명하고 단순한 해석이 가장 올바른 해석이라고 생각하기 때문입니다.

법을 제정해 공표하는 목적은 모든 사람에게 자신이 행할 의무들을 일깨우는 것이라고 그들은 생각합니다. 복잡한 해석을 거쳐야만 알 수 있는 법은 극소수의 사람들만 이해할 수 있으므로 그 법을 지키는 사람도 소수일 수밖에 없습니다. 반면에, 법이 좀 더 단순하고 알기 쉽다면 모든 사람이 법을 알고 지킵니다.

법을 제정하는 목적이 사람들에게 의무를 일깨우는 것이라면, 그 주된 대상은 일반 대중입니다. 그들은 국가나 사회의 주 구성원이고, 그 수도 많아서 이 일은 아주 중요합니다. 그런데 복잡하고 교묘한 토론과 해석 과정을 거쳤을 때만 그 뜻을 알 수 있도록 법들을 제정해 공표한다면, 그들에게는 법이 아예 없는 것이나 마찬가지입니다. 일반 대중의 둔한 머리로는 그런 복잡한 과정을 거쳐 법을 해석하는 것이 불가능하고, 설령 그게 가능하다고 해도 생계를 꾸려 나가기에도 바쁜 그들에게 그런 시간이 있지도 않기 때문입니다.

유토피아 사람들은 인근의 여러 이웃나라를 이미 독재에서 해방한 바 있습니다. 그런데 이렇게 해서 국민이 스스로 자치 정부를 구성해서 자유롭게 국정을 운영하게 된 나라 중에서 몇몇 나라는 유토피아 사람들이 지닌 자질에 깊은 감명을 받아 그들을 관리로 채용했습니다. 그런 사람들은 1년 또는 5년을 복무 기간으로 정해 그런 나라로 가서 관리로 일하다가,

법의 목적

임기가 끝나면 그 나라 사람들이 수여하는 명예와 찬사를 한 몸에 받으며 다시 본국으로 돌아오고, 그들 대신에 다른 사람이 또다시 그 나라로 관리가 되어 갑니다.[122]

이런 나라들은 자국에 최고의 이익이 되는 아주 현명한 정책을 채택해 시행하는 것이 분명합니다. 한 나라가 흥하느냐 망하느냐 하는 것은 관리들의 자질에 달려 있습니다. 그런데 유토피아 사람들은 짧은 임기가 끝나면 본국으로 돌아가야 하고, 본국에서는 돈이 필요 없으니 뇌물에 매수되지 않고 정직하고 올바르게 직책을 수행할 수 있습니다. 게다가 자신이 관리로 봉직하는 나라에서 아는 사람이 없으니 특정인에 대한 호감이나 악감으로 직무를 부당하게 처리할 염려도 없습니다. 그러니 이런 사람을 관리로 선발하는 것이야말로 아주 현명한 일입니다. 사적인 감정과 탐욕이라는 이 두 가지 악이 관리들 안에 조금이라도 자리 잡는다면, 한 국가 또는 사회를 결속하는 가장 강력한 힘줄인 정의는 모두 파괴되기 때문입니다.

조약에 대한 태도

유토피아 사람들은 자신이 관리를 파견한 그런 나라를 동맹국이라 부르고, 그 밖에 다른 방식으로 그들로부터 도움이나 원조를 받는 나라를 우방국이라 부릅니다. 다른 나라는 끊임없이 서로 이런저런 조약을 맺었다가 파기하고 또다시 맺는 일을 반복하지만,[123] 유토피아 사람들은 어느 나라와도 조

---

122 이웃 나라에서 자국의 국정을 운영해줄 고위 관리들로 유토피아 사람들을 초빙했다는 것은 중세 시대와 르네상스 시대에 이탈리아 도시국가들의 관행을 연상하게 한다. 이 도시국가들은 공정성을 확보하고자 그런 조치를 취했다고 한다.

123 실제로 당시 유럽의 여러 나라를 다스리던 통치자들은 무자비했고, 나라 간 조약을 밥 먹듯이 파기했다. 이것은 이 당시 교황 알렉산드로스 4세와 율리

약을 맺지 않습니다.

그들은 조약이 대체 무슨 소용이 있느냐고 반문합니다. 사람과 사람을 하나로 묶어주는 것은 우리 모두 같은 사람이라는 사실인데, 그런 사실을 하찮게 여기고 무시하는 자들이 자기 말과 그 말을 적은 문서를 중시해 조약을 지키는 것에 신경이나 쓰겠느냐는 것입니다! 그들이 그렇게 확신하는 이유는 주변국의 왕들 사이에 맺어진 조약과 동맹이 제대로 지켜지는 것을 본 적이 없기 때문입니다.

물론 유럽, 특히 기독교 신앙과 종교가 지배하는 나라들에서는 어느 곳에서나 조약을 엄중하고 신성불가침한 것으로 여깁니다. 하지만 이것은 한편으로는 왕들이 모두 정의롭고 선량하기 때문이고, 다른 한편으로는 교황을 지극히 공경하고 두려워하기 때문입니다. 즉, 교황들은 자신이 한 약속을 아주 꼼꼼하고 철저하게 지킬 뿐만 아니라, 다른 모든 왕에게도 자신이 한 약속을 모두 지키라고 명령합니다.

간혹 왕이 약속을 지키지 않는다면, 교황들은 엄중하고 호된 질책과 책망을 통해 그 왕이 약속을 지키지 않을 수 없게 만듭니다. 교황은 명색이 기독교 국가의 수장이자 신앙인으로 자처하는 왕들이 자신이 맺은 조약에서 믿음을 보여주지 않는 것은 대단히 부끄러운 일이라고 생각하는데, 이것은 옳은 생각입니다.

─────────

우스 2세도 마찬가지였다. 마키아벨리는 『군주론』에서 알렉산드로스 4세에 대해 "사람들을 속이는 것 외에는 어떤 것도 하지 않았고 할 생각도 전혀 없었으며, 반드시 지킬 것처럼 맹세하거나 서약하지만 그런 맹세나 서약을 헌신짝처럼 버리는 일에서 그를 따라갈 자가 없었다"라고 쓸 정도였다. 하지만 토머스 모어는 당시 왕들과 교황에 대해 사실과는 정반대로 묘사하는데, 아마도 반어법적인 표현처럼 보인다.

적도를 사이에 두고 우리 세계와는 아주 멀리 떨어져 있을 뿐만 아니라, 삶과 관습이나 문물과 제도에서도 우리 세계와 동떨어진 저 새로운 세계에서는 아무도 조약을 신뢰하지 않습니다. 도리어 아주 거창하고 엄숙하며 신성한 의식을 거쳐 체결된 조약일수록 금방 깨집니다. 그들은 조약을 맺을 때 의도적으로 애매한 문구를 아주 교묘하게 집어넣어 조약에 문제가 있게 만들고, 그 조약에서 빠져나올 길을 만들어놓기 때문입니다.

이렇게 해서 어떤 조약이든 당사국을 철저하게 구속하지는 못합니다. 마음만 먹는다면 언제든지 자신이 조약 속에 집어넣은 문구를 빌미 삼아 조약과 신의를 동시에 파기하고서, 조약이 부과한 모든 의무에서 빠져나올 수 있기 때문입니다.

왕의 전권대사가 되어 그런 조약을 체결한 사람이 개인 간 거래나 계약에서 그런 술수, 아니 더 정확하게는 속임수와 사기가 행해지는 것을 봤다면, 격노해서 눈을 부릅뜨고 호통을 치며 이런 신성모독을 행한 자들은 교수형에 처해야 한다고 광분할 것이 틀림없습니다.

반면에 조약과 관련해서 그 전권대사는 자신이 그런 사기성 문구를 생각해내 왕에게 제안하여 조약에 집어넣게 된 것을 아주 자랑스럽게 생각합니다.

그런 자들은 정의라는 것은 평민이나 지켜야 하는 하찮은 미덕이어서 왕 같은 고귀한 신분에 있는 사람들과는 거리가 멀기 때문에 전혀 지킬 필요가 없다고 생각하는 것 같습니다. 아니면, 적어도 두 종류의 정의가 있다고 생각합니다. 하나는 평민이 지켜야 하는 정의입니다. 그들은 오직 발로 땅 위를 걸어 다녀야 하는데, 이 정의는 도처에서 그들 앞에 울타리를 쳐서 가로막고, 곳곳에서 쇠사슬로 그들을 묶어 발목을 잡습니다. 다른 하나는 왕이 지키는 정의입니다. 왕은 백성보다 더 고귀하고 위대하다는 이유로, 왕들에게는 백성과는 비교할 수 없을 정도의 자유를 허용합니다. 그리고 왕 자신이 하고 싶은 것은 무엇이든지 하게 해주고, 하고 싶지 않은 것은 무엇이든 하지 않아도 되게 합니다.[124]

이것이 유토피아 주변에 있는 왕들의 사고방식이고, 유토피아가 그 어느 나라와도 조약을 맺지 않으려는 이유입니다. 만일 유토피아 사람들이 유럽에 살았더라면 마음을 바꾸었을지도 모릅니다.

하지만 설령 조약이 아무리 잘 지켜진다고 해도, 유토피아 사람들은 조약을 맺으려는 생각 자체를 악한 것으로 봅니다. 조약을 맺는다는 것은 자신들이 산이나 강 같은 자연의 틈새로 분리되어 있으므로 어떠한 자연의 유대로도 연결되어 있지 않은 상태로 여긴다는 뜻과 같기 때문입니다. 그래서 그런 사람들은 태어날 때부터 서로 적이고 원수이기 때문에 조약을 맺지 않았다면 서로 공격해서 죽이고 멸망시키는 것이 정당하다고 생각합니다.

또한, 서로 조약을 맺었다고 해서 진정한 우호 관계가 되는 것도 아닙니다. 조약 속에 문제가 될 소지가 있는 애매한 문구가 있어 당사국 간에 완벽한 평화가 충분히 보장될 수 없는 상황에서는, 조약 당사국은 여전히 서로 공격하고 약탈할 것이기 때문입니다.

---

124 정치에서의 도덕과 개인 간의 도덕은 서로 다르다는 사상은 중세 말기와 르네상스 시대에 점점 더 힘을 얻었다. 15세기 말에 이탈리아의 여러 정치사상가는 통치자의 미덕은 일반 사람의 미덕과 다르다고 주장했는데, 그 정점에 있는 인물이 바로 『군주론』을 쓴 마키아벨리(1469-1527년)였다.

반면에 유토피아 사람들은 자국에 해악을 입힌 나라가 아니라면 어느 나라도 적이나 원수로 여겨서는 안 된다고 생각합니다. 사람들은 조약이 아니라 선의로, 그리고 말이 아니라 마음으로 훨씬 더 강력하게 하나가 될 수 있으므로 인간 사이의 자연적 유대가 조약을 대신해야 한다고 그들은 믿습니다.

## 10. 전쟁

유토피아 사람들은 전쟁을 생각할 때 전적으로 짐승에게나 어울리는 것으로 여겨 극도로 혐오합니다. 하지만 실제로 인간은 그 어떤 짐승보다 더 끊임없이 전쟁을 치러 왔습니다. 또한, 세상 대부분의 정서와는 달리, 유토피아 사람들은 전쟁을 통해 영광을 얻으려는 것을 가장 수치스러운 일로 여깁니다. 그래서 그들은 남자만이 아니라 여자도 정기적으로 군사 훈련을 받지만, 그것은 전쟁을 일으키려는 것이 아니라, 전쟁을 하지 않을 수 없게 되었을 때 전쟁에 서투르지 않게 준비하려는 것입니다.

그들은 함부로 전쟁을 벌이지 않고, 오직 정당한 이유가 있을 때만 전쟁을 합니다. 그래서 자기 영토를 지키거나, 우방국 영토에 침입한 적을 몰아내거나, 폭정에 시달리는 사람들을 인도주의적인 관점에서 불쌍히 여겨 독재의 멍에와 노예 같은 억압된 삶에서 그런 백성을 해방시키고자 할 때 전쟁을 합니다.

그들은 언제나 우방국을 적의 침공에서 방어하고 보호하기 위해서만 아니라, 때로는 우방국이 당한 피해를 되갚고 응징할 목적으로도 전쟁을 합니다. 하지만 후자라면 적국이 전쟁을 일으켜 우방국을 침공해 약탈한 것이 사실인지, 우방국이 배상을 요구했는데도 적국이 배상을 거절한 것이 확실한지를 먼저 우방국과 사전에 충분히 논의해 전쟁 사유가 되는지를 확인한 후에야 적국을 응징하는 조치를 취합니다. 그리고 이런 경우라도 우방국에 대한 적국의 약탈이 자주 반복해서 그리고 야만적으로 이루어진 것이 확실하게 드러났을 때만 우방국을 도와 전쟁을 수행합니다.

또한, 다른 나라에서 정의라는 미명 아래, 즉 그 자체로 정의롭지 못한 법에 근거해서, 또는 그 자체로는 정의로우나 그 법을 악용해 우방국의 무역상들을 갈취했을 때도 전쟁을 통한 응징 사유가 됩니다. 지금으로부터 얼마 전에 유토피아 사람들은 '네펠레'[125]라는 나라를 대신해서 알라오폴리테스와 전쟁을 벌였는데, 바로 그런 사유가 이 전쟁을 촉발한 원인이 되었습니다. 알라오폴리테스 당국이 자국 법을 내세워 그 나라에서 활동하던 네펠레 상인의 정당한 권리를 부당하게 침해하는 사건이 일어났습니다. 그것이 정당한 것이었든 아니면 부당한 것이었든, 상인들은 자신이 부당한 일을 당했다고 생각했습니다.

이 사건을 계기로 참혹한 전쟁이 일어났습니다. 두 당사국 군대만이 아니라, 주변국도 전쟁에 개입해 군대를 파견하고 물자를 제공했습니다. 그런 와중에 아주 잘 살았던 강대국들이 큰 타격을 받아 국력이 형편없이 약해지기도 했고, 어떤

---

125 "네펠레"는 그리스어로 "구름"이라는 뜻으로 "구름에서 태어난 사람들의 나라"라는 의미이고, "알라오폴리테스"는 그리스어로 "눈먼"을 뜻하는 '알라오스'와 "시민"을 뜻하는 '폴리테스'를 합친 명칭으로 "눈먼 시민들의 나라"라는 의미다.

나라는 극심한 곤경에 처하기도 했습니다. 전쟁으로 인한 참화는 꼬리에 꼬리를 물고 계속 발생했고, 결국 알라오폴리테스는 항복하지 않을 수 없었습니다.

애초에 유토피아 사람들은 자기 이해관계를 위해 싸운 것이 아니었기 때문에 항복한 알라오폴리테스를 네펠레에게 넘겨 속국으로 삼게 했습니다. 전쟁 전에 네펠레의 국력은 알라오폴리테스와는 상대조차 되지 않았지만, 이제는 그런 강대국이 약소국의 속국이 된 것입니다.

이렇게 유토피아 사람들은 우방국이 피해를 당하면 금전적인 문제라도 아주 철저하고 엄중하게 보복합니다. 하지만 자기 권리가 침해당했을 때는 그런 것과는 전혀 다르게 대응합니다. 다른 나라에서 부당한 방식으로 금전적인 손해를 입히긴 했지만, 자국민의 신체에는 어떤 위해도 입지 않았다면, 그들이 분노하여 취하는 조치는 관련자에 대한 처벌과 배상이 이루어질 때까지 그 나라와 교역을 중단하는 것이 전부입니다.

그들이 그렇게 하는 이유는 우방국 백성을 보호하는 일보다 자국민 보호에 관심을 덜 기울이기 때문이 아닙니다. 우방국 상인들이 부당하게 금전적 손해를 입었을 때는 개인 자산이 피해를 본 것이어서 훨씬 더 심한 타격을 입지만, 유토피아 사람들은 금전적인 피해를 입더라도 그것은 개인 자산이 아니라 국가 자산이 피해를 입는 것이어서 개인에게는 그 피해가 돌아가지 않기 때문입니다.

게다가 그들이 수출하려고 다른 나라로 가져가는 물건은 자국에는 이미 차고 넘쳐 별 쓸데도 없어서, 그런 피해를 본 것을 알더라도 신경 쓰는 사람은 아무도 없습니다. 그들은 자국민의 삶이나 생계에 조금도 영향을 주지 않는 그런 사소한 피해 때문에 많은 사람을 죽음으로 내몰아가며 보복하고 응징하는 것은 잔인한 일이라고 생각합니다.

반면에 자국민 중 어느 한 사람이라도 다른 정부나 개인에게 부당한 방식으로 부상이나 죽임을 당했을 때는 조사단을 보내 사실관계를 확인한 후에 범죄자를 넘겨달라고 요구하고, 그 나라가 요구를 거부한다면 즉시 선전포고를 합니다. 이렇게 해서 넘겨받은 범죄자는 사형에 처하거나 노예가 되어 강제노역을 하는 형벌을 받습니다.

유토피아 사람들은 많은 피를 흘리는 참혹한 전투를 통해 전쟁에서 승리하는 것을 혐오할 뿐만 아니라 수치스럽게 생각합니다. 아무리 좋은 목적을 달성하기 위해서라고 해도 지나치게 값비싼 대가를 치르는 것은 어리석고 무식한 일이라고 여기기 때문입니다. 하지만 지략을 사용해 적을 물리쳤을 때는 대단히 자랑스럽게 생각하여 수많은 대중 앞에서 승전을 축하하는 가두행진을 벌이기도 하고, 혁혁한 전공을 기리는 기념비를 건립하기도 합니다.

값비싸게
얻어지는 승리

그들은 오직 인간 외에는 다른 짐승이 할 수 없는 그런 방식으로, 즉 지략을 사용해 전쟁에서 승리했을 때만 진정 인간에게 유일하게 주어진 힘을 활용해 인간답게 전쟁하여 승리했다고 인정하면서 그런 승리를 자랑스러워하는 것입니다. 몸으로 싸우는 것은 곰, 사자, 멧돼지, 늑대, 개 같은 다른 짐승도 할 수 있고, 그런 육체적인 힘과 사나움에서는 대체로 짐승들이 인간을 능가하지만, 지략에서는 우리 인간이 모든 짐승을 능가하기 때문입니다.

유토피아 사람들은 자신의 정당한 요구를 평화적으로 얻어내려 했지만 결국 그렇게 하지 못해 무력으로 그것을 얻어내고자 할 때, 또는 자신에게 부당한 짓을 한 자들에게 철저하게 보복하고 응징을 가해 공포에 질리게 해 다시는 그런 짓을 할 엄두조차 내지 못하도록 할 때만 전쟁을 합니다. 이런 것이 전쟁의 목적이고, 그들은 신속하게 이 목적을 성취하려 합니다. 전쟁으로 명성을 얻거나 칭송받으려는 것이 아니기 때문에, 위험은 최대한 피하고 안전하게 이 목적을 달성하려고 합니다.

그래서 그들은 선전포고를 하자마자, 비밀요원을 동원해 적국의 모든 영토에 유토피아 정부의 공식 인장이 찍힌 수많은 포고문을 사람들 눈에 가장 잘 띄는 곳에 동시에 붙입니다. 이 포고문에서는 먼저 적국의 왕을 죽이는 자에게는 엄청난 현상금을 지급한다고 알리고, 왕 다음으로 반유토피아 정책을 주도하여 이 전쟁에 책임 있는 수배자를 열거하고는 그런 자들 중 누구라도 죽이는 사람에게도 마찬가지로 거액의 현상금이 주어진다고 알립니다.

이렇게 수배자로 지목된 자를 생포해서 데려온 사람에게는 죽였을 때보다 두 배의 현상금이 지급됩니다. 그리고 수배자 중에서 어떤 사람이 국가와 동료들을 배신하고 자수해왔을 때 사면을 받아 신변 안전을 보장받는 것은 물론이고 그에게 붙은 현상금도 자신에게로 돌아갑니다.

그 효과는 아주 신속하게 나타납니다. 이 포고문에 수배자로 이름이 오른 자들은 모든 사람을 의심의 눈초리로 바라보게 되고, 그들끼리도 서로 믿지 못하고 믿으려고 하지 않습니다. 이렇게 해서 그들은 극도의 두려움과 위험 속에서 살아갑니다. 왕을 포함한 상당수는 철석같이 믿었던 사람에게 배신을 당한 경험이 있기 때문입니다.

돈으로 매수해서 안 되는 일이 없음을 알기 때문에, 유토피아 사람들은 현상금을 아끼지 않습니다. 또한, 자기 나라를 배신한 자가 감수해야 할 위험이 얼마나 큰지를 잘 알기에, 그들이 감내한 위험의 크기에 비례해 그에 걸맞게 보상합니다. 자신에게 협조한 자들에게는 막대한 양의 금과 유토피아 우방국의 안전한 지역에 있는 토지를 줍니다. 그래서 그런 자들은 거기로 가서 자자손손 아주 안전하게 살면서, 자신이 허락받은 넓은 토지에서 많은 수입을 올리며 살아갈 수 있습니다. 그리고 유토피아 사람들은 이러한 약속을 철저하게 지킵니다.

다른 나라에서는 이렇게 적을 매수해 전쟁 주모자를 암살하는 방식으로 전쟁을 치르는 책략을 비열하고 잔인한 짓으로 여겨 비난하지만, 유토피아 사람들은 그런 책략을 충분히 칭찬받을 만한 것이라고 생각합니다. 그런 책략은 단 한 번의 실제 전투도 없이 큰 전쟁을 끝낼 수 있게 한다는 점에서 지혜롭다고 말합니다. 또한, 소수의 악당을 제거함으로써 실제 전투가 벌어졌다면 아무 이유 없이 죽어갔을 아군과 적군의 수많은 군인의 목숨을 보존한다는 점에서 인도주의적이고 자비로운 책략이라고 말합니다. 그들은 아군과 마찬가지로 적군에 대해서도 불쌍히 여기는 마음을 지니고 있습니다. 적군이라고 해도 그들 중 대다수는 스스로 원해서가 아니라, 왕의 광기 때문에 어쩔 수 없이 전쟁터로 내몰린 것을 알기 때문입니다.

이렇게 적을 매수해 전쟁 주모자를 암살하는 방법에 진전이 없으면, 적국 왕의 형제나 왕위를 노리는 다른 귀족을 부추겨 내분을 일으키는 방법을 사용합니다. 내분이 시들해지면, 이번에는 주변국을 부추겨 적국 왕의 정통성과 관련한 해묵은 문제를 다시 제기하게 합니다. 어떤 왕이든 그런 문제에서 자유로울 수 없기 때문입니다. 그리고 주변국에 적국을 상

대로 전쟁을 일으킨다면 전비를 충분히 지원해주겠다고 약속합니다.[126]

그리고 유토피아 사람들은 실제로 그런 약속을 지켜서, 주변국이 적국을 상대로 전쟁을 벌이면 돈과 물자를 아낌없이 지원합니다. 하지만 자국민을 파견해 돕게 하는 일은 거의 없습니다. 그들은 국민 한 사람 한 사람을 대단히 아끼기 때문에, 설령 국민 한 사람과 적국의 왕을 맞교환하자는 제의가 들어온다 해도 단칼에 거절해버립니다. 하지만 금과 은은 오로지 이런 목적에 사용하려고 모아둔 것이므로 결코 인색한 법이 없습니다. 지금까지 모아둔 모든 금과 은을 다 써버린다 해도, 그들의 삶의 질은 전혀 달라지지 않기에 그렇습니다. 게다가 그들의 부는 본국에만 있지 않습니다. 다른 나라에 쌓아둔 부도 헤아릴 수 없을 정도로 막대합니다. 앞에서 이미 말했듯, 많은 나라가 그들에게 막대한 채무를 지고 있기 때문입니다.

그래서 유토피아 사람들은 전쟁을 위해 모든 나라에서 용병을 모집하는데, 그들에게 용병을 공급하는 나라 중에서도 특히 유명한 곳은 유토피아에서 동쪽으로 500마일 떨어진 곳에서 살아가는 자폴레테스[127]라는 나라입니다. 그 나라 사람들

---

126  흥미로운 것은 여기에 제시된 유토피아의 전쟁 전략들은 앞에서 왕의 정복 전쟁을 위해 사악한 고문이 어떻게 조언할지에 대해 라파엘이 제시한 술책들과 거의 동일하다는 것이다. 한 가지 차이점은 사악한 왕과 고문들은 이러한 전략을 자기 야망을 채우려고 정복 전쟁이라는 악한 목적에 사용하는 반면, 유토피아 사람들은 희생을 최소화해 큰 전쟁을 속히 끝내기 위한 좋은 목적에 사용한다는 것이다.

127  "자폴레테스"는 그리스어로 강조한다는 의미의 '자'와 "파는 자"라는 뜻의 '폴레테스'를 합친 명칭으로 "무엇이든지 파는 자들의 나라"라는 의미다. 토머스 모어는 여기서 당시 스위스 용병을 염두에 둔 것으로 보인다. 스위스 용병들

은 원시 야생의 울창한 삼림과 험준한 산악지대에서 자란데다, 그런 삼림과 산악을 좋아해서인지 무시무시하고 거칠며 흉포합니다. 그들은 강인한 족속이어서 더위와 추위를 잘 견디고 어떤 힘든 일도 거뜬히 해내며, 사치를 알지 못하고, 농경생활을 하지 않고 가축을 기르기 때문에, 집이나 옷에 신경 쓰지 않습니다. 그들 중 대부분은 사냥이나 약탈을 해서 살아갑니다.

그들은 전쟁을 위해 태어난 사람들 같습니다. 그래서 자신의 진가를 발휘할 기회를 얻으려고 전쟁이 벌어진 곳을 부지런히 찾아다닙니다. 그러다가 그런 기회를 발견하면, 많은 사람이 그들을 필요로 하는 곳으로 한꺼번에 몰려가 싼값에 용병이 됩니다. 그들이 생계를 유지하는 유일한 기술이라고 해봐야 사람을 죽이는 일입니다.

그들은 자신을 용병으로 고용한 주인을 위해 용맹하게 싸우고 그 주인에게 충성을 다 바칩니다. 그렇지만 일정한 기간을 정해 그 기간에 오직 한 주인만 섬기는 그런 계약은 맺으려 하지 않습니다. 누구라도 돈을 더 많이 준다면 거기로 넘어가기 때문입니다. 그래서 오늘은 이 진영에 있다가도, 다음 날 돈을 더 많이 준다면 적이었던 저 진영으로 건너가버립니다. 그랬다가 이 진영에서 더 많은 돈을 주겠다고 하면, 그다음 날 그들을 처음으로 고용했던 데로 다시 돌아옵니다.

어떤 전쟁이든 상당수는 이 진영에, 또 다른 상당수는 저 진영에 용병으로 고용되어 서로 싸우는 게 보통입니다. 그래

---

은 당시 유럽에서 악명이 높아서, 두려움과 증오의 대상이었다. 이탈리아의 많은 군주와 프랑스의 왕은 앞다투어 스위스 용병을 고용했고, 심지어 교황은 오늘날까지도 스위스 용병을 고용해 직속 호위대로 삼고 있다.

서 한 가족에 속한 두 사람이 같은 진영에서 서로 한 편이 되어 싸우다가, 얼마 후에는 각기 다른 진영에 속해 전쟁터에서 서로 적으로 만나는 사례도 비일비재합니다. 그런 경우 그들은 가족이나 친구라는 사실을 잊어버린 채 마치 진짜 원수라도 되듯 서로 죽이기 위해 맹렬히 돌진합니다. 그들이 이렇게 돌진하는 이유는 서로 다른 왕에게 몇 푼의 돈을 받고 용병으로 고용되었다는 것, 이 한 가지 이유밖에는 없습니다.

이 정도로 그들은 돈에 아주 예민해서, 하루 한 푼이라도 더 얹어준다면 두말없이 다른 진영으로 가버립니다. 이렇게 탐욕의 근성이 몸에 배어 있어 아주 쉽게 돈에 매수되긴 하지만, 그들이 그렇게 해서 많은 돈을 벌었을지라도 그들에게는 아무 유익도 되지 못합니다. 사람들을 죽이고 그 피의 대가로 번 돈을 지저분하고 추잡한 환락을 즐기는 데 즉시 다 써버리기 때문입니다.

유토피아 사람들은 그들을 용병으로 고용할 때 다른 데서 받는 것보다 훨씬 많은 돈을 주기 때문에, 그들은 유토피아 사람들을 위해서라면 누구와도 기꺼이 싸울 준비가 되어 있습니다. 유토피아 사람들은 선한 일을 맡길 때는 그 일에 가장 적합한 선량한 사람을 찾듯이, 악한 일을 맡길 때는 거기 가장 적합한 악독한 자를 찾습니다. 그래서 전쟁할 때도 누구보다도 악랄한 자들을 고용해 사용합니다.

그들에게 거액의 포상금을 약속하고 아주 위험한 일에 투입하지만, 대부분은 살아 돌아오지 못하기 때문에 포상금을 받지 못합니다. 하지만 살아 돌아온 자들에게는 약속한 포상금을 철저하게 지급합니다. 그래서 그들은 기회가 다시 주어질 때마다 언제든지 기꺼이 와서 그런 일을 도맡아 처리해줍니다.

유토피아 사람들은 그들이 얼마나 많이 죽든 신경 쓰지 않습니다. 용병으로 고용한 그들은 너무나 역겹고 가증스러운 쓰레기 같은 자들이어서, 그런 자들을 지구상에서 청소해주는 것만으로도 인류에게 큰 호의를 베푸는 일로 생각하기 때문입니다.[128]

용병 외에도 유토피아 사람들은 먼저는 전쟁의 원인이 된 그 우방국 군대, 다음으로는 자기 우방국들에서 파병한 군대로 지원군을 구성하고, 마지막으로 자국민으로 구성된 군대를 이 지원군에 추가합니다. 그런 후에 자국군 중에서 모든 군대를 지휘할 총사령관을 선발하고, 유사시에 총사령관을 대신할 두 명의 후보도 뽑아놓습니다.

이 두 명은 총사령관이 건재한 동안에는 아무 직책도 맡지 않지만, 총사령관이 포로로 잡히거나 전사하면, 둘 중 한 사람이 총사령관직을 맡고, 그에게도 변고가 생기면 나머지 한 명이 직을 수행합니다. 전쟁에서는 예기치 못한 일이 비일비재하므로 어떤 일로 총사령관에게 변고가 생겼을 때 군대 전체가 동요하고 와해될 위험을 막으려는 것입니다.

유토피아 사람들이 자국군을 구성할 때는 각 도시의 입대 자원자 중에서 선발합니다. 외국으로 파견하는 자국군을 강제로 징병해 전쟁터로 몰아넣는 일은 결코 없습니다. 선천적으로 겁이 많은 사람을 싸움터로 보내봤자, 용감하게 싸울 수 없을 뿐만 아니라 전우들에게도 두려움을 퍼뜨릴 테니 백해무익하기 때문입니다.

하지만 자국이 침공을 받으면 겁 많은 사람도 신체상 아무

---

128  당시 유명한 인문주의자 에라스무스는 "[용병보다] 더 비열하고 가증스러운 부류의 사람들은 없다"라고 말했다.

문제만 없다면 징집 후 군함에 배치해서 다른 용감한 병사들과 함께 싸우게 하거나, 요새 여기저기에 배치합니다. 겁이 나서 도망가려고 해도 그럴 수 없게 하려는 것입니다. 이렇게 하면 도망치려고 해봐야 아무 소용 없음을 알고 체념하고는, 눈앞에 쳐들어오는 적군을 보면 전우들에게 눈치가 보여서라도 부끄럽지 않게 싸워보자는 마음이 생겨 두려움을 극복하고 용감하게 싸우기 시작합니다.

외국에서 벌어지는 전쟁에 파병하는 군대를 구성할 때는 남자들은 강제로 징집되지 않고 자원 입대하는데, 이때 여자들이 남편을 따라 동반 입대를 요청한다면 허용될 뿐만 아니라, 권장되고 칭찬까지 받습니다. 그런 여자들은 남편과 함께 떠나 전선에 나란히 배치됩니다. 각각의 병사 주위에는 아내와 아들들은 물론이고 혈연관계가 있는 여러 사람을 배치해서, 본능적으로 온 힘을 다해 서로 도울 수밖에 없는 사람들이 모여 가장 가까이에서 돕게 합니다.

이렇게 했을 때 남편이나 아내가 배우자를 잃고, 또는 아들이 부모를 잃고 혼자 본국에 돌아온다면 너무나 수치스럽고 불명예스러운 일이 됩니다. 그래서 적군과 교전이 벌어질 때마다, 모든 병사는 다 전사할 때까지 아주 끈질기고 치열하게 결사 항전해서 자기 눈앞에 있는 적군을 단 한 사람도 살려두려고 하지 않습니다.

유토피아 사람들은 자신이 고용한 용병을 활용해 전쟁을 완수할 수만 있다면, 직접 전투에 뛰어들지 않으려고 필요한 모든 수단을 강구합니다. 하지만 직접 전투에 참가해야만 할 때는, 될 수 있으면 전투에 뛰어들지 않으려고 온갖 수단을 강구했던 그 신중한 태도만큼이나 이번에는 두려움을 모르는 용맹함을 보입니다. 처음부터 분노가 충천해 사납고 거친 태도를 보이는 것은 아닙니다. 하지만 시간이 지나면서 서서히 강해져서, 도망치느니 차라리 죽겠다는 결연한 의지를 보입니다.

흔히 병사들의 사기가 저하되는 것은 자기가 전사하면 남은 가족이 앞으로 어떻게 살아갈 수 있을까 하는 걱정 때문입니다. 하지만 유토피아의 병사들은 자기가 죽더라도 남은 가족이 잘살도록 나라가 보살펴줄 것을 압니다. 따라서 가족의 미래를 걱정하지 않기 때문에 그들의 사기는 하늘을 치를 듯 높고, 죽는 것을 겁내지 않습니다.

평소에 군사훈련을 충분히 받은 것도 자신감이 넘치는 또 다른 이유입니다. 또한, 올바르고 건강한 교육과 사회 제도를 통해 어릴 때부터 몸에 익힌 바른 생각도 그들에게 큰 힘이 됩니다. 삶을 아주 소중히 여기는 그들은 경솔하고 무모하게 내팽개치지 않지만, 그렇다고 자신에게 주어진 본분과 의무를 저버리고 어떻게든 악착같이 살아남아 수치스럽고 불명예스럽게 살아가는 것도 원하지 않습니다.

도처에서 치열한 전투가 벌어지는 동안, 오로지 적군의 총사령관을 죽이는 임무를 수행하기 위해 엄선된 가장 용맹스러운 청년들로 이루어진 특공대가 공개적으로 혹은 몰래 숨어서 은밀하게 공격하는 등 근거리와 원거리에서 적군의 총사령관을 타격합니다. 전사자가 발생하면 곧바로 새 대원을 충원해 아주 끈질기고 중단 없이 공격하므로, 적군의 총사령관은 도망치지 않는다면 십중팔구 죽거나 포로로 잡힙니다.

그들이 전투에서 승리했을 때는 대량학살이 벌어지지 않습니다. 도망치는 적군을 죽이는 게 아니라 포로로 잡는 것을 선호하기 때문입니다. 또한, 아군의 대오가 흐트러진 상태에서는 전열을 다시 정비한 다음에야 도망치는 적군을 추격

전쟁을 신속하게 끝내기 위해 특공대를 편성해 적군의 총사령관을 죽임

합니다. 적군의 주력부대는 이미 다 궤멸했고 이제 한 무리의 도망치는 적병을 추격해서 죽이거나 생포하기만 하면 완벽한 승리를 거둘 수 있을 때조차도, 아군의 대오가 흐트러져 있다면 남은 적병을 추격하기보다는 모두 도망치도록 둡니다. 전에 여러 번 사용했던 전술을 잘 기억하고 있으므로, 거꾸로 자신이 그 전술에 당하지 않도록 하는 것입니다.

전에 그들의 주력부대가 거의 궤멸당한 적이 몇 번 있었습니다. 그랬을 때 적군은 이미 승리했다고 생각하고는, 전열을 재정비하지도 않고 대오가 어그러진 채로, 겨우 살아남아 도망치는 얼마 안 되는 그들을 추격해 왔습니다. 그래서 그들은 얼마 되지 않는 병사들을 매복해두고 기회를 엿보고 있다가 대오를 갖추지 않은 채로 추격해오는 적군을 덮쳤습니다. 그날 승리는 이미 자기 것이라고 여기고서, 도망치는 패잔병들이 다시 반격해오리라고는 꿈에도 생각하지 못하고 대오가 무너진 채로 오합지졸처럼 추격해오던 적군은 기습을 받아 대패했고, 전세는 완전히 역전되었습니다. 적군은 승리는 자기 것이라고 확신했고 조금도 의심하지 않았지만, 그들은 적군에게서 그 승리를 빼앗아왔습니다. 이렇게 해서 완벽한 패자였던 그들은 완벽한 승자였던 적군을 이기고 삽시간에 승자가 되었습니다.

유토피아 군대의 병사들은 아주 영리해서 매복 실행에도 능숙하고, 아주 신중하고 지혜로워서 적군의 매복을 피하는 데도 뛰어나기 때문에, 둘 중 어느 쪽에 더 능한지 말하기 어렵습니다. 반드시 퇴각할 것이라고 다른 사람이 예상할 때조차 그들은 퇴각하지 않습니다. 반면에 그들이 실제로 퇴각할 때는, 다른 사람은 그것을 전혀 눈치채지 못합니다.

적군에 비해 아군 수가 절대적으로 부족하거나 전투를 벌이기에 지형이 너무 불리하다면, 밤중에 아주 조용히 군대를 이동하거나 주둔지를 옮깁니다. 그렇게 하기 여의치 않다면 다른 기만 전술을 사용해 적군과의 교전을 피합니다. 낮에 퇴각할 때는 아주 천천히, 그리고 대단히 질서정연하게 퇴각하기 때문에 퇴각하는 그들을 공격하는 일은 돌진하는 군대를 공격하는 것만큼이나 위험천만합니다.

그들은 자신의 주둔지 주변을 넓고 깊게 파서 참호를 만들고, 거기에서 나온 흙으로 견고한 벽을 둘러쌓아서, 자기 진영을 아주 철저히 요새화합니다. 이 작업은 그들 중 일부가 아니라 군대 전체가 맡습니다. 적군의 기습을 대비해 주둔지 주위에 세워둔 보초병들을 제외한 모든 병사가 이 작업에 투입됩니다. 아주 많은 사람이 한꺼번에 일하기 때문에 넓은 지역을 둘러싸서 요새화하는 이 일은 믿을 수 없을 정도로 신속하게 완성됩니다.

그들이 입은 갑옷은 아주 튼튼해서 적군이 공격해오는 무기에 뚫리지 않지만, 몸을 자유롭게 움직이기에는 아무 지장이 없는데, 갑옷을 입고 수영해도 별 불편함을 느끼지 못할 정도입니다. 실제로 갑옷을 입고 수영하는 일은 그들의 통상적인 군사훈련이기 때문에 그들에게 익숙합니다.

그들의 갑옷

원거리에서 싸울 때 그들은 화살을 무기로 사용하는데, 그들은 서서도, 말 위에서도 아주 능숙하게 활을 쏘아 목표물을 정확히 맞춥니다.

근거리 전투에서 육박전을 벌일 때는 칼이 아니라 전투용 도끼를 사용합니다. 이 도끼는 아주 날카롭고 무거워서, 휘둘러 내리찍거나 벨 때 치명상을 입힙니다.

대단히 독창적이고 기발한 병기를 생각하여 제작한 후에, 그들은 그런 병기들을 아주 주의 깊게 숨깁니다. 그 병기들이 실전에서 사용되기 전에 미리 알려지면, 적군은 미리 대비할 것이고, 그러면 실제 사용 시, 효과도 없이 웃음거리가 되고 말기 때문입니다. 이런 병기를 개발할 때 가장 신경 쓰는 것은 운반과 이동이 용이하고 누구나 간단하게 조작할 수 있어야 한다는 것입니다.

유토피아 사람들이 적과 휴전조약을 맺으면 철저하게 지키기 때문에, 적의 국지적인 도발이 있더라도 그 조약을 파기하지 않습니다. 또한, 적의 영토를 초토화하거나, 그 영토에서 재배되는 곡식을 불태우지도 않습니다. 그 곡식을 자신이 먹을 수도 있으므로 병사나 말들이 곡식을 짓밟지 않도록 최대한 주의를 기울입니다. 그리고 첩자를 제외하고는 무장하지 않은 자는 아무도 해치지 않습니다.

순순히 항복하는 도시는 공격하지 않고 어떤 해도 입히지 않습니다. 어떤 곳을 공격해 함락시켰다 해도 약탈하지는 않습니다. 단지 항복을 방해하고 전쟁을 주도한 자들을 처형하고 나머지 적군은 노예로 삼을 뿐이고, 민간인은 전혀 해하지 않습니다.

적군 중에서 항복을 지지하고 설득했다고 알려진 사람들에게는 사형에 처하거나 노예가 된 자들에게서 몰수한 재산 중 일부를 줍니다. 그리고 전리품 중에서 나머지는 지원군에게 나누어 주고, 그들 자신은 아무것도 갖지 않습니다.

전쟁이 끝나면, 그들은 자신이 대신 싸워주었던 우방국이 아니라 패전국에 배상금을 청구합니다. 일부는 현금으로 받아 미래에 있을 전쟁에 대비하기 위한 자금으로 비축해놓습니다. 하지만 일부는 토지로 받아 거기에서 해마다 계속 상당한 수입을 올립니다. 이런 식으로 보유하게 된 토지가 많은 나라에 흩어져 있고, 거기서 이런저런 방식으로 거두어들이는 수입이 지금은 연간 70만 다카트[129]가 넘습니다.

유토피아 당국은 그런 곳에 징수관의 이름으로 자국민을 파견해, 마치 자선사업을 하는 사람처럼 살아가게 하는데, 거기서 벌어들인 돈의 상당 부분을 그곳 사람들의 생활을 윤택하게 하는 데 사용합니다. 그럼에도 남는 수입은 많은 부분을 우선 패전국에 빌려주고, 그래도 남은 것은 국고로 돌립니다. 그들은 돈이 필요한 때가 아니면 다른 나라에 채무 상환을 요구하지 않고, 전체를 다 상환하라고 하는 일도 거의 없습니다. 앞에서 이미 말했듯이, 전쟁할 때 자기 조국을 배신하고 그들을 돕는 큰 위험을 감수한 사람들에게 다른 나라에 있는 이런 토지를 상으로 지급하기도 합니다.

어떤 왕이 그들의 영토를 공격하려고 전쟁 준비 중임을 알게 되면, 그 즉시 접경지역으로 대군을 보내 자기 영토 밖에서 적군을 맞습니다. 그들은 자기 영토 안에서 싸우는 것을 좋아하지 않고, 아무리 절박하고 긴급하더라도 우방국에서 파견한 지원군이 유토피아 섬 안으로 들어오는 것을 허용하지 않습니다.


## 11. 종교

유토피아 사람들의 종교에 관해 말하자면, 섬 전체뿐만 아니

---

129 "다카트"는 중세 시대부터 유럽의 여러 나라에서 주조해서 사용했던 금화의 명칭이다. 베네치아나 부르고뉴, 헝가리에서 발행한 다카트의 가치는 대략 영국 파운드화의 4분의 1이었다. 당시 파운드화의 가치는 현재의 수백 배에 달했다.

라 한 도시 안에도 여러 종교가 혼재해 있습니다. 어떤 사람은 해를, 어떤 사람은 달을, 어떤 사람은 별 중의 하나를 신으로 숭배합니다. 과거에 훌륭한 인품을 지녔거나 훌륭한 업적을 남긴 인물을 숭배하는 사람도 있습니다. 그런 사람들은 그 인물을 단지 하나의 신이 아니라 최고신으로 숭배합니다.

하지만 그런 이들보다 좀 더 현명한 대다수 사람은 그런 신을 숭배하지 않고, 인간 정신으로는 도저히 알 수 없고 설명할 수 없는 미지의 영원한 유일신이 우주 전체에 물질이 아닌 힘으로서 어디에나 존재한다고 믿습니다. 그리고 이 신을 '부모'라고 부르고, 이 신이 만물의 시작과 성장과 진보와 변화와 끝을 주관한다고 믿기 때문에, 오직 이 신만을 신으로 인정하고, 그 밖에 신으로 지칭되는 다른 모든 존재를 신으로 부르는 것을 인정하지 않습니다.

유토피아에 존재하는 모든 종교는 각자가 믿는 세부 내용에서는 서로 다르지만, 우주와 만물을 창조해 다스리는 최고신이 한 분 존재한다고 생각하는 점에서는 일치합니다. 그리고 그들은 모두 이 신을 미트라스[130]라고 부릅니다. 여러 종교를 믿는 사람들은 각각 자기가 믿는 신이 바로 이 최고신이라고 말하고, 그 신은 모든 나라에서 공통으로 인정받는 유일한 신적 존재라고 여깁니다.

유토피아의 모든 사람은 점차 다양한 미신적인 종교를 버리고, 다른 종교보다 더 합리적이고 이성적으로 보이는 저 하나의 종교를 받아들이는 추세입니다. 그런데 어떤 사람이 기

---

130 고대 페르시아 종교에서 "미트라스"는 빛의 신이었고, 로마에서는 특히 군인들이 태양신으로 숭배했다. 앞에서 토머스 모어는 유토피아인의 언어가 많은 점에서 페르시아어와 닮았다고 말했다.

존 종교를 버리고 이것을 받아들이려고 할 때 그에게 좋지 않은 일이 생기면, 그것을 우연이라고 생각하지 않고 버림받은 신이 자신을 모독한 그 사람에게 진노하는 것으로 해석해서 겁을 집어먹는 일이 종종 벌어집니다. 이런 미신적인 생각을 하는 사람이 없었다면, 저 하나의 종교를 제외한 다른 온갖 미신적인 종교는 틀림없이 진즉에 사라졌을 것입니다.

하지만 우리에게서 그리스도의 이름과 가르침과 일생, 기적 그리고 기꺼이 자기 피를 뿌려 가깝고 먼 아주 많은 나라를 기독교로 개종하게 한 저 수많은 순교자의 충성스럽고 변함없는 신앙을 들었을 때, 그들은 믿을 수 없이 열렬하게 호응하고 받아들였습니다.

그들의 그런 반응은 신에게서 어떤 은밀한 감동을 받아서였겠지만, 아마도 기독교가 말하는 내용이 그들 대다수가 믿는 종교에서 중시하는 가르침과 비슷했기 때문이었을 것입니다. 그분을 따르는 사람들은 그리스도의 가르침을 좇아 모든 것을 공유하는 삶을 살았고, 지금도 기독교인 중에서 참된 신앙을 지닌 사람들은 여전히 그렇게 산다는 이야기를 듣고서 기뻐했습니다.[131]

그 이유가 무엇이든, 그들 중 적지 않은 사람이 우리 종교를 받아들였고, 세례를 받고 싶어 했습니다. 그때 우리 일행 중 두 명은 이미 죽고 네 명만 남았는데, 애석하게도 우리 중에 성직자는 없었습니다. 그래서 우리는 그들에게 오직 세례만 베풀 수 있었고, 오직 성직자만 행할 수 있는 다른 성사들

---

131 초기 기독교인이 모든 것을 공유하는 삶을 살았다는 것은 성경 사도행전 2장과 4장에 나온다. 그리고 당시 많은 수도원과 금욕주의적인 분파들도 그러한 삶의 방식을 이어가고 있었다.

을 베풀 수는 없었습니다.[132]

하지만 그들은 그러한 성사에는 어떤 것이 있고 그것이 무슨 의미를 지니는지 우리에게 배웠기 때문에 너무나 간절하게 받고 싶어 했습니다. 실제로 그들은 기독교의 교황이 성직자를 보내줄 수 없을 때 그들 중에 한 사람을 성직자로 세우는 것이 과연 가능한가를 놓고 격렬하게 논쟁했습니다. 그리고 그런 사람을 세우기로 이미 결정한 듯했지만, 내가 그 섬을 떠나올 때까지 아직 성직자를 세우지는 않았습니다.

그들 중에서 기독교를 받아들이지 않은 사람들은 다른 사람이 기독교인이 되는 것을 방해하지도 않고, 기독교로 개종한 사람들을 비난하거나 공격하지도 않습니다. 내가 거기 있는 동안에 우리와 함께했던 기독교인 중에서 제재를 받은 사람은 오직 한 명뿐이었습니다.

그 사람은 세례를 받자마자 상식적이고 건전한 정도를 넘어서 광적인 열정으로 기독교를 대중 앞에서 전파하기 시작했습니다. 우리가 그러지 말라고 말렸는데도 그는 점점 더 격한 감정에 사로잡혀, 우리 종교가 다른 종교보다 더 우수하다고 말하는 데 그치지 않고, 기독교를 제외한 다른 모든 종교를 싸잡아서 비난하고 단죄했습니다. 다른 종교는 모두 타락한 미신이고, 그 신봉자는 신성모독을 저지르는 불경한 자들이므로, 지옥불에 던져져 영원히 고통받게 된다고 목소리를 높여 외치고 다녔습니다.

---

132 가톨릭교회에는 일곱 가지의 거룩한 예식이 있다. 이 칠성사는 사람이 구원받아 천국에 가려면 반드시 받아야 하는 신의 은혜를 얻기 위한 의식이다. 그중에서 세례를 뜻하는 성세성사와 혼인예식을 뜻하는 혼인성사만 성직자가 아니어도 베풀 수 있었다.

그 사람은 한동안 많은 사람 앞에서 날마다 그런 식으로 외치고 다니다가 체포되어, 다른 사람이 믿는 종교를 모독했다는 죄목이 아니라 공공질서를 어지럽혔다는 죄목으로 기소되어 유죄로 인정받고 추방당했습니다. 그 사람이 그런 식으로 행동했는데도 종교와 관련된 죄목으로 처벌받지 않았던 것은 아무도 자기 종교 때문에 처벌받지 않는다는 것이 오래전 이 나라가 건국된 직후부터 지켜져 내려온 원칙이었기 때문이었습니다.

이 나라를 건국했던 유토포스는 이 섬에 오기 전에 원주민들이 종교 문제로 서로 끊임없이 싸워왔다는 말을 들었고, 그때 이미 이 나라를 쉽게 정복할 수 있을 거라고 했습니다. 서로 다른 종교를 믿는 자들이 분파를 이루어 나라 전체가 분열되어 싸우느라 자기가 쳐들어가도 힘을 합쳐 막아내지 못하리라 예견했던 것입니다.

그래서 그는 전쟁에서 승리하여 이 나라를 얻은 후에 무엇보다도 먼저 종교와 관련된 법을 제정해 공표했습니다. 즉, 모든 사람은 자신이 원하는 종교를 선택해 믿을 수 있고, 누구든지 평화로운 방식으로 단정하고 온건하며 예의를 갖추어 다른 사람에게 자신이 믿는 종교를 포교하는 일은 얼마든지 허용됩니다. 하지만 다른 종교를 모독하거나 비난해서는 안 되고, 좋은 말로 설득해서 안 된다고 물리적, 언어적인 폭력을 사용해서도 안 됩니다. 그리고 마지막으로 이러한 원칙을 어기고 종교 문제로 막무가내로 소란을 피우는 자는 추방형이나 강제 노역형을 받는다고 이 법은 규정합니다.

유토포스가 이 법을 제정한 것은 원주민들이 종교 문제를 둘러싸고 끊임없이 반목과 분쟁을 일삼으면서 철천지원수로 여기고, 그들 간에 도저히 화해할 수 없는 증오심이 뿌리내

폭력적인 포교는
처벌됨

려 구성원 간에 화합과 화목이 완전히 와해한 것을 알고서 다시는 그런 일이 일어나지 않게 하려는 목적도 있었지만, 종교 생활을 제대로 하게 하려는 목적도 있었습니다.

종교 문제와 관련해서 그는 신이 여러 사람에게 각기 다른 영감을 주어 서로 다른 다양한 종교를 만들어 다양한 방식으로 신을 예배하게 한 것은 아닌지 분명하게 알 수 없으므로, 경솔하게 어느 한쪽으로 결론 지으면 독단과 독선이 될 수 있다고 보았습니다. 반면에 어떤 사람이 자신이 믿는 종교를 참되다 확신하고서, 자기와 달리 그 종교를 참되게 보지 않는 다른 사람에게 위협이나 폭력을 행사해 강제로 그 종교를 받아들이게 하는 일은 누가 봐도 오만하고 부적절하다고 생각했습니다.

설령 어느 한 종교가 참된 것이고 다른 모든 종교는 거짓되었다고 해도, 사람들이 차분하게 이치를 따져 이성적으로 논의하기만 한다면 진리는 그 안에 내재한 힘으로 조만간 저절로 드러나고 모든 거짓을 이긴다는 것이 그의 생각이었습니다. 하지만 반대로 이 문제를 힘과 싸움으로 결정하면 원래 가장 악한 자들이 언제나 가장 집요하고 끈질기기 때문에, 사람들에게 유익한 곡식이 가시나무와 엉겅퀴 사이에서 잘 자라지 못하고 질식해 죽어버리듯, 세상에서 가장 훌륭하고 거룩한 종교는 가장 거짓되고 미신적인 종교들 틈바구니에서 결국 사라지고 만다고 생각했던 것입니다.

인간의 고귀한
본성을
부정해서는 안 됨

그래서 유토포스는 이 문제 전체에 중립적인 입장을 견지해서, 모든 사람이 각자 자기가 믿고 싶은 종교를 믿을 수 있게 했습니다. 하지만 인간 본성의 존엄을 너무나 심하게 훼손하는 그런 교리를 믿는 것은 엄격하고 단호하게 금지했습니다. 예컨대, 사람이 죽을 때 영혼도 몸과 함께 소멸한다거나,

우주와 만물은 맹목적인 우연에 지배된다고 함으로써 섭리를 부정하는 그런 교리들입니다.[133] 그래서 그들은 이 세상에 살면서 악을 저지르거나 선을 행하면 내세에서 벌이나 상을 받는다고 믿습니다.

이것을 믿지 않는 사람은 고귀한 본성을 지니고 태어난 자신의 영혼을 비천한 짐승의 몸과 동일한 수준으로 비하하는 것이기 때문에, 인간으로 대우할 가치조차 없다고 그들은 생각합니다. 또한, 그런 사람은 실제로는 유토피아의 온갖 제도와 법, 관습을 하찮게 여기고, 단지 처벌받을 것이 두려워 마지못해 지키는 것이므로, 유토피아의 국민이 될 자격이 없다고 봅니다. 법 외에는 두려워하는 것이 없고 죽은 후에는 아무 희망도 없는 사람이라면, 자신의 개인적인 욕망을 충족하기 위해 어떻게든 온갖 수단을 동원해 교묘한 술책과 폭력으로 이 나라의 법을 피하거나 파괴하리라는 것은 너무나 뻔하지 않겠습니까?

불경건한 자는 모든 공직에서 배제함

이런 이유에서 그런 생각을 지닌 사람은 존경을 받을 수도 없고 관리가 될 수도 없으며 공적인 일을 맡을 수도 없습니다. 그런 사람은 어디서나 아무짝에도 쓸모없는 자로 여겨져 경멸을 받습니다.

하지만 그렇다고 그런 사람을 법으로 처벌하지는 않습니다. 누구에게나 자기가 원하는 것을 믿을 자유가 있다고 확신하기 때문입니다. 또한, 그런 사람을 협박해 그의 생각을 밖으로 드러내지 말도록 강요하지도 않습니다. 그들은 위선을

아주 기이한 말

---

133 토머스 모어는 영혼 불멸과 신의 섭리라는 가장 기본적이고 근본적인 진리들이야말로 본성적인 이성의 밑받침을 받는 진리이고, 사람들이 현세에서 덕스러운 삶을 살게 해주는 유일한 토대라고 생각했다.

사기 치는 것과 동일하게 취급하고 몹시 혐오하기 때문입니다. 일반 시민 앞에서 자신의 그러한 생각을 제시하며 논쟁하는 것은 금지되지만 성직자나 학자들과 사적으로 논쟁하는 것은 허용될 뿐 아니라 권장되기까지 합니다. 광기와 망상은 결국 이성에 굴복한다고 확신하기 때문입니다.

짐승의 영혼에<br>관한 아주<br>기이한 견해

지금까지 말한 그런 사람들과는 정반대의 생각을 지닌 자들, 즉 짐승에게도 불멸의 영혼이 있다고 생각하는 자들도 이 나라에는 꽤 있습니다.[134] 그들은 짐승의 영혼은 인간 영혼과는 그 존엄성에서 비교가 되지 않고, 인간 영혼이 누리는 것과 동등한 행복을 누리지도 않지만, 어쨌든 짐승에게도 불멸의 영혼이 있다고 생각합니다. 하지만 그런 생각이 전혀 터무니없거나 악한 것도 아니므로 금지되지 않습니다.

유토피아의 거의 모든 사람은 죽음 후에는 내세에 무한히 행복한 삶이 준비되어 있음을 확신합니다. 그래서 병든 사람을 볼 때는 안타까움과 슬픔을 표하지만, 죽은 사람에 대해 애도를 표하지는 않습니다.

죽기 싫어하는<br>것은 악한<br>삶을 살았음을<br>보여주는<br>증거라고 여김

다만 어떤 사람이 살고 싶어 발버둥치다 자기 의사와는 상관없이 죽었을 때만 안타까움과 애석함을 표합니다. 그들은 그 사람이 그렇게 죽지 않으려고 발버둥치는 것은 자기가 지은 죄를 영혼이 알고서 장차 내세에서 벌을 받게 될 것을 어렴풋이 감지하고는 죽음이 두려워 그렇게 한다고 보기 때문입니다.

---

134 고대의 몇몇 철학자, 특히 피타고라스학파에 속한 철학자들은 이러한 견해를 제시하며 윤회설을 주장했다. 윤회설이 성립하려면 인간과 짐승의 영혼이 둘 다 불멸이라고 전제해야 한다. 그래서 기독교의 계명은 "살인하지 말라"인 반면, 윤회설을 근본 교리로 삼는 불교는 "살생하지 말라"고 한다.

게다가 그들은 신이 어떤 사람을 이제 오라고 불렀는데도 그가 기꺼이 기쁜 마음으로 달려가지 않고 도리어 신에게 가길 거부하고 버티다가 결국 질질 끌려갔다면, 신은 그 사람이 자기 앞에 왔을 때 결코 기뻐하거나 환영하지 않으리라고 생각합니다. 그래서 그렇게 죽는 모습을 본 사람들은 끔찍해서 몸서리를 치며 무거운 침묵 속에서 조용히 그 시신을 무덤으로 옮기고, 이 영혼에게 자비를 베풀어 그가 연약해서 지은 죄들을 용서해달라고 기도한 후에 흙으로 시신을 덮습니다.

반면에 어떤 사람이 내세에서 지극히 행복한 삶을 살게 되리라는 희망에 가득 차서 벅찬 기쁨 속에 세상을 떠났을 때는, 아무도 슬퍼하거나 애도하지 않습니다. 그들은 찬송을 부르며 시신을 옮겨다가 고인의 영혼을 신에게 맡기는 기도를 하고 나서, 슬픔보다는 존경의 마음을 담아 그 시신을 화장한 후에,[135] 그 자리에 고인을 기리는 글귀가 새겨진 묘비를 세웁니다.

기뻐하며 죽은 사람에 대해 애도하지 않음

사람들은 집으로 돌아와서는 고인의 인품과 행실을 회상합니다. 이때 사람들은 고인의 삶에 일어났던 그 어떤 일보다도 고인이 얼마나 기쁘고 행복한 마음으로 죽음을 맞이했는지를 더 자주, 그리고 아주 흐뭇해하며 말합니다. 그들은 이렇게 함께 모여 고인의 올바른 삶을 회상하고 추억하는 것이야말로, 고인과 같이 올바른 삶을 살아가도록 교훈하는 가장 효과적인 수단이자 고인을 기리는 가장 좋은 방법이라고 생각합니다. 그들은 인간의 둔한 눈에는 고인이 보이지 않지만, 사실 고인은 그런 자리에 그들과 함께해서 고인에 대해 하는 말

---

135 "화장"은 고대 세계에서 대체로 표준적인 장례 방식이었지만, 19세기 이전에 기독교인은 화장을 사용하지 않았고 매장하는 방식을 택했다.

을 듣고 있다고 믿기 때문입니다.

사람들이 죽으면 행복한 삶을 누린다는 것이 사실이라면, 죽은 사람들은 자기가 가고 싶은 곳으로 자유롭게 갈 수 있어야 합니다. 만일 그렇지 않다면, 그것을 행복하다고 말할 수 없습니다. 그리고 죽은 사람들이 생전에 사랑과 우정을 나누었던 이들을 보고 싶어 하는 것은 너무나 당연하고, 만일 죽은 사람들에게 그렇게 간절히 보고 싶은 마음이 없다면, 그들은 냉정하고 냉혹한 자일 수밖에 없습니다.

그런 이유에서 유토피아 사람들은 선량한 사람이 죽으면 그가 생전에 지닌 좋은 성품은 작아지지 않고 도리어 커져서, 자기와 친하게 지냈던 사람들을 보고 싶어 하는 다정하고 애정 어린 마음도 더 커진다고 믿습니다. 그래서 죽은 사람은 살아 있는 사람 가운데서 함께 살아가면서, 산 사람이 하는 말과 행동을 다 지켜보고 있다고 생각합니다. 이렇게 그들은 죽은 사람이 자신과 함께 있으면서 자신을 보호해준다고 믿기 때문에, 한편으로는 무슨 일이든지 더 자신 있게 하게 되었고, 다른 한편으로는 조상이 언제나 함께한다고 믿기 때문에 다른 사람이 보지 않아 얼마든지 부끄러운 짓을 할 수도 있는 상황에서도 그렇게 할 엄두를 내지 못합니다.

점술을 경멸하고 믿지 않음

점성술을 비롯해 미래를 점치는 온갖 허황한 미신들이 다른 나라에서는 성행하지만, 유토피아 사람들은 그런 것을 완전히 무시하고 비웃습니다. 반면 자연적인 원인으로는 일어날 수 없는 진정한 기적들에 대해서는 신의 존재를 보여주는 증거로 여겨 존중합니다. 그들은 자기 나라에서 그런 종류의 기적들이 종종 일어난다고 말합니다. 국가적으로 큰 위기가 닥쳤을 때 모든 사람이 확신 중에 한마음으로 신에게 기도하며 기적을 구할 때 그 기도가 이루어진다는 것입니다.

유토피아 사람들은 자연을 바라보고 관조하면서, 그 경이 관조하는 삶
로움에 감동하여 신을 찬양하는 것은 신이 기뻐하는 일종의
예배라고 생각합니다. 반면에 그들 중에 적지 않은 사람은 종
교적인 동기에서 학문을 하찮게 여겨서, 자연을 학문적으로
연구하는 일에는 별 관심이 없습니다. 그들은 죽은 후에 내세
에 가서 행복을 누리려면 선행을 해야 한다고 믿기 때문에,
오로지 그런 일에 전념하느라 학문을 할 여력이 없습니다.

그래서 어떤 사람은 병자를 찾아가 돌보기도 하고, 어떤 사 적극적인 봉사의 삶
람은 길을 고치거나 도랑을 청소하거나 교량을 수리하거나
뗏장이나 모래나 돌을 채취합니다. 또 어떤 사람은 나무를 베
어 자르기도 하고, 수레를 사용해 목재나 곡물이나 그 밖의
다른 물품을 도시로 나르기도 합니다. 그들은 단지 국가와 공
공의 이익뿐만 아니라 개인을 위해서도 봉사하는 일을 하고,
자유민이면서도 노예보다 더 힘들게 일합니다.

아주 힘들고 역겨운 데다 도저히 해낼 수 없다고 생각해 많 모든 사람이 지혜롭고 선량한 것은 아님
은 사람이 피하는 아주 험하고 어렵고 더러운 일들이 있을 때
마다, 그들은 기쁜 마음으로 기꺼이 그런 일을 도맡아 함으
로써 다른 사람이 여가시간을 갖도록 해줍니다. 그들은 쉴 새
없이 그런 힘들고 어려운 일을 감내하면서도, 대단한 삶을 산
다고 자랑하지도 않고, 자신처럼 살지 않는 다른 사람을 비난
하거나 헐뜯지도 않습니다. 그들은 이렇게 자신을 낮추고 정
말 노예처럼 열심히 봉사하고 섬기는 삶을 살기 때문에 모든
사람에게 더욱 큰 존경을 받습니다.

그런 사람들은 두 종파에 속해 있습니다. 그중 하나는 일생
결혼하지 않고 살아가면서 이성을 멀리하고, 어떤 육식도 하
지 않는 분파입니다. 그들은 고기를 먹지 않는 것은 말할 것
도 없고, 현세에서의 온갖 쾌락을 해로운 것으로 여겨 철저히

배척합니다. 그리고 오로지 내세에 주어질 행복한 삶을 고대하며 살아갑니다. 그들은 밤낮없이 힘들고 어려운 일을 하며 봉사하며 살아가지만, 머지않아 내세의 행복한 삶이 주어진다고 믿기 때문에 힘든 줄도 모르고 아주 즐겁고 활기차게 살아갑니다.

또 다른 종파는 앞에서 말한 종파와 마찬가지로 힘들고 고된 일을 도맡아 하긴 하지만, 독신보다는 결혼하는 쪽을 더 선호하는 사람들입니다. 그들은 결혼생활이 주는 삶의 위로를 멸시하지 않고, 노동이 자연의 은혜에 보답하는 길이듯 자녀를 낳는 것은 조국의 은혜에 보답하는 길이라고 생각합니다. 또한, 노동을 방해하는 것이 아니라면 쾌락을 배척하지도 않습니다. 육식을 하면 힘이 더 강해져 힘들고 어려운 일도 더 잘할 수 있다고 생각해서 육식을 금하지도 않고, 도리어 더 열심히 고기를 먹습니다.

유토피아 사람들은 두 번째 종파는 더 현명하고, 첫 번째 종파는 더 거룩하다고 평가합니다. 첫 번째 종파 사람이 결혼 대신에 독신 생활을, 편안한 삶보다는 노동하는 삶을 선택한 것을 이성이라는 관점에서만 본다면, 그들의 선택은 비웃음을 살 만한 것일 수 있습니다. 하지만 그들은 종교적인 동기에서 그렇게 산다고 고백합니다. 유토피아 사람들도 그것을 알고, 또 종교 문제와 관련해서는 함부로 단정적으로 말하는 것을 극히 조심하기에, 그들의 삶의 방식을 존중하고 존경합니다. 이런 삶을 사는 사람을 유토피아 고유 언어로 '부트레스코스'[136]라 부르는데, 우리 언어로는 '수도사'에 해당합니다.

---

136 "부트레스코스"는 그리스어로 "황소"를 뜻하는 '부스'와 "종교적인"을 뜻하는 '트레스코스'를 결합한 단어다. 여기서 "황소"는 엄청나다는 의미를 지니므

이 나라의 성직자들은 도덕성과 거룩함에서 아주 탁월합니다. 따라서 그 수가 극히 적습니다. 도시 하나에 13명이 넘지 않고, 교회 하나당 1명이 있습니다. 전쟁이 벌어지면 그중 7명이 군대를 따라 전쟁터로 나가고, 견습 성직자 중 7명이 임시 성직자로 임명되어 그들 자리를 메웁니다. 그러다가 그 성직자가 돌아오면, 임시 성직자는 이전의 자기 자리로 복귀합니다. 13명의 성직자 중에서 한 명이 주교가 되어, 한 도시의 모든 성직자를 통괄합니다. 견습 성직자는 이 주교를 보좌하다가 성직자가 죽을 때마다 그 자리를 이어받습니다.

다른 모든 관리와 마찬가지로 성직자 역시 파벌로 분열해 경쟁하는 것을 방지하고자 전체 주민이 비밀투표로 선출합니다.[137] 그리고 성직자로 선출된 사람은 성직자단에게 서품을 받습니다. 성직자는 예배를 주관하고, 신앙과 관련된 문제를 담당하며, 사람들의 품행을 감독합니다. 사람들은 어떤 잘못을 했다는 이유로 성직자가 소환하거나 그 앞에 불려나가 책망을 듣는 것을 큰 수치로 여깁니다. 하지만 성직자들은 권고하고 책망할 뿐이고, 범죄를 예방하고 처벌하는 것은 시장을 비롯한 다른 관리의 몫입니다.

아주 행실이 나쁜 자를 성직자가 파문할 수도 있는데, 사람들은 당국에게 형벌을 받는 것보다도 그렇게 성직자에게 파문당하는 것을 더 두려워합니다. 파문당한 자들은 밖으로는 사람들 앞에서 큰 수치를 당하고, 안으로는 죽어서도 내세의 행복을 누리지 못하고 벌을 받지는 않을까 하는 두려움과 공

---

로, 이 명칭은 "지극히 종교적인 사람"이라는 뜻이 된다.

137 성직자는 학자 집단에서 선출되고, 학자는 성직자의 추천을 받아 시포그란토르가 선발한다.

포로 극심한 괴로움을 겪을 뿐 아니라, 머지않아 신체적인 안위도 위협받기 때문입니다. 즉, 자신이 참회했다는 것을 신속하게 성직자에게 증명하지 않으면, 시정협의회는 그들을 불경죄로 체포해 처벌합니다.

또한, 성직자들은 청소년 교육도 감독하지만, 학문 탐구를 우선시하지 않고 도덕성과 품성을 기르는 것을 중시합니다. 아직 억세지 않고 고분고분하여 무엇이든 잘 흡수하는 시기에 이 나라를 유지하는 데 유익한 좋은 가치관을 심어주려고 모든 노력을 다합니다. 그런 가치관이 청소년 시절에 정립되어 일생 마음속에 남는다면, 나라를 튼튼히 하는 데 큰 도움이 되기 때문입니다. 언제나 국민의 잘못된 가치관에서 생겨난 범죄와 악행이 그 원인이 되어 나라가 망합니다.

여자 성직자

남자 성직자에게는 결혼이 허용됩니다. 여자도 성직자가 될 수 있지만, 그런 일은 드뭅니다. 그리고 여자 중에서도 어느 정도 나이가 있는 과부만이 주민 전체에 의해 성직자로 선출됩니다.

성직자가 가장 존경받음

성직자는 유토피아 전체에서 그 어떤 관리보다 더 큰 존경을 받습니다. 그래서 어떤 성직자가 범죄를 저질렀더라도 법정에 세우지 않고, 신과 본인에게 맡겨둡니다. 성직자는 신에게 특별히 바쳐진 거룩한 제물인 까닭에 그런 사람이 죄를 범했더라도 사람들이 직접 손을 대는 것은 옳지 않다고 생각하기 때문입니다.

이 나라에는 성직자의 수가 아주 적은 데다, 무척 주의 깊게 선별적으로 뽑기 때문에 이러한 방식을 취한다 해도 큰 문제가 생기지 않습니다. 남보다 월등하게 뛰어난 자질과 성품을 기준 삼아 성직자로 선출되어 모든 사람의 존경을 받는 고귀한 자리에 오른 사람이 타락해 사악해지는 일은 거의 일어나지 않기 때문입니다.

또한, 인간의 본성은 언제든지 변할 수 있으므로 설령 그런 일이 일어난다고 해도 성직자들은 그 숫자도 극소수인데다 대중의 존경에서 오는 정신적인 영향력 외에는 사실상 아무 권력도 없기 때문에 그들이 국가와 사회에 큰 해를 끼칠 염려는 하지 않아도 됩니다.

실제로 이 나라는 성직자가 지금과 같이 계속 대중에게 큰 존경을 받는 집단이 되도록 그 수를 극히 적은 수로 제한합니다. 성직자의 수가 늘어나면 희소성이 떨어져, 사람들이 귀하게 여기지 않기 때문입니다. 게다가 평범한 수준의 도덕적 품성을 지닌 사람에게는 그런 존귀한 직위가 어울리지 않기에 인품과 자질이 탁월한 사람을 찾다 보니 적합한 자격을 갖춘 사람이 거의 없는 것도 현실입니다.

유토피아의 성직자에 관한 평판은 자국만큼 다른 나라에서도 대단히 좋습니다. 이제 내 말을 들어보시면 두 분도 그 이유를 쉽게 알 것입니다. 아군이 교전을 벌일 때마다 종군 성직자들은 성직자임을 나타내는 법복을 입고 아군 진영에서 뒤쪽으로 약간 떨어진 곳에 무릎을 꿇고 앉습니다. 그런 후에 하늘을 향해 두 손을 올린 채로 무엇보다 먼저 평화를 기원하고 나서, 다음으로는 아군의 승리를 기원하지만, 아군이나 적군이 피를 흘리지 않고 전쟁이 끝나기를 더욱 간구합니다.

그러다가 아군이 결정적으로 승기를 잡으면, 전투가 벌어지는 현장으로 달려나가, 패배한 적군에게 아군이 분노하여 만행을 저지르지 않도록 제지합니다. 적군 병사는 누구든지 전투 현장에 나타난 성직자를 소리쳐 부르기만 하면 목숨을 건질 수 있고, 바람에 펄럭이는 성직자의 옷을 만진 사람은 전쟁의 모든 참화에서 재산까지도 보호받을 수 있습니다.

이렇게 행동했기에, 성직자는 모든 나라에서 어디서나 대단한 존경을 받고 큰 권위를 얻어서, 적군을 아군에게서 구해주거나, 마찬가지로 아군을 적군에게서 구해주는 일도 자주할 수 있었습니다. 아군의 전선이 무너져 황급히 퇴각하고 적군은 그들을 죽이고 약탈하고자 밀려드는 절박한 상황에서도, 성직자들이 개입해서 그 중간에 서면 살육은 멈추고, 아군과 적군은 서로 군대를 뒤로 물린 후에 동등한 조건 아래평화조약을 체결하는 것이 하나의 관례처럼 돼왔습니다. 그 어떤 나라가 아무리 거칠고 잔인하며 야만적이라 해도 유토피아의 성직자들에 관해서만은 신성불가침의 존재로 여기기 때문입니다.

유토피아의 축일

유토피아에서는 모든 달과 해의 첫날과 마지막 날을 축일로 지킵니다. 그들은 태양력을 기준으로 한 해를 정한 후에, 태음력을 기준으로 해서 한 해를 열두 달로 구분합니다. 첫날은 한 달이나 한 해를 시작하는 날이라고 해서 그들의 언어로 '키네메라'[138]라고 부르고, 마지막 날들은 한 달이나 한 해를 마감하는 날이라고 해서 '트레페메라'라고 부릅니다.

교회

이 나라에 있는 교회들은 정말 웅장하고 대단합니다. 공들여 훌륭하게 지은 데다가 어마어마하게 크기 때문입니다. 교회 수는 적은데, 신도 수는 아주 많아서, 그들을 다 수용하려

---

138 "키네메라"는 그리스어로 "개"를 뜻하는 '퀴온' 또는 '퀴노스'와 "날"을 뜻하는 '헤메라'를 결합한 것으로 "개의 날"이라는 의미다. 고대 그리스에서 "개의 날"은 엄밀하게 말해 현재의 달에서 새로운 달로 넘어가는 밤을 가리켰고, 이 밤에 교차로에 음식을 갖다놓았다. 그들은 이 날에 개가 짖는 것을 어둠과 저승의 여신인 헤카테가 오는 것을 보며 짖는다고 해석했다. "트레페메라"는 그리스어로 "변화"를 뜻하는 '트레포'와 "날"을 뜻하는 '헤메라'를 합친 명칭으로 "한 해나 한 달이 바뀌는 날"을 의미한다.

면 그렇게 크게 지을 수밖에 없었습니다.[139]

다소 어두운 교회 내부와 그 이유

교회 내부는 어느 곳이나 다소 어둡습니다. 이것은 건축에 대한 무지 때문이 아니라, 성직자들의 의도가 반영된 것이라고 합니다. 즉, 너무 밝으면 정신을 집중하기가 어려워 생각이 산만해지지만, 빛이 좀 어두우면 마음을 모으기가 쉬워 예배드리는 데 유익하다고 성직자들은 생각합니다.

이 나라에는 서로 다른 많은 종교가 있고, 그 종교들은 많은 점에서 무척 다양한 교리를 가르치긴 하지만, 동일한 신을 숭배한다는 점에서는 본질적으로 일치합니다. 이렇게 가장 중요한 점에서 모든 종교가 일치하기 때문에, 모든 신앙인은 서로 다른 길을 통해 동일한 하나의 목적지를 향해 가는 사람이라고 할 수 있습니다. 따라서 이 나라에 있는 교회에서는 오직 모든 종파에서 공통으로 행하거나 가르치는 것만 보거나 들을 수 있습니다. 각각의 종파에서만 행하는 특별한 예식은 각 가정에서 사적으로 진행됩니다. 하지만 모든 교회에서 드리는 공예배와 각 가정에서 행하는 예식이 서로 훼손하거나 배치되는 일은 결코 없습니다.

마찬가지로 교회에는 신을 형상화한 어떤 상징물도 없습니다. 그래서 사람들은 자신이 믿는 종교에 따라 자유롭게 신의 모습을 상상할 수 있습니다. 또한, 이 교회들에서는 신을 특정한 명칭으로 부르지도 않습니다. 유토피아 사람들은 각각의 종파에서 믿는 신을 어떤 명칭으로 부르는지와는 상관없이 모두가 믿는 최고신 한 분을 '미트라스'라고 부르기 때문에, 교회들도 그 명칭을 사용할 뿐입니다. 그리고 교회가 이

---

139 한 도시의 인구가 대략 10만 명 정도인데, 한 도시에 교회가 13개밖에 없기 때문이다.

최고신에게 기도할 때도 각각의 종파가 믿는 교리에 어긋나지 않는 표현과 내용을 사용하므로, 그 기도는 아무에게도 거슬리지 않습니다.

유토피아 사람들은 한 해 또는 한 달의 마지막 날을 축일로 정해 하루 금식하고, 저녁이 되면 교회에 가서 한 달 또는 한 해가 끝날 때까지 평안히 살게 해주신 것을 감사하는 기도를 신에게 올립니다. 그리고 다음날, 즉 첫날의 축일 아침이 되면 또다시 모두 교회로 가서, 이제 막 시작된 한 달이나 한 해 동안 건강하고 행복하게 지낼 수 있게 해달라고 기도합니다.

유토피아<br>사람들의<br>고해성사

마지막 날 축일에는 교회에 가기 전에 먼저 집에서 아내는 남편 앞에서, 자녀는 부모 앞에서 무릎을 꿇고, 자신이 저지른 죄악이나 자신에게 주어진 의무를 소홀히 하거나 행하지 않은 잘못을 고백하고 용서를 빕니다. 이렇게 해서 그동안 가정에 드리웠던 반목과 불화의 구름은 걷히고, 그들은 모두 깨끗하고 편안한 마음으로 예배에 참석합니다.[140]

유토피아 사람들은 양심에 어떤 거리낌이 있는 상태에서 예배에 참석하는 일을 불경죄를 저지르는 것으로 생각합니다. 그래서 어떤 사람을 미워하거나 분노한다면, 서로 화해해서 마음이 깨끗하게 될 때까지 예배에 참석하지 않습니다. 그런 상태로 예배에 참석했다가는 그 자리에서 천벌을 받아 큰

---

140 토머스 모어는 자기 딸 마가렛에게 쓴 편지에서 "기독교 시대 이전에 그리스에서는 사람들이 지금의 짐승들처럼 고해성사를 하지 않았다"라고 말했다. 유토피아에서 고해성사는 성직자 앞이 아니라 가족 안에서 이루어진다. 성경의 마태복음 5장에서 예수는 "그러므로 예물을 제단에 드리려다가 거기서 네 형제에게 원망 들을 만한 일이 있는 것이 생각나거든 예물을 제단 앞에 두고 먼저 가서 형제와 화목하고 그 후에 와서 예물을 드리라"(23-24)라고 말한다.

화를 당할지도 모른다는 두려움이 있기 때문입니다.

교회에서의 자리 배치

교회에 들어가면 남녀 좌석이 서로 분리되어 있어, 남자는 오른편 좌석으로 여자는 왼편 좌석으로 가서 앉습니다.[141] 이 때 동일한 가구에 속한 남자들이 한데 모여 앉으면 바로 뒤에 그 가구를 책임지는 가구주가 앉고, 동일한 가구에 속한 여자들이 한데 모여 앉으면 바로 뒤에 그 가구주의 부인이 앉습니다. 사람들을 이런 식으로 앉게 하는 것은 집에서 모든 사람을 감독하고 훈육하는 책임을 맡은 가구주와 그 부인에게 밖에서도 사람들의 공적인 행실을 감독하게 하려는 것입니다.

또한, 미성년 자녀들을 성인들 사이사이에 앉히는 일에도 신경 씁니다. 아이들끼리 앉게 하면, 일생 훌륭한 삶을 살도록 동기를 부여해주는 가장 중요하고 거의 유일하다고 할 수 있는, 독실한 신앙심과 경외심을 길러야 할 시간에 쓸데없이 서로 장난하며 허비하기 쉽기 때문입니다.

예배 의식

그들은 예배를 드릴 때 짐승을 도살해 제물로 바치는 일은 하지 않습니다. 모든 짐승에게 생명을 주어 살게 한 자비로운 신이 짐승을 도살하는 것과 피 흘리는 것을 기뻐할 리 없다고 생각하기 때문입니다. 대신에 그들은 향을 피웁니다. 여러 향품을 사용해서 성전을 향기롭게 하고, 아주 많은 양초를 켜 둡니다. 하지만 신에게 어떤 영향을 미칠 수 있다는 생각으로 그렇게 하는 것이 아닙니다. 그렇게 하면 기도처럼 신을 움직일 수 있다고 믿는 것은 아니지만, 짐승을 도살해 제물로 바치는 것보다는 이런 식으로 아무 해악이 없는 방식으로 예배드리는 것이 더 낫다고 생각하기 때문입니다.

---

141 교회에서 남녀 좌석이 분리되어 있는 것은 기독교 초기부터 관행이었다.

또한, 그들은 향기와 빛과 그 밖의 다른 예식이 우리가 알지 못하는 어떤 방식으로 사람의 마음을 고양하고 집중하게 해, 더욱 온 마음을 다하여 신을 경배할 수 있게 한다고 생각합니다.

교회에서 모든 사람은 흰옷을 입습니다. 성직자는 여러 색깔이 혼합된 옷을 입습니다. 그 옷은 정성을 다해 정교하고 솜씨 좋게 만들어 놀라울 정도로 아름답기는 하지만, 재료 자체가 값비싼 것은 아닙니다. 금실로 짜지도 않았고, 귀한 보석이 박혀 있지도 않습니다. 단지 여러 새의 깃털을 섞어서 짠 것일 뿐입니다.[142] 하지만 얼마나 기막히게 정교하고 솜씨 좋게 짰던지, 성직자가 입은 옷의 가치는 금이나 보석같이 값비싼 재료를 사용해 만든 옷보다 훨씬 더 나갑니다.

성직자의 옷을 만드는 데 사용한 여러 새의 깃털과 그것이 옷 위에 배열된 순서에는 모종의 신비로운 비밀이 담겨져 있고,[143] 거기에 대한 해석은 성직자에게만 전해져 내려온다고 합니다. 성직자들의 옷에 숨겨진 비밀스러운 메시지는 신이 사람을 지극히 사랑한다는 것, 그 사랑에 보답해 사람은 경건한 신앙심으로 신을 경외해야 한다는 것 그리고 사람은 서로

---

142 당시 탐험가들은 아메리카 대륙의 원주민들이 "형형색색의 새 깃털들로 매우 아름답게 짠 옷"을 입고 있었다고 전했는데, 토머스 모어는 이 이야기를 읽거나 들었던 것으로 보인다.

143 성경의 구약 시대에 대제사장이 입는 옷에는 여러 가지를 상징하는 많은 장식물이 있었다. 두 개의 호마노에 이스라엘 열두 지파의 이름을 새겨 달기도 했고, 가슴 부분에는 한 줄에 보석을 세 개씩 네 줄로 달아 이스라엘 열두 지파를 상징하기도 했다. 토머스 모어는 이것을 유토피아의 가치관에 맞게 보석은 신대륙에 관한 글에서 본 새 깃털로 바꾸고, 그것이 상징하는 의미를 이스라엘의 열두 지파가 아니라 성경의 두 강령인 신에 대한 사랑과 이웃에 대한 사랑으로 바꾸었다.

에게 의무를 다해야 함을 일깨운다고 알려져 있습니다.

성직자가 예배를 주관하기 위해 이런 옷을 입고 모습을 드러내자마자 마치 실제로 신이 강림한 것 같은 두려움이 교회 전체를 뒤덮어서, 모든 사람은 즉시 경외심에 사로잡혀 땅에 엎드리고, 그곳은 일순간 완전한 정적에 휩싸입니다. 사람들은 한동안 그런 식으로 땅에 엎드린 자세로 있다가 성직자가 신호를 보내면, 그때서야 일어납니다.

그런 후에는 여러 악기의 합주에 맞추어 신에게 올리는 찬송을 부르는데, 악기 대부분은 우리가 사용하는 것과는 판이하게 다릅니다. 다수의 악기는 훨씬 좋은 음을 내지만, 그중 몇몇은 우리 악기와 큰 차이가 없습니다. 하지만 한 가지 면으로 본다면 그들 악기가 우리보다 훨씬 더 뛰어나다는 것에는 의심의 여지가 없습니다. 악기 연주든 사람 목소리든 그들의 모든 음악은 인간의 자연스러운 감정을 아주 잘 표현해내기 때문입니다. 따라서 음과 그 음이 표현하는 감정은 서로 완벽하게 잘 맞아떨어집니다. 그래서 사람들이 부르거나 연주하는 음악은 기쁨이나 탄원이나 괴로움이나 슬픔이나 분노 중에서 어느 감정을 표현하든, 전체적인 선율을 통해 그 감정을 놀라울 정도로 정확하게 표현하므로 청중의 마음속 깊이 파고 들어가 그들을 뒤흔들고 불을 지릅니다.

끝으로, 성직자와 모든 신자가 정형화된 기도문을 함께 한목소리로 암송하는 것으로 예배는 끝납니다. 이 기도문은 이미 정해진 내용으로 되어 있어 모두 함께 암송하긴 하지만, 모든 내용은 개별 신자가 신에게 기도해야 하는 것입니다.

이 기도문을 통해 각자는 신이 우주와 만물의 창조주이자 통치자이고 모든 좋은 것의 원천임을 고백하고, 그러한 사실에 따라 각자 신으로부터 받은 많은 은총에 감사를 드립니다.

교회 음악

공동기도문

특히 가장 행복한 나라에서 태어나 살게 하고, 가장 참되다고 생각하는 그런 종교를 믿게 해주신 것에 감사합니다.

그리고 만일 이런 생각이 잘못된 것이어서, 신이 보시기에 더 나은 나라나 종교가 존재한다면, 신이 이끄시는 대로 기꺼이 따라갈 준비가 되어 있으므로 선하심을 베푸셔서 각자에게 그것을 알게 해주시길 기도합니다.

하지만 진정 이 나라가 가장 선하고 그 종교가 가장 바르다면, 이 나라와 종교에 끝까지 변함없이 헌신할 수 있게 해주시고, 만일 이 세상에 여러 다양한 종교가 존재하는 것이 헤아릴 수 없는 신의 깊은 뜻에 따른 게 아니라면, 다른 모든 사람도 동일한 종교를 믿고 동일한 삶을 살아가게 해주시길 간구합니다.

그런 후에 신자들은 편안하게 이 세상을 떠나 신에게 갈 수 있게 해달라고 기도합니다. 그 시기가 빠르든 늦든 그런 것은 신의 소관이기 때문에 언제 데려가 달라고 감히 말할 수는 없지만, 이 땅에서 잘 먹고 잘살면서 더 오랫동안 신과 떨어져 있는 것보다는, 차라리 아무리 괴롭고 힘든 죽음을 거치더라도 신이 허락하기만 한다면 좀 더 빨리 신에게로 가고 싶다고 고백합니다.

이런 기도를 올린 후에, 그들은 또다시 얼마 동안 땅에 엎드렸다가 일어나 점심식사를 하러 갑니다. 그리고 그날의 나머지 시간은 오락과 군사훈련을 하는 것으로 보냅니다.


## 12. 유토피아 공화국을 칭송함

지금까지 나는 유토피아 공화국이 어떤 나라인지에 대해 내가 할 수 있는 한 가장 정확하게 두 분에게 설명해드렸습니다. 내 생각에 그 나라는 세상에서 가장 훌륭한 나라일 뿐만 아니라, 공화국[144]이라고 부르는 것이 합당한 유일한 나라입니다. 다른 나라도 어디서나 자신을 공화국이라고 하고 자기 나라는 공공의 이익을 추구한다고 말하지만, 그들은 진정 개인의 이익만을 추구할 뿐입니다 반면에 유토피아에는 개인의 이익을 위한 일이 없으므로 모든 사람이 공공의 이익을 열심히 추구합니다. 하지만 여기서나 거기서나 사람들은 각자가 속한 나라의 체제에 따라 자신이 처한 형편과 처지에 맞추어 행동할 뿐입니다.

다른 나라에서는 공화국이라 불리는 자기 나라가 아무리 잘살더라도, 개개인이 먹고살 것을 따로 챙겨놓지 않으면 영락없이 굶어죽기 십상이라고 믿습니다. 이 잔혹한 현실로 사람들은 나라와 국민, 즉 다른 사람보다는 자신을 우선적으로 챙겨야 한다고 부득불 생각합니다.

반면에 유토피아에서는 모든 것이 공동소유이기 때문에, 공공의 창고가 채워져 있기만 하다면, 사람들은 자기가 쓸 것 중에서 뭐 하나라도 부족하면 어쩌나 걱정하지 않습니다. 모든 것은 넉넉하게 분배되므로 그 나라에는 가난한 자도 없고 거지도 없습니다. 아무도 사유재산이 없지만, 모든 사람이 부자입니다. 온갖 걱정과 염려에서 벗어나 즐겁고 편안한 마음으로 살아가는 것보다 더 큰 부는 없기 때문입니다.

---

144 "공화국"은 라틴어로는 res publica, 즉 "공공의 것"이라는 뜻으로, 한 나라의 모든 것이 군주의 소유인 군주국과는 달리 공공의 것이라는 점에서 대비된다. 따라서 사적 이익이 아니라 공공 이익을 도모하는 국가체제가 공화국 또는 공화정의 핵심이다. 영어의 'republic'도 이 라틴어에서 유래했다.

유토피아 사람 중에서는 아무도 생계 문제 해결을 놓고 스스로 고민하지 않고, 돈 벌어 오지 않는다는 이유로 아내에게 끊임없이 바가지를 긁히는 일도 없습니다. 아들이 가난하게 살까 봐 걱정할 필요도 없고, 딸에게 해줘야 할 결혼 지참금을 염려하지도 않습니다. 도리어 그들은 자기는 물론이고 가족 전체의 생계와 행복이 확실하게 보장되어 있음을 확신하며 살아갑니다. 아내와 자녀, 손자, 증손자, 고손자는 말할 것도 없고, 귀족들이 그토록 원하는 것, 즉 모든 자손이 자자손손 아무 걱정 없이 풍요롭게 잘 살아가는 것 역시 확실하게 보장됨을 잘 알기 때문입니다. 게다가 나이 들어 더 이상 일을 할 수 없는 사람들도 일하는 사람들과 마찬가지로 모든 것을 똑같이 보장받습니다.

이 시점에서 나는 감히 어느 누가 유토피아의 이러한 공평을 다른 나라의 정의와 비교할 수나 있는지 말하고 싶습니다. 만일 다른 나라에서 정의와 공평의 흔적이라도 찾아볼 수 있다면, 내 목숨까지라도 내놓겠습니다.

다른 나라에서 정의라고 하는 것을 말해보겠습니다. 예를 들어, 귀족, 금세공인, 고리대금업자와 같은 부류의 사람들은 아무 일도 하지 않거나 한다 해도 공공의 이익에 별 필요가 없는 일을 하며 살아가면서도, 그 대가로 사치스럽고 화려한 삶을 보장받습니다.

반면에 노동자, 마부, 목수, 농부 같은 사람들은 무거운 짐을 실어나르는 노새 같은 짐승도 해내기 어려운 아주 어렵고 힘든 일을 쉴 새 없이 하며 살아갑니다. 그들이 하는 일은 반드시 필요한 것이어서, 만일 그런 사람이 없다면 어느 나라든 1년을 버티기 힘듭니다. 그런데도 그들은 생계를 유지하기에도 턱없이 부족한 임금을 받고 극도로 궁핍한 삶을 살아가는 데 무거운 짐을 실어나르는 짐승보다도 못한 비참한 인생입니다. 그런 짐승조차도 그처럼 쉴새 없이 일하지는 않고, 먹는 것이나 사는 것이 그들보다는 더 낫기 때문입니다.

게다가 그런 짐승들은 미래를 걱정하지 않지만, 그들은 지금도 먹고살기 힘들고 장래도 보장되지 않는 임금을 받으며 죽을힘을 다해 힘들게 일할 뿐만 아니라, 나이가 들어 힘이 없어지면 어떻게 먹고살아야 할지를 걱정해야 합니다. 그들이 매일 받는 임금으로는 하루 먹고살기도 힘들어, 매일 조금씩이라도 저축하며 노년을 대비한다는 것은 꿈도 꿀 수 없기 때문입니다.

우리는 이것을 도대체 무슨 정의라고 말해야 합니까? 그런 나라에서는 아무 일도 하지 않거나 쓸데없는 잡담으로 시간을 보내거나 사람들에게 헛된 쾌락을 제공하는 이른바 귀족과 금세공인을 비롯한 부류에게는 아낌없이 차고 넘치게 상을 줍니다. 반면에 농부, 광부, 임금 노동자, 마부, 목수처럼 나라가 돌아가는 데 꼭 필요하고 그들이 없으면 나라 자체가 존재할 수 없는 그런 부류에게는 제대로 먹고살 수 있게도, 노년을 대비할 수 있게 해주지도 않습니다. 그런 나라를 정의롭지 못하고 배은망덕한 나라라고 해야 하지 않겠습니까?

사람들이 늙고 병들어서 더 이상 일할 수 없게 되어 모든 것에서 나라의 돌봄이 절실하게 필요해졌을 때 그들에 대한 나라의 배은망덕함은 절정에 달합니다. 즉, 그런 나라는 사람들이 젊어 열심히 일할 수 있던 때 밤잠을 자지 않고 불철주야 온 힘을 다해 일해 나라와 사회에 엄청난 공헌을 한 사실을 언제 그랬느냐는 듯이 모른 체하고는, 그대로 방치해 비참한 죽음을 맞게 내버려둡니다.

게다가 부자들은 노동자가 죽도록 일하지 않으면 안 되게 한 후에 하루 먹고살기도 힘든 임금을 주면서도 어떻게 해서든지 한 푼이라도 덜 주고 더 부려먹기 위해 끊임없이 이런 저런 수법을 고안해내는 것은 물론이고, 그런 목적으로 나라의 여러 법률을 동원하기까지 합니다. 즉, 먼저 그들은 나라에 크게 기여한 사람들을 형편없이 대우하는 불의를 저지르고는, 나라의 법률을 동원해 그러한 불의를 합법화하여 정의로 둔갑시킵니다.

오늘날 이 세상에서 번영하는 모든 나라를 마음속으로 다 둘러보고 생각해보자, 유감스럽게도 그런 나라에서 부자는 국민의 이익을 위해 나라를 경영한다는 미명 아래 사리사욕을 채우려고 온갖 음모를 꾸민다고밖에는 다른 말을 할 수 없습니다.

부자들은 먼저 자신이 악한 방법으로 축적한 모든 것을 잃을 염려 없이 안전하게 보유하게 해주고, 다음으로는 가난한 사람의 노동력을 값싼 임금으로 사서 최대한 착취할 수 있게 하는 온갖 방법과 수단을 고안해냅니다. 그런 후에 그들은 자기 권력을 이용해 나라와 공공의 이익을 위한다는 명목으로 그런 것을 법률로 제정하여 합법화함으로써 가난한 사람들이 지키지 않을 수 없게 만듭니다.

이렇게 해서 만족을 모르고 탐욕스러운 극소수의 사악한 자들은 국민 전체가 살아가기에 충분한 부를 저들끼리만 나누어 가집니다. 하지만 그런 부자들조차도 결코 행복하지 않고, 유토피아 사람들이 경험하는 그런 행복을 절대 누리지 못합니다.

**돈에 대한 경멸** 유토피아에는 사유재산이라는 것이 없기 때문에, 돈을 사용하지 않으면서 돈에 대한 탐욕도 완전히 사라졌습니다. 그 결과 수많은 사회문제가 제거되었고, 수많은 범죄가 근본적

으로 뿌리 뽑혔습니다. 형벌은 예방 기능보다는 처벌 기능이
더 강해서, 아무리 형벌을 강화해도 사기, 절도, 강도, 싸움,
폭동, 분쟁, 반란, 살인, 반역, 독살 같은 온갖 범죄는 매일 발
생합니다. 하지만 이 모든 것을 가능하게 한 돈이 사라지자,
그런 온갖 범죄도 함께 사라졌습니다. 그리고 돈이 사라지자
마자 두려움, 염려, 걱정, 힘든 노동, 불면의 밤도 함께 사라졌
습니다. 또한, 오직 돈만 해결해줄 것처럼 보였던 가난이라는
문제도 돈이 사라지자 그 즉시 함께 사라졌습니다.

한 가지 예를 든다면, 그 사실이 분명해집니다. 흉년이 들
어 먹을 것이 없어 수많은 사람이 굶어 죽어야 했던 과거의
어느 한 해를 떠올려보십시오. 그리고 흉년이 끝날 즈음 부자
들의 곳간을 조사했다고 합시다. 장담하건대, 그 곳간에는 흉
년으로 인해 먹을 것이 없어 굶거나 병들어 죽은 모든 사람이
흉년 동안 먹고살기에 충분한 곡식이 들어 있을 것입니다. 만
일 그 곡식을 나누어 주었더라면, 그들은 죽거나 고통당하지
않았을 것이므로 지금이 흉년인지조차 몰랐을 것입니다.

돈이라는 것은 원래 사람들이 살아가는 데 필요한 생활필
수품을 쉽게 얻으려는 목적으로 만든 대단히 유익한 것이지
만, 실제로는 그렇게 하지 못하게 방해하고 차단하는 것이 되
고 말았습니다.

부자들조차도 틀림없이 그 사실을 알고 있습니다. 그리고
자신에게 필요하지도 않은 많은 것을 차고 넘치게 소유하는
것보다는 꼭 필요한 것을 갖는 게 더 낫고, 많은 부를 소유함
으로써 수많은 위험에 둘러싸여 사는 것보다는 사유재산을
갖지 않음으로써 그런 수많은 위험에서 벗어나는 것이 더 낫
다는 것을 그들도 압니다.

또한, 만일 인간에게 존재하는 가장 큰 악이자 모든 악의  놀라운 말

근원인 과시욕이 방해하지만 않았더라면, 모든 사람이 구세주인 예수 그리스도의 권위에 근거해 인간에게 가장 유익한 것이 어디에 있는지를 깨닫고는, 온 세계가 유토피아의 법률을 이미 오래전에 받아들여 시행했으리라는 것도 나는 의심하지 않습니다. 예수 그리스도는 지극히 지혜로우신 분이므로 인간에게 가장 좋은 것이 무엇인지를 모르실 리 없고, 지극히 선하셔서 그것을 숨기셨을 리도 없기 때문입니다.

과시욕

그러한 과시욕은 자신이 어떤 것을 얼마만큼 소유하였는가가 아니라 다른 사람이 자기보다 무엇을 얼마나 덜 가지고 있느냐를 기준으로 자신의 성공 여부를 판단합니다. 신이 과시욕에게 천국에 들어가 신으로 살라고 해도, 자신이 명령하고 모욕하며 비웃어줄 비참하고 불행한 자들이 거기 없다면, 과시욕은 천국에 들어가서 신으로 살기를 단호히 거부할 것입니다. 그런 비참한 자들의 불행이 있어야, 한편으로는 거기에 대비한 자신의 행복이 찬란히 빛날 것이고, 다른 한편으로는 그들 앞에서 자기 부를 과시하여 그들의 궁핍이 더욱 두드러지게 함으로써, 그렇지 않아도 괴롭고 힘든 그들의 삶을 더욱 괴롭고 힘들게 만들 수 있기 때문입니다.

이렇게 과시욕은 지옥에서 온 뱀[145]으로 사람 마음속에 또아리를 틀고 이리저리 돌아다니면서 사람을 자꾸 퇴보하게

---

145  여기서 "지옥에서 온 뱀"은 성경에서 뱀으로 위장하여 아담과 하와를 유혹하여 죄에 빠뜨렸던 사탄을 가리킨다. 이것이 인간의 타락 사건인데, 이 사건으로 인간 본성 속에는 "오만"이라는 죄의 뿌리가 자리 잡았다. 성경은 인간의 모든 죄의 근원은 피조물인 인간이 창조주처럼 되고자 하는 이 "오만"에 있다고 말한다. 일반적으로 "오만, 교만"으로 번역되는 라틴어 '수페르비아'(superbia)는 자신을 높여 자랑하고 뽐내는 것을 의미하기 때문에 여기서는 "과시욕"으로 번역했다.

만들고, 더 나은 삶을 향해 앞쪽으로 나아가지 못하게 합니다. 과시욕은 인간 본성에 아주 깊고 단단하게 뿌리내리고 있어 완전히 뽑아내 제거하기 쉽지 않습니다.

하지만 모든 나라가 채택했으면 좋겠다고 내가 바랐던 그런 국가 체제를 유토피아에서라도 채택하고 있다는 사실이 나를 기쁘게 합니다.

유토피아 사람들은 그런 체제를 채택함으로써, 사람들이 가장 행복하게 살 수 있게 해줄 그런 국가 그리고 미래를 예측하는 인간의 능력으로 판단했을 때 영원히 지속할 수 있는 국가적인 토대를 마련한 것입니다.

역사상으로 그토록 놀랍게 번영하고 안전해 보였던 수많은 나라를 와해하고 멸망하게 한 것은 단 한 가지 원인, 즉 내분에 있었습니다. 그런데 유토피아 사람들은 자기 나라에서 야심과 파벌과 그 밖의 거의 모든 다른 악이 발생할 근원을 원천적으로 뿌리 뽑았기 때문에 그 나라에서는 내분이 일어날 위험이 전무합니다.

온 백성이 화합하여 일치단결하고 나라의 제도를 건강하게 유지하는 한, 이웃 나라 왕들이 아무리 그들을 미워하더라도 결코 그들의 국가 체제를 와해하거나 그들을 흔들어놓을 수 없습니다. 실제로 과거에 이웃 나라 왕들이 그들을 미워하여 멸망하게 하고자 쳐들어온 적이 종종 있었지만, 그때마다 언제나 격퇴당해 물러갈 수밖에 없었습니다.

라파엘이 모든 이야기를 끝냈을 때, 나는 유토피아 사람 사이에서 시행된다고 말한 관습과 법과 제도 중에서 상당수가 너무나 터무니없어 보인다는 느낌을 받았다. 전쟁 수행 방식이나, 신에 관한 생각, 종교 생활을 비롯해 그 밖의 다른 관습도 마찬가지였다.

하지만 그중에서도 가장 터무니없어 보였던 것은 그들의 모든 삶과 제도의 토대를 이루는 가장 중요한 제도, 즉 화폐를 기반으로 한 상거래와 사유재산 없이 모든 것을 공동소유로 살아가는 삶이었다. 그 한 가지 제도만 시행해도, 사람들이 일반적으로 한 나라의 영광이자 긍지라고 생각하는 귀족 계급이나 그 장엄함, 찬란함, 위엄 같은 모든 것이 완벽하고 철저하게 와해하고 말기 때문이다.

라파엘이 많은 얘기를 들려주느라 힘이 다 빠져 지쳐 있다는 것을 나는 알고 있었다. 그리고 내가 그런 것에 대해 반박했을 때, 과연 그가 내 말을 받아들여줄지에 대해서도 확신이 서지 않았다.

특히 라파엘이 전에 말한 바, 어떤 사람은 누군가가 어떤 견해를 말하면 그들의 말 속에서 꼬투리를 잡아 비판하지 않으면 자신이 그들보다 못나 보이고 무식해 보일 것 같아, 어떻게 해서라도 남의 말에서 결점을 찾아내 비판하려 든다고 말하면서 그런 자들을 질책했던 모습이 떠올랐다.

그래서 나는 유토피아 사람들이 시행하는 제도를 칭찬하고 그의 상세한 설명에 감사하고 나서, 그의 손을 잡아끌고 저녁 식사를 하러 갔다. 그리고 도중에 우리가 조금 시간을 갖고 이 문제들을 숙고한 후에 다음번에 다시 만나 좀 더 자세하게 토론했으면 좋겠다는 말을 그에게 했다. 그런 기회가 다시 주어진다면 나는 정말 기쁠 것이다.

나는 그가 대단히 박식하고 견문과 식견이 아주 넓다는 것을 전혀 의심하지 않지만, 지금으로서는 그가 우리에게 들려준 모든 것에 다 동의하기는 어려울 것 같다. 그럼에도 유토피아 공화국에서 시행되는 것 중에서 아주 많은 것이 우리 세계의 여러 나라에서도 시행되었으면 좋겠다는 것이 내 솔직한 심정이다. 그리고 나의 이런 바람이 하나의 희망에 그치지 않고 실제로 이루어졌으면 정말 좋겠다.

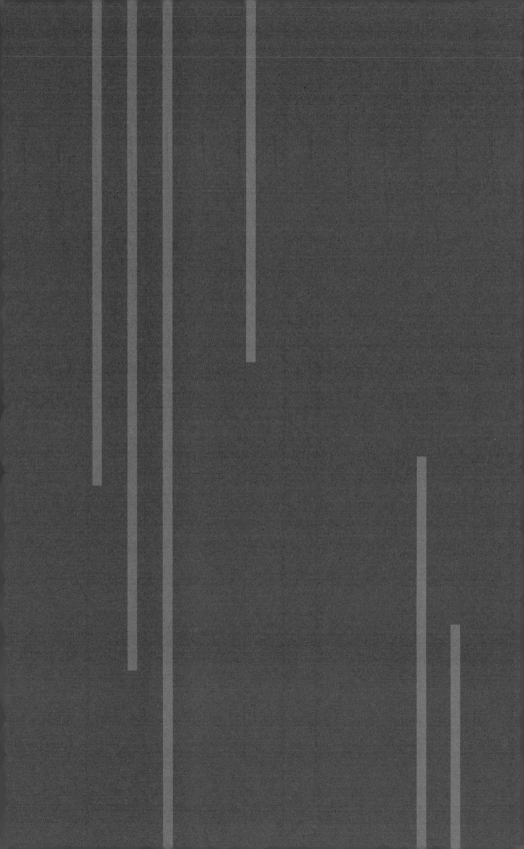

서신과

시

# 토머스 모어가 그의 친구 페터 힐레스에게 보낸 서신[146]

친애하는 페터 씨, 당신도 이미 들어 알고 있겠지만, 내가 쓴 『유토피아』에 대해 저 영리한 사람이 한 비판을 듣고 나는 무척 기뻤습니다. 그 사람은 이 이야기가 실화라면 거기에는 말도 안 되는 터무니없는 내용이 상당수 들어 있고, 만약 허구라면 여러 군데에서 모어 씨의 식견과 판단력이 결핍되어 있다고 말합니다. 그 사람은 박식하고, 어쩌면 나를 도와주려는 내 친구 중 한 사람이 아닌가 싶기도 합니다.[147] 그 사람이 누구든, 나는 그 사람에게 갚아야 할 많은 마음의 빚을 지고 있습니다.

그 사람의 솔직한 평가는 내 책이 출간된 이래로 내가 지금까지 봐온 다른 어떤 반응보다 더 나를 기쁘게 했습니다. 무엇보다도 그는 먼저, 나 또는 내 작품 자체를 좋아하고 또한, 관심이 많아 중도에 그만두지 않고 내 책을 끝까지 읽어주었습니다. 또한, 성직자들이 『성무일과』[148]를 읽는지는 잘 모르겠지만, 어쨌든 읽더라도 대충 후딱 읽어버

---

146 토머스 모어가 힐레스에게 보낸 이 두 번째 서신은 오직 1517년에 나온 제2판에만 수록되어 있다. 거기서 이 서신은 제2권 바로 다음에 나온다.

147 토머스 모어가 아래에서 말하듯, 그는 이 사람의 비판이 사실은 그를 칭찬하는 말이라고 해석하고 토머스 모어가 페터 힐레스에게 그를 자기 친구라고 지칭한다. 여기서도 그의 해학과 기지가 엿보인다.

148 "성무일과"는 가톨릭교회에서 성직자들이 매일 정해진 시간에 여덟 번씩 드리는 기도인데, 이때 그 내용이 미리 정해진 기도문들을 읽었다. 이 기도문이 수록된 책이 『성무일과』다.

리는 것과는 달리, 그 사람은 이 책에 나오는 모든 내용을 하나하나 철저하게 숙고해가면서 천천히 그리고 꼼꼼하게 읽었습니다.

다음으로, 그는 자신이 비판해야 할 내용을 경솔하지 않고 철저하게 선별했는데, 그렇게 해서 그가 골라낸 것은 그 수가 그리 많지 않습니다. 그가 신중하게 판단했을 때, 그런 몇 가지를 제외한 다른 것은 충분히 수긍할 만하다고 인정한 것입니다.

끝으로, 이 책을 비판하는 그의 말 속에는 이 책을 의도적으로 칭찬하려 한 사람들이 한 말보다 더 큰 찬사가 내포되어 있습니다. 그는 몇몇 군데에서 내가 의도를 분명하게 밝혀야 했는데 그러지 못했다고 하면서 나에 대한 실망감을 드러냈지만, 그런 말은 그가 나를 얼마나 좋게 생각하는지를 분명하게 보여주기 때문입니다. 사실 나는 그렇게 용의주도한 분이 내 글 중에서 단지 몇 가지를 지목해서 의도를 정확히 표현하지 못했다고 평가하고, 나머지 대부분 글에서는 정확하게 표현했다고 말해준 것을 행운이라고 생각합니다.

이번에는 그 사람이 나를 평가했던 것처럼, 내가 그를 솔직하게 평가해보겠습니다. 그 사람은 이 책이 실화라면 유토피아의 제도와 문물 속에는 몇몇 터무니없는 것이 존재하고, 이 책이 허구라면 한 나라의 제도와 관련해 별로 현실적이지 않은 몇몇 제안을 제시했다고 지적했습니다. 그런데 나는 그런 비판을 제시한 그가 자신에 대해 왜 그렇게 영리하다고, 또는 그리스인의 표현을 빌리자면 "날카로운 통찰력을 지니고"(그리스어로 '옥시데르케스') 있다고 생각하는지 모르겠습니다.

우리가 살아가는 이 세계에서는 그 어디에도 터무니없는 것이 없습니까? 모든 철학자는 한 사회나 통치자나 가정과 관련해서 이상적인 형태를 제시합니다. 그런데 그들이 제시한 것을 살펴보면 모든 점에서 너무나 완벽하게 이상적이어서 거기에는 특별히 고치거나 수정할 것이 아무것도 없습니까? 사실 이 세계에서 아주 유명하고 훌륭하다고 명성이 자자한 그런 철학자들에 대해 내가 큰 존경심을 지니고 있지 않았더라면, 그들 한 사람 한 사람의 글을 읽어보면서도 누가 보아도 터무니없다고 판단할 만한 그런 사상이나 제안을 얼마든지 손쉽게 찾아내 제시했을 것입니다.

또한, 나는 그가 이 책이 실화인지 허구인지 의문을 제기하는 것을 보면서, 그에게는 건전한 판단력과 식견이 결여되어 있음을 발견합니다. 만일 내가 한 나라에 관해 글을 쓰면서 일종의 허구를 쓸 생각이었다면, 나는 마치 쓴 약에 꿀을 타서 먹기 좋게 하는 것처럼 진실에다 허구를 적당히 가미해 사람들을 더 즐겁게 해주는 것도 마다치 않았을 것입니다. 만일 이 책이 허구라면, 내가 쓴 글 속에 허구임을 암시하는 이런저런 단서를 군데군데 끼워 넣어, 배우지 못한 일반 사람은 내 글이 허구라는 것을 눈치 채지 못하더라도 적어도 배운 사람은 눈치 챌 수 있게 하지는 않았을 것입니다. 그러니까 이 책이 허구라면, 나는 시장이나 강이나 도시나 섬의 이름을 붙일 때, 도시를 "유령 도시"라고 하고, 강을 "물 없는 강"이라고 명명하며, 시장을 "백성 없는 시장"이라고 부름으로써, 배운 사람이라면 누구나 유토피아 섬이 그 어디에도 존재하지 않는다는 것을 알 수 있게 하는 그런 어리석은 짓은 하지 않았을 것입니다.

내가 그런 이름들을 사용한 것은 그런 것이 거기에서 실제로 사용되고 있었기 때문입니다. 만일 내가 배운 사람들이 보았을 때 허구라고 생각할 수밖에 없는 그런 이름이 아니라 정말 그럴듯한 이름을 사용했더라면 이 책은 지금보다 훨씬 더 재미있는 책이 되었을 것입니다. 하지만 나는 사실을 있는 그대로 기록해야 했기 때문에 그렇게 할 수 없었습니다.

사실을 있는 그대로 기록해야 하는 역사가의 사명 같은 것이 나를 짓누르지 않았더라면, 나는 유토피아("어디에도 존재하지 않는 나라"), 아니드로("물 없는 강"), 아마우로스("꿈의 도시"), 아데모스("백성이 안중에 없는 자들") 같은 낯설고 터무니없는 명칭을 사용하는 그런 어리석은 짓을 하지 않았을 것입니다.

친애하는 힐레스 씨, 우리는 순진하고 멍청해 남의 말을 잘 믿는 자들이어서 히틀로다이오 씨가 우리에게 해준 이야기를 사실로 믿고 그대로 기록했지만, 어떤 사람은 영리하고 고려하는 것이 많아 내가 쓴 글을 의심하고서 잘 믿지 않는 것을 봅니다.

테렌티우스의 희극에서[149] 미시스가 글리케리움의 아이가 다른 데서 데려온 아이가 아니라 친아들임을 증명하기 위해 다음과 같이 말했듯이, 나는 내가 쓴 글에 대해서도 그렇게 말하고 싶습니다. "나는 이 아이가 태어날 때 고명한 부인들이 거기 있어 목격자가 되어준 것을 신들께 감사합니다." 역사가로서 내 평판은 말할 것도 없고 내 개인적인 신용이 훼손되지 않게 하려고 말입니다.

라파엘 씨가 당신과 나에게만이 아니라, 다른 많은 사람, 즉 지극히 진지하고 의심할 여지없이 정직하고 진실한 많은 사람에게도 자기 이야기를 들려준 것은 내게 얼마나 다행스러운 일인지 모릅니다. 그가 우리에게 들려준 것보다 그들에게 더 굉장한 걸 들려주었는지는 나는 잘 모르겠지만, 우리에게 들려주었던 게 아주 중요한 것이었으므로 적어도 그 정도는 다 들려주었으리라고 확신합니다.

이렇게 많은 증인이 있는데도, 여전히 의심을 풀지 않는 사람들은, 히틀로다이오 씨가 여전히 살아 있으니 그를 찾아가 직접 물어보십시오. 최근에 나는 포르투갈에서 온 어떤 여행자에게서 지난 3월 1일에 그가 예전처럼 여전히 건강하고 활기차게 살아가고 있다는 소식을 전해 들었습니다. 그러니 그에게 찾아가서 그 이야기가 사실이냐고 물어보거나, 이런저런 질문을 던져서 그가 들려준 이야기의 진위 여부를 가려내보십시오. 나는 어떤 다른 사람이 신뢰할 만한 사람인지 아닌지

---

149 "테렌티우스"(기원전 195-159년)는 고대 로마의 희극작가다. 기원전 166년에서 160년까지 공연된 6편의 작품이 오늘날까지 전부 남아 있다.

에 대해서는 대답할 수 없고, 오직 어떤 사람이 들려준 이야기를 있는 그대로 썼다는 것만 확실하게 대답할 수 있음을 밝힙니다.

친애하는 페터 씨, 그리고 당신의 매력적인 부인과 똑똑한 작은 딸에게 안부 인사를 전합니다. 아울러 내 아내도 당신과 당신의 가족 모두에게 안부 인사를 전합니다.

# 로테르담의 에라스무스가 자기 양자의 친부인
# 아주 친한 친구 요한 프로벤에게 보낸 서신[150]

지금까지 나는 언제나 내 친구 모어 씨의 모든 글을 대단히 높이 평가해오긴 했지만, 우리 두 사람이 워낙 친한 친구 사이이다 보니 나의 판단이 진정 객관적인지를 놓고 사람들이 다소 불신했던 것이 사실입니다. 모든 학식 있는 사람들이 모어 씨를 나보다 더 좋아하는 것은 아니지만, 그의 재능을 나보다 더 정확하게 보고는 이구동성으로 내 생각에 동의를 표할 뿐만 아니라, 모어 씨의 놀라운 기지를 나보다 훨씬 더 높이 평가하고 존경하는 것을 나는 지금 보고 있습니다. 그래서 내 생각이 옳다는 것을 전적으로 확신하고서, 이제는 모어 씨에 대한 나의 느낌을 공개적으로 밝히는 것을 더 이상 꺼리지 않게 되었습니다.[151]

만일 모어 씨가 자신의 타고난 재능을 이탈리아[152]에서 키우고, 문학을 하는 데에만 그의 모든 힘을 쏟았더라면, 그런 식으로 세월이 흘러 두각을 나타내고 기량이 점점 더 원숙해져 마침내 충분히 수확했더라면, 그에게서 얼마나 놀라운 글들이 나왔겠습니까! 그는 아주 어릴 때부터 여러 경구를 만들어내는 것을 좋아했는데, 그중 다수는 그가 소

---

150 "요한 프로벤"(1460-1527년경)은 유명한 인쇄업자로 1518년에 바젤에서 발행된 『유토피아』 제3판을 간행한 인물이다.

151 아마도 이것이 에라스무스의 추천사가 두 번째 판본까지는 나오지 않다가 제3판에서야 수록된 이유로 보인다.

152 "이탈리아"는 당시 인문학과 인문주의자들의 본거지였다.

년이었을 때 썼습니다.

영국 국왕의 전권대사로서 네덜란드 플랑드르를 두 차례 다녀온 것을 제외하면, 모어 씨는 고국인 영국을 단 한 번도 떠난 적이 없었습니다. 결혼한 사람으로서 신경 써야 했던 일과 함께 가장으로서 여러 책무들을 수행해야 했고, 맡은 공직과 관련된 일과 홍수처럼 쏟아져 들어오는 수많은 소송 사건도 처리해야 했습니다.

그리고 그런 일 외에도 아주 중요한 국가대사를 수없이 맡아 완수하느라 정신없이 살아가야 했습니다. 그런 그가 여러 책을 쓸 시간을 냈다는 것은 거의 기적이라고 할 수 있습니다.

그래서 나는 그가 쓴 『준비운동』[153]과 『유토피아』 원고를 당신에게 동봉해서 보냅니다. 당신이 읽어보고, 세상에 펴내 후손에게 읽힐 만한 책이라는 판단이 서거든, 이 책들을 출판해주셨으면 합니다. 당신 출판사의 명성은 익히 알려져 있어 프로벤 출판사에서 나왔다고 하면 보증수표나 다름 없으니, 배운 이들은 누구나 기뻐할 것입니다.

당신의 훌륭하신 장인어른[154]과 당신의 소중하고 귀한 아내 그리고 당신의 기쁨인 자녀들에게 안부를 전합니다. 책 가운데서 태어난 우리 두 사람의 자식인 저 어린 에라스무스가 가장 좋은 책들로 교육받을 수 있게 해주시기를 부탁드립니다.

1517년 8월 25일에
루뱅에서

---

153 『준비운동』은 토머스 모어와 문법학자 윌리엄 릴리가 그리스어로 된 경구들을 라틴어로 번역한 것으로, 토머스 모어가 직접 쓴 경구들, 에라스무스가 쓴 시들과 함께 프로벤이 펴낸 『유토피아』 판본에 수록되었다.

154 프로벤의 장인은 서적판매상 볼프강 라흐너였다. 그는 프로벤의 사업에서 중요한 역할을 했다.

# 기욤 뷔데가 영국의 토머스 럽셋에게 보낸 서신[155]

나의 젊고 학식 많은 친구인 럽셋 씨, 당신이 내게 토머스 모어의 『유토피아』를 보내주어, 너무나 재미있고 유익한 책을 읽게 해줌으로써, 나는 당신에게 큰 빚을 지게 되었습니다.

사실 당신은 최근에 내가 아주 기꺼이 하고 싶었던 것을 내게 권했습니다. 그것은 그리스어와 라틴어 두 언어에 똑같이 능통한 토머스 리네커라는 의사가 최근에 그리스어 원문에 라틴어를 입혀, 아니 그리스어를 라틴어로 표현해서 번역해낸 갈레노스의 여섯 권으로 된 『건강의 보존에 대하여』라는 저서를 읽어보라고 권한 것이었습니다. 나는 갈레노스의 이 저서를 읽고 내가 보기에는 그가 쓴 글만 읽어도 의학 지식 전체를 이해할 수 있을 것이기에, 그의 모든 저서가 다 이렇게 라틴어로 번역되기만 한다면 의학 전공자들이 굳이 그리스어를 배울 필요가 없겠다고 생각했습니다.

당신이 내게 리네커의 원고를 이토록 오랫동안 빌려준 것을 대단히 감사하게 생각합니다. 이 원고를 속독으로 한번 쭉 읽어보았을 뿐인데도 나는 이 책에서 너무나 많은 유익을 얻었습니다. 그런데 당신이 지

---

155  영국의 인문주의자 토머스 럽셋(1495-1530년경)은 1517년에 파리에서 토머스 리네커가 라틴어로 번역한 갈레노스의 의학서적과 『유토피아』 제2판을 출간하는 것을 감독한 인물이다. 럽셋은 프랑스의 유명한 인문주의자인 기욤 뷔데(1468-1540년)에게 『유토피아』를 위한 추천사를 부탁한 바 있다. 에라스무스는 이 서신을 『유토피아』에 대한 "우아하고 품격 있는 서문"으로 평가하고 제4판인 바젤판에도 포함했다.

금 이 도시의 출판사를 통해 이 책의 인쇄본을 정식 출간하기 위해 바쁘게 일을 추진하고 있다고 하니, 얼마 후 그렇게 인쇄된 책을 읽으면 나는 지금보다 훨씬 더 많은 보상을 얻을 것 같습니다.

그런 이유에서 나는 당신에게 이미 충분히 마음의 빚을 지고 있었습니다. 그런데 이제 당신이 이전 선물에 더하여 이렇게 추가로 토머스 모어 씨가 쓴 『유토피아』를 보내주시니 어떻게 감사해야 할지 모르겠습니다. 토머스 모어 씨는 기막히게 훌륭한 유머 감각과 기지를 갖춘 데다가, 대단히 유쾌하고 쾌활한 기질을 지녔으며, 인간사를 판단하는 일에 대단히 깊은 경륜과 연륜이 있는 분입니다.

나는 시골집에 갈 때도 토머스 모어 씨가 쓴 책을 들고 가서, 끊임없이 움직이며 많은 일꾼을 감독하느라 눈코 뜰 새 없이 바쁜 중에도 이 책을 손에서 놓지 않았습니다. 당신이 잘 알고 있거나 적어도 들었으리라고 생각합니다만, 나는 요사이 2년간 시골집과 관련된 일에 몰두해왔습니다. 그런데 이 책을 읽으면서, 유토피아 사람들의 관습과 제도를 알아가고 숙고하는 것이 너무나 흥미롭고 재미있어 거기 푹 빠져 지내느라 시골집과 관련된 일을 챙기는 것을 거의 잊어버렸고, 그 일에서 완전히 손을 뗀 모양새가 되었습니다. 시골집을 관리하거나 재산을 끊임없이 축적해가려고 분주하게 움직이는 것 자체가 너무나 무의미하게 느껴졌기 때문입니다!

내 것을 챙기고 축적하려는 욕망은 태어날 때부터 우리 몸 안에 숨어 뿌리 내린 기생충처럼 온 인류를 야금야금 먹어 들어가는데도, 아무도 그 사실을 알지도 못하고 깨닫지도 못합니다. 개개인이 자기 안에 뿌리박힌 계산된 악의를 지닌 채, 동일한 시민이라는 끈 또는 혈연이라는 끈으로 자신과 맺어진 이웃을 해하는 자들이 법률 교육을 받고 시민법을 전문으로 다루는 법률가가 되는 것이 현실임을 솔직하게 인정해야 한다고 나는 생각합니다.

개개인은 언제나 무엇인가를 긁어모으고 남에게서 빼앗아오고 착취하고 소송을 제기해 합법을 가장해서 누군가의 것을 탈취하며 누군가를 쥐어 짜내고 누군가의 것을 박탈하고 갈취하고 비틀어 빼앗고 낚아채고 이런저런 명목으로 도둑질하고 누군가를 압박해서 우려먹고 갑자기 공격하여 강탈하고 있습니다. 어떤 때는 법률의 은밀한 비호를 받으면서, 어떤 때는 법률의 직접적인 승인 아래서 자기가 원하는 것을 누군가에게서 빼앗아 자기 것으로 만듭니다.

이런 일은 시민법과 교회법이라는 두 종류의 법이 적용되어, 이 이중 관할로 법의 적용 범위가 한층 넓어진 그런 나라에서 특히 빈번하게 일어납니다. 누구나 다 알다시피, 그런 나라에서는 오랜 전통과 제도를 통해 법을 잘 아는 자들만이 정의와 공평의 수호자라는 생각이 견고합니다. 하지만 사실 법률을 잘 아는 자들은 법을 이용해 술수 부리는 방법을 아는 자들이기 때문에 법을 모르는 순진한 시민을 함정에 빠뜨릴 덫을 놓거나, 법 조항을 악용해 사기 치는 마법사들입니다. 복잡한 계약을 고안해내 술수를 부리거나, 소송이 발생하도록 끊임없이 분쟁을 조장하는 자들입니다. 그리고 정의를 왜곡하고 혼란스럽게 하며 정의롭지 못하게 만드는 데 앞장서는 자들일 뿐입니다.

그런데도 지금의 현실은 오직 그런 자들만이 무엇이 의롭고 선한지를 판단하고 결정할 공인된 자격을 갖고 있습니다. 그리고 그보다 훨씬 더 심각한 것은 오직 그들만이 각 사람이 무엇을 가져야 하고 갖지 말아야 하는지, 얼마나 많이 가지고 얼마나 오랫동안 가질 수 있는지를 결정할 권위와 권력을 지녔고, 그들의 그런 술책에 놀아난 대중은 이 모든 것을 정당한 것으로 받아들인다는 것입니다. 대다수 사람은 그 시력이 거의 눈먼 것에 가까울 정도로 아주 흐릿하기 때문에, 자신이 법률에서 요구하는 것을 다 이행했고, 법률이 자신에게 준다는 것으로 규정한 것을 다 받았다면, 모든 정의가 완벽하게 이루어졌다고 생각합니다.

하지만 진리 그리고 성경 복음서에 나오는 아주 단순한 내용을 기준

삼아 우리 권리를 판단해보면, 아무리 둔하고 무감각한 사람이라도 그 사이에는 엄청난 차이가 있음을 깨닫습니다. 거기 더해, 법률이 아니라 진리와 성경이 정한 것이 옳다는 것을 인정하지 않을 수 없습니다.

우리 인간이 어떻게 살아가야 하는지에 대해 그리스도께서 세우시고 제자들이 지켰던 규범은, 크로이소스와 미다스[156]의 황금 주머니에서 인간의 완전한 행복과 궁극적인 선을 발견할 수 있다고 생각한 자들이 공포한 칙령 및 법령과는 거리가 멉니다. 마찬가지로, 오랜 옛날부터 지금까지 공포되어 온 교황의 칙서는 정의와는 거리가 멀고, 시민법과 왕의 칙령에서 정한 것 역시 진정한 공평과는 거리가 멉니다.

지난 시대에 정의가 의미했던 것, 즉 각 사람이 법령이나 칙령에서 그의 몫으로 정해준 것을 받아들이는 것이 정의라는 말을 당신은 여전히 인정합니까? 만일 그렇다면, 시민이나 대중은 아예 존재하지 않는다고 인정하는 게 되거나, 이런 표현이 좀 그렇기는 하지만 모든 사람은 부엌에서 남은 음식을 얻어 먹고사는 노예 소녀처럼 살아가는 것이 정의라고 말하는 모양새가 될 것입니다. 그런데도 실제로는 이런 정의가 오늘날 통치자들이 말하는 정의이고, 대다수 시민이나 국민이 생각하는 정의입니다.

아마도 어떤 사람은 오늘날 우리가 지키는 법률은 오랜 옛날부터 진정한 법으로 여겨진 자연법에서 유래했다고 주장할지도 모릅니다. 소위 이 자연법에 의하면, 더 힘센 사람이 더 많은 것을 갖는 게 당연하고, 더 많은 것을 가진 사람이 자신의 동포 시민에게 더 많은 권위를 행사하는 게 당연합니다. 그 결과, 그러한 논리가 지금 많은 나라의 법

---

156 "크로이소스"(기원전 560-546년경)는 리디아 왕국 최후의 왕으로 엄청난 부를 소유한 것으로 유명해서 그의 부에 관한 이야기는 헤로도토스의 『역사』에 기록될 정도였다. "미다스"는 그리스 신화에 등장하는 프리기아의 왕으로 역시 엄청난 부로 유명했다. 그가 손대는 일마다 큰 성공을 거두고 엄청난 이익을 냈다고 해서 "미다스의 손"이라는 표현이 생기기도 했다.

에서 시민과 국민에게 그 어떤 실제적인 유익도 끼치지 않는 한 사람이 천 명의 일반 시민, 또는 도시 전체의 수입과 맞먹거나 훨씬 더 많은 수입을 올리는 일을 정당화했고, 모든 사람이 그런 법이 옳다고 인정하는 근거로 작용했습니다.

현직에서 은퇴해 속세를 초월해 한가롭게 진리를 탐구하는 저 학자들만 그렇게 생각하는 게 아닙니다. 그들은 무지한 다수에게도 고르디우스의 매듭[157] 같은 속임수와 그다지 감탄할 것도 없는 평범한 야바위 술수를 결합한 온갖 복잡하고 얽히고설킨 계약과 서약을 들이대 사람을 꼼짝못하게 하는 일에 이골이 난 자일 뿐입니다. 그리고 저들은 사람들에게서 부유한 자, 유력한 인사, 대단한 수완가라는 명예로운 평판을 얻기도 합니다.

자신과 자신의 후손을 위해 가능한 한 많은 사유재산을 축적한 사람이 최고의 권력과 권위를 지녀야 한다는 원칙을 관습과 제도로 채택한 사회에서는 이런 일이 모든 시대에서 일어납니다. 그런 엄청한 부를 상속한 자들은 자자손손 받은 유산을 점점 더 불려나가고, 다른 한편으로는 결혼이나 출생, 혈연을 통해 자신과 상관없는 사람을 가차 없이 잘라내 가문의 부에서 배제하기 때문에, 그들의 부는 점점 더 어마어마하게 축적됩니다.

반면에 모든 부의 창시자요 관리자이신 예수 그리스도는 자기 제자들에게 재물을 공동으로 소유해 서로를 도와야 한다는 것을 반드시 지켜야 할 규범으로 남기셨습니다. 뿐만 아니라, 공동소유의 규범을 깨뜨린 아나니아[158]가 죽임당하게 함으로써, 그 규범이 얼마나 확고하고 단

---

157 프리기아의 왕 고르디우스의 전차에 묶인 매듭은 너무나 복잡하게 얽히고설켜 있어 아무도 풀지 못하는 것으로 유명했지만, 고대 마케도니아의 알렉산드로스 대왕은 그 매듭을 칼로 잘라버리는 방식으로 해결했다는 고사가 있다. 여기에서 "고르디우스의 매듭"은 풀기 어려운 난제를 가리키는 표현이 되었다.

158 초대 교회 공동체에서 모든 신자가 자기 소유를 팔아 교회에 바쳐 공동으로 생활했을 때,

호한 것인지를 확증하셨습니다. 예수 그리스도께서 이렇게 하신 것은, 내가 보기에 적어도 그의 제자 공동체에서는 온갖 시민법과 좀 더 최근의 교회법에서 아주 방대하고 많은 책을 통해 규정한 모든 것을 무효화하신 것으로 생각합니다. 그런데도 우리는 그런 법령을 마치 우리 운명을 지배하는 보검이자 지혜의 보루인 양 여기고 여전히 굳게 붙잡고 있습니다.

하지만 유토피아라는 나라에서는 공적인 삶과 사적인 삶 모두에서 진정 기독교적인 관습과 참된 지혜를 받아들여 오늘날까지도 전혀 훼손하지 않고 지켜오고 있다고 합니다. 내가 듣기로는 "우데포테"[159]라고도 불리는 그 나라에 관한 이야기가 정말 믿을 만하다면 말이죠.

그런데 그 나라가 그렇게 될 수 있었던 것은 다음과 같은 세 가지 신성한 제도를 아주 견고하고 우직하게 고수했기 때문입니다. 첫째는 모든 좋은 것이나 괴로운 것을 시민 전체가 공평하게 나눠 갖는 것(모든 사람이 완전하고 온전한 시민권을 소유하는 것이라고 표현해도 좋겠습니다), 둘째는 평화와 안전에 대한 확고하고도 흔들림 없는 헌신, 셋째는 금은보화에 대한 철저한 경멸.

이 세 가지 원칙은 온갖 사기 치는 것과 속임수, 협잡과 거짓된 술수, 은밀한 기만행위를 빠짐없이 다 포획해 없애버리는 저인망 그물입니다. 신들이 그 신적인 능력으로 아주 견고하고 튼튼한 나사를 사용해 유토피아라는 나라의 모든 정책을 떠받치는 이 세 기둥을 모든 사람의 마음속에 확고한 신념으로 고정해놓을 수만 있다면 얼마나 좋겠습니까!

---

"아나니아"는 소유를 판 돈 중에서 일부를 감춰두고 그 나머지만 교회에 바쳤다. 이것을 안 베드로가 그를 꾸짖자, 그의 혼이 떠나가서 그는 죽고 말았다. 이 사건에 관한 기록은 성경의 사도행전 5장에 나온다.

159 "우데포테"는 그리스어로 "어디에도 존재하지 않는 곳"을 뜻하기 때문에, "유토피아"와 동일한 의미다.

그렇게만 된다면, 우리는 그 즉시 교만과 탐욕과 어리석기 짝이 없는 경쟁을 비롯해 우리의 불구대천 원수가 소유한 그 밖의 다른 온갖 치명적인 병기 거의 전부가 모든 나라와 사회에서 힘을 잃고 사라져가는 것을 목격할 수 있습니다. 속이 꽉 찬 탁월한 지성을 지닌 무수히 많은 사람이 평생을 바쳐 만들어놓은 저 방대한 온갖 법률 서적들도 순식간에 아무짝에도 쓸모없게 되어, 좀 벌레의 먹이가 되거나 가게에서 채소를 싸는 데나 사용하게 될 것입니다.

도대체 어떤 특별한 거룩한 힘이 유토피아 사람들을 지켜주었길래, 오직 그 섬만이 그토록 오랜 세월 탐욕과 교만의 은밀하고 폭력적인 공격으로부터 보호받을 수 있었는지 그저 놀라울 뿐입니다. 뻔뻔스럽고 후안무치한 모습으로 적들이 광분하고 날뛰어 정의와 겸손을 맹렬히 공격해 그 나라에서 몰아내는 이 일을 막아준 것은 대체 무엇이었을까요?

저 전능하신 신이 그 무한한 선하심으로 지극히 거룩하신 이름을 부여잡는 나라에도 그런 은혜를 베푸셔서, 거기도 유토피아처럼 될 수 있다면 얼마나 좋겠습니까! 그렇게만 된다면 분명히 지금 수많은 사람을 타락하고 사악하게 만든 저 탐욕은 영원히 자취를 감추고, 사람들은 순수하고 고귀한 마음을 회복해 사투르누스의 황금시대[160]가 다시 돌아오게 될 것입니다.

그리고 정의는 이미 지구를 떠났고 저 하늘에 있는 황도대에 자신의 둥지를 틀었다고 노래한 아라토스[161]를 비롯한 옛 시인들이 틀렸다고 우리는 말해야 합니다. 히틀로다이오 씨가 들려준 이야기가 사실이라

---

160 "사투르누스"는 인류의 신화적인 네 시대 중에서 가장 행복했던 첫 번째 시대를 다스렸다. 하지만 이 평화롭고 행복했던 시대는 유피테르가 사투르누스를 폐위하고 통치자가 되면서 끝이 났다.

161 "아라토스"(기원전 3세기)는 그리스의 시인으로 정의의 여신 아스트라이아가 인류의 타락과 사악함으로 이 땅을 떠나 황도대로 가서 처녀자리가 되었다고 말했다.

면, 정의는 여전히 유토피아 섬에 머물러 있고, 아직 하늘로 떠난 게 아니기 때문입니다.

사실 나는 유토피아의 위치를 자세히 살펴본 결과, 유토피아 섬이 우리가 아는 세계의 경계 바깥에 있음을 확인했습니다. 모어 씨가 직접 밝혔듯, 히틀로다이오 씨는 이 섬이 정확히 어디에 있는지를 아직 말해주지 않았습니다. 하지만 아마도 그 섬은 엘리시온의 들판[162] 근방에 있는 행복의 섬 중의 하나일 것입니다.

유토피아는 여러 도시로 구분되어 있긴 하지만, 그 도시는 모두 하나로 결합해 있거나 하나의 연맹체를 구성해, '하그노폴리스'[163]라는 단일 사회를 이루고 있습니다. 이 나라에서는 모든 사람이 자신만의 관습과 자기에게 주어진 것에 만족하면서, 우리 세계의 온갖 더럽고 추한 악에서 떠나 놀라울 정도로 순수한 상태에서, 천국보다 약간 못한 수준이긴 하지만 거의 천국 같은 삶을 살아가고 있습니다.

반면에 우리 세계에서는 사람들이 탐욕과 교만을 비롯한 온갖 욕망에 사로잡혀 아무짝에도 쓸모없는 헛된 것을 소유하기 위해 끊임없이 서로 해치고 죽이는 아비규환의 참상을 연출하면서 거대한 소용돌이에 휩싸여 지옥으로 떠내려가고 있습니다.

우리가 유토피아 섬에 대해 알게 된 것은 토머스 모어 씨 덕분입니다. 그는 인류의 행복한 삶에 대한 모델을 제시하고, 그런 삶을 위한 조건에 관해서도 우리 시대의 많은 사람에게 알게 해주었습니다. 그런데 그는 유토피아 섬과 이 모든 것을 실제로 발견한 사람은 히틀로다이오 씨라고 하면서, 모든 공을 그에게 돌립니다. 유토피아 사람들이 모든

---

162 "엘리시온의 들판"은 고전 시대 글들에서 영웅들이 죽어 가는 이상향으로, 인류가 살아가는 땅의 경계 밖의 서쪽 끝에 위치한다고 믿어졌는데, 그곳은 행복의 섬들로 불렸다.

163 "하그노폴리스"는 그리스어로 "거룩한"을 뜻하는 '하기오스'와 "나라"를 뜻하는 '폴리스'를 합친 명칭으로 "거룩한 나라" 또는 "거룩한 자들의 나라"라는 의미다.

관습과 제도를 창시하고 세웠고, 히틀로다이오 씨는 그 모든 것을 직접 보고 와서 인류의 행복한 삶을 위한 모범으로 소개했으며, 모어 씨는 그 나라와 그 거룩한 제도에 자신의 우아하고 품위 있는 문체와 훌륭한 표현을 덧입혀 멋지게 장식해 우리 앞에 내놓았습니다.

하그노폴리스를 인류의 행복한 삶을 위한 표준 모범이자 보편적인 기준으로 제시하고, 너무나 놀랍고 대단한 작품인 그 도시에 온갖 손질을 더해 아름다움과 질서와 권위를 부여한 분은 두말할 필요도 없이 모어 씨입니다. 그런데도 그는 자기가 한 일이라고는 기껏해야 미천한 장인의 역할밖에 한 것이 없다고 말합니다. 이것은 모어 씨가 이 책과 관련해서 자기가 어떤 대단한 역할을 했다고 말했다가는, 히틀로다이오 씨가 직접 자신의 여행기를 써서 출판하게 된다면 그에게 돌아갔어야 마땅한 영예를 가로채 자기 것으로 만들어버렸다는 비난을 들어도 할 말이 없기 때문입니다.

물론 히틀로다이오 씨는 지금 우데포테 섬으로 다시 돌아가 살아가고 있습니다. 하지만 모어 씨는 그가 언젠가 이 세계로 다시 돌아와 모든 전후 사정을 알았을 때, 이 모든 것을 발견한 공은 자신에게 있는데 실제로 모든 공을 모어 씨가 독차지하고 자기에게는 오직 껍데기만 남겼다고 말하며 분노할 수도 있음을 알고 두려워했던 것입니다. 그의 이러한 태도는 지혜롭고 덕망 있는 사람들의 특징입니다.

모어 씨는 중량감 있는 유력 인사여서 그의 말 자체도 대단한 권위가 있긴 하지만, 나는 안트베르펜의 페터 힐레스의 증언을 듣고서 모어 씨를 더 온전히 신뢰하게 되었습니다. 나는 힐레스 씨를 개인적으로는 알지 못하고, 그동안 그의 학식과 인품에 대한 찬사만을 들어왔을 뿐입니다. 하지만 힐레스 씨가 성속의 온갖 문헌 연구에서 지대한 공헌을 해온 너무나 훌륭하고 뛰어난 인물인 에라스무스의 둘도 없이 친한 친구라는 이유로 나는 그를 신뢰합니다. 나는 에라스무스와는 개인적으로 오랫동안 서신을 주고받으며 긴밀하게 교분을 맺어 온 사이

이기 때문입니다.

친애하는 럽셋 씨, 건강하게 잘 지내십시오. 그리고 이 서신을 읽고 나서 될 수 있으면 빨리 리네커 씨를 직접 만나서든, 아니면 서신으로든 나의 안부를 그에게 전해주십시오. 그는 학식과 관련된 모든 것에서 영국을 떠받치는 기둥이 아니겠습니까. 나는 얼마 안 되는 몇몇 사람에게는 좋은 말을 듣고 싶고, 그런 말을 들었을 때는 내 마음이 정말 기쁜데, 그가 바로 그런 사람 중 한 분입니다. 그는 여기에 있을 때 나와 내 친구이자 동료인 장 뒤 뤼엘[164]에게 아주 깊고 좋은 인상을 남겼습니다. 그의 뛰어난 학식과 세심하고 성실한 성품에 대해 나는 언제나 진정 존경하고 닮고 싶어 합니다.

또한, 모어 씨에게도 마찬가지로 직접 만나서든 아니면 편지로든 나의 진심 어린 안부를 전해주십시오. 나는 모어 씨야말로 미네르바의 명단[165] 윗부분에 그 이름이 기록된 분이라고 생각하고 있고, 다른 사람에게도 자주 그렇게 말하곤 합니다. 특히 나는 그가 새로운 세계 유토피아라는 섬에 관해 쓴 글로 그를 사랑하고 존경합니다. 그가 쓴 이 글은 우리 시대는 물론이고 미래 세대에게도 여러 가지 거룩하고 유익한 사상의 모판이 되어, 사람들은 거기 기록되어 있는 관습과 제도를 실정에 맞게 변형하고 응용해서 자기 나라에 도입해 시행하게 될 것을 믿어 의심치 않습니다.

1517년 7월 31일에
파리에서

---

164 "장 뒤 뤼엘"은 리네커와 마찬가지로 유명한 의사이자 번역자였다.

165 "미네르바"는 로마 신화에서 지혜와 예술의 여신으로, 그리스 신화에서 "아테나" 여신에 해당한다.

# 히틀로다이오 여동생의 아들, 즉 그의 조카이자
# 계관시인인 아네몰리오스[166]가 쓴 유토피아에 관한 단시

"어디에도 없는 나라"(Utopia),

전에 나는 그렇게 불렀고, 실제로도 그랬다.

하지만 이제는 플라톤의 국가에 비견되는 곳이 되었고,

이제 아마도 그 나라를 능가하는 곳이 되었다.

그는 단지 공허한 말로 그 나라를 그렸을 뿐이지만,

나는 사람들과 부 그리고 놀라운 법률 속에서

그 나라가 실제로 살아 움직이게 했기 때문이다.

이제는 "행복한 나라"(Eutopia)가 내 이름이 되었다.[167]

---

166 "아네몰리오스"는 그리스어로 "바람 같은"이라는 뜻이기 때문에 "바람 같은 사람"이라는
의미를 지닌다. 이 시를 지은 실제 저자는 알려지지 않았다.

167 "유토피아"는 영어식 발음이고 라틴어로는 '우토피아'라고 해야 한다. 이 라틴어는 그리
스어로 "없다"를 뜻하는 '우'와 "장소"를 뜻하는 '토포스'를 결합한 '우토포스'에서 유래했
기 때문에, "어디에도 없는 나라"라는 의미다. 반면 '유토피아'는 그리스어로 "좋다"를 뜻
하는 '유'와 "장소"를 뜻하는 '토포스'가 결합된 것이므로 "좋은 나라"라는 의미이기도 하
다.

## 안트베르펜의 페터 힐레스가 지극히 고명하신 신사이며 아리엔의 참사회장이자 가톨릭 국왕 카를로스의 추밀 고문관인 히에로니무스 부스리디우스에게 보낸 서신[168]

지극히 고명하신 부스리디우스 선생님, 얼마 전에 토머스 모어 씨가 유토피아라는 나라에 관해 쓴 책을 내게 보내왔습니다. 선생님은 토머스 모어 씨와 아주 친하므로, 그분이 우리 시대를 빛내는 위대한 인물 중 한 명임을 아주 잘 아실 것입니다. 그리고 유토피아라는 나라는 지금은 오직 소수만 알고 있지만, 머지않아 모든 사람에게 알려져서, 플라톤이 『국가』에서 묘사한 이상적인 공화국보다 훨씬 더 유명해지게 될 것입니다.

특히 흥미로운 것은 그런 유토피아라는 나라를 이렇게 훌륭한 작가가 이토록 주의 깊고 생생하게 묘사해 우리 눈앞에 마치 그림처럼 보여주고 있다는 사실입니다. 나는 이 책을 여러 번 읽었는데, 그때마다 전에 라파엘 히틀로다이오 씨에게 직접 이 얘기를 들었을 때보다도 한층 더 생생하게 그 나라의 모습이 눈앞에 그려지는 것 같았습니다.

히틀로다이오 씨가 유토피아에 관해 이야기할 때, 나도 모어 씨와 함께 그 자리에 있었는데, 사실 히틀로다이오 씨도 말솜씨가 보통이 아니어서 그 나라를 아주 실감 나게 묘사해 보여주었습니다.

---

168 "부스리디우스"(1470-1517년경)는 부르고뉴 지방의 유명한 정치가이자 학문의 후원자로, 아리엔에 있는 성베드로 교회의 참사회장과 카스티야 국왕 카를로스의 고문이기도 했다. 토머스 모어는 1515년에 부스리디우스를 만났고, 그와 그의 아름다운 저택을 칭송하는 라틴어 경구를 짓기도 했다. 토머스 모어는 그를 학문과 미덕과 경륜을 두루 갖춘 이상적인 인물로 여겼기 때문에 『유토피아』에 대한 그의 반응에 특히 관심이 많았다.

그런 실감 나는 묘사는 그가 다른 사람에게 들은 말을 그대로 옮겨 우리에게 전해준 것이 아니라, 오랫동안 자기 눈으로 자세히 살펴보고 직접 몸으로 경험한 것임을 명백하게 보여준 증거였습니다.

나는 히틀로다이오 씨야말로 심지어 저 유명한 오디세우스보다도 나라와 사람과 세상사에 관해 더 많이 아는 사람이라고 생각합니다. 그리고 지난 800년 동안에 히틀로다이오 같은 사람은 세상에 없었다고 생각합니다. 그와 비교한다면, 베스푸치는 이곳저곳 많이 탐험은 했지만, 실제로는 거의 아무것도 보고 온 것이 없었다고 할 정도입니다.

또한, 라파엘 씨는 단지 누군가에게 들은 것이 아니라 자신이 직접 가서 오랫동안 머물며 살펴본 것을 우리에게 말해준 것이므로, 당연히 더 잘 설명할 수 있었습니다. 그런 사실을 감안하더라도 그에게는 어떤 것을 설명하는 데 특별한 재능이 있었습니다.

그런데도 라파엘 씨가 우리에게 말해준 것을 모어 씨가 펜으로 생생하게 묘사한 글을 읽을 때마다, 지금 내가 유토피아에서 사는 듯한 착각을 합니다. 그래서 솔직하게 말해 모어 씨가 쓴 글을 읽으면 라파엘 씨가 5년간 유토피아에서 살면서 보았던 모든 것을 거의 그대로 다 보는 것과 마찬가지라고 생각합니다.

모어 씨는 이 책의 모든 대목에서 너무나 놀랍고 훌륭한 자신의 재능을 보여주고 있기 때문에, 도대체 그의 온갖 재능 중에서 무엇에 먼저 감탄해야 하고, 어느 것을 가장 크게 감탄해야 할지 난감할 정도입니다.

그가 직접 본 것도 아니고 단지 라파엘 씨에게 듣기만 했던 수없이 많고 다양한 내용을 거의 한 단어도 빼놓지 않고 다 그대로 글로 옮겨놓게 해준 정확하고 놀라운 그의 기억력을 최고로 꼽아야 할까요?

아니면, 어느 나라에서나 일어나는 사회악 및 어느 나라에서나 일어날 수 있는 사회적인 복지와 관련해 사람들이 지금까지 전혀 알지 못했던 그 근원을 추적해들어간 놀라운 통찰력을 꼽아야 할까요?

아니면, 그토록 많은 내용을 일목요연하게 체계적으로 구성해서 정확하고 생동감 있는 라틴어로 제시한 그의 힘 있고 풍부한 필력을 꼽아야 할까요?

게다가 더 놀라운 것은 모어 씨가 눈코 뜰 새 없이 바쁘게 수많은 공적인 일과 사적인 일을 처리하느라고 정신을 제대로 집중할 수 없는 그런 환경 속에서 이런 글을 써냈다는 것입니다. 하지만 지극히 박식하신 부스리디우스 선생님은 모어 씨와 일찍부터 친분이 있어서 그분이 거의 하늘이 내렸다고 할 정도의 초인적인 천재임을 이미 아셨을 테니, 이 모든 게 별로 놀랍지 않을 것입니다.

모어 씨가 쓴 글에 내가 따로 추가할 것은 아무것도 없습니다. 단지 나는 모어 씨가 떠난 후에 히틀로다이오 씨가 내게 보여준 유토피아어로 된 4행시를 이 책에 포함하는 것이 좋겠다고 생각했습니다. 그리고 4행시 앞에는 유토피아어의 알파벳을 소개했고, 약간의 난외주[169]도 포함했습니다.

모어 씨는 자기가 유토피아에 관해 그렇게 많은 내용을 써놓고도 그 섬의 위치를 모른다는 사실을 염려했지만, 라파엘 씨는 그 이야기를 일부러 하지 않은 것은 아니었고, 단지 또 다른 기회에 하겠다는 듯 짧게 언급하고 지나갔을 뿐입니다. 그런데 마침 그때 예기치 않은 일이 벌어져 라파엘 씨가 유토피아 섬의 위치에 관해 언급한 부분을 우리 두 사람이 놓치게 된 것입니다.

그러니까 라파엘 씨가 막 그 이야기를 꺼냈을 때, 모어 씨의 하인 중 한 명이 와서 귓속말로 그에게 무엇인가를 속삭이는 바람에 모어 씨는

---

169 『유토피아』는 본문 옆에는 짤막한 주들이 붙어 있는데, 이것은 난외주라고 한다. 페터 힐레스는 여기서 자기가 난외주를 붙였다고 말한다. 하지만 1517년판에는 난외주를 에라스무스가 썼다고 밝히고 있다. 난외주를 두 사람이 썼든지, 아니면 1517년판에 나오는 말이 틀린 것일 수 있다.

그 말을 들을 수 없었습니다. 그런 어수선한 상황에서 나는 좀 더 집중해서 라파엘 씨가 하는 말을 경청하고 있었는데, 라파엘 씨의 일행 중 한 명이 배를 타고 오다가 감기에 걸렸는지 아주 심하게 기침을 해대는 바람에 라파엘 씨가 한 말에서 유토피아 섬의 위치에 관해 한 말은 전혀 듣지 못했습니다.

어쨌든 나도 이 부분에 대해서 자세하게 알아보고는, 단지 그 섬의 대략적인 위치가 아니라 지도상에서의 정확한 위도와 경도를 선생님께 알려드리기 전까지는 마음이 결코 편하지 않을 것 같습니다. 하지만 우리의 친구 히틀로다이오 씨가 건강하고 무사할 때만 이 문제는 해결될 수 있습니다. 그에 관한 소문이 무성해서, 지금으로서는 과연 그가 살아 있는지조차 불확실하기 때문입니다.

어떤 사람은 그가 고국으로 돌아가는 길에 객사했다고 말하기도 합니다. 그리고 어떤 사람은 그가 고국으로 돌아가기는 했지만, 그곳 생활을 견디지 못하고 유토피아에 대한 향수병 때문에 힘들어하다 결국 다시 유토피아로 돌아갔다고도 합니다.

세계 지도에 유토피아 섬이 나오지 않는 것은 사실입니다. 하지만 히틀로다이오 씨가 해준 말을 생각해보면, 그 이유를 어느 정도 짐작할 수 있습니다. 즉, 그의 말에 따르면 고대인들이 그 나라를 다른 이름으로 불렀을 수도 있고, 아예 그 섬을 발견하지 못해 그 나라의 존재를 전혀 몰랐을 수도 있다는 것입니다. 고대 지도나 예전 지리학자들이 단 한 번도 언급하지 않은 온갖 섬들이 지금도 속속 발견되는 것이 그 증거입니다. 하지만 이 나라가 존재한다는 것이 모어 씨가 쓴 글에서 이미 확인되는 마당에, 굳이 내가 이런저런 증거를 대며 이 나라에 관한 이야기가 사실임을 입증하려 할 필요가 어디 있겠습니까?

나는 모어 씨가 이 책을 출판해야 하는지 말아야 하는지를 놓고 고민하는 것은 그가 겸손해서라고 말하고 싶고, 그런 태도는 대단히 존경받을 만하다고 생각합니다. 하지만 여러 가지로 볼 때 이 책의 출판을 더 이상 미뤄서는 안 된다는 것이 내 입장입니다. 이 책은 빨리 사람들의 손에 들어가 읽게 할 만한 충분한 가치가 있기 때문입니다. 그러니 선생님이 온 세상 사람에게 이 책을 읽어보라고 추천사를 써주신다면 더더욱 좋을 것입니다.

선생님은 모어 씨의 훌륭한 자질을 누구보다도 더 잘 알고 계십니다. 게다가 오랜 세월 훌륭한 조언을 통해 나라와 국민을 섬기는 일에 평생을 바쳐오면서, 많은 사람에게서 고결하고 지혜롭다는 최고의 찬사를 받아오셨습니다. 이 책을 다른 사람들에게 추천해주실 분으로서 선생님보다 더 적합한 분은 없습니다.

우리 시대를 빛내주고 계시는 분이자 이 시대의 마이케나스[170]로서 학문의 수호자이신 선생님, 건강히 잘 지내십시오.


1516년 11월 1일에
안트베르펜에서

---

170 "마이케나스"(기원전 70-8년)는 아우구스투스의 조언자 역할을 했던 로마의 정치가로, 로마의 위대한 서사시인들인 베르길리우스와 호라티우스를 비롯해 여러 문인을 후원했다. 따라서 힐레스가 부스리디우스를 "마이케나스"로 부른 것은 탁월한 안목과 식견으로 문학과 문인들을 후원하는 인물로 그를 칭송한 것이다.

# 히에로니무스 부스리디우스가
# 토머스 모어에게 보낸 서신[171]

지극히 특별하고 고명하신 나의 친구 모어 씨, 당신은 모든 관심과 노력과 힘을 개개인을 돌보고 이롭게 하는 일에 바쳐왔지만, 그것으로는 충분하지 않았습니다. 어떻게 하면 인류를 행복하게 하고 이롭게 할 수 있을지를 생각하는 당신의 마음은 너무나 지극하므로, 이제 당신의 모든 것을 인류 전체를 위해 일하는 데 바쳐야 할 정도입니다.

인류를 위한 당신의 봉사가 널리 퍼져나갈수록, 그것을 공유하면서 사람들은 더 많은 유익을 얻는 것을 당신은 보았습니다. 그러한 섬김으로 지금 사람들로부터 아무리 많은 칭송과 감사와 영광을 받고 있을지라도, 당신은 더 많은 것을 받을 만합니다.

당신은 기회가 있을 때마다 언제나 인류를 위해 봉사하려 해왔고, 이제 또다시 주목할 만한 성공을 거두었습니다. 이것은 당신이 그날 오후에 논의했던 것들, 그러니까 모든 사람이 틀림없이 열망할 저 유토피아 공화국의 바른 제도와 관습에 관한 것을 글로 써서 출판한 것을 두고 하는 말입니다.

당신이 쓴 글은 인류가 세운 한 경이로운 나라를 흥미롭고 재미있게 설명한 글로, 인간사에 관한 아주 깊은 통찰과 최고의 해박한 지식으로 가득 차 있습니다. 이 책에서 재미와 지식은 어느 한쪽이 다른 쪽에

---

171 이 서신은 이 다음에 나오는 두 개의 글과 함께 1516년에 나온 초판에서는 책의 앞부분에 나와서 서문 역할을 했지만, 1517년판과 1518년판에서는 책 뒤로 옮겨졌다.

굴복하지 않고 사이좋게 뒤섞여 있으면서도 서로 대등하게 각축을 벌이고 있습니다.

당신은 한편으로는 아주 해박한 지식과 학식을 갖추고 있고 다른 한편으로는 심오한 경험과 깊은 통찰을 지녔기 때문에, 당신이 쓰는 글은 무엇이든지 스스로 철저히 경험한 것에서 나오고, 당신이 말하려는 것은 진정한 지식으로서 온전한 무게를 지닙니다. 이런 글을 읽는다는 것은 쉽게 맛볼 수 없는 희귀하고 경이로운 행복입니다!

이 책은 모든 사람에게 자신을 내어주지 않습니다. 오직 소수의 사람들, 즉 당신이 지금 보여주는 것 같은 정직함과 솔직함을 원하고, 모든 것을 넓고 깊게 이해하고자 하며, 참되고 옳은 것이라면 실천하고자 하고, 모든 것을 공공의 이익이라는 관점에서 명예롭고 정확하고 실천적으로 권위 있게 판단하려는 사람들에게만 자신을 내어준다는 점에서 더욱 주목할 만합니다.

당신이 이런 글을 쓴 것은 이 놀랍고 훌륭한 작품을 통해 온 세계에 공헌하는 것을 본분으로 여겼기에 가능했습니다. 그리고 당신은 인류가 세워야 할 나라의 모범 그리고 인류가 어떻게 행해야 하는지를 보여주는 완벽한 모델을 분별 있는 사람들 앞에 제시함으로써, 그러한 목적을 더할 나위 없이 효과적이고 올바르게 달성할 수 있었습니다.

인류는 지금까지 당신이 제시한 모델보다 더 완벽하거나, 더 올바르거나, 더 온전하거나, 더 바람직한 모델을 본 적이 없었습니다. 당신이 제시한 저 이상적인 나라는 스파르타나 아테네나 로마같이 지금까지 인류 역사 속에서 회자된 여러 유명한 나라를 한참이나 뛰어넘습니다. 만일 당신이 말한 그 나라를 세운 사람들과 동일한 부류가 그런 나라를 창건하고 동일한 제도와 법률과 규제와 관습으로 다스렸더라면, 그렇게 진즉 멸망하고 폐허가 되어, 다시 소생할 가망성이 전무할 정도로 소멸하는 안타까운 일은 벌어지지 않았을 것이 분명합니다. 도리어 지금도 여전히 건재해서 번영을 구가하며, 온 세계의 주인으로 땅과 바다로 나뉜 광대한 영토를 다스리고 있을 것이고, 거기서 살아가는 사람들은 정말 행복하게 살아갔을 것입니다.

당신은 저들의 가련한 운명을 동정하면서, 지금 인류의 강대국으로서 전성기를 맞는 다른 나라 역시 같은 운명을 겪게 될 것을 우려했습니다. 그래서 완벽한 나라, 그러니까 한 나라의 국력을 법률 제정에만 쏟아붓는 것이 아니라, 그것을 제대로 운영할 줄 아는 최고로 훌륭한 사람들을 길러내는 일에 전념하는 그런 나라의 모습을 그려냈습니다.

이 점에서 유토피아 사람들은 절대적으로 옳습니다. 훌륭한 통치자와 관리가 없다면, 아무리 훌륭한 법률이 있더라도 (플라톤의 표현을 빌리자면) "죽은 문자들" 외에 아무것도 아니기 때문입니다.

유토피아의 통치자와 관리들은 정직함의 모범이고, 훌륭하고 선량한 행동거지의 표본이며, 정의의 화신이라는 점에서 모든 나라의 통치자와 관리는 그들을 모범 삼아서 그들과 똑같은 성품을 갖추고 그들과 똑같이 살아가야 하는 것이 마땅합니다. 통치자와 관리들에게는 사려 깊은 분별력이 요구되고, 군인에게는 용기가 요구되며, 일반 시민에게는 절제가 요구되고, 모든 사람에게는 정의가 요구됩니다.[172]

당신이 그토록 입에 침이 마르도록 칭송하는 그 나라는 이러한 원칙들 위에 세워져 있음이 분명하므로, 그 나라는 많은 나라에 도전이 될 뿐만 아니라 모든 사람에게 존경의 대상이 되고, 미래 세대가 칭송할 업적이 된다 해도 전혀 이상한 일이 아닙니다.

그 나라의 위대한 점이자 최대 강점은 아무도 자기 재산을 소유할 수 없게 함으로써, 모든 사람이 사유재산을 놓고 다투는 데서 완전히 자유롭다는 점에 있습니다. 모든 사람은 공공의 이익을 위해 사유재산을 포기하고 모든 것을 함께 공유합니다. 따라서 공적으로나 사적으로

---

172 "사려 깊음" 또는 "지혜로움", "용기", "절제", "정의"는 그리스와 로마 시대 윤리의 네 기둥이었다. 부스리디우스는 여기서 플라톤의 『국가』 제4권의 주된 논증을 요약해 제시한다.

나 크고 작은 모든 행동과 모든 결정은 다수의 탐욕이나 소수의 욕망에 따라 좌지우지되지 않고, 오로지 정의와 공평과 공동체의 유대라는 단일한 국시를 떠받드는 것을 목표로 합니다. 공공의 이익이 온전히 존중되는 곳에서는 야망과 사치와 시기와 불의에 불을 붙이거나 기름 붓는 요인으로 작용할 만한 모든 것은 깨끗이 청소될 수밖에 없습니다.

사유재산이나 이득을 얻으려는 욕구나 모든 욕망 중에서 가장 끔찍하다 할 만한 야망은 종종 사람들 의사와는 상관없이 그들을 그런 악덕으로 내몰아 말할 수 없이 엄청난 손해와 손실을 입게 합니다. 그런 원천에서 정신적인 싸움과 부부 간의 충돌, 사람들 간의 반목, 나라들 사이의 전쟁이 빈번하게 발생합니다. 그리고 그런 분쟁들은 눈부신 번영과 최고의 행복을 누리던 나라들조차 철저히 파괴할 뿐만 아니라, 그 나라들이 이전에 누렸던 영광, 과거의 승리, 적들에게 빼앗은 수많은 금은보화를 한순간에 물거품으로 만듭니다.

나의 이 말을 신뢰하기 어렵다면, 이런 생각을 밑받침하는 저 완벽하게 신뢰할 만한 수많은 증인을 생각해보십시오. 즉, 과거에 파괴된 수많은 큰 도시들, 완전히 와해하고 분쇄된 나라들, 온통 불타 잿더미로 변해버린 촌락들이 그러합니다. 그런 도시와 나라들이 대재앙을 겪었음을 보여주는 흔적이나 자취는 오늘날 거의 남아 있지 않을 뿐만 아니라, 심지어 과거로 아무리 거슬러 올라가보아도 아주 오래된 역사책 어디에서도 믿을 만한 언급을 찾기 힘듭니다.

지금 이 세계에 공화국이라고 부를 만한 그런 나라가 있을지도 모르겠습니다. 하지만 여러 나라가 유토피아를 본받아, 그들이 지키는 원칙들을 채택해 단 한 치도 변경하지 않고 그대로 시행하기만 한다면, 전쟁으로 인한 끔찍한 몰락과 초토화와 참화를 비롯한 수많은 재앙을 쉽게 피할 수 있을 것입니다. 오늘날 그렇게만 한다면, 자기 나라를 건강하고 이롭고 승승장구하게끔 유지하는 법을 알게 되므로, 당신의 봉사로 얼마나 큰 유익을 얻었는지를 온전히 깨닫게 될 것입니다. 그들을 기꺼이 그런 재앙에서 구해내려 한 것에 대해, 그들이 당신에게 진 빚은 단지 한 명의 시민을 구한 정도가 아니라, 나라 전체를 구한 사람에게 진 빚으로 봐야 합니다.

이제 작별을 고합니다. 나라에는 장수를, 당신 자신에게는 불멸을 선사할 새로운 계획을 고안해 실행에 옮기고 그것을 완성하게 되길 바라 마지않습니다. 당신의 영국과 우리의 이 세계를 빛내주는 최고의 영광인 지극히 박식하고 인간적인 모어 씨, 부디 건강하게 잘 지내십시오.

1516년에
매클린 자택에서

# 헤라르트 휠덴하우버가 유토피아에 관해 쓴 시[173]

즐거움을 구하시오? 그렇다면 여기로 오시오.

안식을 누리리다.

최고의 즐거움을 거기서 찾게 되리다.

이득을 구하시오? 그러면 여기로 오시오. 이 섬이 최고요.

여기서는 이득을 생각할 필요가 없으니 말이오.

즐거움과 이득, 둘 다 일거에 거머쥐고 싶으시오?

이 섬에는 그 두 가지가 가득하다오.

여기서 당신의 탐욕스러운 마음을 잠재우고,

당신의 생각과 말을 동시에 갈고 닦아서,

이루 헤아릴 수 없이 귀중한 보화를 수확하시오.

그가 악덕과 미덕의 감춰진 원천을 당신 눈앞에 펼쳐놓았으니,

이제 마땅히 감사해야 할 곳에 감사를 드리시오.

그는 런던의 찬란한 별 토머스 모어라고 하오.

---

173 "헤라르트 휠덴하우버"(1482-1542년)는 네덜란드의 인문주의자로 역사학자이자 개신
교 종교개혁자였다. 인쇄업자 디르크 마르텐스를 도와 『유토피아』의 초판본을 간행했다.

# 베아투스 레나누스가 막시밀리아누스 황제의 추밀 고문관이자 뉘른베르크의 고문인 빌리발트 피르크하이머에게 보낸 서신[174]

『유토피아』라는 책에서는 모어 씨의 기지와 두드러진 해박함은 물론이고, 실제적인 일에 관한 그의 예리한 판단력도 아주 탁월하고 명료하게 드러납니다. 학자 중에서도 아주 깐깐하기로 소문난 기욤 뷔데가 쓴 훌륭한 서문을 통해 이 책은 이미 마땅한 찬사를 받았기에, 나는 지나가면서 몇 마디 보태는 정도로 하겠습니다. 뷔데 씨가 누구입니까? 그는 누구도 따라올 수 없을 정도로 탁월한 학식을 가졌을 뿐만 아니라, 프랑스 문학계의 거장이자 독보적인 천재가 아닙니까?

모어 씨의 책은 플라톤이나 아리스토텔레스, 심지어 유스티니아누스의 법전[175]에서도 찾아볼 수 없는 그런 종류의 원칙들을 담고 있습니다. 그 가르침은 다른 것보다 덜 철학적이고, 좀 더 기독교적입니다. 하지만 최근에 이곳의 여러 유력 인사가 모인 자리에서 『유토피아』가 화제로 등장했을 때 어떤 일이 벌어졌는지, 무사 여신들[176]의 은총을 입어

---

174  이 글은 1518년판에 실려 있다. "베아투스 레나누스"(1485-1547년)는 당시 인문주의자로 에라스무스의 많은 저작 출간을 도왔고, 『유토피아』의 1518년판 인쇄를 감독하기도 했다. "빌리발트 피르크하이머"(1470-1530년)는 인문주의자로 뉘른베르크의 유명한 지성인이었다.

175  로마법은 유스티니아누스 황제(483-565년) 아래서 집대성되었다. 여기서 특히 유스티니아누스를 언급한 것은 피르크하이머가 법을 전공한 법률가였기 때문이다.

176  "무사 여신들"은 그리스 신화에서 예술과 학문을 주관하고 예술가와 학자들에게 영감을 주는 여신들이다. 한 명이 아닌 여러 명으로 되어 있어서, 복수형 "무사이"를 사용하기도 한다. 우리에게는 "뮤즈"(Muse)라는 영어명으로 더 친숙하다.

좋은 이야기를 듣고 싶다면 내 얘기를 한번 들어보십시오.

내가 이 책에 찬사를 보내자, 어떤 어리석은 작자가 이렇게 말했습니다. 어떤 모임이 있을 때 서기가 참석해 그 자리에서 오고 간 말을 기록하듯, 모어 씨도 다른 사람이 말해준 것을 그저 기록한 것뿐이고, 자기 사상을 표현한 것이 아니므로 서기에게 돌려야 할 공로 이상의 찬사를 그에게 돌리는 것은 가당치 않다는 것입니다. 이 책에 나오는 모든 것이 히틀로다이오 씨의 입에서 나온 것이고, 모어 씨는 단지 그의 말을 기록했을 뿐이므로 그에게는 히틀로다이오 씨의 구술을 잘 기록한 공로만 있을 뿐이라는 것이었습니다. 그러자 거기 모여 있던 사람들은 모어 씨를 놀라운 통찰력을 지닌 사람으로 칭송하는 것은 옳지 않다는 데 뜻을 모았습니다.

그 자리에 모인 사람들은 범인이나 얼간이가 아니라, 뛰어난 신학자들이었습니다. 그런데 모어 씨는 그런 사람들까지 완벽하게 속여 넘겼으니, 그 교묘하고 영리한 기지를 우리가 어떻게 탄복하고 감탄하지 않을 수 있겠습니까!

1518년 2월 23일에
바젤에서

# 카셀의 데마레가 페터 힐레스에게 보낸 서신[177]

당신의 친구인 모어 씨가 쓴 『유토피아』와 그의 경구들을 읽었습니다. 재미있었다고 할지 아니면 감탄했다고 해야 할지 모르겠습니다. 영국은 지금 그리스 로마 고전 시대에 필적할 만한 탁월한 재능들을 한껏 꽃피우고 있으니 얼마나 행복한 일입니까! 그리고 우리는 남보다 더 둔해서 이렇게 아주 가까이 있는 훌륭한 모범들과도 겨룰 엄두조차 나지 않으니 얼마나 한심한지 모르겠습니다.

아리스토텔레스는 "이소크라테스[178]가 말하는데, 침묵을 지키는 것은 부끄러운 일이다"라고 말했습니다. 마찬가지로, 땅 끝에 사는 영국인이 왕들의 호의와 관용 덕분에 이토록 깊은 학문을 쏟아내는 동안, 우리는 오직 쾌락을 추구하고 돈 버는 데만 몰두하는 것을 부끄러워해야 합니다.

그리스인과 이탈리아인이 학문을 거의 독점하다시피 해왔지만, 스페인도 고대인 중에서 자랑스러워하는 몇몇 유명한 이들을 배출했습

---

177 "데마레"(1526년 사망)는 루뱅 대학교의 교수이자 대변인이었다. 그의 서신과 다음에 나오는 그의 시는 1516년판과 1517년판에는 수록되어 있었지만, 1518년판에는 둘 다 빠져 있다.

178 "이소크라테스"는 고대 그리스에서 아리스토텔레스 시대에 유명한 변론가이자 수사학자였다. 기원전 392년경에 수사학교에서 강의한 그의 변론술은 플라톤이 기원전 385년경에 설립한 아카데메이아에서 가르친 철학적 정치학을 반박한 것으로, 키케로를 거쳐 르네상스 인문주의로 계승되어 수사학적 정치학의 전통을 형성했다.

니다. 스키티아는 야만족이지만 거기에는 아나카르시스가 있고, 덴마크에는 삭소 그람마티쿠스가 있으며, 프랑스에는 뷔데가 있습니다.[179] 독일에도 학문으로 유명한 이들이 많습니다. 영국에는 훨씬 더 많고, 그중에서 아주 탁월한 사람도 있습니다.

모어 씨는 나이도 젊은 데다가, 문학을 자신의 주업으로 삼고 있지도 않아, 공적인 일과 사적인 일을 돌보느라 눈코 뜰 새 없이 바쁜 와중에 틈틈이 시간을 내 글을 쓴 것입니다. 그런데도 이렇게 뛰어난 글을 써낼 수 있었다면, 도대체 영국에 있는 다른 사람에 대해서는 어떻게 생각해야 한단 말입니까?

모든 나라 사람 중에서 오직 우리나라 사람만 당장에 먹고사는 문제를 해결하고 돈주머니를 두둑이 채우는 것으로 만족해하는 듯 보이지만, 사실 우리도 무기력을 떨쳐버리고 이 영광스러운 경쟁에 뛰어들 준비를 하고 있습니다. 그 사실만으로도 자랑스러운 일이기 때문에, 거기에서 패배한다고 해서 부끄러운 일은 아닙니다. 하지만 거기서 승리한다면, 정말 영광스러운 일일 것입니다.

많은 분이 그렇게 하라고 사방에서 우리를 자극합니다. 우리의 존경할 만한 국왕 카를로스 폐하께서는 학문과 미덕을 겸비한 사람들에게 가장 후한 상을 내리시고, 모든 선한 일을 지원하는 위대한 마이케나스이자 후원자이신 부르고뉴 공국의 재상 장 르 소바쥐[180] 공께서도 우리를 적극 돕고 계십니다.

---

179 "스키티아"는 기원전 8세기부터 기원후 2세기까지 스키타이족이 거주한 유라시아 지역에 역사가 헤로도토스가 붙인 명칭이다. "아나카르시스"(기원전 6세기)는 스키티아의 현자였다. "삭소 그람마티쿠스"(13세기)는 자기 조국의 역사를 기록한 『덴마크인의 사적』이라는 책을 쓴 것으로 유명하다.

180 "장 르 소바쥐"(1455-1518년경)는 어린 카를로스 5세 치하에서 여러 요직을 겸임했다. 토머스 모어는 에라스무스에게 『유토피아』에 대한 여러 정치가의 반응을 알고 싶어 했는데, 그중 한 사람이 소바쥐였다.

지극히 박식하신 페터 힐레스 씨, 『유토피아』를 가급적 빨리 출판해 주시길 간곡히 부탁드립니다. 그 책에는 한 나라가 제대로 세워져 견고하게 유지되는 데 필요한 모든 것이 거울을 보는 것처럼 생생하게 설명되어 있습니다. 그래서 유토피아 사람들이 우리 종교를 받아들이기 시작했듯이, 우리도 한 나라를 제대로 다스리는 데 필요한 그들의 제도를 받아들일 수 있기를 소원합니다.

사람들에게 감화를 끼칠 몇 명의 유명한 신학자를 그 섬으로 보낸다면, 아마도 그 나라 사람들의 종교 생활은 쉽게 바뀔 것입니다. 신학자들은 이미 거기서 싹트는 기독교 신앙을 활발하게 한 후에 다시 우리에게 돌아와 그들의 관습과 제도를 전해줄 수 있을 것입니다.

유토피아 섬이 세상에 알려지지 않고 묻히지 않고 알려지게 된 데에는 히틀로다이오 씨의 공이 큽니다. 그리고 유려한 필체로 그 나라를 우리에게 너무나 생생하게 소개해준 저 지극히 박식한 모어 씨의 공은 한층 더 큽니다. 이 두 분 외에도, 히틀로다이오 씨가 유토피아에 관한 이야기를 들려주는 자리를 마련하고, 모어 씨가 그 이야기를 책으로 쓸 수 있게 여러모로 도와준 당신의 공도 결코 적지 않습니다. 이렇게 세 분의 도움으로 미래의 독자들은 책을 통해 적지 않은 즐거움을 누릴 것은 물론, 거기 나오는 세부적인 내용을 지혜롭게 잘 활용하는 사람은 한층 더 큰 유익을 얻을 것입니다.

이 책을 읽고 나의 영혼은 한없이 고무되어, 오랫동안 무사 여신들을 부르지 않았던 내가 다시 그 이름을 부르며, 이 책을 출판하려는 당신의 계획이 잘 이루어지게 해달라고 기원하게 되었습니다.

훌륭한 학문의 실천가이자 후원자이신 페터 힐레스 씨, 지극한 예를 갖추어 당신에게 작별인사를 고합니다. 부디 몸 건강히 잘 지내십시오.

1516년 12월 1일에
루뱅에 있는 자택에서

# 루뱅의 대변인 데마레가
# 새로운 섬 유토피아에 관해 쓴 시[181]

로마 사람은 용감했고,

저 고귀한 그리스인은 웅변으로 유명했으며,

스파르타 사람은 엄격했지.

독일인은 다부지고,

솔직한 마르세유 사람은 정직함으로 유명했으며,

도회적이고 기지가 있는 사람은 아티카[182]에 많았지.

아프리카인은 속이 깊었고,

프랑스는 경건한 자들을 키워냈지.

영국인은 관용으로 온 세계에서 유명했지.

이처럼 미덕마다 자기만의 특별한 거처가 있어서

한 곳에 풍부하게 있는 미덕은 다른 곳에는 별로 없지.

하지만 오직 한 섬, 유토피아에서는 그렇지 않으니,

모든 미덕이 한 곳에서 사람들에게 나타났다네.

---

181  이 시는 1516년판과 1517년판에는 수록되었지만, 1518년판에서는 빠졌다.

182  "아티카"는 그리스 중남부 지방을 일컫는 명칭이다. 중심 도시는 아테네였다. 따라서 여기서는 아테네를 가리킨다.

# 유토피아어 알파벳[183]

a b c d e f g h i k l m n o p q r s t v x y

*(유토피아어 알파벳 기호)*

## 유토피아어로 쓰인 시

Vtopos ha Boccas peu la

chama polta chamaan

Bargol he maglomi baccan

foma gymno fophaon

Agrama gymnofophon labarembacha

bodamilomin

Voluala barchin heman la

lauoluola dramme pagloni.

---

183 1516년 제1판에 등장한 후에 2판부터는 사라졌다.

**우리말 번역**

유토포스 장군이 섬이 아니었던 나를 섬으로 만들어서,
다른 모든 나라가 철학 없이 살아갈 때,
인류를 위해 나를 철학 있는 나라로 세웠도다.
나는 내게 있는 모든 좋은 것을 아낌없이 나누어 주고,
좋은 것이라면 무엇이든지 기꺼이 받아들이노라.

# 코르넬리우스 데 슈레이버가 독자에게[184]

최근에 발견된 세계에 어떤 놀랍고 신기한 것이 있는지 알고 싶으시오?

당신 삶을 진정 경건하게 이끌어줄 방법을 알고 싶으시오?

미덕과 악덕의 근원을 알고 싶으시오?

비참한 세계가 얼마나 헛된 것들로 가득 차 있는지 알고 싶으시오?

그러면 런던의 자랑인 모어 씨의 천재적인 솜씨로 탄생한, 이 책에 나온 모든 것을 최선을 다해 읽고 줄 치고 마음에 담아두시오.

---

184 "코르넬리우스 데 슈레이버"(Cornelius De Schrijver, 1482-1558년경)는 명성이 자자했던 라틴어 시인으로 1515년에 안트베르펜에 정착했고, 거기에서 페터 힐레스의 아주 친한 친구가 되었다. 그가 쓴 이 시는 1518년판 뒷부분에 나온다.

# 용어 해설

**네펠레** 그리스어로 "구름"이라는 뜻으로 "구름에서 태어난 사람들의 나라"라는 의미인데, 자기 우방국이 다른 나라로부터 부당한 공격과 주권 침해를 당했을 때 유토피아 사람들이 그 우방국을 대신해서 응징한 예를 설명할 때 등장하는 나라다. 네펠레 상인들이 그들 나라보다 강대국인 알라오폴리테스에게 부당한 일을 당하자, 유토피아 사람들은 알라오폴리테스와 싸워 굴복시켜 네펠레에 속국으로 주었다. 여기서 "네펠레"는 힘없는 나라를 뜻한다.

**마카리오스** 그리스어로 "행복한, 축복받은"이라는 의미로, "행복한 나라" 또는 "축복받은 나라"라는 뜻이다. 이 나라에는 백성에 대한 과도한 세금이나 착취를 막기 위해 국고에 금화 1,000파운드 이상을 보유해서는 안 된다는 법이 있다. 여기에는 왕이 반란을 진압하거나 외적의 침입을 격퇴하는 데는 충분하지만, 영토를 넓히려고 다른 나라를 침략하기에는 충분하지 않을 정도의 재물만 소유하게 하려는 목적이 있다.

**부트레스코스** 그리스어로 "황소"를 뜻하는 '부스'와 "종교적인"을 뜻하는 '트레스코스'를 결합한 명칭이다. 여기서 "황소"는 엄청나는 의미이므로, 이 명칭은 "지극히 종교적인 사람들"이라는 뜻이다. "부트레스코스"는 유토피아 종파 중에서 평생 독신으로 살면서 온갖 힘든 노동과 일을 맡아 하며 고행하는 종파의 사람을 가리킨다.

**시포그란토르** 아마우로스에는 6,000가구가 살고, 한 가구는 성인 10-

16명을 중심으로 이루어진다. 유토피아의 관직에는 시장과 트라니보라와 시포그란토르가 있는데, "시포그란토르"는 관직 중에서 3단계 하위직이다. 그리스어로 "돼지우리"를 뜻하는 '시페오스'와 "지도자"를 뜻하는 '크란토르'가 합쳐진 명칭으로, "한 무리의 가구를 관리하는 책임자"라는 의미다. 유토피아에서는 시포그란토르를 중심으로 그가 관리하는 30가구가 한 단위가 되어 생활한다. 30가구 중심부에는 시포그란토르가 기거하는 관청이 있고, 사람들은 거기에서 공동 식사를 한다. 30가구마다 한 사람의 시포그란토르를 선출하고, 임기는 1년이지만 거의 연임된다. 따라서 아마우로스에는 200명의 시포그란토르가 있고, 그들은 시의회를 구성해 비밀투표로 시장을 선출하며, 시장을 중심으로 한 시정협의회에서 보낸 안건을 심의하기도 한다.

**아네몰리오스** 그리스어로 "바람 같은"이라는 뜻이다. 즉, "실속 없이 으스대는 자들의 나라"라는 의미다. 이 나라의 외교사절단은 유토피아 사람들이 수수한 옷을 입고 있다는 말을 듣고, 자신을 과시하려고 금은보석으로 화려하게 치장하고 왔다가 크게 망신을 당한다. 이 이야기는 유토피아에서 금은과 보석을 하찮게 여기는 관습을 보여주기 위한 예로 언급된다. 또 다른 "아네몰리오스"는 히틀로다이오의 조카이자 계관시인으로, 그는 유토피아를 예찬하는 시를 쓴다.

**아니드로** "아마우로스"라는 도시를 관통해 흐르는 강의 이름이다. 이 강은 아마우로스가 있는 산 정상에서 발원하여 60마일을 흘러 대양으로 들어간다. 아주 맑고 깨끗한 이 강은 아마우로스 시민의 식수원이기도 하고, 도시를 쾌적하게 해주는 역할도 한다. "아니드로"는 그리스어로 "없다"를 뜻하는 '아'와 "물"을 뜻하는 '휘도르'를 합친 것으로, "물 없는 강"이라는 의미다. 역설적으로 가장 물 다운 물이 흐르는 강이라는 뜻이 된다.

**아데모스** 유토피아에 있는 학자 집단을 가리키는 명칭이다. 유토피아의 학자 집단은 시민 중에서 학문에 적합한 사람들이 성직자의 추천을 받아 관리들의 투표로 선발된다. "아데모스"는 그리스어로 "없다"를 뜻하는 '아'라는 접두사와 "사람들"을 뜻하는 '데모스'를 합친 것이다. 유토피아에서 이 학자 집단은 플라톤이 제시한 철학자들이 다스리는 이상국가를 반영한 것으로, 나라를 다스리는 철학 그리고 국가와 개인의 온갖 문제를 처리하는 지혜가 있는 사람들이다. 그들은 자기 이익이 아니라 철저하게 "사람들"('데모스') 공공의 이익을 위해 일한다. 유토피아의 모든 관직과 성직자와 전문직은 모두 학자 집단에 속한 사람들이 맡는다. 따라서 토머스 모어는 반어법적으로 이 학자 집단을 "국민이 안중에도 없는 사람들"이라는 뜻을 지닌 "아데모스"라 지칭한다. 토머스 모어는 이러한 명칭을 통해, 유토피아의 학자 집단은 역설적으로 오직 국민만 안중에 있어 진정 국민을 위하는 자들임을 말하고자 했다.

**아마우로스** 유토피아는 54개의 도시로 이루어져 있는데, 아마우로스는 이 섬의 정중앙에 있어 실질적인 수도 역할을 하는 도시 이름이다. 그리스어로 "어슴푸레한, 어두운"이라는 뜻을 지닌 '아마우로스'에서 유래했으며, "꿈속에서나 어슴푸레 볼 수 있는 도시"라는 의미를 지닌다. 즉, 현실 도시가 아니라 "꿈속 도시"라는 뜻이다. 유토피아의 모든 도시는 형태나 제도가 모두 동일하기 때문에 유토피아의 화자 라파엘은 자기가 5년 동안이나 머문 아마우로스를 중심으로 유토피아의 문물과 제도를 설명한다.

**아브락사** 유토피아로 국명을 변경하기 전에 그 섬에 있던 이전 나라의 명칭이다. "아브락사"가 어디에서 유래했고 의미가 무엇인지는 알려져 있지 않다. 여러 견해 중에 그리스어 '아브로코스'("물 없는")와 연결하려는 견해가 토머스 모어의 의도와 비슷해 보인다. 유토포스가 유토피아를 건국하면서 행한 가장 큰 역사는 원래 섬이 아니었던 곳을 섬으로 만든 것이었다. 이러한 지형 변화는 유토피아를 아브락사와 완전히 다른 나라로 만드는 데 크게 기여했다. 그래서 이 책에 나오는 유토피아에 관한 시에서도 그 사실을 맨 먼저 언급한다.

**아코로스** "없다"를 뜻하는 그리스어 '아'와 "장소"를 뜻하는 '코로스'를 합성한 단어로, '유토피아'와 마찬가지로 "존재하지 않는 곳"이라는 뜻이다. 따라서 "아코로스인들"은 "존재하지 않는 나라에 사는 사람들"이 된다. '아코로스'는 과거에 다른 나라를 정복한 적이 있지만, 한 왕이 두 나라를 다스리는 것은 역부족임을 깨닫고, 그 점령했던 나라를 포기하고 오로지 자기 나라만을 잘 다스린 모범적인 예로 언급된다.

**알라오폴리테스** 그리스어로 "눈먼"을 뜻하는 '알라오스'와 "시민"을 뜻하는 '폴리테스'를 합친 명칭으로 "눈먼 시민들의 나라"라는 의미인데, 유토피아의 우방국 네펠레의 상인들에게 부당한 짓을 했다가 유토피아에게 멸망당해 네펠레의 속국이 되었다. 따라서 "알라오폴리테스"는 분별없이 맹목적으로 행한 나라라는 뜻을 지닌다.

**유토포스** 유토피아라는 나라의 건국자 "유토포스"는 그리스어로 "없다"를 뜻하는 '우'와 "장소" 또는 "지위"를 뜻하는 '토포스'를 합성한 말로 "아무 지위도 없는 사람"이라는 의미다. "유토피아"도 "유토포스"와 동일한 두 개의 그리스어 단어에 관한 장소를 가리킬 때 덧붙이는 접미사 '-이아'가 결합해 만들어진 것으로, "유토포스가 세운 나라" 또는 "존재하지 않는 나라"를 의미한다.

**자폴레테스** 그리스어로 강조의 의미를 지닌 '자'와 "파는 자"라는 뜻의 '폴레테스'를 합친 명칭으로 "무엇이든지 파는 자들의 나라"라는 의미다. 유토피아에서 동쪽으로 500마일 떨어진 곳에서 살아가는 이 나라 사람들은 원시적인 야생의 울창한 삼림과 험준한 산악지대에서 자라나 무시무시하고 거칠며 흉포해서 최고의 용병들로 통한다. 토머스 모어는 그들이 돈만 많이 주면 무슨 일이든지 하는 인간쓰레기라고 말하며, 당시 유럽의 여러 나라에서 고용한 용병에 대한 혐오감을 드러낸다. 여기서는 당시 스위스 용병을 염두에 둔 것으로 보인다. 스위스 용병들은 당시 유럽에서 악명이 높아서, 모두가 두려워하고 증오했다.

**키네메라** 유토피아에서 지키는 두 축일 중 하나의 명칭이다. 그리스어로 "개"를 뜻하는 '퀴온' 또는 '퀴노스'와 "날"을 뜻하는 '헤메라'를 결합한 것으로 "개의 날"이라는 의미다. 고대 그리스에서 "개의 날"은 엄밀하게 말해 현재 달에서 새로운 달로 넘어가는 밤을 가리켰고, 이 밤에 교차로에 음식을 갖다놓았다. 이 날에 개가 짖는 것을 어둠과 저승의 여신인 헤카테가 오는 것을 보고 짖는 것으로 해석했기 때문이다. 하지만 유토피아에서는 달의 "첫날"을 가리키는 명칭이 되었다.

**트라니보라** 앞에서 설명한 "시포그란토르"를 감독하는 고위직으로, 10명의 시포그란토르 중 한 명이 선출되어 나머지를 감독한다. 아마우로스에는 총 20명의 트라니보라가 있다. 트라니보라는 그리스어로 "벤치"를 뜻하는 '트라노스'와 "음식"을 뜻하는 '보라'를 합쳐 놓은 명칭으로 "함께 음식을 먹는 사람 중에서 가장 상좌에 앉는 사람"이라는 의미다. 그들은 시장과 함께 시정협의회를 구성해 모든 시정을 처리한다.

**트레페메라** 그리스어로 "변화"를 뜻하는 '트레포'와 "날"을 뜻하는 '헤메라'를 합친 명칭으로 "한 해나 한 달이 바뀌는 날"을 의미한다. 유토피아의 두 축일 중 하나다. 이 축일에 모든 유토피아 사람은 금식하고, 가정에서 고해성사를 한 후에 저녁에 교회에 가서 신에게 감사하는 기도를 한다.

**폴리라르코스** 그리스어로 "한 집단의 우두머리"라는 뜻이다. 유토피아에서 근간을 이루는 관직 "시포그란토르"는 옛적에 사용되던 명칭이고, 개정된 명칭이 "폴리라르코스"이다. 마찬가지로 옛적에 "트라니보라"로 불렸던 고위관직도 "필라르코스"의 우두머리라는 뜻의

"프로토필라르코스"로 개명되었지만 라파엘은 주로 옛 명칭을 사용한다.

**폴리레로스** "많은"을 뜻하는 '폴뤼스'와 "말이 되지 않는 것"을 뜻하는 '레로스'를 결합해 만든 단어로 "말도 안 되는 일이 많이 벌어지는 나라"라는 의미다. 페르시아 근처에 있는 이 나라는 절도범을 아주 모범적으로 벌하는 사례로 언급된다. 이 나라에서는 절도범을 사형하지 않고 공공 노역장에 배치해 생산 활동을 하게 하거나, 국민이 일용노동자로 고용해 일반 인력보다 싼 값으로 사용하게 한다.

**히틀로다이오** 포르투갈 사람으로 지혜와 참된 것을 찾아 천하를 유람하고 탐험하는 사람 "라파엘"의 별명이다. 그리스어로 "말이 되지 않는 것"을 뜻하는 '히틀로스'와 "나누어 주다"를 뜻하는 '다이오'를 합친 것으로, "말도 되지 않는 터무니없는 얘기를 퍼뜨리고 다니는 사람"이라는 의미다. 따라서 역설적으로 "정말 말이 되고 사람들이 꼭 들어야 할 얘기를 이 사람 저 사람에게 하고 다니는 사람"이라는 뜻이다. 그는 탐험가 아메리고 베스푸치를 따라 여행하다가 유토피아 섬을 발견하고, 거기에 5년 동안 살다가 이 세계 사람들에게 유토피아를 알리기 위해 유럽으로 온다. 그리고 페터 힐레스를 통해 토머스 모어와 만나게 되고, 뗏장이 덮인 벤치에 앉아 유토피아에 관한 얘기를 이 두 사람에게 들려준다. 토머스 모어는 그가 플라톤 같은 사람이라고 우리에게 소개함으로써, 그가 말해준 유토피아는 플라톤의 이상국가를 능가하는 나라임을 암시한다.

# 해제

박문재

『유토피아』(*Utopia*)는 1516년에 토머스 모어(1478-1535년)가 사회와 정치를 풍자하기 위해 라틴어로 써서 출간한 허구적인 작품이다. 원제는 "최상의 공화국 형태와 유토피아라는 새로운 섬에 관한 재미있으면서도 유익한 대단히 훌륭한 소책자"(Libellus vere aureus, nec minus salutaris quam festivus, de optimo reipublicae statu deque nova insula Utopia)이다. 이 책에서는 주로 유토피아라는 이름의 상상 속 섬나라에서 시행되고 있는 종교적·사회적·정치적 제도들과 관습들을 설명하고 묘사하는 형식으로 되어 있다.

'유토피아'는 그리스어에서 "아니다, 없다"를 뜻하는 '우'와 "장소"를 뜻하는 '토포스'를 결합한 명칭이고, '-이아'는 장소를 표현할 때 흔히 사용되는 라틴어 접미어다. 따라서 '유토피아'는 "그 어디에도 존재하지 않는 곳"이라는 뜻이다.

서양의 고대인들은 이상향이 내세에 특정한 장소에 있다고 믿었다. 그중 대표적인 것이 '엘리시온'이다. '엘리시온'은 그리스 로마 신화에서 신들의 사랑을 받은 영웅이 불사의 존재가 되어, 또는 현세의 삶을 마치고 죽은 후에 들어간다고 하는 축복받은 땅으로, 대지를 감싸고 흐르는 오케아노스(대양)의 서쪽 끝에 있다고 여겼고, "엘리시온 들판"으로도 불렸다.

고대인들은 사람이 죽으면 선한 자들은 '엘리시온'으로, 악인들은 '하데스'로 간다고 믿었다. 그리고 그들 생각에 따르면 엘리시온과 하데스는 둘 다 지구상에 존재했다. 신들과 산 자들, 죽은 자들은 지구상에서 함께 어우러져 살아간다고 생각했기 때문에, 윤회설을 토대로 현세와 내세는 서로 단절되지 않고 연결되어 있었다. 그 대표적인 예가 피타고라스와 플라톤의 사상이다. 실제로 플라톤은 자신이 쓴 대화편 『파이돈』에서 영혼불멸, '엘리시온'과 같은 내세의 이상향, 윤회설을 얘기한다.

이렇게 영혼은 불멸이고, 현세와 내세가 어우러져 있다는 사상은 『유토피아』의 기본사상이기도 하다. 토머스 모어에 따르면 영혼불멸은 유토피아인의 가장 기본적인 종교사상이면서도 이성으로도 증명되는 것으로 현세의 모든 삶을 이루는 토대가 된다. 죽은 자는 산 자의 눈에 보이지는 않지만 실제로 산 자 사이에서 함께 어울려 살아간다고 말한다.

하지만 내세의 이상향이 아니라 현세의 이상향, 즉 이상국가를 본격적으로 제시한 인물은 플라톤(기원전 427-347년)이었다. 그는 『국가』라는 책에서 철학자가 통치하는 공화국을 이상국가로 제시한다. 그리고 '재산의 공유'가 공평하고 정의로운 사회의 토대라고 주장한다. 플라톤은 현세적인 이상국가를 철학적 담론으로 본격적으로 제시한 최초의 인물이었다.

이것이 중요한 이유는, 토머스 모어의 『유토피아』는 여러 면에서 플라톤이 제시한 공화국을 철학적인 담론이 아니라 하나의 실제 모델로서 구체적으로 설명하고 묘사한 것이라고도 할 수 있기 때문이다. 즉, 토머스 모어는 당시까지 하나의 철학적인 담론으로만 존재했던 이상국가론을 현실에서 실제로 이루어질 수 있는 하나의 모델로 생생하게 묘사해냈다.

사유재산이 폐지되고 공동소유를 기본으로 하는 이러한 이상국가 사상은 근대에 이르러 마르크스(1818-1883년)의 『자본론』으로 이론적인 토대를 얻어 한층 더 구체화한다. 토머스 모어가 온갖 사회악의 근원 원인이 사유재산에 있다고 인식했던 것과 마찬가지로, 마르크스는 유물론적 변증법과 사적 유물론이라는 이론을 통해 동일한 결론에 도달한다.

우리는 여기에서 인류 사회를 지배해왔던 온갖 사회악을 없애고 정의로운 나라와 평등 사회를 만들고자 하는 흐름 속에서 사유재산 폐기, 공동 생산과 공동소유만이 진정한 정의와 평등을 이룰 수 있다고 주장하는 사상적 조류를 확인할 수 있다. 차이점이 있다면, 플라톤과 토머스 모어는 신의 존재를 인정하고, 그 기반 위에서 이성적 사유를 통해 사유재산이 철폐된 최선의 국가제도와 사회관습을 제시하려 했던 반면, 마르크스는 신의 존재를 철저히 부정하고 오로지 인간 이성에 기반을 둔 유물론적 토대 위에서 결국 인류 역사는 생산력의 발달로 사유재산이 폐기된 사회로 갈 수밖에 없음을 증명하려 했다는 데있다.

지금 우리는 사유재산을 기반으로 한 자본주의 체제의 극심한 모순을 경험하고 있다. 이 시점에서 플라톤의 『국가』, 토머스 모어의 『유토피아』, 마르크스의 『자본론』을 모두 읽고 숙고한 후 하나의 담론을 만들어내는 작업은 꼭 필요해 보인다. 이 해제에서는 토머스 모어가 살았던 시대적 배경, 그리고 토머스 모어의 삶과 사상을 살펴보면서, 그토대 위에서 『유토피아』를 어떻게 이해해야 할지를 검토하고자 한다.


## 1. 『유토피아』가 탄생한 시대 배경

토머스 모어가 살았던 시대는 절대왕정과 르네상스 인문주의 운동을 특징으로 하는데, 이러한 시대 조류는 『유토피아』에 고스란히 반영되어 있다. 차례로 간단하게 살펴보자.

### (1) 영국의 플랜태저넷 왕조와 튜더 왕조

영국의 왕정을 확립한 가문은 플랜태저넷 왕조(1198-1340년)였다. 이 왕조는 영국과 프랑스에 드넓은 영토를 가진 왕국으로 출발했지만 얼마 되지 않아 대부분의 프랑스 영토를 상실했다. 이 때문에 중세의 수 세기 동안 영국과 프랑스 간에는 끊임없이 전쟁이 벌어졌고, 중세에서 근세로 넘어가는 시기에 결국 백년전쟁(1337-1453년)이 발발했다. 그 직후에는 왕권을 둘러싸고 내란이 벌어졌는데, 역사는 이 내란을 장미전쟁(1455-1485년)이라고 부른다.

영국은 이렇게 밖으로는 백년전쟁, 안으로는 장미전쟁을 치르면서 거의 무법천지가 되어버렸다. 당시 모든 숲에는 도적 무리가 살고 있었고, 상인들은 도적 떼로부터 자신을 보호하기 위해 돈을 주고 무사들을 고용해야만 했다. 백성의 삶은 고통의 연속이었고, 거리에는 거지와 탁발수도사, 순례자가 넘쳐났다. 사회의 이러한 참상은 『유토피아』를 탄생시키는 데 일조했고, 실제로 제1권은 그런 내용을 다룬다.

이 내란이 끝난 후에 튜더 왕조(1485-1603년)가 창건된다. 토머스 모어(1478-1535년)가 살았던 시대의 영국은 이 왕조의 초창기에 해당한다. 튜더 왕조는 절대왕정의 시대를 열며 대영제국의 탄탄한 토대를 마련했으며, 토머스 모어가 모신 왕은 헨리 8세(재위기간 1509-1547년)였다.

1497년에 콘월에서 반란이 일어나서, 반란군은 런던에서 얼마 떨어지지 않은 블랙히스까지 쳐들어왔는데, 당시 다섯 살이었던 헨리 8세는 어머니와 함께 런던탑으로 피신하기까지 했다. 그의 재위기간 동안에 영국은 늘어난 왕실 비용과 과도한 화폐 발행으로 심각한 인플레이션을 겪었고, 인클로저 운동에 따른 공유지 사유화로 농민은 몰락하고 극심한 수탈을 당했으며, 대도시 런던의 인구는 폭발적으로 증가하여 온갖 사회문제가 발생하였다.

토머스 모어는 헨리 8세 치하에서 런던의 재판관으로 일하며 국왕의 고문으로 섬기다가, 나중에는 대법관이 된다.

## (2) 절대왕정

절대왕정은 중세 봉건사회에서 근대 시민사회로 이행하는 과도기였던 16-18세기에 유럽 사회에 등장한 절대군주를 중심으로 한 정치체제를 말한다. 절대왕정은 관료제와 상비군 그리고 중상주의를 통한 국부 추구 등이 특징이었다. 이 시기는 중세에서 근대로 넘어가는 과도기였기 때문에 유럽 사회에는 중세적 요소와 근대적 요소가 공존했다. 절대왕정은 절대군주 중심의 통치체제를 확고히 하고자 신분 간의 차별을 엄격히 시행했고, 귀족들은 정치권력을 독점했으며, 경제생활에 대한 국가의 간섭과 통제가 심할 뿐만 아니라 노동자의 임금과 노동시간까지도 통제했다. 이를 위해 법률은 가혹했고 엄격하게 집행되었는데, 이것도 『유토피아』가 탄생한 중요한 요인이었다.

## (3) 인클로저 운동

15세기 말부터 영국에서 모직물 공업의 발달로 양모 값이 폭등하자, 지주들은 수입을 늘리기 위하여 농경지와 공유지를 목장과 목초지로 만들었는데, 이것을 인클로저 운동이라고 부른다. 이 운동으로 지주들은 부를 축적했지만, 농민들은 대규모로 몰락하여 경작지를 잃고 도시로 내쫓겨 임금노동자가 되었다. 토머스 모어는 이에 대해 "전에는 사람이 양을 먹었지만 지금은 양이 사람을 잡아먹는다"고 말했다.

## (4) 르네상스

토머스 모어가 살던 시대는 르네상스라는 거대한 조류가 흐르던 시기였다. 르네상스는 학문 또는 예술의 재탄생이라는 의미를 지닌 프랑스어인데, '문예부흥운동'으로 부르기도 한다. 이 문화운동은 14-16세기에 서유럽에서 광범위하게 일어났고, 본거지는 이탈리아였다. 이 운동을 주도한 사람들은 인문주의자로 불렸고, 그들은 고대 그리스와 로마의 학문과 문화를 이상적인 것으로 보고, 그러한 문화를 부흥시켜 새로운 문화를 만들어내고자 했다.

예컨대, 당시에 대표적인 인문주의자였던 에라스무스(1466-1536년)는 토머스 모어의 친한 친구였다. 그는 네덜란드 로테르담에서 성직자의 사생아로 태어나서, 문법학교와 수도원에서 라틴 고전학과 신학을 공부한 후에, 21살에 아우구스티누스 수도원의 수도사가 되었다. 1499년에는 영국에서 토머스 모어, 존 콜릿 등과 같은 인문주의자들을 만났고, 이것을 계기로 고전에 담긴 자유로운 인문학적 이상을 기독교 정신과 융합하는 일을 일생의 과업으로 삼는다.

대표작 『우신예찬』은 그가 1509년에 영국의 토머스 모어의 집에 일주일 동안 머물며 완성해 1511년에 펴낸 작품으로 수도원 생활을 풍자한 글이다. 이 글은 어리석음의 여신인 '모리아'가 화자로 등장해 어리석은 것처럼 들리는 우스꽝스럽고 해학 넘치는 말을 통해 현명함이 무엇인지를 드러내는 풍자적인 작품이다. 이러한 분위기는 『유토피아』에서도 그대로 전해진다.


## 2. 토머스 모어의 삶

토머스 모어는 1478년 2월 7일에 런던의 밀크 스트리트에서 법관 존 모어 경의 둘째 아들로 태어났다. 당시에 런던 최고의 학교 중 하나로 여겨졌던 세인트 앤서니에서 교육받았다. 12세가 되던 1490년에는 캔터베리 대주교이자 대법관이었던 존 모턴(1420-1500년경)의 집에 들어가 비서가 되었는데, 당시에는 이렇게 유력인사들의 비서로 들어가서 그를 도우며 식견과 인맥을 넓히는 것을 아주 중요한 교육과정 중 하나로 여겼다.

당시 '신학문'이라 불린 인문주의를 열렬히 지지했던 모턴은 토머스 모어의 재능을 높이 평가해서, 1492년부터 옥스퍼드대학교에서 고전 교육을 받게 했다. 당대 유명한 인문주의자인 토머스 리네커와 윌리엄 그로신 아래에서 공부하면서, 그는 불과 2년 만에 라틴어와 그리스어를 잘할 수 있게 되었다. 하지만 아버지의 권유로 곧바로 런던으로 다시 돌아와 법학원에 들어가 법학 공부를 시작했다.

1503년경에 그는 법률가의 길을 포기하고, 수도사의 삶을 동경하여 수도원 옆에 살며 고행을 실천하면서 수도사나 다름없는 삶을 살았다. 하지만 나중에 아내가 될 제인 콜트(1488-1511년)를 만나며 평신도로 남았고, 1505년에는 그녀와 결혼해서 1남 3녀를 두었다. 그는 모든 시간을 함께할 정도로 아내를 너무나 사랑했지만, 콜트는 1511년에 죽었다. 토머스 모어는 아이들을 위해 앨리스 미들턴(1475-1551년경)이라는 부유한 미망인과 결혼했다. 하지만 결혼생활은 그리 행복하지 않았다고 전해지는데, 기질이 서로 맞지 않고 외모도 마음에 들지 않았기 때문이라고 한다. 결혼생활 속에서도 그는 평생 금욕적인 삶을 살았다.

1504년에는 26살의 나이에 의회 의원이 되었지만, 헨리 7세의 지나친 과세를 반대하다가 박해를 받고 정계를 떠나 변호사 일에 전념했다. 하지만 헨리 8세가 즉위하자, 1510년에 그는 런던 시의 사법을 총괄하는 두 명의 사법집행관 대리 중 하나로 임명되었고, 정직하고 일 잘하는 관리로 명성을 얻었다. 1514년에는 왕궁 추밀원의 관리이자 국왕 고문으로 위촉되어 헨리 8세의 첫 번째 대법관이었던 토머스 울지와 함께 유럽 전역을 돌며 외교업무를 담당하고, 다른 한편으로는 헨리 8세 및 캐서린 왕비와 함께 저녁을 먹으며 밤늦게까지 토론했다. 그리고 토머스 울지가 실각한 후에 1529년에는 대법관이 되어, 전례 없는 놀라운 속도로 소송사건들을 처결하는 실력을 보여주었다.

하지만 헨리 8세가 캐서린 왕비와의 이혼 문제로 교황과 충돌하면서 교황권을 부정하고 스스로 영국 교회의 수장이 되려 하자, 토머스 모어는 이것을 헨리 8세가 전제 군주가 되려는 의도라고 보았다. 이렇게 해서 틀어진 두 사람은 1530년에 캐서린과의 이혼을 요청하는 서한에 토머스 모어가 서명을 거부하고, 1533년에는 헨리 8세가 재혼한 앤 볼린의 왕비 대관식에 참석하지 않음으로써 결정적으로 갈라섰다. 결국 토머스 모어는 런던탑에 갇혔다. 1535년 7월 1일에는 사형선고를 받았고, 6일에 사형이 집행되었다.

## 3. 토머스 모어의 사상

### (1) 가톨릭 사상

토머스 모어의 사상을 결정한 것은 가톨릭 사상과 인문주의였다. 수도사가 되어 수도원 생활을 하는 것을 이상으로 삼았고, 실제로도 평생 수도사 같은 금욕주의적인 삶을 살았다는 것, 루터의 종교개혁에 완강하게 반대한 것, 헨리 8세가 로마 가톨릭과 단절하고 영국 국교회를 창설하여 그 수장이 되고자 했을 때 결연히 반대하여 결국 사형을 당한 것, 1935년에 교황 비오 11세가 토머스 모어를 성인으로 시성한 것 등에서 알 수 있듯이, 로마 가톨릭을 토대로 한 그의 기독교 사상은 『유토피아』를 이해하는 데도 결정적인 요소로 작용한다.

토머스 모어의 가톨릭 사상을 극명하게 확증해주는 것은 유토피아 사람들의 종교철학이다. 유토피아에서 사람들은 다양하게 종교를 믿을 수 있었지만, 두 가지 교리는 절대로 부정해서는 안 되었다. 하나는 영혼이 불멸한다는 것이고, 다른 하나는 사람이 죽으면 내세에서 악인에게는 벌이, 선한 삶을 산 자에게는 상이 기다리고 있다는 것이다. 이것은 단지 신앙만이 아니라, 인간 이성으로도 얼마든지 증명할 수 있는 원리로 제시된다. 즉, 만일 영혼이 불멸하지도 않고 내세에 상벌도 없다면, 사람들은 현세에서 결코 자신을 희생하고 금욕하는 힘든 삶을 살려고 하지 않으리라는 것이다.

다음으로 수도원 생활을 이상적인 삶으로 여겼던 그의 가톨릭 사상도 유토피아의 제도 및 관습에 관한 설명과 묘사 속에 그대로 반영되어 있다. 사실 그가 그린 유토피아는 수도원을 확대해 놓은 것이라고 해도 과언이 아니다. 노동을 중시하고, 그 토대 위에서 정신적 자유를 추구하는 유토피아 사람들의 삶은 당시 유럽과 영국의 귀족들이 아무 노동도 하지 않으면서 사치스럽게 살아가는 것에 대한 비판이기도 했다. 이런 생각에는 노동이 공공의 이익에 기여하는 가장 기본적이고 정직한 일이라는 관점이 깔려 있고, 이는 노동을 기본으로 해서 경건한 신앙을 추구한 수도사로서의 삶을 반영한 것이다.

유토피아의 제도와 관습에 관한 묘사를 읽다 보면 전체주의가 아닌가 싶을 정도로 통제적이고 금욕적인 내용이 나오는데 이는 사실 토머스 모어가 가톨릭 신앙 안에서 추구한 수도원적인 금욕주의를 기초로 하는 것으로 보인다. 거기에 인문주의 사상이 결합되면서, 이성을 토대로 한 정신적 자유와 자기계발의 추구라는 측면이 더해진다.

### (2) 르네상스 인문주의 사상

가장 논란이 되는 부분은 토머스 모어가 이 책을 쓰게 된 이유 또는 동기에 관한 것이다. 대부분 학자들은 이 책이 16세기의 가톨릭 사상에 근거해 당시 유럽과 영국의 정치와 사회를 비판했다고 본다. 하지만 이혼, 안락사, 성직자들의 결혼, 여자 성직자의 허용 같은 유토피아의 제도나 관습은 토머스 모어가 독실하게 신봉하던 가톨릭교회의 가르침과 정반대되는 것이었다. 그리고 유토피아의 종교관용 정책도 그가 대법관이 되어 개신교도를 박해했던 것과 모순된다. 또한, 영국에서 가장 영향력 있는 법률가이자 변호사였던 그가 변호사라는 직업을 혹독하게 비판한 것도 아이러니다.

하지만 이런 논란은 토머스 모어가 단순히 가톨릭 신앙인이었던 것에 그치지 않고, 르네상스 인문주의자였다는 사실을 주목할 때 해결된다. 그는 그저 독실한 신앙인으로 만족했던 것이 아니라, 가톨릭 신앙을 이성에 기반한 인문주의로 해석한 인물이었다. 그래서 앞에서 말한 이혼이나 안락사나 성직자들의 결혼처럼 당시 가톨릭교회의 가르침과 반대된다고 생각하던 것들이 이성적 신앙 안에서는 인정받을 만한 것이었기 때문에 유토피아의 제도와 관습으로 제시할 수 있었다.

또한, 그가 로마 가톨릭을 옹호하고 헨리 8세의 영국 국교회 창설과 루터의 종교개혁을 반대하고 비판한 것은, 유토피아에 나타난 그의 종교관이 보여주듯 바른 종교적 권위 아래에서 기본적으로 참된 교리를 바탕으로 다양한 종교를 갖는 것은 허용되지만, 그런 질서와 전통을 근본적으로 뒤흔드는 종교관이나 종교운동은 용납될 수 없다는 신념 때문이었다.

그가 제시한 유토피아라는 나라의 체제는 자유로운 관용보다는 전반적으로 철저한 질서와 통제의 느낌을 물씬 풍기기에, 전체주의가 아니냐는 의구심까지 들게 할 정도다. 그가 제시한 영혼불멸과 내세에서의 상벌이라는 두 가지 절대적인 진리를 신봉하는 종교들이 유토피아에서 허용된다고 해도, 그것은 어디까지나 유토피아의 견고한 체제 아래에서만 통하는 관용일 뿐이고, 현실의 영국 체제에서는 용납될 수 없는 것이었다.

토머스 모어는 사유재산이 인정되는 영국 및 유럽과, 사유재산이 인정되지 않는 유토피아에서 살아가는 사람들에 대해, "그들은 단지 그들이 처한 처지와 제도에 맞게 행하는 것일 뿐"이라고 말한다. 즉, 그는 제도와 관습이 사람의 생각과 행동을 결정하고, 그것은 상당 부분 필연적이라고 여겼다. 그리고 자신이 변호사이면서도 변호사를 혹독하게 비판한 것은, 변호사가 어떤 직업인지를 너무나 잘 알고 있었기에 도리어 당연한 일이었다고 보아야 한다. 그래서 그는 사유재산이 존재하는 정치체제 아래에서 런던 시의 사법집행관 대리로 정직하고

일 잘하는 관리로 인정받을 정도로 최선을 다했던 것이다.

　그의 인문주의자로서의 사상 및 면모와 관련해서, 『유토피아』에 대한 가장 설득력 있는 해석은 퀜틴 스키너(Quentin Skinner, 1940년생)가 제시한 견해이다. 즉, 토머스 모어는 진정한 고귀함에 관한 르네상스 시대의 인문주의 논쟁에 뛰어들었고, 사유재산 제도가 존재하는 한 완전한 공화국은 있을 수 없음을 증명하기 위해 이 책을 썼다는 것이다. 스키너가 보기에 라파엘 히틀로다이오라는 철학자는 현실 정치에 개입해서는 안 된다는 플라톤의 견해를 대변하는 인물이고, 토머스 모어는 키케로가 제시한 좀 더 실용적인 관점을 대변하는 인물이었다. 토머스 모어가 보기에, 라파엘이 제시한 사회는 자신이 바라는 이상적인 사회가 틀림없지만, 공동 생산과 공동 소유를 기반으로 한 사회는 존재할 가능성이 없다고 생각했고, 좀 더 실용적인 관점을 취하는 것이 현명하다고 여겼다는 것이다.

　퀜틴 스키너의 이러한 해석은 스티븐 그린블래트(Stephen Greenblatt, 1943년생)의 의견과 부합한다. 그에 따르면, 토머스 모어는 로마의 유물론적 철학자이자 시인이었던 루크레티우스(기원전 96-55년경)가 쓴 『사물의 본성에 대하여』라는 책을 통해 에피쿠로스 철학의 영향을 받았다고 주장했다. 그래서 유토피아 사람들이 '쾌락'을 삶의 지도원리로 삼고 있다고 토머스 모어가 표현했다는 것이다.

　『유토피아』에 대한 이러한 해석들이 보여주듯, 이 책 곳곳에는 르네상스 인문주의자인 토머스 모어의 사상이 짙게 배어 있다. 르네상스는 특히 고대 그리스의 학문과 사상과 문예를 다시 살아나게 해 새 시대에 맞는 제도와 관습을 정립해보자는 것이었고, 당시 인문주의자들의 이상은 그러한 고전 문화를 매개로 하고 이성을 토대로 인간의 가치를 긍정하고 모든 비이성적인 것에서 인간을 해방해 인간성을 발전시키려는 것이었다.

　먼저 『유토피아』에 등장하는 인명이나 지명을 비롯한 여러 명칭이 그리스어에서 유래했다는 사실이 그러한 면모를 부분적으로 보여준다. '유토피아'라는 명칭 자체가 그리스어에서 유래했고, 그 나라의 수도라 할 수 있는 '아마우로스'(그리스어로 '어두운'), 관직명인 '시포그란토르'나 '트라니보라' 등이 그런 예다. 또한, 그는 유토피아 사람들이 그리스인의 후손일 것이라고 말하고, 그들에게 그리스어를 가르쳐주고 그리스인이 쓴 책을 주었을 때 무척 좋아했다고 묘사한다.

무엇보다 당시 유럽과 영국이 절대왕정 시대였음에도, 토머스 모어는 '공화국'을 이상적인 국가상으로 제시했다는 점을 눈여겨보아야 한다. 이것은 특히 플라톤의 저서들이 그에게 큰 영향을 미쳤음을 보여준다. 『국가』는 말할 것도 없고 『법률』 그리고 여러 대화편이 그의 사상을 형성한 것은 분명하다. 아울러 플라톤이 살았던 그리스 아테네의 민주정도 큰 영향을 주었다. 그래서 그는 『유토피아』에서 로마인에게는 배울 것이 별로 없지만, 그리스인에게는 많다고 말한다.

『국가』에서 플라톤은 철학자들이 통치하는 나라를 이상국가로 제시했는데, 이것은 한 나라의 구성원인 시민들이 법의 강제 없이도 각자가 정신적 자유를 추구하며 인간으로서 참된 행복을 누리며 조화롭게 살 수 있는 환경을 철학자만이 만들어줄 수 있다고 믿었기 때문이었다. 토머스 모어는 유토피아 국가체제를 이끌어가는 것은 학자 집단이라고 말한다. 그는 이 책에 나오는 유토피아에 관한 시에서 "철학 없는 모든 나라 중에서 오직 유토피아만을 철학이 있는 나라로 만들었다"라고 유토피아의 창건자 유토포스를 칭송하기 때문에, 이 학자 집단은 사실 철학자 집단이다. 유토피아를 다스리는 시장과 관리, 성직자와 의사를 비롯해 이 나라를 이끌어가는 모든 직책은 이 철학자 집단에서 선출된다.

### (3) 결어

토머스 모어는 로마 시대에 그리스 출신 풍자작가였던 루키아노스

(120-180년경)의 여러 작품을 라틴어로 번역했고, 그런 루키아노스의 글은 기지와 해학이 넘쳤던 토머스 모어에게 큰 영향을 주었다. 루키아노스는 대화와 편지 형식으로 종교와 정치와 철학과 사회의 온갖 어리석음과 폐단을 풍자한 인물이었다.

그는 후대에 나온 『걸리버 여행기』의 전신이라고 할 수 있는 『실화』라는 허구적인 여행기도 썼는데, 이 작품은 온통 '거짓말'이라고 말하는 것으로 시작해서, 루키아노스와 그의 동료 여행자들이 호메로스의 『오디세이아』와 투키디데스의 『역사』에 나오는 곳을 여행하면서 겪는 일을 풍자적으로 쓴 글이다. 그의 글은 에라스무스가 『우신예찬』을 쓰는 데도 영향을 주었고, 토머스 모어가 실화를 가장해서 허구적인 이야기를 풍자적으로 서술한 『유토피아』를 구성하는 데에도 많은 영향을 미친 것으로 보인다.

토머스 모어의 이러한 사상적 융합은 『유토피아』의 화자 "라파엘 히틀로다이오"라는 이름에 잘 나타나 있다. '라파엘'은 가톨릭의 성경에 속한 토비트서에 나오는 대천사다. 거기에서 이 대천사는 주인공 토비아를 인도하고 그의 눈먼 아버지를 고쳐준다. 즉, 히브리어로 "신이 고쳐주셨다"를 뜻하는 '라파엘'에는 사람들의 먼눈을 뜨게 해주어 참된 것을 보게 하는 자라는 의미가 있다.

그리고 '히틀로다이오'는 그리스어로 "말도 되지 않는 이야기를 퍼뜨리는 자"라는 뜻으로서 풍자와 해학이 담겨 있다. 즉, 토머스 모어는 '히틀로다이오'의 이야기가 말도 되지 않는 터무니없는 얘기 같지만 실제로는 거기에 진실이 담겨 있다고 말하고 싶었던 것이다.

따라서 라파엘이라는 성경에 나오는 대천사, 히틀로다이오라는 그리스어 이름, 르네상스 인문주의자로서의 풍자와 해학, 그러면서 이성에 기초한 인간 됨의 본질을 찾아내고자 하는 열정 등이 이 화자의 이름 속에 다 담겨 있다고 할 수 있다.

## 4. 『유토피아』의 구성과 내용

(1) 『유토피아』 초판본은 토머스 모어와 그가 대륙에서 만났던 여러 사람, 즉 안트베르펜의 시장 비서실장이었던 페터 힐레스, 카스티야의 국왕 카를로스 5세의 고문이었던 히에로니무스 부스리디우스 사이에 주고받은 서신들로 시작된다. 토머스 모어가 이 서신을 본문이 시작되기 전인 앞부분에 배치한 것은 유토피아라는 허구적인 섬에 관한 자신의 이야기를 마치 실화처럼 보이게 하려는 장치였다. 하지만 나중 판본에서 이 서신들은 책의 뒷부분으로 옮겨진다.

(2) 제1권은 토머스 모어가 영국 국왕 헨리 8세의 전권대사가 되어, 카스티야의 국왕 카를로스와의 무역 분쟁을 해결하기 위해 대륙으로 건너갔다가, 안트베르펜에서 자기와 교분이 있던 페터 힐레스의 소개로 라파엘 히틀로다이오라는 탐험가를 만나는 것으로 시작된다.

토머스 모어는 라파엘의 식견을 높이 평가해서, 왕의 고문이 되어 나라와 국민을 위해 일하는 것이 좋지 않겠느냐고 권한다. 하지만 라파엘은 왕들이 추구하는 것은 자기 영토를 확장하고 부를 축적하는 것이기 때문에, 자기 제안을 받아들이지 않을 것이 뻔한데, 어떻게 고문이 될 수 있겠느냐고 반문한다. 그러면서 당시 유럽에 만연되어 있던 온갖 사회악을 지적하고, 특히 영국에서 지주들이 인클로저 운동으로 농민을 죽음으로 내몰고서는, 그들이 절도죄를 범했을 때는 사형이라는 극형에 처하는 것을 비판한다.

라파엘은 그러한 사회악을 지적하면서 그 근본 원인이 사유재산에 있기 때문에 사유재산을 폐기하지 않은 한 사회악을 없애는 것은 불가능하다고 결론 내리고, 자신이 세계를 탐험하는 중에 알게 된 유토피아라는 새로운 세계가 바로 모든 것을 공동으로 생산하고 소유하는 나라였다고 말한다.

이렇게 제1권은 제2권에서 본격적으로 설명될 최상의 공화국인 유토피아라는 섬나라를 소개하기 위한 도입부 역할을 한다. 즉, 여기에서 유토피아라는 이상국가를 소개하는 동기나 목적을 밝히는데, 그 직접적인 동기는 당시 영국에 만연되어 있던 불의, 그러니까 공공의 이익에 봉사하는 대다수의 평범한 대중은 먹고살기도 힘들어 절도를 하다가 사형에 처해지는 반면에, 공공의 이익에 전혀 봉사하지 않는 귀족과 지주는 사치스럽게 살아가는 현실이었다. 토머스 모어는 이 모든 사회악이 결국 근본적으로는 사유재산 제도에 있다고 단언하고, 제2권에서 사유재산 제도가 폐지된 나라가 어떤 모습일지를 유토피아에 대한 묘사를 통해 제시한다.

(3) 제2권은 라파엘이 유토피아라는 나라의 제도와 관습을 여러 분야로 나누어 설명하는 내용으로 되어 있다. 토머스 모어는 여기에 사실성을 부여하기 위해, 라파엘이 당시 유명한 탐험가였던 아메리고 베스푸치를 따라 여행하다가 베스푸치가 마지막 탐험 여행을 끝내고 돌아왔을 때, 라파엘은 마지막 탐험지에 남겨진 수비대와 함께 거기 남아 계속 탐험하다가 유토피아를 발견하게 된 것으로 설정한다.

유토피아는 원래 섬이 아니었지만, 그곳을 정복해서 나라를 세운 유토포스라는 장군이 양쪽 모퉁이에 15마일 너비의 수로를 파내어 섬이 되었다. 이 섬에는 54개의 도시가 있고, 섬의 정중앙에 있는 '아마우로스'("꿈의 도시")가 수도 역할을 한다. 한 도시에는 6천 가구 정도가 살고, 한 가구는 10-16명의 가족으로 이루어져 있어서, 대략적인 인구는 10만 명 정도가 된다. 30가구가 한 명의 '시포그란토르'라는 관리를 선출하고, 10명의 시포그란토르가 '트라니보라'라는 관리 한 명을 선출한다. 총 200명의 시포그란토르로 이루어진 시의회가 비밀투표로 시장을 선출하고, 시장은 트라니보라들과 함께 시정협의회를 구성해서 시정을 처리한다.

유토피아에는 왕이 없고, 상설 의회도 없다. 각각의 도시는 그리스 도시국가와 흡사하다. 유토피아 섬 전체의 일 처리는 일이 있을 때마다 각 도시에서 3명씩 파견해서 구성되는 국가회의에서 진행되고, 그 밖에 중앙정부는 존재하지 않는다.

유토피아의 정치체제는 상당 부분 고대 그리스 아테네의 민주정을 모델로 했다. 민주정 아래의 아테네에는 10개의 부족('필레')이 있었고, 그 아래로는 100여 개 이상의 구역('데모스')이 있었다. 각 부족에서 50명씩 추첨으로 뽑아 500인의 평의회('불레')를 구성했고, 평의원 임기는 1년이었다. 시의회의 역할은 아테네의 모든 국사를 집행하고, 시민의 총회인 민회에서 다룰 의제를 준비하는 것이었다. 그리고 민회는 모든 안건에 대한 최종 결정권을 갖고 있었다.

한 도시는 도시와 그 주변의 농촌지역으로 이루어져 있다. 유토피아에서는 사유재산이 인정되지 않기 때문에, 모든 시민은 각자 직업을 갖고 일하면서 번갈아 2년씩 농촌에서 일해야 한다. 모든 생산물은 도시 중앙에 있는 시장에 모이고, 물건 종류별로 각 상점에 저장된다.

노예 제도는 유토피아 사회 체제의 특징 중 하나다. 노예들은 전쟁 포로이거나 다른 나라에서 중범죄를 저지른 자, 혹은 범죄를 저질러 노예로 강등된 유토피아 시민이다. 시민들은 하루에 6시간 일해야 하고, 나머지는 여가시간이지만 주로 자기계발을 하거나 직업 기술을 더 발전시키는 데 시간을 사용한다. 학자 집단은 성직자의 추천으로 관리들의 투표로 선발되고, 학자들은 노동을 면제받는 소수에 속한다.

유토피아의 종교는 다양하지만, 영혼불멸과 내세에서의 상벌에 관한 기본 교리를 믿는 것은 모두 동일하다. 그래서 한 도시에는 13개의 교회와 13명의 성직자만이 있다. 전쟁이 나면 성직자는 군대와 함께 전쟁터로 나가, 병사들이 많은 피를 흘리지 않게 하는 데 최선을 다한다. 그래서 성직자는 아군과 적군을 막론하고 다른 나라에서도 신망이 두텁다.

전쟁은 주로 용병을 고용해 수행하는데, 이런 상황을 위해 유토피아 사람들은 금과 은을 비축해두었다. 그들은 쓰고 남은 많은 생산물을 수출해서 막대한 금과 은을 그 대금으로 받아 비상사태를 대비했다. 금과 은의 용도는 순전히 그런 것이기 때문에, 유토피아 사람은 금과 은을 돌만큼이나 별 가치 없는 것으로 여긴다. 그래서 노예들에게 사용하는 쇠사슬을 금으로 만들고, 여러 하찮은 그릇들을 만드는 데 금과 은을 사용한다.

유토피아에서는 사생활 보장을 자유라고 생각하지 않기 때문에, 모든 사람은 사회와 가족에 의한 감독체제 속에서 살아간다. 예컨대, 관청에서 공동식사를 할 때 젊은이들이 앉은 식탁 주변을 나이든 사람들의 식탁으로 둘러싸고, 교회에서도 아이들은 어른들 사이사이에 앉게 한다. 그 나라에는 술집도 없고, 매춘굴도 없으며, 은밀하게 숨어 무엇인가를 할 수 있는 공간도 없다. 모든 것이 투명하게 공개된다.

여행은 시장의 허가를 받아야 가능하지만, 어디를 가든 항상 하루 노동 시간을 채워야 한다. 그래야만 다른 곳에 가도 식사가 제공된다. 도시 밖에는 여러 큰 병원이 있어서, 마치 하나의 소도시를 이룬 듯 보인다.

이혼과 재혼은 아주 제한적으로만 허용되는데, 이것은 결혼생활을 소중히 여기게 하기 위한 것이다. 혼전 성관계는 엄하게 처벌받는다. 이 나라의 법은 극소수만 있기 때문에 변호사라는 직업은 존재하지 않는다.

### 5. 텍스트

(1) 라틴어로 쓰인 『유토피아』 초판은 1516년에 벨기에 중부의 브라반트주 루뱅이라는 도시에서 출간되었다. 이후로 1517년에 파리에서

제2판이 발행되었고, 1518년에 바젤에서 제3판과 제4판이 발간되었다. 초판과 이후 판본은 본문에는 차이가 없고, 단지 그 책에 포함된 서신과 시 그리고 그 위치에서 차이가 있을 뿐이다. 라틴어 본문 옆에는 페터 힐레스 또는 에라스무스가 붙인 난외주가 있는데, 그 내용은 주로 그 단락에서 말하는 내용을 한두 단어로 요약하거나, "독자여, 이것을 주목하라"고 말하거나, "이것은 아주 좋다" 등과 같이 내용을 칭찬하는 말이다.

(2) 『유토피아』는 1551년에 랠프 로빈슨(Ralph Robinson)이 최초로 영어로 번역했고, 그 개정판이 1556년에 나왔다. 그래서 영미권은 물론이고 다른 나라에서 나온 번역본도 거의 이 영역본을 사용해 왔다. 하지만 표준적이고 권위 있는 판본은 *Yale Complete Works of St. Thomas More*, 15 vols. (New Haven and London: Yale University Press, 1963-1997)의 제4권에 나오는 Edward Surtz, S. J.와 J. H. Hexter가 편집한 라틴어와 영어 판본이다. 거기에 수록된 Hexter의 해제는 『유토피아』에 대한 특히 도전적이고 흥미로운 해석이고, Surtz는 300페이지에 달하는 방대한 미주를 달아놓았다. 좀 더 최근의 것으로는 *Utopia: Latin Text and English Translation*, ed. George M. Logan, Robert M. Adams and Clarence H. Miller (Cambridge University Press, 1995)가 있다. 거기에는 Adams의 영역본 개정판이 수록되어 있고, 현대화된 철자법으로 된 라틴어 원문이 실려 있으며, 아주 자세한 주해가 달려 있다.

(3) 본서는 라틴어 원문을 텍스트로 삼아 여러 영역본을 참고해서 번역했다. 옥스퍼드 월드 클래식에서 사용하기도 한 최초 영역본인 랠프 로빈슨의 1556년 역본은 이미 상당한 세월이 흘러 현대인이 읽기에는 꽤 까다롭고 어려운 영어로 되어 있어서, 오늘날 독자에게는 라틴어 원문의 명료성을 제대로 전달해주지 못한다.

『유토피아』는 초판이 나오고 나서 제4판까지 나올 때마다, 수록된 서신과 시도 다르고, 위치도 다르다. 본서에서는 초판에서 서문으로 사용된 "토머스 모어가 페터 힐레스에게 보낸 서신"을 동일하게 서문으로 배치한 후, 나머지 서신과 시는 뒷부분에 두었고, 마지막으로 간단한 용어 해설을 덧붙였다. 외국의 인명과 지명 등 고유명사는 외래어 표기법을 따랐다.

# 연보

1478년    2월 7일 런던에서 태어남

1483년    세인트 앤서니 학교에 다님. 마르틴 루터가 태어남

1485년    영국에서 헨리 7세가 즉위함

1490년    헨리 7세의 대법관이자 추기경 존 모턴(1500년 사망)의 집에서 2년간
          시종으로 일함

1492년    모턴의 추천으로 옥스퍼드대학교에서 2년간 공부함

1494년    런던의 뉴 법학원에 들어가서 법학을 공부함

1496년    링컨 법학원에 입학함

1497년    콘월의 반란군이 블랙히스에서 패하고 대량으로 살육당함

1499년    당시 30세이던 에라스무스를 만남. 런던의 카르투지오회 수도원 옆
          에 살면서 1503년까지 거의 수도사나 다름없는 삶을 살아감

1504년    하원의원이 됨. 아메리고 베스푸치의 신세계 여행기가 출간됨

1505년    제인 콜트와 결혼해서 딸 마가렛이 태어남. 에라스무스가 그의 집에
          머묾

1506년    딸 엘리자베스가 태어남. 에라스무스와 함께 루키아노스의 여러 작
          품을 라틴어로 번역 출간함

1507년    딸 시슬리가 태어남

1509년    아들 존이 태어남. 헨리 8세가 즉위함. 노예무역이 시작됨. 에라스무
          스의 『우신예찬』이 출간됨

1510년    다시 하원의원이 되고, 런던 시의 부장관이 됨

| 1511년 | 제인 콜트가 죽고, 부유한 미망인 앨리스 미들턴과 재혼함 |
|---|---|
| 1513년 | 『리처드 3세의 역사』(~1520년)라는 미완의 원고를 집필함. 마키아벨리가 『군주론』을 씀(실제로는 1532년에 출간됨). |
| 1515년 | 양모 교역을 둘러싼 네덜란드와의 무역 마찰을 해결하고자 헨리 8세의 전권대사로 브뤼헤로 갔다가 안트베르펜에서 페터 힐레스를 만남. 『유토피아』 제2권을 집필함 |
| 1516년 | 『유토피아』 제1권을 집필함. 12월에 루뱅에서 초판이 간행됨 |
| 1517년 | 『유토피아』의 제2판이 파리에서 출간됨. 루터가 『면죄부를 반대하는 95개조』를 발표함으로써 종교개혁이 시작됨 |
| 1518년 | 헨리 8세의 고문이자 비서가 됨. 『유토피아』 제3판과 제4판이 바젤에서 출간됨. 『경구집』이 출간됨 |
| 1520년 | 재무차관이 되고, 기사 작위를 받음. 『칠성사의 옹호』라는 글을 써서 루터의 종교개혁을 반대함 |
| 1527년 | 헨리 8세가 캐서린 왕비와 이혼하는 것을 반대함. 홀바인이 토머스 모어의 초상화를 그림 |
| 1529년 | 울지의 뒤를 이어 영국의 대법관이 됨. 『이단들에 대한 담화』를 출간해서 루터와 틴데일을 공격함 |
| 1532년 | 대법관직을 사임함 |
| 1533년 | 캔터베리 대주교 토머스 크랜머가 헨리 8세와 캐서린 왕비의 이혼을 허가함. 헨리 8세가 앤 불린과 결혼하고 교황 클레멘스 7세에 의해 파문당함 |
| 1534년 | 헨리 8세를 영국 국교회의 수장으로 인정하는 수장령에 반대함. 4월 17일에 런던탑에 감금됨 |
| 1535년 | 7월 1일에 사형선고를 받고 6일에 참수됨 |
| 1551년 | 랠프 로빈슨이 번역한 『유토피아』 영역본이 출간됨 |

# "인류의 지혜에서 내일의 길을 찾다"
# 현대지성 클래식

1 그림 형제 동화전집
그림 형제 | 김열규 옮김 | 1,032쪽

2 철학의 위안
보에티우스 | 박문재 옮김 | 280쪽

3 십팔사략
증선지 | 소준섭 편역 | 800쪽

4 명화와 함께 읽는 셰익스피어 20
윌리엄 셰익스피어 | 김기찬 옮김 | 428쪽

5 북유럽 신화
케빈 크로슬리-홀런드 | 서미석 옮김 | 416쪽

6 플루타르코스 영웅전 전집 1
플루타르코스 | 이성규 옮김 | 964쪽

7 플루타르코스 영웅전 전집 2
플루타르코스 | 이성규 옮김 | 960쪽

8 아라비안 나이트(천일야화)
르네 불 그림 | 윤후남 옮김 | 336쪽

9 사마천 사기 56
사마천 | 소준섭 편역 | 976쪽

10 벤허
루 월리스 | 서미석 옮김 | 816쪽

11 안데르센 동화전집
한스 크리스티안 안데르센 | 윤후남 옮김 | 1,280쪽

12 아이반호
월터 스콧 | 서미석 옮김 | 704쪽

13 해밀턴의 그리스 로마 신화
이디스 해밀턴 | 서미석 옮김 | 552쪽

14 메디치 가문 이야기
G. F. 영 | 이길상 옮김 | 768쪽

15 캔터베리 이야기(완역본)
제프리 초서 | 송병선 옮김 | 656쪽

16 있을 수 없는 일이야
싱클레어 루이스 | 서미석 옮김 | 488쪽

17 로빈 후드의 모험
하워드 파일 | 서미석 옮김 | 464쪽

18 명상록
마르쿠스 아우렐리우스 | 박문재 옮김 | 272쪽

19 프로테스탄트 윤리와 자본주의 정신
막스 베버 | 박문재 옮김 | 408쪽

20 자유론
존 스튜어트 밀 | 박문재 옮김 | 256쪽

21 톨스토이 고백록
레프 톨스토이 | 박문재 옮김 | 160쪽

22 황금 당나귀
루키우스 아풀레이우스 | 송병선 옮김 | 392쪽

23 논어
공자 | 소준섭 옮김 | 416쪽

24 유한계급론
소스타인 베블런 | 이종인 옮김 | 416쪽

25 도덕경
노자 | 소준섭 옮김 | 280쪽

26 진보와 빈곤
헨리 조지 | 이종인 옮김 | 640쪽

27 걸리버 여행기
조너선 스위프트 | 이종인 옮김 | 416쪽

28 소크라테스의 변명·크리톤·파이돈·향연
플라톤 | 박문재 옮김 | 336쪽

29 올리버 트위스트
찰스 디킨스 | 유수아 옮김 | 616쪽

30 아리스토텔레스 수사학
아리스토텔레스 | 박문재 옮김 | 332쪽

31 공리주의
존 스튜어트 밀 | 이종인 옮김 | 216쪽

32 이솝 우화 전집
이솝 | 박문재 옮김 | 440쪽

33 유토피아
토머스 모어 | 박문재 옮김 | 296쪽

34 사람은 무엇으로 사는가
레프 톨스토이 | 홍대화 옮김 | 240쪽

35 아리스토텔레스 시학
아리스토텔레스 | 박문재 옮김 | 136쪽

36 자기 신뢰
랄프 왈도 에머슨 | 이종인 옮김 | 216쪽

37 프랑켄슈타인
메리 셸리 | 오수원 옮김 | 320쪽

38 군주론
마키아벨리 | 김운찬 옮김 | 256쪽

39 군중심리
귀스타브 르 봉 | 강주헌 옮김 | 296쪽

40 길가메시 서사시
앤드류 조지 편역 | 공경희 옮김 | 416쪽

41 월든·시민 불복종
헨리 데이비드 소로 | 이종인 옮김 | 536쪽

42 니코마코스 윤리학
아리스토텔레스 | 박문재 옮김 | 456쪽

43 벤저민 프랭클린 자서전
벤저민 프랭클린 | 강주헌 옮김 | 312쪽

44 모비 딕
허먼 멜빌 | 이종인 옮김 | 744쪽

45 우신예찬
에라스무스 | 박문재 옮김 | 320쪽

46 사람을 얻는 지혜
발타자르 그라시안 | 김유경 옮김 | 368쪽

47 에피쿠로스 쾌락
에피쿠로스 | 박문재 옮김 | 208쪽

48 이방인
알베르 카뮈 | 유기환 옮김 | 208쪽

49 이반 일리치의 죽음
레프 톨스토이 | 윤우섭 옮김 | 224쪽

50 플라톤 국가
플라톤 | 박문재 옮김 | 552쪽

51 키루스의 교육
크세노폰 | 박문재 옮김 | 432쪽

52 반항인
알베르 카뮈 | 유기환 옮김 | 472쪽

53 국부론
애덤 스미스 | 이종인 옮김 | 1,120쪽

54 파우스트
요한 볼프강 폰 괴테 | 안인희 옮김 | 704쪽

55 금오신화
김시습 | 김풍기 옮김 | 232쪽

현대지성 클래식 살펴보기